Stephanie Laurens

La dama y el misterio

Editado por HarperCollins Ibérica, S.A.
Núñez de Balboa, 56
28001 Madrid

© 2014 Savdek Management Proprietary Ltd.
© 2018 Harlequin Ibérica, una división de HarperCollins Ibérica, S.A.
La dama y el misterio, n.º 252 - 8.5.19
Título original: The Masterful Mr. Montague
Publicado originalmente por HarperCollins Publishers LLC, New York, U.S.A.
Traductor: Ana Peralta de Andrés

Todos los derechos están reservados, incluidos los de reproducción total o parcial en cualquier formato o soporte.
Esta edición ha sido publicada con autorización de HarperCollins Publishers LLC, New York, U.S.A.
Esta es una obra de ficción. Nombres, caracteres, lugares, y situaciones son producto de la imaginación del autor o son utilizados ficticiamente, y cualquier parecido con persona, vivas o muertas, establecimientos de negocios (comerciales), hechos o situaciones son pura coincidencia.

® Harlequin, TOP NOVEL y logotipo Harlequin son marcas registradas por Harlequin Enterprises Limited.
® y ™ son marcas registradas por Harlequin Enterprises Limited y sus filiales, utilizadas con licencia. Las marcas que lleven ® están registradas en la Oficina Española de Patentes y Marcas y en otros países.

Imagen de cubierta: Dreamstime.com

I.S.B.N.: 978-84-1307-800-7
Depósito legal: M-10740-2019

PRÓLOGO

Octubre de 1837,
Londres

—Me estoy muriendo y quiero hacer las cosas bien —Agatha, lady Halstead, apretó los labios con un gesto de determinación.

Violet Matcham, enderezándose tras haberle ahuecado las almohadas, posó una mano tranquilizadora sobre la frágil mano de su señora, que reposaba sobre el cubrecama.

—Tiene una salud perfecta y lo sabe. El médico lo dijo la semana pasada.

Era media mañana y había abierto las cortinas, permitiendo que la delicada luz del sol otoñal inundara el enorme dormitorio. Era una luz tenue, amable con la piel apergaminada y moteada de lady Halstead, con las hebras plateadas de su pelo ralo y con el velo que estaba apagando unos ojos otrora de un azul brillante.

—¡Y qué sabrá él! ¿Eh? —lady Halstead le dirigió una mirada malhumorada y astuta a Violet—. Los jóvenes creen que lo saben todo. Pero soy muy vieja, querida Violet, y siento el frío de la muerte en mis huesos.

Se recostó contra los almohadones y alzó la mirada hacia el techo antes de continuar.

—Es algo que he oído contar a mucha gente. Yo pensaba que era pura imaginación, pero ahora entiendo a qué se referían, porque yo también lo siento.

Sin mover la cabeza, miró a Violet, giró la mano y se la apretó con debilidad durante un instante fugaz.

—La mayoría de mis amigos han muerto y hace ya casi una década que sir Hugo, Dios bendiga su alma, falleció. Ya estoy preparada para reunirme con él, pero antes debo hacer lo que me pidió.

Aceptando que no iba a servir de nada intentar animar a lady Halstead, que, por otra parte, parecía tan serena, compuesta y racional como siempre, Violet preguntó:

—¿Qué le pidió sir Hugo?

Violet había comenzado a trabajar como acompañante de su señora poco después de la muerte de sir Hugo, por lo tanto, jamás había conocido a aquel caballero, parangón de todas las virtudes, por lo que contaban. Pero había oído hablar tanto de él a lady Halstead que tenía la sensación de haberle conocido. Al menos, lo suficientemente bien como para poder formular aquella pregunta sin miedo a recibir una respuesta sin sentido. Y así se demostró.

—Mi apreciado sir Hugo me hizo prometer que, antes de llegar al final de mis días, me aseguraría de poner todos mis asuntos, tantos los personales como aquellos relacionados con nuestra herencia, en orden. Él se tomaba muy en serio ese tipo de cosas.

Y, pensó Violet, ella atesoraba su recuerdo, por eso le parecía tan importante hacer cumplir sus deseos. Su anterior señora, lady Ogilvie, también adoraba a su marido, ya fallecido.

Lady Halstead alzó la cabeza, se irguió en la cama y añadió con voz más fuerte:

—Así que, a pesar de mi actual estado de salud, sé que se acerca el momento y deseo asegurarme de que todo lo relacionado con mi testamento y con la herencia esté correctamente.

Sir Hugo había amasado su fortuna en la India y había sido nombrado caballero por los servicios prestados a la Corona en el subcontinente. Aquella era la razón de que los Halstead habitaran aquel nebuloso estrato social de la alta burguesía y fueran, como solía decirse, bastante adinerados.

La casa de Lowndes Street así lo reflejaba; estaba en una zona muy respetable de un barrio pudiente. Hasta el dormitorio de lady Halstead, con aquella cama enorme y moderna, las cortinas de damasco, la tapicería y la colcha a juego y los muebles bien lustrados y de gran calidad, atestiguaba la categoría de la familia.

Aunque no conocía los detalles de la herencia de los Halstead, Violet tenía entendido que, tras la muerte de sir Hugo, todas sus pertenencias habían pasado a lady Halstead para que hiciera uso de ellas en vida; tras la muerte de lady Halstead, se dividirían de acuerdo con las provisiones del testamento de sir Hugo, que había decidido repartirlas en iguales proporciones entre sus cuatro hijos. De ahí que tanto su petición como el deseo de la señora Halstead tuvieran perfecto sentido.

Violet asintió.

—Muy bien, ¿qué quiere que haga?

Aunque todavía tenía la mente lúcida y era una mujer de una inteligencia asombrosa, lady Halstead era cada vez más frágil y pasaba gran parte de sus días encamada. Subir y bajar escaleras representaba un gran esfuerzo para ella que solo realizaba cuando lo juzgaba necesario. Violet era la encargada de llevar la casa de Lowndes Street, situada al sur de Lowndes Square. Como la casa solo la habitaban lady Halstead, Tilly, su criada, y la cocinera, no representaba un trabajo gravoso, sobre todo porque las cuatro se llevaban muy bien. Los años que Violet había pasado junto a lady Halstead habían sido tranquilos y sin complicaciones. Una existencia cómoda y amable, si bien un tanto aburrida.

Lady Halstead volvió a reclinarse en la cama y suspiró.

—Es una lástima que Runcorn muriera el año pasado, así que supongo que deberemos recurrir a su hijo —un ceño ensombreció el rostro de lady Halstead—. Pero todavía debo decidir si ese joven está en condiciones de ocuparse de mis asuntos.

El fallecido Arthur Runcorn se había ocupado de los asuntos legales de los Halstead durante muchos años. Violet solo había coincidido con su hijo, el señor Andrew Runcorn, en una ocasión, cuando este había ido a visitar a la señora Halstead para que le firmara un documento. Aunque debía de tener algunos años menos de los treinta y cuatro de Violet, esta se había formado una opinión favorable sobre el señor Runcorn. Le había parecido honesto, sincero y deseoso de complacer a su señora. Pero ella no era quién para juzgar si era o no capaz de manejar sus finanzas. Se acercó a la cómoda en la que guardaban la escribanía de lady Halstead, se inclinó y abrió el último cajón.

—¿Cuándo le gustaría verle?

—Mañana —cuando Violet se enderezó con la escribanía en las manos, lady Halstead asintió con gesto decidido—. Escríbele una nota y pídele que venga a verme mañana por la mañana. Debería traer una lista de todas las propiedades e inversiones que conforman la herencia. Dile que quiero revisarlo todo.

Violet llevó la escribanía a una mesita que había ante una butaca al otro lado de la cama. Después de colocar el papel, la tinta y la pluma, miró a su señora.

—¿Quiere dictarme?

Lady Halstead hizo un gesto con la mano, rechazando aquel ofrecimiento.

—No —curvó los labios en una sonrisa—. Tú sabes escribir mejor que yo.

Violet le devolvió la sonrisa, mojó la plumilla en la tinta y se puso a la tarea.

Lady Halstead llevaba cinco minutos frunciendo el ceño.

En el salón del piso de abajo, sentada en una butaca al lado de su señora, Violet se preguntaba qué problema habría en el informe que había elaborado Andrew Runcorn sobre el patrimonio de lady Halstead.

Aquel joven abogado había respondido de inmediato con una breve nota a la convocatoria que Violet había despachado el día anterior. Al día siguiente, se había presentado puntualmente a las once en punto de la mañana, tal y como se le había pedido. Era un hombre de complexión mediana, con el rostro redondo y aniñado, el pelo castaño y unos enormes ojos castaños que no había perdido ni un ápice de la entusiasta sinceridad que Violet recordaba del año anterior y, por lo menos a ella, el recitado de los detalles del patrimonio de lady Halstead le había parecido fiable, además de claro y conciso.

Violet pensaba que había hecho un gran trabajo y, en un principio, lady Halstead parecía estar de acuerdo y asentía mostrando su aprobación. Pero, después, su señora había pedido que le explicara la situación de sus finanzas, el estado de varios depósitos en diferentes fondos y de la cuenta que tenía en Grimshaws Bank.

Erguida en su butaca preferida y con el ceño fruncido, lady Halstead levantó una hoja de las cinco que tenía extendidas sobre el chal con el que cubría su regazo.

—El balance de mis cuentas no es correcto.

El joven Runcorn pareció sorprendido.

—¿Ah, no? —lady Halstead le tendió la hoja, él la tomó, la revisó rápidamente y, tras dirigirle a Violet una mirada de soslayo un tanto tímida, dijo—: Ha sido confirmado por el banco, mi señora.

Lady Halstead profundizó su ceño.

—Me importa muy poco que cualquier empleado haya podido decir lo contrario —le hizo un gesto con la mano—. Vuelva al banco y pídales que lo comprueben como es debido.

Al detectar el tono quejumbroso en la voz de la dama, que indicaba que estaba verdaderamente afectada por lo ocurrido, Violet alargó la mano y la posó sobre la de su señora, que jugueteaba nerviosa con el chal.

—¿Todo lo demás está como esperaba?

—Sí, sí —detuvo la mano bajo la de Violet, frunció el ceño ligeramente y se inclinó para decirle a Runcorn—: Ha sido usted muy preciso. No encuentro defecto alguno en ningún otro aspecto, pero el balance del banco no es correcto.

—¿Podría quizá volver a comprobarlo con el banco? —sugirió Violet, captando la mirada del abogado.

Runcorn comprendió el mensaje. Teniendo cuenta el volumen del patrimonio de aquella familia, comprobar un extracto bancario era un problema menor.

—Sí, por supuesto. No hay ningún problema —alargó la

mano hacia su cartera y guardó el documento—. Ahora mismo iré al banco.

Era la respuesta ideal. Lady Halstead se tranquilizó y asintió gentilmente.

—Gracias, joven.

Con la ayuda de Violet, Runcorn reunió toda la documentación que había llevado y se despidió con la debida corrección.

Violet, compadeciéndose de él, le acompañó a la puerta.

Para su sorpresa, cuando regresó tras haber visto marchar a Runcorn, lady Halstead parecía haberse olvidado del banco. Violet tuvo la impresión de que estaba convencida de que, en cuanto el joven cuestionara la información del banco, recibiría un extracto revisado acorde a lo que ella esperaba.

De ahí que, cuando Runcorn regresó a las tres en punto del día siguiente con la noticia de que el banco insistía en que el primer balance era correcto, para Violet fuera una sorpresa.

Lady Halstead, que había bajado a almorzar, estaba de nuevo sentada en su butaca preferida del cuarto de estar. Al oír la noticia en boca de Runcorn, su expresión fue extrañamente circunspecta.

—Pues me parece... de lo más interesante.

Runcorn se precipitó a añadir:

—Mi señora, le aseguro que... nosotros, me refiero a nuestra firma, Runcorn & Son, no hemos tocado la cuenta. El banco se lo confirmará. Aparte de solicitar los estadillos de vez en cuando, como nos corresponde al ser sus representantes, jamás hemos sacado un solo penique, se lo juro...

—¡Jovencito! —lady Halstead se dirigió a él con la autoridad de una madre. El pánico de Runcorn la había hecho salir de su ensimismamiento—. Tranquilícese y tome asiento. No tengo la menor sospecha sobre su honestidad. No he pensado ni por un momento que Runcorn & Son me haya robado. Ese no es el problema, señor.

Runcorn se sentó en el borde de la butaca parpadeando.

—¿Ah, no?

—Por supuesto que no. El problema con ese balance bancario es que hay demasiado dinero, una cantidad significativamente superior, no es que haya menos. Alguien ha ingresado ese dinero en la cuenta, entiendo que por alguna razón, pero no tengo la menor idea de quién puede haber sido.

—¡Ah! —más que mostrar su desconcierto, el rostro de Runcorn se iluminó de alivio—. Se tratará de una inversión hecha hace mucho tiempo que ha obtenido dividendos recientemente. Es algo que sucede con cierta frecuencia. Sir Hugo puede haber comprado participaciones veinte años atrás y es ahora cuando está reportando beneficios —tomó su maletín, se levantó e inclinó la cabeza con su juvenil rostro irradiando su entusiasta franqueza—. Puedo asegurarle que revisaré la cuenta, identificaré ese pago inesperado e investigaré su origen.

—Um —lady Halstead frunció el ceño otra vez—. Es posible que haya habido algún error, que algún empleado del banco se haya equivocado de cuenta.

Runcorn inclinó la cabeza.

—Sí, es posible, pero, teniendo en cuenta el enorme abanico de inversiones de sir Hugo, sospecho que la primera posibilidad es la más acertada. Aun así, analizaré la cuenta, haré las indagaciones precisas y le informaré en cuanto haya identificado la fuente de esos ingresos inesperados.

La expresión de lady Halstead sugería que no estaba tan convencida como Runcorn de que fuera a ser capaz de averiguarlo, pero inclinó la cabeza con un gesto elegante y le despidió con un «buenos días».

Aquella noche, cuando Violet fue a ver a su señora antes de retirarse a dormir, la encontró extrañamente irritable. Desde la visita de Runcorn, estaba cada vez más inquieta.

Alisó el cubrecama sobre la delgada silueta de lady Halstead y susurró:

—¿Todavía está preocupada por ese dinero que ha aparecido en la cuenta? Estoy segura de que el señor Runcorn llegará al fondo de la cuestión.

Inclinándose hacia delante para permitir que Violet pudiera

arreglarle el almohadón, lady Halstead soltó una exclamación de desprecio.

—Yo no tengo tanta confianza —después suspiró—. No, eso no es justo. La verdad es que confío en Runcorn & Son, probablemente, hasta confíe más que el propio señor Runcorn. Y precisamente por eso no soy capaz de entender cómo es posible que esos pagos procedan de una inversión que les ha pasado desapercibida.

Se reclinó contra los almohadones ahuecados y miró a Violet a los ojos.

—Es posible que no lo sepa todo sobre finanzas, pero sé que ese tipo de inversiones están acompañadas de multitud de documentos: certificados, notificaciones, extractos bancarios.... Si una inversión ha comenzado a dar beneficios, Runcorn y sus empleados lo sabrían. Se habrían dado cuenta y me habrían dado algún consejo. En el caso de que hubiéramos cambiado de representante, podría habérsele pasado por alto, pero Runcorn & Son han sido nuestros asesores desde que regresamos a Inglaterra, y eso fue hace casi treinta años. Hugo jamás se habría olvidado de pedirle consejo sobre una inversión a Runcorn, de modo que... —lady Halstead extendió las manos—, ¿de dónde puede proceder ese dinero?

—Yo me atrevería a decir que el señor Runcorn nos informará dentro de muy pocos días. Ya nos preocuparemos entonces de lo que haya encontrado. No necesitamos inquietarnos por adelantado.

Lady Halstead esbozó una mueca.

—Sin lugar a dudas, el fallecido señor Runcorn era un hombre sabio. Pero lo del dinero no es lo único extraño.

Al advertir cierta tristeza en los ojos de lady Halstead, Violet comprendió que había algo más que contribuía a la ansiedad de su señora.

—¿Qué otra cosa ha ocurrido?

La señora Halstead la miró como si se estuviera debatiendo entre revelarle o no algo que, era obvio, estaba deseando compartir. Después, apretó los labios e inclinó la cabeza hacia la cómoda.

—Tráeme la escribanía.

Violet obedeció. Cuando dejó la caja de cedro con la tapa inclinada a su lado, lady Halstead la abrió, rebuscó en su interior durante unos segundos y sacó la mano para sacar un papel doblado y cubierto de una apretada caligrafía.

—Esto llegó hace una semana. Todavía no sé qué hacer con ello.

Se interrumpió con la mirada fija en la carta que agarraba con sus dedos nudosos.

Pasó cerca de medio minuto hasta que Violet la urgió con amabilidad.

—Cuéntemelo. Si le parece preocupante, a lo mejor se me ocurre qué hacer al respecto.

Lady Halstead parpadeó, miró a Violet a los ojos y después sonrió.

—Por eso lo he mencionado. Sé que siempre estás dispuesta a hacer cuanto está en tu mano para mejorar las cosas —miró la carta, la guardó en la caja y cerró la tapa—. Es de la esposa del vicario que vive cerca de The Laurels, nuestra casa de campo. Aunque no he vuelto al pueblo desde que sir Hugo falleció y la casa ha estado cerrada durante todos estos años, intercambiamos cartas de vez en cuando. Me escribió para hablarme de los nuevos ocupantes de la casa que son, al parecer, muy reservados, y para preguntarme a quién le hemos alquilado la propiedad, o si la hemos vendido —lady Halstead miró a Violet a los ojos—. No he vendido la propiedad, y tampoco la he alquilado. Por lo que yo sé, la casa continúa cerrada. De modo que, ¿quién está viviendo allí y para qué está utilizando mi casa?

Violet le sostuvo a lady Halstead su ansiosa mirada. No tenía ninguna respuesta tranquilizadora para la pregunta de su señora.

Peor aún, no tenía ninguna manera fácil de encontrarla.

Al final, levantó la escribanía y la volvió a guardar en el último cajón de la cómoda. Se enderezó, se acercó de nuevo a la cama, alisó las sábanas y alargó la mano hacia la lámpara de la mesilla de noche. Antes de apagar la luz, miró a lady Halstead a los ojos.

—Déjeme pensar en ello y mañana por la mañana hablaremos sobre lo que vamos a hacer.

Lady Halstead apretó los labios, pero asintió. Cuando Violet giró la llave y la luz se apagó, cerró los ojos.

Satisfecha, Violet abandonó sigilosa la habitación. Haciendo todo tipo de conjeturas mientras le daba vueltas al misterio de la herencia de los Halstead, recorrió el pasillo a paso lento hasta llegar a su propia cama.

—He tomado una decisión.

Lady Halstead hizo el anuncio en el instante en el que Violet, acompañada por Tilly, la criada, cruzó la puerta del dormitorio a la mañana siguiente.

Violet corrió a abrir las cortinas, ayudó después a lady Halstead a sentarse y le ahuecó la almohada.

—Puede contármela mientras desayuna —le dijo sonriendo.

Cuando Tilly avanzó y dejó la bandeja en el regazo de lady Halstead, esta última hizo un gesto para que se retirara.

—No, eso te impediría desayunar y voy a requerir de tu ayuda para hacer lo que quiero. Y... —agarró un ejemplar de *The Times* que Tilly había planchado, enrollado y dejado al lado de la bandeja— quiero hacer algunas averiguaciones primero.

Tranquilizada por el entusiasmo que iluminaba su rostro, Violet accedió.

—Muy bien. Regresaré en cuanto haya desayunado.

—Um —lady Halstead estaba ya ocupada, leyendo el periódico.

Violet se retiró, cerró la puerta y siguió a Tilly al piso de abajo.

Tilly se apartó de las escaleras y miró a Violet.

—Parece que vuelve a estar bien, no como durante estos últimos días.

Violet asintió.

—Y, por lo que dice, cree haber encontrado la manera de encontrar la respuesta a las preguntas que la inquietaban últimamente.

—Qué alegría. No me gusta verla preocupada.
—No, desde luego.

Sonriendo, Violet siguió a Tilly a la cocina. Tilly y la cocinera, a la que llamaban Cook, vivían tan entregadas a lady Halstead como la propia Violet. La anciana dama era el eje alrededor del que giraba la casa y siempre había sido una señora amable capaz de generar afecto, lealtad y respeto con su manera de ser.

Media hora después, una vez terminado el desayuno, Violet y Tilly regresaron al dormitorio. Lady Halstead parecía muy segura de sí misma, pero necesitó de la ayuda de Violet y Tilly para levantarse, lavarse y vestirse. Después, le pidió a Tilly que hiciera la cama, todo ello sin decir una sola palabra acerca de su nueva estrategia.

Pero, cuando Tilly salió con la bandeja del desayuno, se sentó sobre la colcha con un chal encima de las piernas y sonrió a Violet.

—La verdad es que me encuentro mucho mejor ahora que he decidido lo que vamos a hacer.

Violet se sentó en la butaca que había al lado de la cama musitando su apoyo y rezó para que lo que quiera que hubiera decidido fuera algo razonable. Porque, en el caso de que su señora optara por una opción menos sensata, no tendría a nadie a quien acudir en busca de ayuda. Aunque tenía cuatro hijos, lady Halstead no se dejaba influir por ninguno de ellos, a pesar de que estos lo intentaran de vez en cuando. Violet, que conocía a sus hijos desde hacía tanto tiempo como a lady Halstead, consideraba justificada la postura de su señora.

—Entonces —la animó Violet—, dígame qué quiere que haga.

—He decidido —dijo lady Halstead— que, aunque no considero que el señor Runcorn y sus socios tengan culpa alguna de lo ocurrido, lo cierto es que es un hombre sin experiencia. Y es evidente que todo este asunto de los ingresos que han aparecido en mi cuenta bancaria, sobre todo en el caso de que tengan alguna relación con la gente que está viviendo en nuestra casa de campo, podría tener implicaciones complejas que el joven Runcorn quizá no sea capaz de comprender, dada su inexperiencia.

Necesito estar segura de lo que está pasando, necesito llegar al fondo de este asunto, y dudo de que pueda llegar a confiar nunca hasta ese punto en las conclusiones del joven Runcorn. De modo que —lady Halstead alzó la barbilla— propongo acudir al mejor asesor financiero de Londres para consultarle sobre este asunto —lady Halstead se interrumpió, después miró a Violet—. ¿Qué te parece?

Violet parpadeó, después, fijó de nuevo la mirada en el rostro de Halstead.

—Creo que... es una idea excelente.

Violet también albergaba alguna duda, no sobre la experiencia de Runcorn, sino sobre su capacidad para calmar a lady Halstead. Con independencia de lo que pudiera encontrar, no iba a conseguir tranquilizar a lady Halstead. Violet asintió.

—No encuentro ninguna razón por la que no deba buscar a una persona con más experiencia para consultar este asunto. Si dejamos claro que su papel como asesor deberá limitarse a resolver ese extraño asunto, no creo que el señor Runcorn se moleste... Parece la clase de persona que recibiría con agrado el consejo de alguien con más experiencia que él.

Lady Halstead estaba asintiendo.

—Desde luego, es una cuestión que también he considerado. Me gusta ese joven y no quiero hacerle enfadar —alzó la barbilla—. Pero quiero tener cierta seguridad. De otro modo, no tendré la certeza de haber cumplido la promesa que le hice a mi querido Hugo.

Violet la comprendía.

—Muy bien. ¿Y quién es ese asesor más experimentado al que desea contratar?

—Esa cuestión —confesó lady Halstead— me tuvo parada durante algún tiempo, yo no sé nada sobre ese tipo de asesores. Hasta que —alargó la mano y tomó el periódico que había dejado en la mesilla— recordé que hay una columna en la sección financiera de *The Times* cuyo responsable anima a los lectores a plantearle preguntas relacionadas con el manejo de sus finanzas —desdobló el periódico y señaló una columna—. ¿La ves? Es esta.

Violet tomó el periódico y leyó la columna. No era larga. El columnista había elegido tres preguntas y había contestado con un largo párrafo a cada una de ellas.

—Entonces, ¿piensa escribir a *The Times* pidiendo consejo?

—Bueno, esa es una forma de hablar —cuando Violet alzó la mirada, lady Halstead contestó—: Lo que se me ha ocurrido es escribir al columnista para preguntar quién es, en su erudita opinión, el asesor financiero más experimentado y digno de confianza de Londres.

CAPÍTULO 1

Una semana después

Heathcote Montague estaba sentado en el escritorio del que consideraba su refugio, la oficina que tenía a un tiro de piedra del Bank of England durante la triste tarde de octubre que iba cerrándose tras la ventana cuando oyó una discusión fuera del despacho. Concentrado como estaba en los libros de contabilidad de la empresa de uno de sus clientes de la nobleza, ignoró la discusión y continuó trabajando con los números.

Los números, sobre todo aquellos que representaban sumas de dinero, tenían un atractivo hipnótico para él. Además de proporcionarle el sustento, eran también su pasión.

Y la habían sido durante años.

Quizá durante demasiado tiempo.

Y, sin lugar a dudas, con excesiva exclusividad.

Ignorando la irritante vocecilla interior que, a medida que habían ido pasando los meses, las semanas, había ido creciendo, pasando de ser un vago suspiro a convertirse en un persistente y desquiciante lamento, se centró en las ordenadas columnas de números que cubrían la hoja de arriba abajo y se obligó a concentrarse.

La algarabía de la oficina remitió. Oyó después que se abría la puerta de la calle y se cerraba. Sin lugar a dudas, el visitante había sido otro potencial cliente atraído por aquel desdichado artículo en *The Times*. El editor había contestado a la sucinta nota que le había enviado con absoluta perplejidad. ¿Cómo era posible que no le complaciera el ser considerado el asesor financiero más experimentado y digno de confianza de Londres?

Él se había reprimido para no responder con acidez que ni él ni su firma necesitaban, y mucho menos apreciaban, ninguna clase de referencias públicas. Y era la simple verdad; él y su pequeño equipo estaban trabajando al límite. Los agentes con tanta experiencia y destreza como él eran escasos, pero la razón por la que su labor era tenida en alta estima era, precisamente, que se negaba a contratar a nadie que no fueran tan meticuloso con el negocio y, sobre todo, con el dinero de sus clientes, como él. No tenía la menor intención de arriesgar el prestigio de su firma contratando a hombres menos capaces o no tan entregados y dignos de confianza.

Había heredado una sólida cartera de clientes de su padre veinte años atrás. En la época de su padre, la firma había funcionado, principalmente, como asesoría, ayudando a los clientes a gestionar los ingresos que les proporcionaban sus propiedades. Él había sido más ambicioso y había contemplado intereses más amplios. Bajo su dirección, la firma se había expandido hasta el punto de dedicarse a manejar el capital de sus clientes. Se dedicaba a proteger su dinero y a invertirlo para aumentar sus ganancias.

Su forma de dirigir el negocio había atraído la atención de algunos nobles, sobre todo de aquellos con una mentalidad más abierta, que no se limitaban a sentarse a ver cómo iban estancándose sus activos, sino que compartían la convicción personal de Montague de que era preferible mover el dinero.

El temprano éxito de Montague había hecho prosperar la firma. Su nombre se había convertido en sinónimo de habilidad y eficacia en el manejo de las inversiones.

Pero hasta el éxito podía llegar a convertirse en algo aburrido o, por lo menos, no tan emocionante o gratificante una vez se había conseguido.

La paz había regresado a la oficina. Oyó a su oficinista más antiguo, Slocum, hacer un seco comentario a Phillip Foster, su asistente más joven. Los otros, Thomas Slater, el empleado más reciente, y Reginald Roberts, el botones, contestaron con una breve risa. Regresó después la calma habitual, rota solamente por el susurro de las hojas, el paso de las páginas, el suave cierre de un archivador o el silencioso deslizamiento del mismo al volver a la estantería.

Montague se concentró en las cifras que tenía ante él, cifras relacionadas con la cría de ovejas del duque de Wolverstone, un negocio que Montague había supervisado desde el inicio hasta aquel momento en el que había alcanzado el éxito internacional. Los resultados, si bien ya no eran tan emocionantes como podían haberlo sido en un primer momento, continuaban siendo gratificantes. Comparó y analizó, evaluó y valoró, pero no encontró nada que le impulsara a tomar una decisión.

Cuando estaba llegando al final del libro de contabilidad, el sonido procedente del espacioso despacho en el que sus empleados estaban llevando a cabo su trabajo cambió. La jornada laboral estaba llegando a su fin.

Registró en la distancia el ruido de los cajones al cerrarse, de las sillas arrastradas y el intercambio de conversaciones amigables mientras sus empleados comentaban lo que les aguardaba al regresar a casa, las pequeñas alegrías con las que estaban deseando encontrarse. Frederick Gibbons, el asistente de mayor experiencia, y su esposa acababan de tener un hijo, un tercero a añadir a los dos que tenían. Los hijos de Slocum eran ya adolescentes y Thomas Slater y su esposa no tardarían en anunciar la llegada de su primer vástago. Hasta Phillip Foster regresaría a casa de su hermana, con su alegre descendencia. Reginald, por su parte, formaba parte de una bulliciosa familia, era el mediano de siete hermanos.

Todo el mundo tenía a alguien esperándole. Alguien que le sonreiría y le recibiría con un beso en las mejillas cuando cruzara la puerta.

Todo el mundo, excepto él.

Aquel pensamiento, claro y duro como el cristal, le arrancó de su complacencia. Por un instante, se concentró en lo solitario de su vida, en aquella sensación de soledad, de vivir sin estar vinculado a nadie en el mundo, que había ido sedimentando dentro de él cada vez con más firmeza.

Se oyeron despedidas en la oficina, aunque ninguna dirigida a él; sus empleados sabían que era mejor no interrumpirle cuando estaba trabajando. La puerta de la calle se abrió y se cerró, la mayor parte de los hombres se marcharon. Slocum sería el último; aparecería en cualquier momento en el despacho para informarle de que la jornada de trabajo había terminado y todo estaba en orden.

Oyó que se abría la puerta de la calle.

—Perdone, señora —dijo Slocum—, pero la oficina está cerrada.

La puerta se cerró.

—Sí, soy consciente de que llego a última, pero esperaba que el señor Montague pudiera dedicarme unos minutos.

—Lo lamento, señora, pero el señor Montague no acepta clientes nuevos. Deberían habérselo dicho en *The Times*. Le habrían ahorrado la molestia a todo el mundo.

—Lo comprendo, pero no vengo con intención de convertirme en su cliente —la voz de la mujer era clara, la dicción precisa, los tonos bien modulados, educados—. Tengo una propuesta para el señor Montague, quiero consultarle sobre un asunto financiero un tanto enigmático.

—¡Ah! —Slocum se mostraba inseguro, como si no supiera qué hacer.

Una vez despertada su curiosidad, Montague cerró el libro de contabilidad de Wolverstone y se levantó. Aunque, al parecer, Slocum no había reparado todavía en que aquello era una rareza, puesto que no era habitual que fuera una mujer la que, por lo menos al inicio, buscara un asesor financiero, Montague no podía recordar que ninguna le hubiera abordado directamente, por lo menos, en asuntos relacionados con los negocios.

Abrió la puerta de su despacho y salió a la oficina.

Slocum se volvió al oírle.

—Señor, esta señora...

—Sí, lo he oído.

Clavó la mirada en la mujer que permanecía con la cabeza alta y la espalda erguida delante de Slocum y, aunque sabía que él había pronunciado aquellas palabras, tuvo la sensación de que llegaban desde muy lejos.

Más alta que la media, ni demasiado delgada ni con un busto excesivo, sino perfectamente proporcionada, la dama le miró con una franqueza que le cautivó al instante y capturó su atención sin el menor esfuerzo. Bajo las delicadas ondas de su oscuro pelo y de unas cejas castañas finas y arqueadas, unos ojos de un delicado azul claro le sostuvieron la mirada.

Cuando se acercó, cruzando la habitación impulsado por una fuerza mucho más poderosa que la mera educación, aquellos ojos se abrieron más, pero la barbilla se alzó y los labios rosa pálido se entreabrieron mientras preguntaba:

—¿Señor Montague?

Montague se detuvo ante ella e inclinó la cabeza.

—¿Señorita...?

Ella le tendió la mano.

—Soy la señorita Matcham y he venido a hablar con usted en nombre de mi señora, lady Halstead.

Montague cerró la mano alrededor de la suya, envolviendo aquellos dedos largos y delgados durante, por desgracia, un breve y estrictamente profesional apretón de manos.

—Ya entiendo —la soltó, retrocedió un paso y señaló la puerta de su despacho—. Quizá podría tomar asiento y explicarme de qué manera puedo ayudar a lady Halstead.

Violet inclinó la cabeza con sutil elegancia.

—Gracias.

Pasó por delante de él y una fragancia a rosas y violetas invadió sus sentidos. Montague miró a Slocum.

—Slocum, no se preocupe, puede irse a casa. Cerraré yo la oficina.

—Gracias, señor —Slocum bajó la voz—. No es nuestro tipo de cliente habitual, me pregunto qué querrá.

Montague contestó en voz baja y con creciente anticipación.

—Puede estar seguro de que lo averiguaré.

Con un gesto de despedida, Slocum tomó su abrigo y se marchó. Mientras seguía a la señorita Matcham, que se había detenido en el umbral de su despacho, Montague oyó cerrarse la puerta de la calle.

Le indicó a la señorita Matcham que entrara y la siguió. Le

pasó por la cabeza alguna duda sobre lo inapropiado de reunirse a solas con una joven dama, pero, tras dirigirle una fugaz mirada a su visitante, se limitó a dejar la puerta abierta. No era tan joven como en un principio había pensado. Aunque no era ningún experto en damas, calculó que la señorita Matcham andaría por los treinta y tantos.

Llevaba un vestido de calle de lana fina en un tono violeta pálido. El sombrero de fieltro que adornaba su cabeza era muy elegante, pero, pensó Montague, no estaba a la última moda. Y el retículo que llevaba era más práctico que decorativo.

Se detuvo delante de su escritorio y le miró. Él rodeó la mesa y señaló una de las mullidas sillas que había frente a él.

—Por favor, siéntese.

Cuando se sentó, sus movimientos al colocarse las faldas, resaltaron la elegancia natural en la que Montague ya había reparado antes. Él también tomó asiento, dejó a un lado el libro de contabilidad de Wolverstone, colocó los antebrazos sobre el escritorio, entrelazó las manos y clavó la mirada en aquel fascinante rostro.

—Y ahora dígame, ¿cómo cree que podría ayudarla, o, mejor dicho, ayudar a lady Halstead?

Violet vaciló, pero lady Halstead y ella habían urdido un plan para acceder al señor Heathcote Montague y por fin estaba con él... Se oyó decir a sí misma:

—Por favor, disculpe mi vacilación, señor, pero no es usted como esperaba.

Montague arqueó las cejas, unas cejas cuidadas de color castaño sobre unos ojos abiertos como platos que, en opinión de Violet, le habrían hecho parecer un hombre digno de confianza aunque no lo fuera, con un gesto de sorpresa.

Aquella imagen la hizo sonreír. Dudaba de que a aquel hombre le sorprendieran con mucha frecuencia.

—El asesor financiero más fiable y experto de Londres... Imaginaba que tendría que tratar con un anciano y malhumorado caballero con los dedos manchados de tinta y unas cejas blancas y pobladas que me fulminaría con la mirada por encima del borde de sus gafas.

Montague parpadeó y alzó lentamente los párpados, volviendo a revelar sus ojos castaños dorados. Tenía el pelo castaño, de un tono algo más claro que el de Violet, y unos ojos más cercanos al castaño que al verde. Pero eran su rostro y su presencia física los que la habían impactado con fuerza. Cuando volvió a deslizar la mirada por su frente, por sus mejillas y su mandíbula cuadrada, él cambió de postura. La descubrió mirándole, alzó la mano derecha y abrió los dedos.

Había tinta en ellos, no de color muy intenso, pero sí discernible sobre los callos de los dedos índice y corazón.

Mientras se fijaba en ellos, Montague alargó la mano y tomó unas lentes de montura dorada.

—También tengo esto —se las tendió—. Si le sirve de ayuda, puedo ponérmelas. Sin embargo, lo de fulminarla con la mirada podría resultarme más difícil.

Violet le miró a los ojos, vio la sonrisa que se ocultaba en ellos y se echó a reír.

Él se sumó a su risa y su sonrisa se hizo manifiesta. Su rostro se transformó con un gesto que le hizo parecer más joven que los cuarenta y tantos que ella imaginaba debía de tener.

Era un hombre sólido, sensato, fiable… todo en él, sus facciones, la forma de su cabeza, su complexión y su actitud, subrayaban esa cualidad. Los elogios que le dedicaban en *The Times* y le definían como el asesor financiero más experimentado y digno de confianza de Londres no resultaban difíciles de creer.

—Le pido que me disculpe —dejó que su risa se desvaneciera, pero sus labios permanecieron obstinadamente curvados. Se irguió en la silla, sorprendida al darse cuenta de hasta qué punto se había relajado—. A pesar de mi inapropiada ligereza, lo cierto es que vengo aquí para hablarle en nombre de lady Halstead.

—¿Y cuál es su relación con esa dama?

—Soy su dama de compañía.

—¿Lleva mucho tiempo con ella?

—Unos ocho años.

—¿Y qué puedo hacer por su señora?

Violet dedicó unos segundos a reorganizar sus pensamientos.

—Lady Halstead ya tiene un asesor, el señor Runcorn. Fue al padre de este al que contrataron los Halstead hace años y su hijo ha ocupado el lugar de su padre poco tiempo atrás. Debo decir que lady Halstead no tiene nada que objetar sobre el trabajo del señor Runcorn. Sin embargo, ha surgido una determinada situación en sus cuentas bancarias y considera que el señor Runcorn carece de la experiencia necesaria para resolverla. Por lo menos, no a su entera satisfacción — clavó la mirada en los ojos de Montague—. Debería mencionar que lady Halstead es una mujer viuda. Su marido, sir Hugo, falleció diez años atrás y ella ya es anciana. El problema con la cuenta bancaria salió a la luz porque, con el fin de mantener la promesa que le hizo a sir Hugo, decidió que había llegado la hora de asegurarse de que sus asuntos financieros y aquellos relacionados con la herencia estaban en orden.

Montague asintió.

—Ya entiendo. ¿Y qué cree que puedo hacer yo?

—A Lady Halstead le gustaría que pudiera investigar a qué se deben las cosas tan desconcertantes que están ocurriendo en su cuenta bancaria. Necesita una explicación, una explicación de cuya veracidad pueda estar segura. Lo que quiere, en esencia, es una segunda opinión, una consulta sobre este asunto, nada más —le miró a los ojos y añadió con calma—: Por mi parte, yo vengo a pedirle que me ayude a tranquilizar a una gentil anciana en sus últimos días.

Montague le devolvió la mirada con firmeza. Al cabo de unos segundos, curvó la comisura de los labios.

—Señorita Matcham, tiene una gran capacidad de convicción.

—Estoy dispuesta a hacer cuanto pueda por mis señoras, señor.

Para Montague, la entrega era un rasgo digno de elogio.

—¿Qué puede contarme sobre las… irregularidades que afectan a esa cuenta bancaria?

—Dejaré que sea lady Halstead la que lo aclare —como si hubiera sentido la pregunta que se estaba abriendo paso en la mente de Montague, añadió—: Sin embargo, he visto lo suficiente como para asegurar que, sí, que está ocurriendo algo extraño. Aun así, no he estudiado la documentación que el señor

Runcorn aportó, de modo que no puedo tener una opinión definitiva.

Ojalá todos sus clientes fueran tan cautos, pensó Montague.

—Muy bien —desvió la mirada de los hermosos ojos de la señorita Matcham, se acercó la agenda y la consultó—. Por lo que veo, podría dedicarle media hora a lady Halstead mañana por la mañana —miró hacia el frente—. ¿Cuál es la mejor hora para visitarla?

La señorita Matcham sonrió. No fue una sonrisa deslumbrante, sino un gesto delicado, amable, que, de alguna manera, consiguió atravesar sus normalmente impenetrables defensas profesionales y, literalmente, caldeó su corazón. Parpadeó a toda velocidad, se obligó a recuperar la serenidad y respondió:

—El mejor momento sería a media mañana, ¿a las once podría ser? La dirección es Lowndes Street número cuatro, justo al sur de Lowndes Square.

Sujetando la pluma con firmeza, Montague fijó la mirada en su libro de citas y anotó la dirección.

—Excelente.

Alzó la mirada y se levantó mientras la señorita Matcham se levantaba también.

—Gracias, señor Montague —le tendió la mano mirándole a los ojos—. Estoy deseándole verle mañana.

Montague le estrechó la mano y tuvo que obligarse a soltarla.

—Lo mismo digo, señorita Matcham —señaló la puerta—. Hasta mañana.

Después de observar a la señorita Matcham salir y bajar las escaleras que conducían a la planta baja, cerró la puerta y permaneció inmóvil mientras iba recordando la entrevista y deteniéndose en diferentes aspectos de la misma.

Hasta que se liberó de aquel prolongado hechizo y, asombrado, regresó a su escritorio.

Su entusiasmo, aquella buena disposición que le condujo a Lowndes Street a las once de la mañana del día siguiente, era debido, intentaba decirse a sí mismo, a la sensación de que el destino estaba ofreciéndole algo nuevo, una irregularidad financiera fuera de la norma, una prometedora perspectiva que seguro emocionaba a su hastiado interior. No tenía nada que ver con ningún tipo de atracción relacionado con la adorable señorita Matcham.

Ella abrió la puerta en cuanto llamó y Montague se olvidó al instante de cualquier intento de autoengaño. Habría jurado que su corazón se aceleró literalmente al verla. Ella sonrió.

—Buenos días, señor Montague. Pase.

Recordándose que debía respirar, dio un paso adelante y ella retrocedió. Montague se adentró en un estrecho vestíbulo. Una rápida mirada le mostró unos cuadros decentes, muebles de buena calidad, un suelo de madera brillante y las paredes pintadas. Todo limpio y ordenado. Aquella imagen confirmaba que, tal y como había sospechado en cuanto le habían dado la dirección, lady Halstead no tenía problemas económicos. Podía no estar a la altura de la mayoría de sus clientes, pero tenía activos que merecía la pena proteger. No iba a ser una pérdida de tiempo investigar para ella.

La señorita Matcham cerró la puerta y se reunió con él. Le señaló la habitación que tenía a la derecha.

—Lady Halstead le está esperando en el salón.

Él inclinó la cabeza e hizo un gesto para pedirle que le precediera, aprovechando el momento para preguntarse de nuevo por el efecto que aquella mujer tenía sobre él. No terminaba de comprenderlo. Era una mujer con un físico encantador, podría, de hecho, estar contemplándola durante horas, pero la suya no era una belleza arrebatadora. Aquel día iba vestida con un vestido azul pálido que marcaba sus curvas de una forma perturbadora o, al menos, a él se lo parecía. El hecho de que estuvieran en el interior de la casa se traducía en que no llevaba sombrero, de modo que tenía el peinado al descubierto, lo que le permitió apreciar la tupida exuberancia de su pelo. Confinaba sus rizos en un moño en la parte de atrás de la cabeza y una onda cruzaba su frente, suavizando su ceño y enfatizando un cutis cremoso y rosado sin mácula alguna.

La siguió y obligó a su mirada a separarse de ella para analizar la situación. Una muy anciana dama de pelo ralo y plateado y facciones refinadas permanecía sentada en una butaca de respaldo recto, con los antebrazos apoyados en los reposabrazos tapizados. En uno de los laterales de la butaca reposaba un bastón de ébano con empuñadura de plata.

La señorita Matcham avanzó hacia ella.

—Este es el señor Montague, señora —miró a Montague—. Lady Halstead.

Cuando la señorita Matcham se desplazó para colocarse a la derecha de la butaca, su señora, que había estado estudiándole con expresión astuta, le tendió la mano.

—Gracias por venir, señor Montague. Estoy segura de que es usted un hombre muy ocupado. Intentaré no robarle mucho tiempo

Montague le tomó la mano e inclinó la cabeza.

—En absoluto, señora. Estoy deseando conocer qué problema ha habido con su cuenta bancaria.

—¿De verdad? —lady Halstead señaló la silla que tenía a su izquierda—. En ese caso, siéntese, por favor.

Mientras lo hacía, la señorita Matcham le entregó varios documentos a su señora. Esta se volvió hacia él y se los tendió.

—Esta es una copia de las entradas y salidas de mi cuenta bancaria durante los últimos seis meses.

Montague aceptó los documentos mientras la anciana continuaba.

—Como verá, ha habido varios depósitos. Dichos depósitos son un auténtico misterio para mí. No tengo la menor idea de quién está ingresando dinero en mi cuenta. Y mucho menos de por qué.

Montague parpadeó de forma casi imperceptible. Revisó las cinco hojas que la dama le había proporcionado haciendo cálculos mentales.

—Tengo que admitir... —alzó la mirada hacia lady Halstead y miró después a la señorita Matcham— que había imaginado que las irregularidades se deberían a alguna confusión por parte del banco o a algún posible desfalco —volvió a mirar los extractos bancarios—. Pero esto es algo muy diferente.

—Desde luego —respondió lady Halstead con vehemencia—. El joven Runcorn, mi asesor financiero, cree que los pagos pueden derivar de alguna antigua inversión olvidada en el tiempo que está comenzando a generar beneficios.

Montague estudió las cifras y sacudió la cabeza.

—Sé que no hay ningún instrumento financiero que dé esos beneficios. Normalmente, los pagos son mensuales, pero no son suficientemente regulares como para determinar que pueda ser un contrato financiero como, por ejemplo, el pago de una deuda. Dichos pagos se harían mensualmente y en una fecha fija. En cuanto a la posibilidad de que sean dividendos procedentes de una inversión, no conozco ninguna compañía que pague cantidades mensuales. Las compañías de seguros pueden pagar ciertos estipendios al mes, pero, vuelvo a repetir, en ese caso lo harían a fecha fija —se interrumpió y añadió—: En cuanto a la cantidad de los pagos, digamos que representan una suma considerable.

Miró a lady Halstead.

—¿Durante cuánto tiempo lleva ocurriendo?

—Desde hace catorce meses, creo.

Montague miró de nuevo las cantidades.

—¿Siempre a un ritmo similar?

—Más a o menos.

Montague tenía la cabeza a pleno rendimiento. Su cerebro financiero estaba intentando encontrar algún patrón en el que pudieran encajar aquellos pagos, pero no lo había. Estaba seguro. En cuanto a la suma total que habían ingresado en la cuenta de aquella dama durante los últimos catorce meses, ya le habría gustado a él ser capaz de encontrar una inversión para sus clientes con tales resultados.

—Tendré que investigarlo —su alma financiera no sería capaz de dejar aquel enigma sin desentrañar.

—Gracias. Por su puesto, le abonaré sus honorarios habituales.

—No.

Alzó la mirada, recordando el aburrimiento soterrado, ignorado, reprimido y durante mucho tiempo no reconocido, que le había estado acosando durante meses, aquella sensación de sopor que había ido aumentando su presencia, arrastrándole hasta lo más hondo hasta que la señorita Matcham había llegado a su despacho para tentarle.

—Con toda sinceridad, consideraría un favor que me permitiera investigar este asunto —dejando de lado todo lo demás, aquello le permitiría continuar viendo a la señorita Matcham—. Empezaba a sentirme hastiado de mi trabajo, pero esto —alzó los documentos— representa un desafío. Por lo menos para un caballero como yo. La satisfacción de encontrar una respuesta, para usted y para mí, será pago suficiente.

Lady Halstead arqueó las cejas y le observó durante largo rato, pero después asintió.

—Si eso es lo que desea, que así sea —miró a la señorita Matcham.

Esta miró a su vez a Montague y bajó después la cabeza, señalando con ella los documentos que todavía sostenía el asesor.

—Puede llevarse esas copias. ¿Va a necesitar algo más?

Él le sostuvo la mirada durante un instante, bastante sorprendido por el tono de las respuestas que rondaban su mente. Se concentró después y frunció el ceño.

—La verdad es que sí. Me gustaría que me diera el nombre de la firma y la dirección del asesor financiero de su señora. Y también —se volvió hacia lady Halstead— necesitaré una carta de autorización para investigar en su nombre, para poder hacer preguntas y para que aquellos a los que pregunte se sientan autorizados a responderme como si yo fuera usted.

Lady Halstead asintió.

—Sí, imagino que será necesario. ¿Conoce el formato de esa clase de autorizaciones?

—Desde luego. Si quiere, puedo dictársela —miró a la señorita Matcham y miró después de nuevo a lady Halstead—. Y, en el caso de que fuera posible, señora, preferiría que la carta estuviera escrita por usted. Es mucho más difícil cuestionar ese tipo de documento.

—Por supuesto —lady Halstead miró a la señorita Matcham—. Violet, querida, ¿te importaría acercarme la escribanía?

Tras asentir con la cabeza, la señorita Matcham se levantó y abandonó la habitación.

Montague la observó marchar. Violet. Era un buen nombre para ella.

—Y ahora —continuó lady Halstead— la dirección de Runcorn es...

Dejando los documentos sobre su rodilla, Montague sacó la libreta y anotó rápidamente la dirección.

Veinte minutos después abandonaba la casa de lady Halstead con la requerida carta de autorización en el bolsillo junto a la copia de la cuenta del banco. Violet Matcham le acompañó hasta la puerta, la abrió y le miró a los ojos.

—Gracias. Es posible que no se haya dado cuenta, pero se ha sentido muy aliviada, ahora está mucho más tranquila. Ha estado muy inquieta desde que hace una semana descubrió esas irregularidades en su cuenta bancaria.

Montague le sostuvo la mirada y consideró varias posibles respuestas, todas ellas ciertas, pero, al final, se limitó a asentir con la cabeza y contestar:

—Me alegro de saber que ya les he prestado algún servicio, por pequeño que sea —se interrumpió y, sin dejar de mirarla a los ojos, añadió—: Llegaré al fondo de este asunto. Si su señora comienza a ponerse nerviosa, hágame el favor de asegurárselo.

A Violet le resultaba difícil apartar los ojos de los suyos, pero, curvando los labios y lamentando su propia vulnerabilidad, inclinó la cabeza y susurró:

—Vuelvo a darle las gracias por todo. Esperaremos a que nos informe a su debido tiempo.

Montague inclinó la cabeza, atravesó el umbral, cruzó el porche y bajó los escalones.

Ella le observó alejarse y notó que se sentía más ligera, como si se hubiera liberado de una carga de la que no había sido consciente. Montague había sido como un caballero andante para ella. Había acudido a su cita, había tomado las riendas y había comenzado a solucionar los problemas que acosaban a su señora y, por lo tanto, también a ella.

Sin lugar a dudas, aquella era la razón por la que la había dejado con aquel agradable aturdimiento. Sonriendo de nuevo ante aquella inesperada vulnerabilidad, cerró la puerta y regresó con lady Halstead.

Aquella noche, lady Halstead había organizado una cena para su familia. Como ya no se sentía con fuerza para ir a visitarles a sus casas, les invitaba a cenar una vez al mes, y todos acudían. Siempre.

Durante los primeros meses con lady Halstead, a Violet le había sorprendido en cierto modo que asistieran a aquellas cenas hasta los tres nietos adultos de la dama y permanecieran en la casa durante toda la velada. Pero, a medida que habían ido transcurriendo los meses, se había ido dando cuenta de que la rivalidad entre los hijos de los Halstead alcanzaba alturas inusitadas. Y, aunque quizá sus nietos habrían deseado estar en cualquier otra parte, estaban obligados a obedecer las órdenes de sus padres y a observar el debido respeto a la dignidad de su abuela.

Como era habitual, Violet se sentó a la izquierda de su señora para prestarle ayuda en el caso de que la requiriera. Los hijos de la familia, todos ellos muy conscientes de su categoría, toleraban su presencia porque lady Halstead insistía en que lo hicieran y, como los orígenes de Violet eran tan respetables, e incluso mejores que los suyos propios, no encontraban excusa alguna para excluirla.

Lo que sí hacían, sin embargo, era ignorarla, algo muy conveniente para Violet. Le resultaba inmensamente gratificante no tener que interactuar con «la progenie», que era como Tilly, Cook y ella les llamaban en secreto. Se limitaba en cambio a observar con los labios cerrados. En tanto que hija única, las tensiones y las pullas constantes entre los miembros de la familia le resultaban tan curiosas y fascinantes como terroríficas.

En más de una ocasión, se había retirado a su habitación tras alguna de aquellas cenas agradeciendo el no tener hermanos; aunque, por supuesto, dudaba de que muchas familias se comportaran como los Halstead. Estos parecían regirse por sus propias normas.

Aquella noche, la conversación abarcó temas que trataron desde la importancia de algunos proyectos parlamentarios hasta la cuestión irlandesa y el peso de las relevantes deliberaciones que estaban teniendo lugar en el Ministerio del Interior. El primer tema fue expuesto por Cynthia, única hija y la segunda de los hermanos Halstead, con intención de llamar la atención sobre su marido, el honorable Wallace Camberly, miembro del parlamento, para subrayar su importancia y, por extensión, la suya propia.

Cynthia estaba sentada a la derecha de lady Halstead y enfrente de Violet. Era una severa matrona ataviada con un vestido de satén azul, una mujer de facciones duras y los ojos como el ónix. Su constante mal genio se reflejaba en unos labios finos y apretados. Sus expresiones más frecuentes eran de desaprobación o desdén. Pocas cosas había en la vida que contaran con el favor de Cynthia. Si hubiera que ponerle un rostro a la ambición ciega, sería el suyo.

—Por supuesto —declaró—, la coronación no tardará en cobrar relevancia sobre todo lo demás. Y no tardarán en nombrar el comité parlamentario que se encargue de supervisarla.

Sentada al final de la mesa, en el lado opuesto, Constance Halstead, la esposa de Mortimer, el primogénito de lady Halstead, alargó la mano hacia su copa de vino. Era una mujer alta, de busto pronunciado y facciones redondas que tenía una desafortunada afición a las puntillas y los volantes y una voz que, estuviera con quien estuviera, siempre tendía a sonar demasiado alta.

—Lo supongo —declaró—. Pero, por supuesto, le corresponderá al Ministerio del Interior supervisar los detalles de cuanto ocurra ese día. Mortimer... —miró a su marido, que estaba sentado a la cabecera de la mesa— estará, sin duda alguna, seriamente involucrado en todo ello.

Violet también miró a Mortimer. Era un hombre de complexión mediana, un observador estricto de la corrección en todos los aspectos de su indumentaria, algo que solo servía para que resultara desapercibido. También su rostro carecía de toda distinción. Mantenía las facciones bajo un absoluto control, su expresión era, habitualmente, insulsa, vacía casi. Mortimer había estado aderezando un excelente rosbif, pero en aquel momento alzó la mirada, fijó sus ojos claros en Cynthia y, con expresión impertérrita y desafiante, dijo:

—Desde luego. Serán muchas las cosas que habrá que organizar y el Ministerio del Interior estará a cargo de ello. Habrá conversaciones previas, pero no me está permitido divulgar los detalles.

La única respuesta que obtuvo por parte de Cynthia fue una sonrisa de suficiencia con la que parecía estar comunicándole que pensaba que Mortimer no podía revelar detalle alguno porque no lo conocía, no porque fuera partícipe de aquel importante asunto.

Mortimer comenzó a entrar en cólera, pero, antes de que pudiera responder a Cynthia, Maurice Halstead, el segundo hijo y la oveja negra de la familia, vividor, libertino, jugador, mujeriego y despilfarrador, intervino arrastrando las palabras.

—En ese caso, será a ti a quien te consulten la cantidad de encaje que llevará el vestido de coronación de Alexandrina. ¡Ah, no, espera! Que la llamarán Victoria, ¿no es cierto?

Mortimer miró a Maurice con los ojos entrecerrados.

—El vestido para la coronación será decidido por Palacio, tal y como es debido, y, sí, incluso alguien como tú tiene que haberse enterado de que la joven reina será llamada Victoria.

El hombre que estaba sentado al lado de Constance cambió de postura.

—¿Qué tienen contra el nombre de Alexandrina? —William Halstead también arrastró ligeramente las palabras.

Si Maurice era la oveja negra, William era el paria de la familia. Violet estaba convencida de que asistía a las cenas de lady Halstead para poder disfrutar de un buena comida al menos una vez al mes, pero, sobre todo, porque sabía que su presencia molestaba a sus hermanos y sus cónyuges. Todos ellos le miraban como si fuera una cucaracha y lamentaran no poder aplastarla.

William, el hermano pequeño, siempre se presentaba muy

sobriamente vestido, con un sencillo traje negro apenas aceptable en una cena de la alta burguesía.

—En realidad —Wallace Camberly habló por primera vez, o al menos eso pensaba Violet, desde que se había sentado a la mesa—, lo que ha pasado es que le gusta el nombre de Victoria más que todos los demás.

Fue el más razonable y, procediendo de un Camberly, probablemente el más fundamentado, comentario, capaz de desactivar y poner punto final al tema.

Wallace Camberly, que estaba sentado a la derecha de Cynthia, era, a juicio de Violet, más ambicioso incluso que su esposa. Sin embargo, a diferencia de Cynthia, él no se jugaba nada en aquellas disputas familiares. En muchas ocasiones, permanecía distante y se limitaba a hacer algún que otro comentario cuando algún tema le interesaba. Como siempre, iba vestido de manera discreta, pero muy a la moda, tal y como correspondía a su posición. Violet sabía que podía ser frío y despiadado para conseguir sus objetivos, pero se aferraba a las normas tal y como él las percibía con la convicción de que, a la larga, le sería de mayor beneficio y, si pensaba que algo no iba a beneficiarle, prefería no perder ni tiempo ni energía en el asunto.

Las críticas de la familia Halstead no significaban nada para él, así que las ignoraba.

Walter Camberly, su hijo, que estaba sentado enfrente de él, imitaba aquella actitud. Aunque tenía ya veintisiete años, todavía no se le conocía ocupación alguna, llevaba una vida sin rumbo, sin objetivo alguno. Violet no estaba segura de a qué dedicaba sus días, pero, teniendo en cuenta que Cynthia le trataba con puño de hierro, dudaba de que Walter encontrara muchas alegrías en su aparentemente libre existencia.

Al igual que Violet, Walter mantenía la cabeza gacha y dejaba que fueran sucediéndose aquellos ataques verbales. Los otros miembros de la generación más joven, hijos de Mortimer y Constance, eran Hayden, de veintitrés años, y su hermana Caroline, de solo veinte y, más que disfrutarlas, soportaban aquellas veladas. Rara vez hacían comentarios de ninguna clase. Por lo que Violet sabía, eran personas normales, sin nada digno de destacar. Si hubiera tenido que dar su opinión, habría dicho que encontraban las cenas bastante aburridas, pero eran demasiado educados y dependían de tal manera de la buena voluntad de sus padres que no les quedaba más remedio que asistir y guardar silencio. Hablaban cuando tocaba hacerlo, pero apenas contribuían a la conversación.

Y, desde luego, intentar no llamar atención de ninguno de los miembros de la familia Halstead era lo más sensato.

Mortimer se limpió los labios meticulosamente dándose unos toquecitos con la servilleta e intentó definir de nuevo el marco de la conversación.

—Creo que sería aconsejable que la nueva reina se reuniera con representantes irlandeses en algún momento. Es posible que yo tenga que viajar a Irlanda como parte de la delegación.

—¿De verdad? —Cynthia alargó la mano hacia la salsera—. ¿Quién sabe? A lo mejor te dan una secretaría en Irlanda —miró a Constance—. Querida, te compadeceré sinceramente si te ves obligada a mudarte a Irlanda.

Mortimer enrojeció.

—¡No seas ridícula! Me tienen en demasiada alta estima y mis opiniones son demasiado valoradas en el Ministerio del Interior como para contemplar siquiera la posibilidad de desterrarme a Irlanda —Mortimer se interrumpió al darse cuenta, cuando ya era demasiado tarde, de que había mordido el anzuelo.

Miró a su hermana con los labios apretados, tomó aire y lo retuvo durante un segundo como si estuviera a punto de empezar lo que Violet sabía por experiencia sería un rápido descenso a una discusión con comentarios hirientes e insultos agresivos. Una vez superada la tensión, Mortimer desvió la mirada de Cynthia a lady Halstead.

Como siempre, esta permanecía impasible frente a las malignas y casi violentas corrientes que fluían en la mesa. Clavaba la mirada en rosbif y seguía comiendo con tranquilidad.

Con cierto cuidado, Mortimer dejó la servilleta a un lado.

—¿Cómo está, madre? Espero que el esfuerzo de tenernos a todos cenando no sea demasiado agotador.

Lady Halstead apenas arqueó las cejas para mirar a su alrededor.

—Estoy todo lo bien que se puede esperar a mi edad. Gracias por preguntar, Mortimer.

Cynthia decidió intervenir al instante con un comentario solícito que Constance se sintió obligada a superar. Para no pasar desapercibido, Maurice señaló que lady Halstead parecía algo más pálida, pero que, por lo demás, tenía un aspecto muy satisfactorio. Durante varios minutos, lady Halstead tuvo que hacer el esfuerzo de soportar los obviamente interesados e insinceros comentarios de sus hijos.

Mortimer zanjó la discusión diciendo:

—Mamá, me atrevería a decir que todavía te quedan muchos años por delante.

—Quizá —dijo William, recostado en la silla y con las manos en los bolsillos—. Pero, en cualquier caso, espero que tenga todos sus asuntos en orden —miró a sus hermanos con sus ojos oscuros—. Porque que el cielo nos ayude si queda pendiente algún asunto relacionado con la herencia cuando te hayas ido.

Violet no podía estar más de acuerdo con aquel comentario, pero, por supuesto, Mortimer, Cynthia, Constance e, incluso Maurice, se lo tomaron muy mal. La consiguiente furia recayó sobre William y duró un largo rato.

Hasta que lady Halstead dejó los cubiertos sobre el plato y dio una enérgica palmada.

—¡Silencio! ¡Oh! ¡Callaos de una vez! —cuando cesaron las voces, volvió a agarrar los cubiertos y prestó de nuevo atención al plato—. Como ya sabéis, le pedí a Runcorn, el joven que se ha hecho cargo de la asesoría de su padre, que revisara todos los asuntos relacionados con mi herencia para asegurarse de que todo está en orden —alzó durante un breve instante su mirada severa—. Aunque no tengo ninguna intención de morir todavía, puedo aseguraros que, cuando lo haga, no habrá ninguna duda relativa a la herencia.

Durante unos segundos, se hizo el silencio en la mesa. Después, comenzaron los murmullos, todos ellos sobre el joven Runcorn y sobre si estaría o no a la altura de aquella misión.

Violet miró a lady Halstead y, al igual que ella, ignoró aquellos comentarios.

Cuando Tilly llegó para retirar los platos antes de llevar el postre, Violet se preguntó, como había hecho muchas veces durante los últimos ocho años, cómo era posible que una dama tan buena y amable como lady Halstead tuviera una familia como aquella, en la que todos los miembros eran egoístas e interesados, si bien en diferentes grados.

—¡Maldita sea!

Miró su reflejo en el espejo del afeitado. Con un duro golpe de muñeca, arrancó un pelo rebelde de la barbilla, se medio enderezó y giró la cabeza hacia ambos lados para confirmar que el afeitado estaba tal y como él lo deseaba.

Tras sus hombros, las paredes del vestidor estaban apenas iluminadas por la única lámpara que había llevado. Le resultaba confortable aquella tenue luz. Aquel era su lugar más íntimo, el espacio en el que urdía sus planes, los ajustaba y los pulía.

Se miró a los ojos en el espejo.

—Ni siquiera está a punto de morir. Aquí estoy yo, esperando pacientemente a que se apague y termine falleciendo y, sin embargo, está vivita y coleando. Y ahora, maldita sea, tiene a ese tipo investigando sus cuentas.

Se enderezó por completo y se obligó a analizar aquel nuevo, inesperado e inquietante desarrollo de los acontecimientos.

—Pero la pregunta es, ¿lo averiguará?

Al cabo de un minuto, continuó…

—Porque si lo descubre…

Unos segundos después, sacudió la cabeza.

—Pero, aunque él no se entere, lo averiguará ella. Él se lo advertirá, aunque solo sea al no estar incluido en alguna lista. Y, en cuanto se dé cuenta, ella comenzará a hacer preguntas… Lo sé. No se limitará a dejarlo pasar.

Su creciente tensión afiló como cuchillas sus últimas palabras.

Cuando el sonido de su voz se desvaneció, continuó dejándose llevar por sus pensamientos.

Solo el tictac de un reloj distante interrumpía el silencio de la noche.

Al cabo de un rato, se obligó a levantarse y a mirarse de nuevo en el espejo.

—No puedo permitirme que salga a la luz, ni ahora ni nunca. Así que tendré que encargarme de ello. No volveré a respirar tranquilo hasta que esté de nuevo a salvo. Es evidente que habrá otros a los que tendré que silenciar, pero cada cosa a su tiempo.

Aquel había sido su lema desde que podía recordar y, por lo menos hasta entonces, le había resultado muy útil.

CAPÍTULO 2

En un principio, Montague no había sido consciente de lo satisfactorio que podía llegar a ser el proporcionar alivio a aquellos a los que abrumaban los problemas financieros. Aquella era, había comprendido con el tiempo, una faceta de sus actividades profesionales que no había sabido apreciar, pero que debía reconocer y de la que debería, incluso, sentirse orgulloso.

Tras dejar la casa de Lowndes Street, la satisfacción de haber podido aliviar en parte la ansiedad de lady Halstead le había acompañado durante el resto del día y durante la rutinaria y tranquila velada que le había seguido, lo que le había impulsado a decidir que lo primero que haría al día siguiente por la mañana sería consultar al asesor financiero de la dama.

Aunque ella no parecía recelar de Runcorn, Montague quería forjarse su propia opinión. Si se hubiera tratado de una malversación, habría sido mucho más escéptico, por no decir desconfiado, pero, mientras avanzaba a grandes zancadas por la acera, sentía más curiosidad que preocupación.

Tras un día entero y parte de la noche permitiendo que las irregularidades de lady Halstead se filtraran hasta en los más profundos recovecos de su cerebro, todavía no se le había ocurrido una posible solución. Pero, lejos de desanimarse, estaba incluso más entusiasmado. Había pasado mucho tiempo desde la última vez que un problema financiero había conseguido sorprenderle y, mucho más, intrigarle hasta ese punto.

Casi se sentía como un hombre nuevo mientras doblaba la

esquina para abandonar Broad Street y adentrarse en Winchester Street. Las oficinas de Runcorn estaban cerca de allí, en el primer piso de un edificio cercano al codo en el que la calle giraba hacia el norte. Había un pub justo enfrente, en la esquina opuesta a la curva y las oficinas de Runcorn & Son estaban flanqueadas por una pequeña imprenta a un lado y un estanco al otro.

En aquella zona no había tantos negocios relacionados con el mundo de las finanzas como en las calles y callejones cercanos al Bank of England, en el que Montague y sus colegas tenían sus oficinas, pero Winchester Street estaba a solo unas manzanas de aquel otro sector mejor establecido y la oficina de Runcorn estaba en un edificio bastante decente para tratarse de una firma menor.

Se detuvo ante la puerta y estudió las letras desvaídas del cartel colocado encima de la única ventana que daba a la acera. Miró después a través del cristal de la puerta y no le sorprendió ver las lámparas encendidas en el interior. La ventana permitía que entrara alguna luz, pero no la suficiente para un negocio consistente en revisar cifra tras cifra.

Abrió la puerta y entró. Se detuvo tras una puerta cerrada e inspeccionó el interior movido, sobre todo, por el interés profesional. Aunque diminuta, la estructura de la oficina era más que reconocible, al menos para él. Había cajas de archivadores apiladas a lo largo de las estanterías que ocupaban hasta el último centímetro cuadrado de cada una de las paredes; en una de las esquinas el montón apilado alcanzaba la altura de un hombre. Había un estrecho escritorio tras el que trabajaba un empleado; este, un hombre de mediana edad, alzó la mirada cuando entró.

Sobriamente, vestido, tal y como correspondía a su oficio, se levantó y avanzó hacia él.

—¿En qué puedo ayudarle, señor?

Montague, que tenía ya la mano en el bolsillo interior de su chaqueta, sacó el tarjetero, extrajo una tarjeta y se la tendió.

—Si el señor Runcorn pudiera dedicarme unos minutos de su tiempo, me gustaría consultar con él el asunto de los activos de la señora Halstead.

El empleado leyó la tarjeta y abrió los ojos como platos.

—Sí, por supuesto, señor —señaló un par de sillas que había delante de la ventana—. Por favor, tome asiento, señor Montague. Informaré al señor Runcorn de su llegada.

Montague inclinó la cabeza y se sentó obediente. No tenía la menor duda de que Runcorn le atendería. Incluso en el caso de que no llevara tiempo suficiente en el negocio como para reconocer su nombre, era evidente que su empleado sí lo había reconocido y, sin lugar a dudas, informaría a su jefe.

El empleado llamó a una puerta, entró y la cerró tras él.

Un segundo después, la puerta volvió a abrirse y un joven de unos veintiocho años apareció en el umbral y avanzó a paso ligero hacia Montague con la tarjeta en la mano.

Montague se levantó mientras Runcorn se acercaba.

—¡Señor!

Runcorn se detuvo ante él con su rostro redondo iluminado por una alegría casi infantil.

Miró a Montague a los ojos. Los suyos brillaban con una mezcla de placer e intriga en iguales proporciones. Después, tomó aire, reprimió su emoción e inclinó la cabeza.

—Señor Montague, es para mí un honor darle la bienvenida a Runcorn & Son. ¿En qué puedo ayudarle?

Montague sonrió con aprobación.

—Tengo un asunto relacionado con la herencia de la señora Halstead del que me gustaría hablar con usted. ¿Dispone de tiempo?

Runcorn retrocedió un paso y señaló su despacho.

—Por supuesto.

Invitó a Montague a entrar y a sentarse en la silla que había ante un enorme y antiguo escritorio. Mientras Runcorn lo rodeaba para acceder a su propio asiento, le contó:

—Esta oficina perteneció a mi padre antes que a mí. Yo, por supuesto, soy el hijo de Runcorn & Son.

A Montague le resultó contagioso el entusiasmo de aquel hombre.

—He oído hablar mucho de usted —cuando Runcorn alzó la mirada con expresión interrogante, Montague le aclaró—: A lady Halstead —metió la mano en el bolsillo y sacó la autorización—. Antes de que continuemos, me gustaría que leyera esto.

Runcorn se puso serio, tomó la carta, la desdobló y, tras volver a doblarla muy despacio, miró a Montague a través del escritorio con un ligero ceño de extrañeza.

Montague no tuvo dificultad alguna en interpretar lo que le estaba pasando por la cabeza.Y, al ver aquel semblante tan elocuente, tan expresivo, hasta la vaga sospecha de que Runcorn pudiera estar envuelto de alguna manera en aquellas irregularidades se desvaneció.

—Permítame asegurarle que no he venido para arrebatarle un cliente, señor Runcorn.

Tendió la mano para recuperar la carta y, cuando Runcorn se la devolvió, volvió a guardarla en el bolsillo.

—En ese caso, tengo que admitir que estoy confundido —reconoció Runcorn con firmeza—. ¿Por qué ha venido aquí?

—Lady Halstead requiere de… podríamos decir la confirmación de que cualquiera que sea la explicación que encuentre para las irregularidades de su cuenta bancaria es acertada. Ese es mi único objetivo.También quiero dejar claro que no tengo ningún interés económico en este asunto. He aceptado supervisar lo ocurrido por simple curiosidad profesional —le sostuvo la mirada al joven—. Me intriga, señor Runcorn, cuál podría ser la explicación a los pagos que han aparecido en la cuenta de la dama.

Tras varios segundos, Runcorn parpadeó como si estuviera intentado asegurarse de que había oído bien y dijo:

—Quiere la confirmación de que la explicación es la correcta… Bueno, es comprensible. No llevo mucho tiempo en el negocio y… —al cabo de un segundo, miró a Montague a los ojos—, para serle sincero, señor, le agradecería enormemente que me guiara en este asunto.Yo pensaba que los pagos podían deberse a alguna inversión olvidada durante mucho tiempo, pero no es así o, al menos, no parece ser ese el caso.

—No —Montague vaciló un instante y añadió—: De hecho, eso fue lo que despertó mi interés en el asunto. Llevo mucho tiempo en el negocio y, aun así, no soy capaz de reconocer la forma de esos pagos. No encajan con ninguno de los patrones que he visto hasta ahora.

—¡Exactamente! —Runcorn alzó las manos con un gesto de impotencia—. Pringle, mi empleado, y yo nos hemos estado devanando los sesos intentando descubrir la procedencia de esos ingresos, pero, hasta ahora, no hemos encontrado ni una sola pista. Y, como el banco tiene registrados los pagos como ingresos en efectivo, es muy poco probable que puedan explicarle algo a la señora Halstead sobre su origen —parecía incómodo—. No creo que sea conveniente informar de esta cuestión al banco todavía, al menos sin el permiso explícito de la señora Halstead y, desde luego, no hasta que hayamos eliminado cualquier otra posible fuente de inversión.

Montague asintió con gesto de aprobación mirando al joven a los ojos.

—Desde luego. No debemos involucrar en esto al banco hasta que no hayamos agotado todas las líneas de investigación. No debemos airear este asunto más de lo estrictamente necesario.

—Eso es lo que yo pienso —Runcorn pareció tranquilizarse—. Pensando que los pagos podían estar relacionados con alguna inversión olvidada, hemos revisado el archivo de los Halstead retrocediendo hasta más de treinta años atrás y hemos examinado de forma meticulosa página tras página, pero hasta ahora no hemos tenido suerte.

Montague pensó en ello y volvió a asentir.

—Ahora mismo, esta es la primera pregunta que debería contestar: al margen de las apariencias, ¿podrían estar esos pagos relacionados con alguna inversión el pasado? Desde luego, ha emprendido la ruta de investigación adecuada.

Sonrió al ver la expresión de alivio de Runcorn, que fue atemperada casi de inmediato al darse cuenta de la enorme tarea que tenía ante él.

—De hecho —le confirmó Montague—, nos llevará tiempo y esfuerzo encontrar la respuesta adecuada. Sin embargo, por lo que concierne a mi propio acercamiento al tema, llegados a este punto le agradecería que me proporcionaría una copia de los extractos bancarios de la cuenta en cuestión para comprobar la primera vez en la que aparecieron esos pagos. Lady Halstead me entregó una copia de los más recientes, pero necesitaré también los anteriores. Además, me gustaría disponer de una lista en la que figuren todas las inversiones de cualquier tipo, sean actuales o no, y todos los préstamos y depósitos que puedan generar algún interés bancario.

Runcorn ya estaba asintiendo. La carta que lady Halstead le había entregado a Montague autorizaba a este a requerir tales detalles y otorgaba permiso a Runcorn para proporcionárselos.

—Podemos entregarle una copia de los datos bancarios hoy mismo. Pringle tiene más de una. Y también del estado de las corrientes inversiones, de aquellas que todavía están reportando algún ingreso. Nosotros mismos hemos estado analizándolas. Pero nos llevará varios días disponer de un listado con todas las inversiones —miró a Montague a los ojos—. Para estar seguros de que tenemos una visión completa, habrá que revisar los últimos treinta años.

—Eso me será del todo satisfactorio —Montague sonrió y se levantó—. Soy consciente de que, para sobrevivir, también tiene que atender a otros clientes.

—Desde luego.

Runcorn se levantó y rodeó el escritorio para abrir la puerta del despacho. Esbozó una mueca.

—En este momento, me está tocando hacer malabares. Revisar todos los extractos de la señora Halstead me está llevando mucho más tiempo del que habría podido imaginar.

Montague permitió que le acompañara junto a Pringle y se lo presentara. Este último, tras recibir las órdenes de Runcorn, demostró ser una persona meticulosa y organizada y le entregó las copias de los extractos bancarios y un listado de las últimas inversiones.

Miró después la pila de papeles que tenía sobre el escritorio.

—En cuanto a la lista completa de inversiones, eso podría llevarme varios días.

Montague asintió.

—Es comprensible. En un caso como este, es de crucial importancia contar con una lista completa y rigurosa en cada detalle. Si para ello se requieren varios días más, que así sea. Una lista con errores no nos conducirá a ninguna parte.

Pringle inclinó la cabeza.

—Por supuesto, señor. Pondré en ello toda mi atención.

Dado que ya había reparado en el rigor de su trabajo, Montague no tuvo la menor duda de que la lista demostraría ser más que adecuada y así lo manifestó.

Dejando después a Pringle y a su patrón pavoneándose tras sus elogios, abandonó las oficinas de Runcorn & Son y, acelerando el paso, salió a ocuparse de sus propios asuntos.

Montague no tuvo oportunidad de volver a ocuparse del enigma de Halstead hasta última hora de la tarde. Al regresar a la oficina, habían ido sucediéndose los clientes, intercalados con las visitas de diferentes firmas buscando capital.

Las inversiones eran el alma de su negocio, de modo que había tenido que dejar de lado el asunto de lady Halstead y sus misteriosos pagos.

Al final, cuando ya estaba empezando a oscurecer tras la ventana, había colocado el delgado archivador que contenía los extractos bancarios de la dama y la lista de inversiones sobre el escritorio y la había abierto.

Dos horas después, cuando Slocum llamó a la puerta de su despacho para darle las buenas noches, ya había llegado al final de la laboriosa tarea de cotejar pagos e inversiones y se había descubierto en completo acuerdo con lady Halstead. En su cuenta bancaria estaba ocurriendo algo extraordinariamente raro.

Después de despedirse de Slocum, Montague se reclinó en su asiento y fijó la mirada en los documentos que tenía extendidos sobre el escritorio. Deslizó un dedo por el brazo de la silla y dejó por fin que la única explicación, la única posibilidad que todavía no había descartado, se conjurara en su cerebro.

—Ocultamiento de fondos —frunció el ceño—. ¿Pero de quién y por qué?

En términos financieros, un ocultamiento de fondos era lo contrario a la malversación, pero era igualmente ilegal en la medida en la que, si alguien necesitaba ocultar ese dinero, era obvio que debía de haber algún elemento ilegal vinculado a él.

—De modo que, al intentar investigar el origen de estos pagos, podría estar investigando algo que puede ser considerado fruto de algún delito.

¿Debería involucrar a la policía?

Pensó en ello, considerando en particular aquello de lo que debería informar, y esbozó una mueca.

—Todavía no puedo estar seguro de que se haya cometido un delito. Y, desde luego, no tengo ninguna prueba de que se haya cometido.

Además, involucrando a la policía no iba a granjearse las simpatías de lady Halstead y la señorita Matcham. Por supuesto, aquella consideración no iba a detenerle, pero...

Tamborileó con el dedo en el brazo de la silla con más determinación.

—Si tuviera alguna prueba, estaría muy claro lo que debo hacer, pero, de momento, todavía hay alguna posibilidad de que detrás de todo esto se esconda una explicación inocente.

Recorrió con la mirada los documentos dispersos sobre su mesa y barajó todas las opciones que se abrían ante él. Buscar el origen de aquellos pagos, en el caso de que fuera posible, parecía ser la ruta más directa a seguir.

En muchas ocasiones, había ayudado a otros en sus investigaciones cuando estas comenzaban a adentrarse en aguas financieras. Sin embargo, aquella era la primera vez que tenía que iniciar él mismo una investigación en vez de contribuir al proyecto de algún otro. Gracias a aquellos precedentes, a aquella labor de apoyo, tenía contactos, conocidos que sabían mucho más que él sobre aquel tipo de investigaciones y que, sin lugar a dudas, estarían encantados de ayudarle en el caso de que solicitara su ayuda.

—Pero, en este momento, todavía se trata de un asunto estrictamente financiero y, en lo que concierne a la investigación financiera...

Él era el mejor para llevar a cabo aquel trabajo. Aquella era la razón por la que, cuando se trataba de asuntos de dinero, muchos recurrían a él.

Exhaló un suspiro, se irguió en la silla y reunió todos los documentos. Mientras volvía a guardarlos en el archivador, recordó su anterior inquietud, sus ganas de enfrentarse a algún proyecto nuevo y excitante. Al parecer, el destino le había escuchado.

«Ten cuidado con lo que deseas...». Aunque su madre había muerto cuando él solo tenía diez años, todavía la recordaba dándole aquel consejo.

Por otra parte, aquella irritante vocecilla interior, la voz de la insatisfacción, llevaba varios días en silencio, lo que suponía una evidente mejora.

Dejó el archivador en el escritorio, se levantó, apagó la lámpara y después, guiándose por la luz que se filtraba por la ventana procedente del resplandor de Chapel Court, salió hacia la parte exterior de la oficina. Cuando llegó al picaporte de la puerta, el ambiente de anticipación que se generaba en el momento en el que sus empleados abandonaban la oficina, reapareció en su mente.

Era algo que había observado en los demás, pero que él nunca había experimentado.

Sin sentir aquel feliz entusiasmo, abrió la puerta, la cruzó, la cerró con llave, se volvió y subió las escaleras que llevaban al segundo piso.

Había comprado aquel edificio en Chapel Court, cerca de Bartholomew Lane y detrás del Bank of England unos diez años atrás y había convertido el piso que estaba encima del despacho y la oficina en un confortable apartamento. La proximidad de su oficina le resultaba de lo más conveniente. Si a lo largo de la tarde o de la noche le surgía alguna duda, solo necesitaba un minuto para revisar el archivo, o para tomar alguna nota en su escritorio. Y aquella zona de la ciudad, aunque rebosaba actividad durante el día, era muy tranquila. No era una zona desierta ni mucho menos, ¿qué parte de la ciudad lo era?, pero los residentes de aquella zona eran de naturaleza seria y muy reservada.

Buscó la llave en el bolsillo del chaleco, se detuvo en el rellano de la escalera, giró la llave y abrió la puerta. El piso era muy espacioso, comprendía un pequeño vestíbulo que daba a un largo cuarto de estar con un comedor detrás, un estudio que utilizaba como biblioteca y una habitación principal que incluía un enorme dormitorio, dos vestidores y un baño con los más modernos accesorios.

El apartamento contaba también con una cocina grande y las habitaciones de los sirvientes, que estaban en una zona separada, dominio de su ama de llaves, la señora Trewick y su marido, el señor Trewick, que era su criado. Aquella pareja de mediana edad llevaba casi veinte años viviendo con Montague y conocía sus hábitos y sus necesidades al dedillo.

Montague se dirigió hacia el cuarto de estar. El eco de sus pasos resonó débilmente en el apartamento.

—¡La cena está lista y esperándole, señor! —canturreó la señora Trewick desde la cocina—. Siéntese y mi marido se la servirá.

Montague sonrió e hizo lo que le ordenaban. Intercambió los comentarios de costumbre con Trewick mientras este le servía los tres platos de una cena suculenta y abundante. Cuando terminó la cena, envió sus felicitaciones a la señora Trewick, como también hacía de forma habitual, lo cual, como siempre, complació sin límites a la señora Trewick.

Después, se despidió de sus empleados para pasar la noche. La pareja se retiró a sus habitaciones mientras él se dirigía al estudio. Después, libro en mano, fue hasta el cuarto de estar, donde todavía ardía en la chimenea el fuego que Trewick había encendido para combatir el frío nocturno.

Se sentó en su butaca favorita, una de las dos colocadas frente al fuego, y alargó la mano hacia el pequeño mueble bar que tenía sobre una mesita. Se sirvió un vaso de whisky, una bebida a la que se había aficionado desde que se había hecho cargo de las cuentas del duque de Glencrae, se sentó y bebió un sorbo.

Durante algunos segundos, se limitó a permanecer sentado con el libro cerrado en el regazo, el vaso en la mano y la mirada fija en las llamas.

Y volvió a percibir en su mente el contraste entre el ambiente entre sus empleados cuando abandonaban la oficina y el ambiente que había cuando se iba él.

Cuando sus empleados se marchaban, las expectativas de placer, de alegría y la confianza en encontrar aquello al llegar a su hogar, a su casa, y reunirse con aquellos a los que amaban, animaban sus voces. Cuando él se marchaba, todo era silencio, incluso dentro de él.

Porque él no tenía a nadie, a nadie que le quisiera, solo tenía una casa, ni siquiera tenía un hogar.

Aquella, sabía, era la diferencia fundamental y, aunque hasta entonces no le había molestado, al menos durante los muchos años que había dedicado a llevar su firma hasta la posición que ocupaba, el silencio, el vacío de aquella casa, la soledad, estaban haciendo mella en él.

Había alcanzado su objetivo, había llegado más lejos incluso, pero el triunfo le parecía vacuo.

Al cabo de un momento, desvió la mirada y la posó en la butaca vacía que tenía frente a él. De manera espontánea, su mente conjuró la imagen de Violet Matcham allí sentada, con el pelo iluminado por el fuego de la chimenea, la cabeza inclinada con aquella sutil elegancia tan propia de ella y una delicada sonrisa curvando sus labios e iluminando sus ojos azules.

Montague consideró aquella imagen durante algunos minutos y sacudió después la cabeza, descartando aquel ensueño. Abrió el libro y se dispuso a leer.

En el otro extremo de Londres, en Albemarle Street, en Mayfair, Penelope Adair permanecía sentada en uno de los extremos de la mesa e intercambió una significativa mirada con su amiga Griselda Stokes. Ambas se volvieron entonces hacia los dos caballeros con los que estaban compartiendo la mesa.

—Seguro que hay algún caso interesante en el que podamos ayudar —dijo Penelope.

Barnaby Adair, sentado a la cabecera de la mesa, miró a Basil Stokes, amigo y colega. Barnaby se enderezó entonces y, haciendo un gesto de desdén con la mano, contestó con aparente despreocupación.

—La verdad es que ahora mismo no hay demasiados delitos relacionados con la alta sociedad pendientes de investigación por parte de Scotland Yard.

Consciente del carácter intencionadamente sesgado de aquella respuesta, Penelope miró a su esposo con los ojos entrecerrados.

—No tiene por qué ser nada expresamente relacionado con la alta sociedad. Y no irás a decirme que no hay ningún crimen pendiente de investigación en Londres, ¿verdad?

—¡Por supuesto que no! —aquella fue la espontánea réplica de Stokes mientras se reclinaba en su asiento. Pero se recuperó al instante y aclaró—: Sin embargo, Barnaby tiene razón al decir que en este momento no hay ningún delito de salón sin resolver.

—El asunto Crimmins fue el último —dijo Barnaby—. Desde entonces, a lo largo del verano y durante el otoño, todo ha estado bastante tranquilo en Mayfair.

—Creo —dijo Griselda. Su voz suave contrastaba con el tono más vehemente y seguro de los demás. De los cuatro, ella era la que menos hablaba, pero cuando lo hacía, todos la escuchaban, como en aquel momento— que lo que Penelope pretendía decir era que, teniendo en cuenta los conocimientos que ambas podemos aportar y nuestra facilidad para investigar, podríamos resultar útiles en investigaciones relativas a un espectro social más amplio.

Penelope asintió.

—Bien dicho —desvió la mirada hacia sus respectivos maridos y añadió—: Ocuparnos de los niños, de Oliver y de Megan, nos ha absorbido por completo durante algunos meses, pero, ahora que ambos han crecido lo suficiente como para no necesitar nuestra atención a todas horas, necesitamos —movió una mano con gesto enérgico— algo en lo que comprometernos, algo que represente un desafío, mentalmente al menos, y nos proporcione un mayor estímulo intelectual.

Stokes frunció el ceño, bastante perplejo.

—¿Qué hacen otras damas con hijos pequeños para conseguir ese estímulo intelectual?

Penelope alzó la nariz.

—Nosotras no somos como otras damas.

—De eso no cabe duda —murmuró Barnaby, asegurándose de que solo Stokes pudiera oírle.

Penelope seguía mirándole con los ojos entrecerrados. Al cabo de un momento dijo:

—Fue el ayudar a proteger a Henrietta cuando tuvo que ir con ese canalla de Affry para encontrar a James lo que nos recordó a Griselda y a mí todo lo que nos estábamos perdiendo, lo que más nos gustaba hacer, aparte de cuidar a nuestros hijos.

—Y —susurró Griselda— deberíais recordar que el hecho de que os ayudemos, aunque sea de forma casi tangencial, nos ayuda a comprender los motivos por los que os absorbe tanto vuestro trabajo y por qué vivís entregados a la captura de delincuentes, ya sean nobles o sirvientes.

Se hizo el silencio mientras ambos consideraban la propuesta de sus esposas. Después, Stokes exhaló un largo suspiro y se enderezó.

—La cuestión es que ahora mismo no hay ninguna investigación en curso en la que podamos beneficiarnos de vuestra ayuda.

Penelope le miró con aquellos ojos oscuros implacables y directos como siempre.

—Muy bien, pero, en el caso de que surja algún caso, nos lo diréis, ¿verdad?

Se produjo un brevísimo silencio. Después, ambos hombres dejaron escapar un pequeño suspiro.

Barnaby inclinó la cabeza con un gesto de resignación. Miró a Penelope a los ojos y dijo:

—En cuanto surja un caso en el que podáis ayudarnos, hablaremos los cuatro de las posibilidades que tenemos.

—¿De verdad no hay ningún caso en el que podamos ayudar? —Penelope cruzó el dormitorio para dirigirse a la ventana que daba al jardín lateral.

Barnaby y ella llevaban viviendo dieciocho meses en aquella casa que ya consideraba su hogar. El suyo y el de Barnaby.

Al llegar a la ventana, se volvió y le vio avanzar lentamente hacia ella. Continuaba moviéndose con aquella elegancia felina que siempre le había caracterizado. Aquella imagen continuaba haciendo sonreír su corazón, aunque, en algunas ocasiones como aquella, se esforzaba en evitar que la sonrisa asomara a sus labios.

Barnaby se detuvo ante ella, frunció el ceño y estudió el rostro que Penelope inclinaba hacia él.

—De verdad que no hay nada. Stokes ha estado ayudando en el caso de los asesinatos de los muelles y, confía en mí, puedo asegurarte que ninguno de esos casos está relacionado con ningún asunto del que Griselda o tú tengáis información. Y, como bien sabes, precisamente por la falta de delitos interesantes, he estado trabajando con mi padre en algunas maquinaciones políticas —curvó los labios en una sonrisa de pesar—. Y, aunque me encantaría que me ayudaras con eso, ya sabes que eres inútil en todo lo que tiene que ver con maquinaciones políticas. Eres tan directa que ahuyentarías a cualquier informador..

Penelope hizo un gesto de desprecio.

—La política es una pérdida de tiempo.

—Con eso está todo más que dicho.

Barnaby alargó los brazos hacia ella, deslizó las manos por su estrecha cintura y la atrajo hacia él.

Ella le recibió con entusiasmo. Después de más de dieciocho meses de matrimonio, conservaban todavía la magia, aquel delicioso revoloteo de los sentidos y la consiguiente y rápida inflamación del deseo. De un hambre que, acostumbrada a ser satisfecha, se había vuelto más intensa.

Se hundió contra él, extendió las manos sobre su pecho y le miró a los ojos. La magia, aquella concentración repentina, el crecimiento de la tensión mientras estallaba la anticipación, el aguzamiento de los sentidos mientras las intenciones de ambos se alineaban, la envolvió. Buscó los ojos de su marido mientras este deslizaba las manos por su espalda cubierta de seda e inclinó la cabeza.

—No estarás intentando distraerme, ¿verdad?

Barnaby curvó los labios.

—Reconozco que se me ha pasado por la cabeza —inclinó la cabeza y rozó sus labios, permaneciendo allí durante el tiempo suficiente como para oírla contener la respiración y sentir aquel deseo creciendo hasta alcanzar el suyo, y susurró—: ¿Vas a permitirme distraerte?

Ella alzó las manos hasta sus hombros y le rodeó el cuello con los brazos.

—Por supuesto, cuentas con mi permiso para intentarlo.

«Pero no esperes tener éxito». Barnaby oyó aquellas palabras no dichas, el desafío que Penelope no pronunció. Pero, aunque solo fuera por su propia paz mental, tenía que intentarlo.

Y se esforzó cuanto pudo.

La arrastró en un apasionado intercambio, en la fusión ardiente de sus bocas, en un duelo cada vez más voraz de labios y lenguas que fue inflamándose y creciendo hasta consumirlos a los dos. Barnaby fue orquestando aquella secuencia, prolongando cada instante con consumada habilidad, hasta que ambos estuvieron jadeando anhelantes, desesperados y hambrientos.

Fueron desnudándose bajo el dictado de Barnaby. Disfrutando de la situación, ella se contuvo y permitió que fuera él el que condujera la acción, el que llevara las riendas mientras se entregaba con todas sus fuerzas a distraerla.

Absoluta y completamente.

Recorrió su cuerpo con las manos, haciéndola arquearse y gemir.

Le permitió, no, la animó, consciente de hasta qué punto la cautivaba aquel ejercicio, explorar su cuerpo e inundar sus sentidos de su presencia. Ella aprovechó la oportunidad, sumergiéndose en aquella pasión compartida.

Juntos se esmeraron en prolongar aquel momento de adoración, de reverencia y placer, de deleite y júbilo, pero el creciente latido del deseo no permitió ser negado eternamente

Se dejaron arrastrar por una avalancha de fuego y calor, unidos en un sensual cataclismo de cuerpos y almas familiar y gloriosamente conocido, pero en el que tampoco podía darse nada por sentado.

Desesperados de deseo, rodaron y ascendieron juntos hasta alcanzar la cumbre del placer en la que encontraron el éxtasis y desde donde fueron lanzados al vacío. Allí estaba esperándoles el amor para envolverles en aquella dicha, para protegerles y arroparles mientras descendían de nuevo a la tierra.

Al refugio del abrazo compartido, al tranquilizador sonido de sus respiraciones jadeantes y del palpitar del corazón del otro.

A la cercanía de sus almas en aquel íntimo abrazo.

Tiempo después, separados ya y tumbados en la cama, cuando Penelope se acurrucó contra él, Barnaby le dio un beso en la mejilla.

—Te prometo que en cuanto Stokes y yo tengamos un caso en el que Griselda y tú podáis ayudarnos os avisaré.

Sintió que Penelope curvaba los labios contra su piel. Sin verle, le palmeó el pecho.

—Gracias.

Los miembros de Penelope perdieron la escasa tensión que habían recuperado. Él la escuchó mientras ella se dejaba arrastrar por el sueño.

Pero en algún lugar, en medio del paraíso, la realidad volvió a abrirse paso y comprendió que a Stokes y a él no les iba a quedar más remedio que encontrar una solución para satisfacer la necesidad de sus respectivas esposas, para reincorporarlas en alguna investigación ajustada a sus necesidades siempre y cuando tal investigación surgiera.

Porque, o la encontraban ellos o intentarían hacerlo por su cuenta, y no necesitaba decir lo que pensaba al respecto. El repentino vuelco que le dio el corazón al pensar en ello le proporcionó el incentivo que necesitaba.

De modo que cumpliría su promesa.

Pero eso no quería decir que le gustara.

CAPÍTULO 3

A la mañana siguiente, Violet entró en la cocina y encontró a Tilly ya ocupada, preparando la bandeja del desayuno de lady Halstead. Violet sonrió:

—Buenos días —revisó la bandeja y preguntó—: ¿Ya está casi preparada?

Solía acompañar a Tilly al piso de arriba para sujetarle la puerta, despertar a lady Halstead y ayudarla a incorporarse en la cama.

—Buenos días —canturreó Tilly en respuesta—. Y, sí, ya está casi preparada. Solo falta la tostada. ¡Ah! Gracias, Cook, cariño.

Tilly era una mujer alta y huesuda. Llevaba el pelo, castaño y con canas, recogido en un tenso moño. Con sus ágiles manos, colocó dos tostadas en la rejilla, agarró la bandeja con las dos manos y la levantó. Eternamente contenta, llevaba con lady Halstead veinte años, mucho más que Violet o Cook. Miró a Violet y sonrió radiante:

—Tú primera.

Tras intercambiar una rápida sonrisa y un saludo de buenos días con Cook, una cocinera bajita y rotunda, mayor que Tilly y con el cabello rojo y rizado sujeto con un pañuelo blanco, Violet abrió la puerta de la cocina, invitó a Tilly a pasar con un gesto. La siguió después y, tal como habían acordado, la adelantó para ponerse a la cabeza por el pasillo y las escaleras.

Tilly iba pisándole los talones, feliz, a pesar de su trabajoso caminar.

—Espero que la señora haya dormido mejor que la otra noche.

—Desde luego. Estoy deseando que regrese el señor Montague y le proporcione un poco de paz mental. Todavía está muy nerviosa con el asunto de esos ingresos.

Violet no había dudado en mencionarle aquellos pagos a Tilly; de hecho, la propia lady Halstead había compartido aquella información con la que durante tanto tiempo había sido su criada.

Cuando llegó al primer piso, Violet cruzó el pasillo hasta llegar al dormitorio de la anciana dama. Llamó a la puerta.

—¿Lady Halstead?

No obtuvo respuesta, pero no era nada fuera de lo normal. A pesar de su sueño a veces agitado, lady Halstead vivía aferrada a una estricta rutina y esperaba siempre a que la despertaran y le sirvieran el desayuno a las ocho en punto. Compartiendo una mirada de resignación con Tilly, pues, en el caso de que se lo hubieran permitido, ellas habrían preferido dejarla dormir, Violet abrió la puerta y entró.

Como siempre, la habitación estaba envuelta en una tenue luz. Violet se acercó a la ventana para correr las gruesas cortinas.

Tilly cruzó también el umbral, pero se detuvo junto a la puerta, esperando con paciencia hasta poder ver mejor.

Violet corrió una cortina, después la otra y se volvió hacia la cama.

—Buenos días, señora.

Se detuvo de pronto, sin estar muy segura de lo que estaba viendo.

Tilly, que era más alta y estaba más cerca de la cama, tenía una visión mucho mejor.

—¡Oh, Dios mío!

El tintineo de la loza rompió el silencio. Tilly había empezado a temblar, moviendo la taza al hacerlo.

—¡Dios mío! ¡Dios mío! —nerviosa, Tilly giró, vio la cómoda y corrió a dejar la bandeja encima. Giró después y corrió hasta la cama mientras Violet hacía lo mismo desde el otro lado.

Aturdida, asustada, sin poder apenas respirar, Violet bajó la mirada hacia lady Halstead. La anciana tenía los ojos cerrados, pero la boca abierta como si hubiera estado gritando. O llorando…

Los brazos, vio Violet, estaban abiertos de forma extraña y las manos descansaban laxas sobre las sábanas, con los huesudos dedos doblados, como si hubiera estado agarrando algo. También las piernas, a pesar de su debilidad, estaban dobladas bajo las sábanas.

Violet no tenía la menor duda de que lady Halstead estaba muerta. Y su señora no había muerto de forma pacífica.

Tilly expresó con palabras lo que Violet estaba pensando.

—Sabía que moriría, y probablemente pronto, pero no de esta forma.

Violet se obligó a mirar, a ver lo que tenía ante ella.

—Tilly, no es este el aspecto que debería tener, ¿verdad? No, si hubiera muerto tranquilamente mientras dormía.

Tilly tragó saliva de manera audible. Con los ojos clavados en el rostro de su señora, susurró:

—Estás pensando lo mismo que yo. Ha muerto asesinada, ¿verdad?

—Mira ese almohadón. No, no lo toques. ¿Pero no te parece que se lo han metido debajo de la cabeza? Por eso tiene la cabeza colocada en un ángulo tan extraño. Pero ella nunca dormía con muchos almohadones. Ella no se lo habría colocado así —Violet miró hacia la silla que había al lado de la cama—. Ayer por la noche, cuando la dejé, ese almohadón estaba en la silla.

—Tenemos que llamar al médico —Tilly se abrazó con fuerza—. ¿Qué se supone que hay que hacer cuando muere alguien?

Violet continuaba dándole vueltas a lo ocurrido, pero ella sí sabía cómo proceder en una situación como aquella.

—Si nos limitamos a llamar al médico —alzó la mirada hacia los ojos abiertos como platos de Tilly— dirá que era muy mayor y murió durmiendo, porque sabe que la familia se pondrá furiosa si declara que ha sido un asesinato.

Tilly parpadeó, después, apretó la mandíbula con firmeza.

—Desde luego que sí, teniendo en cuenta la rata cobarde que es. Y a nadie de la familia le importará, ¿verdad?

—No, claro que no. No se molestarán en reclamar justicia para lady Halstead. No se preocuparán por investigar el asesinato. Lo único que les importará serán su testamento y su herencia.

—Y quedarse con la parte que les corresponde, no hace falta ni que me lo digas. Hace años que ella sabía que estaban esperando a que muriera.

—Desde luego. Todos parecían estar teniendo mucha paciencia, pero ahora... —Violet bajó la mirada hacia aquella anciana a la que había llegado a apreciar—. No podemos permitir que su asesinato quede sin resolver —miró a Tilly—. No creo que mi conciencia me dejara vivir si... si me limitara a esconder lo ocurrido bajo la alfombra.

—Ni la mía —Tilly se interrumpió y preguntó—: ¿Qué vamos a hacer entonces? ¿Enviamos a un recadero a por la policía? Pero es muy probable que nos pidan que llamemos al médico, y él termine diciendo lo que tú has dicho y no pase nada.

Violet no supo de dónde surgió aquella certeza, ni en qué estaba basada, pero no tuvo la menor duda sobre lo que debía hacer.

—Enviaremos a buscar al señor Montague. Lady Halstead le entregó una carta autorizándole a actuar en su nombre. Es lógico que le consultemos a él. Al fin y al cabo, nosotras solo somos unas pobres mujeres, y ya se sabe lo propenso que es nuestro sexo a dejarse llevar por el pánico —miró a Tilly—. Así que se supone que estamos aterradas, sin saber qué hacer, y por eso se nos ha ocurrido llamar al señor Montague, porque sabemos que nuestra señora acababa de depositar toda su fe y su confianza en él.

Tilly parpadeó y asintió después muy despacio.

—¿Y él sabrá qué es lo que hay que hacer?

—Sí —Violet pensó en la seguridad con la que Montague se movía por el mundo—, estoy segura.

Tilly asintió entonces con más determinación.

—De acuerdo entonces —dijo Violet—. En ese caso, escribe una nota e iré a buscar a un recadero.

Miró hacia el cadáver de su señora, alargó la mano, le acarició con delicadeza y, después, apretando la mandíbula, se volvió y se dirigió hacia la puerta.

Mirando a lady Halstead, Violet se enderezó despacio y a continuación, más lentamente todavía, imitó el afectuoso gesto de Tilly y la siguió fuera del dormitorio.

Violet escribió la nota en el cuarto de estar y todavía continuaba allí sentada cuando llegó Montague. Se levantó para abrir la puerta y miró el reloj de la chimenea. Apenas eran las nueve; debía de haberse dado mucha prisa.

Al abrir la puerta, advirtió la preocupación que reflejaba su rostro.

—¿Qué ha pasado? —recorrió su rostro con la mirada para fijarla al final en sus ojos—. ¿Están todas bien?

—Lady Halstead ha muerto.

Violet se oyó decir aquellas palabras sin entonación alguna y por fin fue capaz de aceptarlas como reales.

—¿Está muerta? —las facciones Montague reflejaron su sorpresa—. Pero... —escrutó su rostro, sus ojos—. ¿Ha muerto de manera pacífica?

Violet se irguió, tomó aire y dijo:

—Yo... Tilly y yo... pensamos que no —retrocedió un paso—. Por favor, pase.

Montague cruzó la puerta y sintió la inesperada necesidad de abrazarla para consolarla. Violet estaba pálida y con el semblante, a juzgar por sus anteriores encuentros, extrañamente inexpresivo. Frágil. Débil. Necesitada de ayuda.

De su ayuda.

Obligó a su cerebro a ponerse en funcionamiento.

—¿Se lo han notificado a alguien más?

Violet se apartó de la puerta y le miró a los ojos.

—A nadie... todavía. Sabemos que se supone que tenemos que notificárselo al médico, y estoy segura de que él se lo comunicará de inmediato a su familia, pero... —se interrumpió, alzó la cabeza y continuó—. Él... el señor Milborne... estará más interesado en servir a los intereses de la familia, a los intereses de los vivos, que en pensar en la persona fallecida.

Montague asintió con brusquedad.

—Sí, lo entiendo —miró hacia las escaleras—. ¿Dónde está?

—En el piso de arriba.

Violet hizo un gesto para que avanzara y le siguió mientras él se dirigía a grandes zancadas hacia las escaleras.

—Anoche se fue a la cama a la misma hora de siempre. No parecía tener ningún problema, ninguno en absoluto. Tilly y yo hemos ido a despertarla esta mañana, como todos los días. Le hemos subido la bandeja del desayuno y... nos la hemos encontrado.

Al llegar al final de la escalera, Montague se detuvo.

—¿Tilly?

—La criada de lady Halstead... Tilly llevaba más de veinte años con ella.

Montague asintió y miró a su alrededor. Violet señaló una de las puertas del pasillo.

—Es ahí.

Reprimiendo el impulso de preguntar por qué sospechaba que lady Halstead había sido asesinada, aunque Violet todavía no hubiera utilizado aquella palabra, Montague avanzó hacia la puerta.

—¿Alguien, usted o Tilly, ha movido algo?

—No. Aparte de abrir las cortinas y de colocar la bandeja encima de la cómoda, no hemos movido ni hemos cambiado nada de sitio —Violet se interrumpió y añadió mientras abría la puerta—: Por desgracia, es evidente que está muerta.

Montague entró en la habitación y entendió a qué se refería. Se detuvo a un metro de los pies de la cama y examinó la escena. Dejó pasar todo un minuto antes de decir:

—Coincido con usted. Esta no ha sido una muerte natural, y mucho menos pacífica.

Violet se había detenido cerca de la puerta. Preguntó desde allí con voz débil:

—¿Y ahora qué deberíamos hacer? —cuando Montague se volvió hacia ella, señaló con la cabeza hacia la puerta—. Por ella.

Le miró a los ojos, endureció la voz y le aclaró:
—Me refiero a nosotras. Tilly, Cook y yo queremos que se haga justicia. Queremos que detengan al asesino y que pague por ello. Era una anciana muy buena. Jamás hizo daño a nadie. Es cierto que era muy anciana y que estaba a punto de morir, pero no se merecía una muerte como esta.

Montague la miró a los ojos, vio la resolución que traslucían aquellos ojos de color azul claro y contestó:
—En ese caso, aunque en algún momento deberemos llamar al médico, llamaremos antes a la policía.

Las cosas se dieron de tal manera que el doctor Milborne fue el primero en llegar.

Tras abandonar la habitación de lady Halstead, Montague había bajado con Violet. Una vez en la cocina, les había consultado a Tilly, a Cook y a ella, había escrito una nota urgente al inspector Basil Stokes de Scotland Yard y la había enviado con el chico al que Tilly y Cook solían recurrir para enviar recados. Montague había ayudado a Stokes en varias ocasiones durante los últimos años y confiaba en que este estuviera dispuesto a devolverle el favor.

Habían estado esperando después durante tanto tiempo como se habían atrevido, aquel para el que podrían encontrar una explicación lógica, antes de enviar una nota escrita por la propia Violet al médico. La nota la habían enviado a través del hermano del primer muchacho a las once en punto.

El médico llamó a la puerta media hora después.

Triste y apagada, Violet le saludó y solo entonces le dijo que Tilly y ella pensaban que lady Halstead había muerto durante la noche.

Colocado detrás de Violet, entre las sombras del vestíbulo, Montague estudió al médico. Debía de rondar los cuarenta años y, a juzgar por el corte de su abrigo, parecía estar prosperando.

Milborne adoptó un semblante convenientemente grave.
—Por supuesto, sabíamos que este día tenía que llegar. Le presento mis condolencias, señorita Matcham. Debe de estar desolada.

—En cuanto a lo primero, señor... —Violet se interrumpió para tomar aire con cierto temblor. Unió las manos e inclinó la cabeza, señalando con ella hacia las escaleras—. Creemos que necesita ver el cadáver y dar su opinión sobre la muerte de la señora.

—Desde luego, desde luego —Milborne miró hacia las escaleras—. Está en su dormitorio, ¿verdad? —avanzó hacia allí—. Conozco el camino.

Violet y Montague ignoraron la insinuación de que podía ir solo y siguieron a Milborne escaleras arriba. Cuando entraron en el dormitorio, permanecieron tras él.

Milborne se detuvo en seco al ver el cadáver de lady Halstead, pero se recuperó y, con movimientos más lentos, continuó caminando hasta la cama.

Estaba pensando, decidió Montague. Milborne estaba pensando en la mejor manera de manejar la situación, en cuál podría resultarle más beneficiosa.

El médico bajó la mirada hacia el rostro con la mandíbula desencajada de lady Halstead. Alargó la mano hacia la muñeca para tomarle el pulso y después posó la mano en su cuello. Le levantó los párpados, primero uno y después el otro, pero apenas le dirigió una mirada superficial a aquellos ojos.

Se estaba limitando a cubrir el expediente.

Violet tuvo la certeza de que lo que habían pensado Tilly y ella sobre el médico era cierto; iba a actuar en beneficio de la familia.

Tal y como había anticipado, tras un examen muy superficial, suspiró y se volvió hacia ella.

—Parece que el corazón ha dejado de funcionar. A su edad, era de esperar.

Sobre todo si alguien sostenía un almohadón contra su rostro mientras ella gritaba desesperada.

Violet tomó aire. Se abrazó a sí misma, se tragó sus palabras y miró a Montague. Ambos habían estado de acuerdo en que no sería sensato intentar imponer sus opiniones, sus conclusiones, a Milborne, pero...

Montague la miró a los ojos y asintió de forma casi imperceptible, mostrando su apoyo. Miró después a Milborne.

—¿Debo entender entonces que pretende declarar que ha sido una muerte natural?

Milborne parpadeó y desvió la atención hacia Montague.

—Bueno, dadas las circunstancias... —frunció el ceño—. Lo siento, ¿usted es?

—Heathcote Montague, de Montague & Son, en la City.

No dijo nada más, necesitaban demorar a Milborne, evitar que emitiera un certificado declarando que lady Halstead había muerto de forma natural antes de que llegara Stokes. A Stokes le bastaría con echar un vistazo a aquel escenario para saber que en la muerte de lady Halstead no había habido nada natural.

El ceño de Milborne reflejó una mayor perplejidad todavía.

—No tengo claro qué interés podría tener usted en el fallecimiento de lady Halstead.

—Lady Halstead me contrató recientemente como asesor financiero y me otorgó la autoridad para investigar todos los asuntos relativos a su situación —Montague dejó que Milborne superara su inicial desconcierto y después, cuando se hizo evidente que el médico estaba buscando las palabras más adecuadas para plantear su siguiente pregunta, añadió—: Dadas las circunstancias que rodearon el requerimiento de mi asesoría y el alcance de la autorización que lady Halstead me concedió, considero que, efectivamente, su fallecimiento es asunto de mi incumbencia.

Milborne parpadeó con evidente incomodidad.

—Ya... entiendo.

Sin tener la menor idea de lo que debía hacer a continuación o hacia dónde debía inclinarse, Milborne miró de nuevo hacia la cama, hacía el frágil cuerpo que yacía en ella.

Se oyó entonces una fuerte llamada a la puerta de la calle.

Montague miró a Violet.

—Tilly abrirá.

Pronto se hizo obvio que Tilly había abierto la puerta, porque llegó hasta ellos un murmullo de voces masculinas procedentes del vestíbulo.

Varias voces masculinas. Stokes había llevado al menos a dos personas con él.

Montague aguzó el oído y captó el tono de las voces, una de ellas un poco arrastrada, otra algo más sofisticada que los ásperos rugidos de Stokes, y se preguntó, repentinamente esperanzado, si sería...

Y, efectivamente, apenas un minuto después, Stokes entró en la habitación seguido por la alta y elegante figura de Barnaby Adair.

Si la llegada de Stokes había significado alivio, el hecho de que Adair hubiera ido con él significaba que la salvación estaba asegurada.

Violet miró a aquel hombre de pelo y facciones oscuras detenerse en la puerta con el abrigo abierto realzando sus anchos hombros. Sus ojos, grises como la pizarra y de una agudeza extraña, escrutaron la habitación y cuanto en ella había con una única y amplia mirada. Una mirada que terminó deteniendo en Montague antes de inclinar la cabeza.

—Montague.

Montague le devolvió el saludo.

—Inspector Stokes —señaló a Violet con una mano—. Esta es la señorita Matcham, la dama de compañía de lady Halstead durante muchos años. Y este —se volvió hacia el médico— es el doctor Milborne que, por lo que tengo entendido, ha supervisado la salud de la dama durante varios años.

—Eh, sí, durante unos cinco años —Milborne parecía confundido. Desvió la mirada de Stokes hacia Montague—. ¿Ha dicho «inspector»?

—Sí, se estaba refiriendo a mí —el hombre de pelo oscuro, Stokes, se acercó a la cama—. Inspector Basil Stokes de Scotland Yard. Nosotros —miró hacia su acompañante, un hombre alto, un caballero, a juzgar por su indumentaria, de pelo rubio y rizado, que permanecía en el marco de la puerta— tenemos motivos para desear aclarar la naturaleza de la muerte de esta dama —volvió a clavar su mirada gris en Milborne—. Entonces, doctor, ¿qué me dice? ¿Ha sido una muerte natural o es un asunto del que Scotland Yard deba ocuparse?

—Ah... —Milborne ya no parecía tan seguro. Era evidente que no sabía qué camino tomar—. Yo... en un primer momento me ha parecido que podría ser... que podría haber sido resultado de la edad. Me refiero a que, aunque parece haberse resistido, es posible que estuviera intentando tomar aire y, en ese caso...

—¿Tenía los ojos cerrados cuando la han encontrado?

Aquella pregunta, formulada en un tono educado que inspiraba respeto y demandaba atención inmediata, procedía del hombre alto y rubio que acompañaba a Stokes. Avanzó al interior de la habitación, inclinó la cabeza mirando hacia Violet, le hizo un gesto con la cabeza a Montague, como si estuviera saludando a un amigo, y miró a Milborne, antes de detenerse junto a la cama y bajar la mirada hacia el rostro de lady Halstead.

Al cabo de un instante, alzó la mirada hacia Milborne y miró después a Violet.

—Soy el honorable Barnaby Adair. Asesoro a Scotland Yard y trabajo a menudo con Stokes. Sobre todo —desvió de nuevo sus ojos azules hacia el rostro de lady Halstead— en casos relacionados con la alta sociedad.

Milborne tardó varios segundos en asimilar aquella información. Después, pareció disminuir parte de su tensión.

—En ese caso...

Violet habló antes que él.

—Tenía los ojos cerrados cuando la hemos encontrado —cuando Adair arqueó una ceja, añadió—: Tilly, su criada, y yo, hemos venido a despertarla como hacemos todas las mañanas y la hemos encontrado en este estado —señaló con la cabeza hacia la cama—. Estaba exactamente así. No la hemos movido.

—Excelente —Adair se agachó para observar el rostro de lady Halstead desde más cerca e inclinó después la cabeza hacia Milborne—. ¿Tenía alguna hemorragia en los ojos?

Milborne cambió de postura.

—Una ligera hemorragia. Pero era una mujer muy mayor y... —se interrumpió, se inclinó, volvió a levantarle los párpados y la examinó. Cuando se enderezó, estaba mucho más pálido—. Sí, hay una hemorragia en los ojos que no tiene un origen natural.

—Um —Adair se enderezó lentamente—. Eso suele ser una señal de asfixia, ¿no es cierto?

Milborne tensó los labios, pero asintió.

—Sí.

Adair miró a Violet.

—¿Había algo distinto en la habitación cuando la han encontrado? ¿Han echado algo de menos?

Violet dio un paso adelante y miró a lady Halstead.

—Lo único que estaba fuera de lugar es ese almohadón. El que le han puesto debajo de la cabeza. La señora nunca dormía con tantos almohadones y ese solíamos dejarlo en la silla, al lado de la cama —señaló la silla—, porque necesitaba colocárselo detrás cuando se sentaba.

—Entonces —susurró apenas Adair— cuando usted y la criada han llegado con el desayuno, en el caso de que hubiera sido una mañana como otra cualquiera, habrían encontrado a lady Halstead dormida con un almohadón menos y el almohadón que ahora está debajo de su cabeza habría estado en esa silla para poder ponérselo en la espalda cuando se sentara —Adair dirigió una queda y alentadora mirada a Violet—. ¿Es correcto lo que estoy diciendo, señorita Matcham?

Mirándole a los ojos, Violet alzó la barbilla y asintió.

—Sí, señor Adair.

Adair miró entonces a Stokes.

—Creo que ha quedado claro —miró a Milborne—. Entonces, doctor, ¿cuál es su veredicto?

Milborne parecía sombrío, pero respondió obediente:

—Muerte por asfixia provocada por una persona desconocida.

Violet miró a Stokes y le vio sonreír. Sí, era una auténtica sonrisa de tiburón.

—Asesinato entonces —declaró Stokes.

Milborne esbozó una mueca.

—Como usted diga, señor, pero le advierto que a la familia no le va a gustar.

El semblante de Stokes se ensombreció y su respuesta fue casi un gruñido.

—A mí tampoco me gusta, y no tengo ningún parentesco con ella. Pero seguro que no estará insinuando que los Halstead son la clase de familia dispuesta a ignorar un asesinato para evitar algún pequeño inconveniente.

Milborne se movió incómodo y alargó la mano hacia su maletín negro.

—No, por supuesto que no —lo levantó y pasó por delante de Stokes—. Si ya no me necesitan, bajaré a escribir el certificado y me marcharé.

Stokes le observó marcharse. En cuanto Milborne cruzó la puerta, Stokes entrecerró los ojos y dijo elevando la voz:

—Asegúrese de que ese certificado llegue a Scotland Yard.

—Muy bien entonces.

Basil Stokes se dejó caer en una de las sillas de la mesa del comedor de lady Halstead. Barnaby sacó la silla que estaba a su izquierda mientras Montague, tras ver ocupar a la señorita Violet Matcham la silla que estaba en frente de Stokes, se sentaba frente a Barnaby.

Stokes miró a Violet Matcham sin expresión alguna, pero con cierto grado de compasión. No era un hombre de naturaleza empática, pero no hacía falta ser muy sensible para comprender que la señorita Matcham sentía un sincero afecto por su señora. Sin embargo, aunque tenía los ojos enrojecidos y la punta de la nariz un poco rosa, era evidente que estaba haciendo un gran esfuerzo para mantenerse serena y compuesta, algo que Stokes apreciaba.

Una vez desaparecido el médico de escena, había enviado a uno de los agentes que había llevado con él a buscar a un médico a Scotland Yard para que se hiciera cargo del cadáver. Al otro agente le había dejado de guardia en la habitación, observando el cadáver y buscando cualquier prueba que pudiera salir a la luz.

Stokes y Barnaby habían acompañado a la señorita Matcham y a Montague a la cocina y allí habían conocido a los otros dos miembros del servicio: la criada y la cocinera. Ambas habían mostrado una mezcla de alarma y resolución. A juicio de Stokes, la alarma era provocada por el inesperado hecho de verse relacionadas con un asesinato y con la policía mientras que la resolución nacía de la misma entrega que mantenía a Violet Matcham con la espalda bien erguida.

Todas ellas apreciaban a la anciana dama y querían que atraparan a su asesino.

Ninguna de aquellas tres mujeres había mostrado el menor indicio de sentirse culpable, ni siquiera un mínimo síntoma de mala conciencia.

Y Stokes no podía estar más satisfecho; estaba encantado de poder borrarlas de la lista de sospechosos. Aunque tendría que entrevistarlas, se concentraría en obtener de ellas toda la información que pudiera ser relevante para el caso.

Se inclinó hacia delante, apoyando los antebrazos en la mesa de caoba y, tras dedicar unos segundos a ordenar sus pensamientos, fijó la mirada en el rostro de la señorita Matcham.

—Tengo entendido que llevaba varios años con lady Halstead.

Ella asintió.

—Sí, este agosto habrían hecho ocho años.

—¿Y antes?

—Fui dama de compañía de lady Ogilvie, en Bath. Estuve cinco años con ella, fui a su casa poco después de que mi padre muriera.

—¿Y su padre era?

—El reverendo Edward Matcham de Woodborough, está en el valle de Pewsey —vaciló un instante antes de añadir—: Mi madre había muerto varios años antes y tuve que encontrar yo sola mi camino en la vida.

Stokes apreció su franqueza.

—Gracias. Con respecto al asesinato de su señora, la primera pregunta que debo plantearle es si tiene alguna razón para suponer que alguien, cualquiera, podría haber deseado su muerte.

Violet vaciló, muy consciente de que había dos miradas astutas y entrenadas sobre ella: la mirada gris de Stokes, dura e inflexible, y la mirada azul, observadora y serena de Adair. Alzó la barbilla y declaró:

—No tengo ninguna razón para sospechar que nadie albergara tal animosidad hacia ella. No estoy al tanto de ninguna pelea, reciente o pasada, y mucho menos, de ningún enfrentamiento que pudiera conducir a un asesinato. Sin embargo —miró a Montague, que estaba sentado a su lado—, tal y como el señor Montague podrá explicarles con más detalle, lady Halstead estaba preocupada por la aparición de ciertos ingresos sin un origen identificable en su cuenta bancaria —volvió a mirar las sombrías facciones de Stokes y continuó—. Durante esta última semana, su inquietud había ido en aumento. Estaba decidida a averiguar la verdad sobre esos pagos, quería saber de dónde procedían, a quién pertenecía en realidad ese dinero y por qué, quienquiera que fuera, estaba utilizando su cuenta.

Stokes miró a Montague.

—¿Esa es la razón por la que la dama te entregó esa carta?

Montague ya le había enseñado la autorización que lady Halstead había escrito y firmado. Stokes estaba convencido de que la había dictado el propio Montague, puesto que le daba una autoridad prácticamente ilimitada para involucrarse en todos los asuntos de lady Halstead. Aquella era una de las razones por las que Montague estaba sentado a la mesa en aquel momento; incluso en el caso de que Stokes hubiera deseado excluirle, no habría podido hacerlo. Pero ocurría que, como era el propio Montague el que le había llamado y Stokes ya le conocía y sabía de su relevancia, estaba encantado de que estuviera presente, de poder contar con otro par de ojos y de oídos.

Montague asintió.

—Necesitaba plena libertad para poder investigar los pagos en su cuenta.

Montague pretendía continuar, pero Stokes alzó la mano para interrumpirle.

—Un momento —miró a Violet Matcham y dijo—: Ya sé lo que va a contestar, pero tengo que preguntárselo. ¿Había algún tipo de tensión entre usted y su señora, o entre su señora y la criada o la cocinera?

La mirada que recibió fue, tal como era de prever, glacial.

—No —tras una breve pausa, la señorita Matcham añadió—:

Esta era una casa muy tranquila y feliz —al referirse a ella en pasado, la frase sonó como un panegírico.

Stokes asintió y miró a Montague.

—Háblame de esos extraños pagos.

Montague se lo explicó, de un modo conciso y ateniéndose de forma estricta a la cronología de los hechos, empezando por el momento en el que Violet Matcham había ido a buscarle en nombre de lady Halstead. Stokes preguntó cómo habían llegado a aquella situación, por qué lady Halstead le había elegido a él, una persona a la que no había tratado con anterioridad, y tanto él como Adair y Montague se enteraron entonces de que la dama había solicitado a su dama de compañía que consultara al columnista de *The Times*.

Montague clavó la mirada en la dama que tenía a su lado.

—¿Entonces fue usted la que envió esa pregunta a *The Times*?

—Lo hice en nombre de lady Halstead —Violet se sonrojó—. Le pido disculpas si el artículo pudiera haberle causado algún inconveniente o alguna situación embarazosa, pero era la única manera que se nos ocurría de averiguar, de una forma rápida y confiable, quién podría ser la persona más apropiada para investigar esos extraños ingresos —miró a Stokes—. Lady Halstead estaba muy nerviosa y era necesario tranquilizarla. Dada la edad del señor Runcorn y la inexperiencia que de ella se deriva, no podía depositar mucha fe en que resolviera él solo ese asunto.

Montague había hablado ya de Runcorn, de Runcorn & Son, el asesor financiero de la fallecida.

Barnaby asintió.

—Lo comprendo —miró a Stokes a los ojos—. Las ancianas pueden llegar a ser muy protestonas.

Como había conocido a las damas a las que Barnaby estaba aludiendo, Stokes tuvo que reprimir una risa y volvió a mirar hacia el otro extremo de la mesa.

—De modo que es posible que su señora fuera asesinada debido a su repentino y, por lo que nos cuenta, obstinado interés en esos extraños pagos —desvió la mirada hacia Montague—.

¿Quién estaba al tanto de sus preocupaciones? ¿A quién le había hablado de esos ingresos?
Violet frunció el ceño.
—A mí, a Tilly. Y supongo que la cocinera puede habernos oído hablar a mí y a Tilly.
—En mi oficina yo soy el único que conoce las razones por las que lady Halstead me pidió ayuda —dijo Montague—. No se lo he confiado a nadie. Por supuesto, Runcorn lo sabe, y también su empleado, Pringle, pero solo ellos dos —Montague frunció el ceño, era evidente que intentando recordar, y añadió al final—: No se me ocurre nadie más que pueda saberlo. Todavía no he preguntado directamente al banco y Runcorn no había hecho nada más que pedir los extractos, nada fuera de lo normal y que no tendría por qué ocasionar ninguna alarma.
Stokes le sostuvo la mirada a Montague.
—¿Está seguro de que el propio Runcorn no es el responsable?
Montague le devolvió la mirada.
—Profesionalmente, esa es una pregunta que preferiría no contestar, pero, si insiste en que conteste con un sí o con un no, entonces debería manifestar que pienso que no hay la menor duda de que Runcorn es un hombre honesto.
Violet Matcham asintió.
—Esa es también mi opinión sobre él. Para empezar, estaba convencido de que los ingresos procedían de alguna inversión.
Stokes esbozó una mueca.
—Si el interés de lady Halstead en esos pagos es el móvil que se esconde detrás de su asesinato, no nos quedan muchos posibles sospechosos.
Violet abrió los ojos como platos.
—No, espere. Todos los Halstead lo sabían.
Barnaby se enderezó.
—¿La familia de la fallecida?
—Estuvieron cenando en casa, algo que hacen de forma regular todos los meses —Violet se interrumpió y añadió—: Pero tengo que aclarar que lady Halstead no mencionó de ninguna manera esos pagos. Sin embargo, sí dijo que estaba poniendo

todos los asuntos relacionados con sus propiedades en orden para que así, cuando falleciera, no hubiera ninguna duda concerniente a su herencia.

Tras un segundo de silencio, Barnaby preguntó:

—Entiendo que el testamento de lady Halstead, como suele ocurrir en estos casos, consistirá, básicamente, en poner fin al usufructo de los bienes de sir Hugo y permitir la ejecución de las provisiones que este dejó establecidas en su testamento.

Violet miró a Montague.

—Eso es lo que yo tengo entendido.

Montague arqueó las cejas.

—Sería sorprendente que no fuera ese el caso. Por todo lo que he visto y hasta ahora he podido comprender, lady Halstead tenía pocos bienes propios. Tal y como cabría esperar, la mayoría de sus fondos pertenecen a la herencia, cuya disposición estará reglamentada por el testamento de su marido.

—Entonces —concluyó Barnaby—, el testamento no encierra ninguna sorpresa, por lo menos en lo que respecta a la herencia. Incluso en el caso de que lo hubiera cambiado, no podría afectar a ese asunto.

—Yo imagino que la herencia estará dividida a partes iguales entre los cuatro hijos.

Stokes esbozó una mueca.

—Entonces es poco probable que el móvil esté relacionado con el testamento. Sin embargo, si la persona responsable de esos pagos tan extraños se enteró de que iban a revisar las finanzas relacionadas con la herencia, es posible, dependiendo del origen de esos pagos, que pueda haber pensado que, por algún motivo, era preferible que lady Halstead muriera antes de que se pusiera en marcha una investigación.

—Yo señalaría —dijo Montague— que, tras haber estudiado esos pagos todo cuanto hasta el momento me ha resultado posible, mi conclusión, llegados a este punto, es que fueron hechos para ocultar algunos fondos. Y, como todo sabemos, la principal razón para ocultar un capital es que este se haya obtenido en alguna actividad ilícita.

Stokes estaba asintiendo.

—De tal modo que el delincuente, al tener noticia de que esos ingresos iban a ser descubiertos —se interrumpió y miró a Violet—. ¿Ni usted ni lady Halstead mencionaron esos pagos a la familia?

Violet negó con la cabeza y Stokes continuó:

—De modo que no hay ningún motivo para que ese villano se diera cuenta de que los pagos habían sido descubiertos. Teniendo eso en cuenta, al saber que la dama estaba a punto de solicitar una revisión presumiblemente exhaustiva de todas sus finanzas, el delincuente, deseando ocultar la prueba de sus actividades ilegales, se encontró ante una fuerte motivación para asesinar a la dama.

Todos ellos reflexionaron sobre aquel planteamiento. Y nadie se mostró en desacuerdo.

—Y —dijo Barnaby— en el caso de que el asesino sea uno de los miembros de la familia, y aquí conviene recordar que esta clase de asesinatos suelen ser cometidos por algún familiar, eso explicaría algo para lo que no encuentro respuesta —miró alrededor de la mesa, buscando los ojos de sus interlocutores—. ¿Cómo entró el asesino en la casa? ¿Hay alguna evidencia de que fuera un allanamiento, han forzado alguna puerta o alguna ventana?

Violet parpadeó.

—No que yo sepa.

Miró a Stokes, que ya estaba levantándose.

—Le diré a uno de mis agentes que eche un vistazo a la casa, que revise todas las puertas y ventanas. Y, mientras él se encarga de eso —la miró a los ojos—, usted puede ir hablándonos de los Halstead.

CAPÍTULO 4

A las dos de aquella tarde, Montague ocupaba una de las cuatro sillas colocadas alrededor de la cabecera de la mesa de la casa de Lowndes Street, junto a Adair y Stokes. Violet, a la que había hecho pasar a la habitación y sentarse a su lado, les había descrito anteriormente a la familia con todo detalle, guiada por las preguntas de los tres.

Todos ellos habían sido conscientes de inmediato de las dificultades con las que se iban a encontrar, del tacto con el que habrían de proceder para interrogar e investigar a una familia que incluía a un miembro del Parlamento y a un funcionario de alto rango del Ministerio del Interior, además de a sus respectivas esposas. Los hombres de aquella categoría exigían ser tratados con respeto y se consideraban por encima de cosas tales como un interrogatorio policial, y sus esposas adoptarían una postura similar.

Por ello, Stokes, Adair y Montague, ayudados por la información que les había proporcionado Violet, habían estado hablando de la mejor manera de abordar la cuestión y habían acordado un primer acercamiento relativamente delicado.

Tras enterarse de la estructura de la familia y confirmar que todos habían estado presentes en la última cena, Stokes, provisto de un listado de nombres y direcciones que Violet le había dado, había despachado mensajes para todos los miembros de la familia de forma individual, informándoles de la tragedia que había tenido lugar en Lowndes Street y solicitando, en nombre de Scotland Yard, que se presentaran en la casa a las dos de la tarde.

Cuando Montague y Violet, seguidos de Stokes y Adair, habían entrado en el comedor, todos los miembros de la familia convocados estaban sentados alrededor de la mesa. Cuando los familiares de lady Halstead vieron aparecer a Violet, cesaron sus susurros y miraron, expectantes, perplejos y con crecientes sospechas, a Stokes, Adair y al propio Montague. Este no encontró ninguna dificultad en poner nombres a todos aquellos rostros.

Sin lugar a dudas, a Stokes le ocurrió algo parecido mientras recorría al grupo con la mirada.

Si las asunciones de Montague eran acertadas, Wallace Camberly estaba sentado a la izquierda, en el lugar más cercano a la cabecera, enfrente de Mortimer Halstead. Ambos eran hombres de mediana edad, pero, mientras Camberly parecía mantener los años a raya, Mortimer tenía el aire agobiado y el aspecto ceñudo propio de los funcionario de alto rango, que consideraban su trabajo, y, por lo tanto, también a sí mismos, de suprema importancia. El atuendo de Camberly proyectaba una imagen de conservadora elegancia, sumamente apropiada para un miembro del Parlamento, mientras Mortimer Halstead vestía con una quisquillosa y rígida corrección; el corte de su abrigo carecía de la clase que distinguía al de Camberly.

Al lado de cada uno de ellos estaban sentadas sus esposas, Cynthia Camberly, Cynthia Halstead de soltera, al lado de Wallace y Constance Halstead al lado de Mortimer. Eran ambas mujeres atractivas, la primera más esbelta que la segunda. Las dos vestían con moderna elegancia, pero ninguna de ellas irradiaba calidez; sus expresiones parecían controladas con esmero.

Junto a Cynthia estaba su hijo, Walter Camberly, un joven ocioso de veintisiete años, según les había informado Violet. Mantenía la barbilla hundida en una pretenciosa corbata y observaba al resto de la familia en silencio. Frente a él estaba su primo, Hayden Halstead, el hijo de Mortimer, un caballero de veintitrés años sin nada digno de señalar y a su lado se sentaba su igualmente anodina hermana, de solo veinte años.

Completando el grupo estaban Maurice Halstead, recostado

con elegancia en una silla al lado de su sobrino Walter, y William Halstead, despatarrado al final de la mesa, con una mirada sombría y los labios ligeramente curvados, distanciado de forma poco sutil de sus hermanos y sobrinos.

Mientras tomaba asiento, a Montague le resultaba difícil imaginar a ninguno de los miembros de la generación más joven, Walter, Hayden o Caroline, como los asesinos de su abuela. Carecían, o a él se lo parecía, de las agallas necesarias para hacer algo así. Sin embargo, los mayores eran harina de otro costal.

Y, como el agente que había examinado la casa rigurosamente, buscando algún indicio que delatara por dónde había entrado el asesino, no había encontrado nada que probara que la puerta hubiera sido forzada o el cerrojo de la ventana roto o manipulado, la sospecha de que alguna de aquellas personas fuera la que había sostenido un almohadón contra el rostro de lady Halstead iba ganando un peso considerable.

El último en tomar asiento fue Stokes, que anunció sin andarse con rodeos:

—Soy el inspector Stokes, de Scotland Yard. Lamento tener que informarles de que lady Halstead fue encontrada muerta esta mañana.

Se interrumpió ante las inevitables exclamaciones que surgieron en la habitación.

Fue muy ilustrativo observar las reacciones: las iniciales expresiones de conmoción y sorpresa fueron reemplazadas casi al instante por otras de cálculo, especulación y consideración acerca de lo que la muerte de lady Halstead podría representar para cada uno de ellos. Aunque estuvo observando con atención, no observó nada que sugiriera tristeza, ni siquiera algo de pena. Violet ya les había advertido de su egoísmo, pero, aun así, no esperaba una respuesta tan distante.

Sentado enfrente de Stokes, Montague fijó la mirada en los ojos azules de Adair y vio reflejadas en ellos la misma reflexión y una idéntica e instintiva desaprobación. Después, Barnaby volvió a mirar a los allí reunidos, y también lo hizo Montague.

Si no se equivocaban, había por lo menos una persona sentada a la mesa que ya sabía que lady Halstead había fallecido.

Pero, teniendo en cuenta la singular falta de sentimientos allí expuesta, por mucho que los buscara, Montague no era capaz de discernir si algún miembro de la familia estaba menos afectado que cualquier otro por la noticia.

Wallace Camberly cambió incómodo de postura. Tras compartir una mirada con su esposa, miró a Stokes y señaló de malos modos:

—Inspector, aunque, por supuesto, es una tragedia, no acierto a comprender qué interés podría tener Scotland Yard en este asunto.

—En cuanto a eso, señor, permítame informarle —señaló con la cabeza alrededor de la mesa— e informar a todos los aquí reunidos, de que lady Halstead no tuvo una muerte pacífica. Murió asesinada.

Volvieron a sucederse las exclamaciones de asombro, pero, tal y como había ocurrido la vez anterior, resultaba imposible determinar si la respuesta de uno de ellos era menos convincente que la de los demás. Las reacciones de toda la familia carecían de una emoción profunda. Aunque todos parecían sinceramente sorprendidos, conmocionados incluso, por la noticia, no mostraban ningún fuerte vínculo emocional con lady Halstead. Parecían en cambio estar pensando en sí mismos, de manera que resultaba imposible distinguir a un asesino que hubiera actuado motivado por su egoísmo del resto del grupo.

Aquella sorprendente falta de conexión emocional con lady Halstead fue confirmada por la siguiente pregunta:

—¿Cómo murió? —quiso saber Constance Halstead. Su tono dejaba bien claro que era una pregunta nacida de la curiosidad y, quizá también, de haber sido consciente de que alguien debería preguntarlo.

Sin embargo, su petición fue ahogada por la cortante y pomposa observación de su marido:

—Sea como sea, inspector, no acierto a comprender quiénes son estos otros caballeros ni qué interés pueden tener en una tragedia obviamente familiar.

Stokes miró primero a la señora Halstead.

—Lady Halstead fue asfixiada. Colocaron una almohada sobre su rostro mientras dormía y la mantuvieron allí hasta que murió. Se resistió, a pesar de su fragilidad, pero fue en vano.

Montague no reconoció nada más allá de un distante desagrado en las expresiones de los familiares al recibir la noticia.

Desviando la mirada hacia Mortimer, Stokes continuó con voz serena:

—En cuanto a mis colegas, le presento —señaló a Adair, sentado a su derecha— al honorable señor Barnaby Adair, asesor de Scotland Yard y a —señaló a Montague— al señor Montague, de Montague & Son, contratado recientemente por lady Halstead como asesor financiero. El señor Montague está en posesión de una autorización de lady Halstead que le da poderes sobre todos sus asuntos financieros. He supervisado la carta y es auténtica y cabal. En consecuencia, será un observador en todo ese asunto, puesto que fue autorizado por la propia lady Halstead.

Aquella noticia causó estupefacción y una cierta consternación mientras la familia decidía cómo debería reaccionar. Al advertir las miradas especulativas que le dirigieron, Montague tuvo la certeza de que, si no hubiera sido porque Stokes había validado su derecho a estar allí, habrían cuestionado su presencia.

William Halstead, repantigado en su silla, con las manos en los bolsillos y expresión cínicamente triste, dijo arrastrando las palabras:

—Parece que mamá era más previsora de lo que ninguno de nosotros podía imaginar.

Violet había descrito a William como el paria de la familia y su aspecto sugería que él mismo se regodeaba de su posición. Llevaba un traje oscuro que parecía haber sido de buena calidad, pero que estaba ya irremediablemente arrugado y con algunas zonas brillantes por el uso. Aunque afeitado, el apurado era basto, tenía los ojos hundidos y los labios parecían más prontos a curvarse en un gesto de desprecio que en una sonrisa.

Su imagen destacaba frente al evidente esfuerzo del resto de la familia por mostrar una apariencia convencional. Era el elemento extraño. Un ser independiente.

Las cabezas del resto de la familia giraron hacia él, pero, tras observarle durante algunos segundos, volvieron a mirarse los unos a los otros y después, casi al mismo tiempo, miraron a Stokes, Adair y Montague. Montague, experto en analizar las reacciones de sus clientes, comprendió que todos estaban de acuerdo en que la familia tenía problemas más importantes de los que ocuparse que la presencia de William.

Cynthia, única hermana y segunda hija de lady Halstead, fijó la mirada en Stokes y preguntó con considerable frialdad:

—¿Está usted seguro, inspector, de que mi madre fue asesinada? ¿No podría haberse tratado, simplemente...? —hizo un gesto con la mano— ¿... de una muerte accidental?

—Al fin y al cabo, era una mujer anciana y estaba muy débil —añadió Constance Halstead—. ¿Está seguro de que no se limitó a dejar de respirar?

Tal y como esperaban, la familia preferiría que la muerte de la anciana no fuera declarada asesinato.

—Tanto el médico de lady Halstead, cuya presencia fue requerida, como el forense de la policía que la examinó, están de acuerdo —Stokes se interrumpió y aseveró—: No tenemos ninguna duda de que lady Halstead fue asesinada.

Cynthia apretó los labios, mostrando así su irritación, pero no dijo nada.

Constance esbozó una mueca y se reclinó contra el respaldo de la silla.

—Siendo ese el caso, inspector, ¿qué medidas se han tomado para atrapar al asesino?

La pregunta fue formulada por Maurice Halstead, según Violet, y las apariencias parecían confirmarlo, la oveja negra y libertina de la familia

La pregunta de Maurice, como era previsible, focalizó la atención del resto de los miembros del clan. Todos miraron a Stokes con diferentes grados de altiva exigencia.

Stokes conservó una expresión estoicamente inexpresiva.

—La investigación apenas está empezando. Les he llamado por cortesía, para asegurarme de que fueran informados del asesinato de primera mano. Estamos siguiendo diferentes pistas y hablaremos con ustedes a su debido tiempo.

Stokes había decidido posponer las preguntas sobre las coartadas para que así tuvieran oportunidad de inventarlas. A la policía solía resultarle relativamente fácil desenmascarar una coartada fabricada y era un indicio más seguro de culpabilidad que la ausencia de coartada.

—Pero supongo que tendrán alguna idea —presionó Maurice—. Ha dicho que tienen algunas pistas —desvió la mirada y la posó de forma significativa en Violet—. Resulta difícil imaginar que un asesino haya decidido entrar en esta casa para acabar con una anciana dama sin ningún motivo aparente.

Stokes enseñó entonces los dientes.

—Desde luego. Pero, en cualquier caso, hasta el momento, no tenemos ningún motivo para sospechar de ninguna persona en particular. Y tampoco para descartar a ninguna —recorrió la mesa con la mirada—. Mi primera pregunta para todos ustedes es si saben de alguien que pudiera albergar algún resentimiento hacia lady Halstead o pudiera ser sospechoso de albergarlo. Por cualquier motivo que puedan imaginar.

Se produjo un silencio. Los Halstead se miraron los unos a los otros, arqueando las cejas, pero nadie dijo nada.

Stokes asintió.

—Muy bien. Tomaré esa respuesta como una negativa. Al parecer, ninguno de ustedes tiene motivos para sospechar de algún posible asesino.

En el rostro de Mortimer apareció un ceño acusador mientras clavaba la mirada en Violet.

—Como dice que están investigando a todo el mundo, asumo que eso también incluye a mujeres, como las tres que viven en esta casa. ¿No cree que cualquiera de ellas podría haber entrado en la habitación de mi madre, o podría tener alguna razón, una razón que solo ella conoce para desear su muerte? Mi madre era una mujer frágil y débil. No creo que haya hecho falta mucha fuerza para acabar con ella.

Stokes le había advertido a Violet que podía surgir aquella acusación y le había asegurado que tanto Adair y Montague como él consideraban que no tenía fundamento alguno. Pero, a pesar de la advertencia, ella sintió la necesidad de negarlo con vehemencia, de defender no solo su inocencia sino también las de Tilly y Cook frente a aquel repugnante insulto, de modo que tuvo que morderse la lengua, literalmente, para permanecer en silencio.

Aun así, miró a Mortimer sin pestañear, devolviéndole su sospecha con un silencioso desafío.

Mortimer fue el primero en desviar la mirada, dirigiéndole a Stokes una mirada interrogante. Este había estado observando aquel intercambio con implacable paciencia.

—No hemos descartado a nadie. Eso incluye a todas las personas que están sentadas alrededor de esta mesa y a cualquiera que haya tenido contacto con lady Halstead —miró hacia su izquierda con expresión serena—. También al señor Montague, aunque, considerando su posición en la City y su reputación, no creo que tenga ninguna dificultad para confirmar su coartada.

Montague inclinó la cabeza muy serio.

Volviéndose de nuevo hacia los allí presentes, Stokes fue recorriendo sus rostros con mirada de acero y su expresión se tornó más dura al decir:

—A no ser que encontremos antes algún indicio sobre la identidad del asesino, tendremos que interrogarles en algún momento durante estos próximos días. Nos resultaría de mucha ayuda que fueran tomando nota de dónde estuvieron ayer por la noche y de quién, en el caso de que haya alguien, puede confirmar su presencia.

Stokes se reclinó en la silla y se levantó.

—Esto es todo por el momento —inclinó la cabeza hacia Mortimer Halstead y después hacia Wallace Camberly—. Por supuesto, avisaremos a la familia en cuanto hayamos detenido al asesino.

Barnaby, Montague y Violet también se levantaron.

Cynthia Halstead miró a Stokes.

—Un momento, inspector. ¿Cuándo podremos ver el cadáver y hacer los arreglos necesarios para el funeral?

—El cuerpo de la señora Halstead está ahora en la morgue. Podrán disponer del cuerpo mañana por la tarde, pero deberán enviar allí al empleado de su funeraria. Él sabrá cómo proceder.

Cynthia palideció.

—No me parece muy conveniente.

Stokes respondió sin inmutarse.

—Es así como se hacen las cosas.

Cynthia se tensó y al final desistió.

—¿Y qué será de sus cosas? —preguntó Constance Halstead. Cuando Stokes la miró, señaló a su alrededor—. Me refiero a las que están en su habitación, en el cuarto de estar y en el resto de la casa.

—Esta casa se ha convertido en el escenario de un crimen, señora Halstead. No está permitido mover nada hasta que no tengan mi permiso que, le anticipo, podría demorarse un par de días. Avisaré a la familia de cuándo puede volver a entrar y salir libremente de la casa. Hasta entonces, el acceso estará restringido.

Constance hizo un mohín y, tras mirar a su cuñada, repitió su comentario:

—Es extremadamente inconveniente.

Cynthia se enfurruñó. Después, casi para sí, pero no en voz suficientemente baja, dijo:

—Por lo menos enterremos antes a mamá.

Constance se ruborizó. Tomó aire, elevando sus senos de forma exagerada.

—El funeral...

—Será en St. Peter, por supuesto —el tono de Cynthia se había tornado amargo.

—Yo creo que St. George sería más apropiado —observó Mortimer.

—¡Tonterías! —replicó Cynthia al instante—. St. Peter era a la iglesia a la que asistía mamá. Ha sido la iglesia de la familia durante décadas, y el hecho de que decidieras cambiar...

Violet se volvió y se dirigió hacia la puerta. Montague la siguió y Stokes y Adair fueron tras ellos. Violet se detuvo en la puerta para permitir que Montague la precediera y la abriera. Accedió después al enorme vestíbulo y caminó hasta la entrada de la casa.

Montague caminó a su lado.

—¿Siempre es así? —preguntó, señalando hacia el comedor con la cabeza—. Se lanzan a la yugular aunque estén hablando del funeral de su madre.

—Siempre.

Se detuvo ante el cuarto de estar y miró hacia atrás. Adair les había seguido de cerca, pero Stokes se había detenido para dar instrucciones a su agente. Sin duda alguna, quería asegurarse de que la familia obedeciera su orden de no llevarse nada de la casa. Miró a Montague y después a Adair.

—Son peores que los niños. No creo que la muerte de lady Halstead pueda cambiar nada. De hecho, por lo que he visto, sus discusiones no tenían nada que ver con su presencia, sino que es su patrón de relación, sea cual sea el tema que aborden.

—Una gente encantadora —musitó Adair—. Sospecho que Stokes querrá que nos reunamos —Adair señaló el cuarto de estar—. ¿Podemos hablar aquí en privado?

Violet asintió, abrió la puerta y les condujo al interior.

Montague y ella se sentaron en un sofá de cretona mientras Adair ocupaba una de las dos butacas que había frente a ellos.

Acababan de instalarse cuando Stokes cruzó la puerta que habían dejado abierta. La cerró y dijo:

—Camberly ha excusado su ausencia. Por lo visto hay una sesión en el Parlamento a la que necesita asistir. Y William se ha limitado a levantarse y marcharse sin decir una sola palabra. Los demás continúan discutiendo los méritos para enterrarla en uno u otro lugar —cruzó la habitación y sacudió la cabeza—. Me encontrado con algunas familias difíciles, pero esta se lleva la palma.

Se dejó caer en la segunda butaca y estudió el rostro de Violet.

—Veo que no le sorprende, por lo que deduzco que es su conducta habitual.

Ella asintió.

—En la familia Halstead, esta forma de actuar no tiene la menor relevancia.

—Debo decir —añadió Adair arrastrando las palabras— que aprecio la sutilidad con la que has ido desgranando la información: primero has anunciado que la dama había muerto y posteriormente has añadido que había sido asesinado. De esa forma hemos tenido dos posibilidades de descubrir al asesino, de ver si no era capaz de reaccionar de la manera adecuada. Pero no he visto ninguna reacción que distinga a uno de otro.

Miró a Violet y a Montague.

—¿Ustedes han notado algo?

Violet negó con la cabeza.

Montague esbozó una mueca.

—Lo que yo he notado es que a ninguno de ellos parece importarles que su madre haya muerto. Su actitud parece indicar que les parece normal que haya fallecido teniendo en cuenta su edad. Y, en cuanto al hecho de que haya sido asesinada, tengo la impresión de que toda la familia lo considera un gran fastidio.

—Desgraciadamente, eso es así.

Violet se esforzaba en guardar una conveniente distancia, intentaba no pensar en lady Halstead, no profundizar en el hecho de que había sido asesinada, que la habían matado y, probablemente, lo había hecho algún miembro de su horrible progenie. Al recordar las horas tan serenas y agradables que había pasado con aquella anciana dama que rara vez había tenido una palabra fuera de tono, y mucho menos había dado muestras de un mal carácter, le resultaba difícil mantener la compostura y no renunciar para entregarse a la tristeza.

—Dígame —dijo Stokes, y alzó la mirada. Violet advirtió entonces que la estaba observando—. Durante el tiempo que ha pasado con lady Halstead, ¿la ha oído discutir con alguno de sus hijos o sus nietos?

Violet intentó recordar todos aquellos años, pero, al final, negó con la cabeza.

—No —vaciló un instante y añadió—: Pero no me habría sorprendido. En la medida de lo posible, lady Halstead intentaba mantener cierta distancia con su familia. Por ejemplo, yo vine a trabajar aquí tras la muerte de sir Hugo, pero ninguno de los miembros de la familia intervino en mi contratación. Lo habitual es que esté presente algún miembro de la familia, las hijas, las nueras o incluso los hijos, para dar el visto bueno a la persona que se va a contratar como dama de compañía —cambió de postura antes de decir—: Solo me han entrevistado en dos ocasiones, una aquí, para trabajar con lady Halstead, y la otra en mi anterior puesto de trabajo, como dama de compañía de lady Ogilvie. Pero, en el caso de lady Ogilvie, estuvieron presentes sus dos hijas y, por lo que tengo entendido, eso es lo habitual.

Montague estaba asintiendo, y también Stokes y Barnaby.

—¿Tiene usted constancia de que alguno de sus hijos participara en las decisiones relacionadas con sus finanzas? —preguntó Montague.

—No. Y de eso sí que estoy segura —respondió Violet—. En una ocasión lady Halstead me comentó que estaba encantada de tomar sus propias decisiones y sé que había rechazado la ayuda de Mortimer y de Maurice. Los dos se habían ofrecido, cada uno por su cuenta, para ayudarla a manejar su fortuna, pero ella les contestó que sir Hugo se había hecho cargo de todo y estaba satisfecha tal y como estaban las cosas.

—Um —Adair tenía una mirada distante, como si estuviera repasando lo que había pasado en el comedor—. Una de las cosas en las que me he fijado, y quizá pueda confirmármelo, señorita Matcham, es que la animosidad de la que hemos sido testigos por las tensiones y los agrios comentarios que se han cruzado en la mesa, se da, sobre todo, entre los hijos de lady Halstead, y participan también en ella sus esposas —miró a Violet a los ojos y arqueó una ceja—. ¿Siempre es así, siempre están los unos contra otros, o veces la animosidad iba dirigida a lady Halstead?

—No —dijo Violet—. A ella nunca le dirigían ese tipo de comentarios. Siempre me sorprendió que, durante las cenas, ella no prestara ninguna atención a sus discusiones. Les ignoraba, a no ser que comenzaran a gritar. En ese caso insistía en que les pusieran fin, pero... no. Ni siquiera en ese tipo de situaciones los comentarios iban dirigidos a ella.

Barnaby suspiró y desvió la mirada hacia Stokes.

—De modo que, tras este interludio, aunque ha quedado claro que los Halstead son una familia muy desagradable, no tenemos ningún indicio sobre quién puede ser el asesino.

Stokes inclinó la cabeza.

—Quizá, pero hemos podido confirmar que, con independencia de cómo se comporten entre ellos, no hay nada que sugiera que alguno pudiera tener alguna motivación personal, nada indica que alguno de los miembros de la familia le guardara rencor, no hay prueba de ninguna discusión o desacuerdo entre la dama y sus hijos.

Montague asintió, sumándose a su razonamiento.

—Y tenemos motivos para creer que el asesino es un miembro de la familia, no solo por la aparente facilidad con la que entró en la casa, sino también porque fue asesinada poco después de haber anunciado que pretendía dejar todos sus asuntos en orden...

—Y... —Barnaby se irguió en su asiento— como también tenemos motivos para creer que hay algo ilegal detrás de esos ingresos en la cuenta de la dama, nos quedaremos con eso, y solo eso, como probable móvil —miró a Stokes—. Detrás de todo esto solo hay dinero, simple dinero.

Stokes asintió con gravedad.

—Lo que ha quedado claro es que no hay nada que sugiera que pueda haber algún otro móvil, ningún resentimiento personal, nada relacionado con el testamento. Solo tenemos esos ingresos, sea cual sea su origen. El motivo que se esconde tras el asesinato de lady Halstead es la necesidad de mantenerlos ocultos. Nada más —miró a Montague y después a Violet y Barnaby—. Salvo que consigamos alguna información que indique lo contrario, sugiero que procedamos basándonos en este dato.

Aquella primera reunión se interrumpió poco después. Los tres hombres acordaron reunirse al día siguiente por la mañana en la oficina de Montague para examinar las pruebas que él ya había reunido concernientes a los extraños pagos que todos ellos creían estaban tras el asesinato de lady Halstead.

Violet acompañó a los hombres al vestíbulo. Ella no solo se había sentido aceptada y apreciada, sino que también la había tranquilizado haber sido incluida hasta aquel momento en todas las conversaciones. Todo había sido tan rápido… el descubrimiento del fallecimiento de lady Halstead, la solicitud de ayuda, el momento en el que había estado tranquilizando a Tilly y a Cook, la llegada del médico, la de la policía y después todo lo demás… que todavía no había tenido tiempo de llorar la muerte de lady Halstead, de enfrentarse a sus propios y agitados sentimientos. Pero de una cosa estaba segura: quería ayudar. Necesitaba hacer cuanto fuera posible para atrapar al asesino y hacer justicia. La violencia de sus sentimientos era tan inesperada como inquietante. Y para ella era un gran alivio que los tres hombres parecieran comprenderla sin necesidad de tener que explicarse.

Cuando se dirigía hacia la puerta, Stokes se detuvo para decirle:

—He dejado a un agente de guardia dentro de la casa, y hay otro fuera. No se le ve, pero está vigilando la casa —vaciló un instante y añadió—: Me habría gustado acercarme a la cocina para asegurarles a la criada y a la cocinera que, para nosotros, ninguna de ellas es sospechosa. ¿Podría decírselo usted?

Violet asintió.

—Por supuesto.

Stokes se marchó. Tras dirigirle una mirada de ánimo y un saludo, Adair le siguió escaleras abajo. Al darse cuenta de que Montague continuaba en el vestíbulo, Violet cerró la puerta y se volvió con una sincera sonrisa.

Tras responder con otra breve sonrisa, Montague avanzó hacia ella y, con gran osadía, le tomó la mano y la sostuvo con delicadeza entre la suya.

—Todo ha sido muy rápido.

Solo se estaba refiriendo a la muerte de lady Halstead y los consiguientes sucesos de aquel tumultuoso día. Todavía le costaba enfrentarse a lo que sentía por Violet, a la intensidad de su reacción al saberla cerca de un asesinato y a la implícita y nebulosa amenaza que se cernía sobre ella. La miró a los ojos y estudió su expresión.

—Acaba de conocer a Stokes y a Adair y quería asegurarle que puede tener plena confianza en ellos. La investigación no puede estar en mejores manos. Trabajarán sin descanso hasta hacer justicia —continuaba mirando sus claros ojos azules—. Sé que es importante para usted y comprendo sus motivos. Supongo que es similar a lo que yo siento cuando uno de mis clientes sufre algún daño, pero, imagino que en este caso esa necesidad es incluso más intensa, puesto que estaba muy unida a lady Halstead.

Violet esbozó la que sintió una tensa sonrisa.

—Era una mujer muy querida y no se merecía ser asesinada.

—No, pero… —Montague inclinó la cabeza con un gesto que fue como un juramento— ahora yo también tengo interés en resolver este asunto y, estando los cuatro entregados a la causa, el asesinato de su señora no quedará impune —le sostuvo la mirada durante un segundo más, después, inclinó la cabeza un instante y le soltó la mano.

Violet se volvió para abrir la puerta.

—Gracias por la ayuda que nos ha prestado hoy. No tengo palabras para expresarle mi agradecimiento.

Él se detuvo en el marco de la puerta, la miró a los ojos y bajó la cabeza.

—La llamaré cuando tenga noticias.

Violet inclinó la cabeza y le observó bajar los escalones y cruzar la puerta de entrada. Desde la puerta, le siguió con la mirada mientras él avanzaba por la acera, con sus anchos hombros erguidos, la cabeza alta y aquella sólida confianza exudando de cada uno de sus poros.

Cuando dobló la esquina y desapareció de su vista, suspiró y, sintiendo la tristeza que estaba aguardándola en su interior, cerró la puerta y se alejó de ella, diciéndose con firmeza que aquel no era el momento apropiado para descubrir que todavía tenía la habilidad de soñar.

Tras abandonar la casa de Lowndes Street, Barnaby y Stokes pararon a un taxi y, tras una breve deliberación, se dirigieron a la casa de Stokes de Greenbury Street, en St. John's Wood, donde podrían cambiar impresiones y observaciones sobre lo ocurrido en un ambiente cómodo y tranquilo

Durante el ruidoso y movido trayecto, permanecieron en silencio, revisando las informaciones seleccionadas, buscando nuevos análisis para compartir cuando hubieran llegado a la tranquilidad del cuarto de estar de Stokes. Pero, cuando llegaron a Greenbury Street y entraron en la elegante morada de Stokes, descubrieron que sus esposas habían tomado posesión del salón.

Ambas estaban sentadas en el suelo, con las faldas ahuecadas a su alrededor, jugando con el pequeño Oliver y con Megan, algo más pequeña. Los bebés estaban tumbados de espaldas, atentos y riendo mientras golpeaban los juguetes que sus madres sostenían sobre ellos.

Aquella imagen les hizo detenerse en el marco de la puerta.

Barnaby se sintió como si algo, algo muy potente, le hubiera golpeado en el pecho. Y supo, por la repentina quietud y la completa y absoluta concentración del hombre que estaba a su lado, que Stokes estaba sintiendo lo mismo que él.

Penelope y Griselda habían oído sus pasos, les habían oído entrar y habían aprovechado aquel momento de parálisis para estudiar sus rostros y apreciar su reacción.

Penélope sonrió y, con un movimiento de muñeca, lanzó el juguete con el que había estado entreteniendo a su hijo hacia el pecho de Barnaby.

Este lo agarró en un acto reflejo. Una vez roto el hechizo, buscó sus oscuros y demasiado perspicaces ojos.

Penelope ensanchó la sonrisa con expresión decidida.

—Vuelven los investigadores, y es evidente que con algún caso en marcha —señaló a los niños—. Venid a reuniros con nosotros y contádnoslo todo.

Griselda sonrió también y asintió.

—Claro que sí —le arrojó a Stokes el juguete que había estado moviendo—. Acércate y hazte cargo de la niña —comenzó a levantarse—. Voy a decirle a Mindy que traiga la bandeja del té. Mientras tanto, podéis sentaros, estirar las piernas y ponernos al tanto de vuestro caso más reciente.

Les conocían demasiado bien. Resignándose a lo inevitable, Stokes ayudó a su esposa a levantarse, le dio un beso en la mejilla y dejó después que fuera a la cocina a preparar la bandeja para el té. Se agachó, miró los ojos azules y risueños de su hija y volvió a caer de nuevo bajo el hechizo.

Sonriendo y moviendo obediente el juguete ante ella, no se sintió tan mal, ni tan solo, cuando por el rabillo del ojo vio a Barnaby tirado a su lado en el suelo, rodando junto a su hijo.

Penelope se levantó, bajó la mirada hacia ellos durante unos segundos y después, aparentemente satisfecha, se acercó al sofá y se sentó. No dijo nada, se limitó a observarlos. Stokes tuvo la sensación de que les estaba vigilando para que ni él ni Barnaby hicieran nada malo.

Veinte minutos después, mientras le entregaban los bebés ya dormidos a Gloria, la niñera de Megan, y esta se los llevaba a la habitación, con el té servido y las porciones de bizcocho repartidas, los cuatro se instalaron en el confort de las mullidas butacas y, por fin, con la expresión de alguien que había estado esperando pacientemente y al fin iba a ver satisfechos sus deseos, Penelope preguntó:

—Entonces, caballeros, ¿cuál es el nuevo caso?

Stokes miró a Barnaby. Ambos habían sido amigos y colegas durante tanto tiempo que tenía pocas dudas sobre los pensamientos y las consideraciones que le estaban pasando a Barnaby por la cabeza. Todavía le sorprendía la buena relación que tenían; el hijo de un conde y el hijo de un comerciante, si bien, con una educación mucho más alta que la media. En cuanto a la amistad, real y sincera, que se había forjado entre sus esposas, esta era todavía más asombrosa: una antigua habitante del East End londinense, antigua dependienta y esposa de un inspector de policía, codeándose con la esposa del hijo de un conde, siendo ella misma la hija de una vizcondesa relacionada por matrimonio con algunas de las familias más nobles y poderosas de la ciudad.

Pero allí estaban todos, disfrutando del té y del bizcocho en aquel pequeño, pero confortable cuarto de estar. Y, en el pasado, antes de su incursión en el mundo de la maternidad, sus esposas habían sido de gran ayuda en muchos de sus casos. Tanto Barnaby como él habían albergado la esperanza de que la llegada de Oliver y Megan fuera suficiente distracción para su previo interés, pero, como era obvio que no iba a ser así, el caso Halstead, era, quizá, un caballo regalado al que Barnaby y él no debían dejar de lado.

Un asesinato en el que el móvil eran unas simples transacciones financieras no entrañaba ningún riesgo ni ninguna clase de peligro.

Mirando a Stokes a los ojos, Barnaby asintió de forma casi imperceptible, animándole a tomar las riendas de la conversación contando con su aprobación.

Stokes desvió la mirada hacia el rostro entusiasta de Penelope.

—Se trata de un asesinato —al ver que el interés de Griselda y Penelope parecía aumentar, continuó—: Esta mañana, lady Halstead, que vivía en Lowndes Street, fue encontrada muerta por sus empleadas.

Con su habitual y austero lenguaje policial, describió lo que había pasado a lo largo del día.

Como era de prever, Penelope formuló varias preguntas y Griselda también contribuyó con algunas. Ambas se centraron en las personas, insistiendo en que tanto Barnaby como él les informaran de las sensaciones que les habían transmitido, así como de todo lo que habían oído de las personas involucradas en el crimen.

Stokes había olvidado que, a diferencia de ellos, sus esposas tendían a concentrarse en la gente, en sus peculiaridades y sus sentimientos y, en segundo lugar, en los hechos.

Penelope conocía a Montague. Le ofreció a Griselda una rápida descripción que terminó con un:

—Es un hombre en el que se puede confiar plenamente. La clase de persona en la que uno puede apoyarse cuando se está buscando la mejor manera de servir a la justicia —miró a Stokes—. Montague posee una enorme astucia para todo lo relacionado con el dinero y las finanzas y su habilidad para conseguir información en ambos ámbitos es, como poco, asombrosa.

Stokes soltó un bufido burlón.

—He oído muchas historias sobre la información que es capaz de conseguir. Si también pudiera hacerlo en este caso, os aseguro que no pienso preguntar de dónde la ha sacado.

Penelope esbozó una enorme sonrisa.

—Precisamente... —se volvió hacia Griselda—. Pero lo que me parece más interesante no es que esa dama de compañía, Violet Matcham, enviara a buscar a Montague. Es obvio que la pobre mujer tenía calada a la familia y estaba desesperada por conseguir que el crimen de su señora fuera investigado convenientemente, de modo que tiene todo el sentido del mundo que fuera a buscarle. Lo que de verdad me fascina es que Montague dejara de lado su trabajo y acudiera a su llamada.

Barnaby observó la luz que iluminaba los ojos oscuros de su esposa y decidió que no iba a hacer ningún comentario. Se limitó a reconducir la conversación.

—Estábamos en Smithfield cuando nos llegó el mensaje de Montague, así que, para cuando llegamos a Lowndes Street, ya había llegado el médico.

Contó todo lo ocurrido. Atender al particular interés de Penelope y Griselda, tener que describir a las personas involucradas y sus reacciones demostró ser un excelente ejercicio para revisar todo lo que habían visto y lo que realmente sabían.

Como era de esperar, la descripción de la reunión familiar consumió largos minutos mientras sus esposas sonsacaban hasta el más mínimo detalle en el que Stokes y él habían reparado sobre los Halstead y los Camberly.

Penelope clavó sus ojos en Barnaby.

—Tu padre tiene que tener mucha información sobre Camberly. Y es posible que tu madre sepa algo más sobre la señora Camberly y su hijo.

Barnaby asintió.

—Les preguntaré.

—Tenemos previsto cenar juntos esta noche. Será la oportunidad perfecta —Penelope miró a Griselda—. ¿Qué opinión te merece la familia? A mí me parecen... bueno, no puedo decir que me gusten mucho. En vez de apoyarse, como hacen la mayor parte de las familias, parece que están deseando destruirse.

Griselda asintió, mirando a su amiga con expresión abstraída.

—¿Pero qué les lleva a ser así? ¿Qué les hace...? —fijó la

mirada en Penelope—. ¿Tú crees que podría algo tener que ver con su edad?

Barnaby se enderezó, miró a Stokes y vio que también su amigo estaba parpadeando y presentado gran atención.

Penelope frunció el ceño y asintió con lentitud.

—Entiendo a dónde quieres llegar. Y, sí, podría ser.

Como ninguna de ellas dijo nada más, sino que ambas se limitaron a meditar en silencio, Barnaby las urgió.

—¿Qué es lo que podría ser? —cuando Penelope alzó la mirada, la miró a los ojos—. ¿En qué estáis pensando?

—Bueno —dijo Penelope—, es algo que ocurre en ocasiones cuando dos hermanos se llevan muy poco tiempo, un año o menos. Por lo que os ha contado la señorita Matcham, Mortimer es el hijo mayor, pero Cynthia apenas es un año más joven. La gente suele pensar que, cuando los niños se llevan poco tiempo, se apoyan el uno en el otro y pueden desarrollar un profundo vínculo, pero también puede suceder todo lo contrario. Sobre todo si el segundo hijo es más fuerte, o tiene un carácter tan fuerte como el primero. Surge entonces la competición, la batalla por la supremacía —miró a Stokes y se volvió de nuevo hacia Barnaby—. ¿Era eso lo que estaba ocurriendo alrededor de esa mesa? ¿Se apreciaba la competitividad? ¿Estaba en juego la superioridad o algo parecido?

Barnaby asintió con firmeza, fijando la mirada en su rostro.

—Eso era exactamente lo que había.

—Y, en ese caso —dijo Griselda, mirando a Penelope—, la actitud de Maurice y William es más comprensible —miró a Barnaby y después a Stokes—. Imagino cómo debía de ser esa familia cuando todos eran niños. Mortimer y Cynthia peleando por conservar el dominio, posiblemente, intentando demostrar ser los mejores, los más exitosos, para hacerse merecedores de alabanzas y conservar su posición. Maurice no estaba en condiciones de competir de modo que, para llamar la atención o, quizá, para rebelarse contra sus hermanos mayores, optó por el camino contrario. Como Mortimer y Cynthia ya estaban compitiendo para ser los modelos de corrección y de conducta decorosa, Maurice se fue al extremo contrario y terminó convertido en la oveja negra de la familia.

—Pero... —Penelope alzó un dedo— Maurice es capaz de ir al otro extremo y mantenerse dentro de los límites. Sin embargo, cuando apareció William, se encontró con que no tenía ningún lugar a donde ir, ninguna manera de sobresalir, porque ambos extremos, el de la perfección y el de la imperfección, ya habían sido reclamados.

Barnaby estaba asintiendo.

—De modo que decidió sobrepasar los límites de lo aceptable y convertirse en un marginado dentro de sus círculos.

—¡Exacto! —Penelope miró a Stokes—. Por eso los cuatro hermanos son como son y, si tienes en eso en cuenta, tendrás muchas más oportunidades de predecir cuál va a ser su conducta y comprender las razones que se ocultan detrás de lo que dicen y lo que hacen.

Stokes asimiló aquella información y dijo después:

—Aclaradme un cosa... Decís que los Halstead se han convertido en lo que son porque todos ellos han crecido reclamando atención —cuando Griselda y Penelope asintieron, Stokes preguntó—: ¿Pero de quién?

Penelope miró a Griselda y esta se volvió hacia Stokes.

—Principalmente de sus padres.

Los cuatro se detuvieron a reflexionar sobre ello y después, Barnaby planteó:

—Según Violet, la señorita Matcham, tanto lady Halstead como su marido eran personas muy agradables. Lo que esto sugiere es que nos encontramos en una de esas extrañas situaciones en las que unos padres decentes crían a unos hijos mucho menos aceptables.

—A veces ocurre —respondió Stokes.

Al cabo de unos segundos, Penelope se reclinó en su asiento y preguntó:

—¿Y ahora qué pensáis hacer?

Stokes intercambió una mirada con Barnaby y advirtió en la expresión de su amigo la misma resignación que él sentía. Las percepciones de sus esposas estaban demostrando ser muy útiles, podrían llegar a convertirse en una valiosa ayuda y, realmente, en un caso como aquel, no había ningún motivo por el que no pudieran colaborar. Miró a las dos, que estaban sentadas en el sofá.

—Nuestro próximo movimiento será estudiar la información que ha reunido Montague hasta el momento sobre esos misteriosos pagos y después, sospecho que, mientras él se dedica a rastrearlos como solo él puede hacerlo, nosotros —señaló a Barnaby con la cabeza— continuaremos investigando el asesinato.

—Y a la familia —añadió Barnaby.

—Um —Penelope clavó la mirada en el vacío con el ceño fruncido—. Antes tendréis que averiguar cómo consiguió entrar el asesino.

Barnaby esbozó una mueca.

—Si queremos hacer un trabajo exhaustivo, deberíamos examinar todos los papeles de lady Halstead para ver si encontramos algún documento que pueda arrojar alguna luz sobre esos pagos o sobre cualquier otra cuestión desconocida para nosotros que pueda encontrarse detrás de todo esto.

—Respecto a los pagos, podríais intentar averiguar si hay algún miembro de la familia involucrado en algo delictivo —sugirió Griselda.

Stokes soltó un gruñido y dejó el platito del bizcocho en la mesa.

—Después de todo lo que hemos hablado, necesito volver a entrevistarme con la familia, pero antes de hacerlo —miró a su amigo a los ojos— necesitamos más detalles sobre esos pagos.

Barnaby esbozó una mueca, pero asintió.

—Por muchas ganas que tenga de presionar, teniendo en cuenta la envergadura de las personas involucradas en este asunto, sospecho que tienes razón.

CAPÍTULO 5

El resto de las copias de los documentos financieros que Montague había solicitado a Runcorn llegó justo a tiempo para que Slocum pudiera recogerlos antes de dar por finalizada la jornada.

Cuando se los llevó a su despacho, Montague ya estaba apartando los libros de contabilidad del duque con los que había estado trabajando. No había ningún error en ellos, de modo que podrían esperar.

—Gracias, Slocum.

Tomó los documentos, que eran bastante numerosos, los colocó apilados junto al vade del escritorio y miró después a su empleado.

—Es una suerte que hoy no tuviera ninguna reunión —había llegado justo a tiempo para la última asesoría de la tarde con uno de su clientes más recientes—. Teniendo en cuenta el giro tan drástico que ha dado la investigación sobre las cuentas de lady Halstead, es posible que tenga que ausentarme durante algunos días, pero intentando no llamar la atención. ¿Qué reuniones tenemos programadas? ¿Es posible retrasar alguna?

—Déjeme revisar la agenda —Slocum salió a su escritorio y regresó con su pesado libro de registro—. Pues está de suerte. Durante la semana siguiente solo tenemos reuniones con clientes de segunda fila, así que Gibbons y Foster podrían ocuparse de ello —alzó la mirada, arqueando las cejas—. Si quiere, puedo pedirles su confirmación mañana por la mañana.

—¿Quiénes son esos clientes? —Montague escuchó mientras Slocum recitaba los nombres. Pensó en ello y asintió—. Puede informar a Gibbons y a Foster de que se ocuparán de esas reuniones. Si estoy aquí, yo también asistiré, pero solo como observador. Gibbons y Foster pueden manejar las dos reuniones sin problemas. Gibbons las conducirá y Foster será su apoyo.

Frederick Gibbons era un hombre de gran solidez que llevaba años trabajando con Montague & Son y Phillips Foster, aunque mucho menos experimentado, se estaba desenvolviendo de forma perfecta.

—Será una buena experiencia para los dos —apuntó.

—Estoy de acuerdo —Slocum tomó nota en su enorme agenda—. No tenga ningún miedo. Entre todos podremos hacernos cargo del negocio —alzó la cabeza y señaló el montón de papeles que había en el vade—. Parece que va a estar muy ocupado revisando todos esos documentos.

—Desde luego —Montague miró la pila. Estaba deseando ponerse a ello. Miró de nuevo a Slocum—. ¿Algo más?

—No, eso es todo —cerró la agenda e hizo un gesto de despedida—. Los demás ya se han ido, así que yo también me iré.

—Buenas noches.

Montague ni siquiera esperó a que Slocum se hubiera marchado para agarrar el primer documento de la pila y empezar a leer.

La siguiente hora pasó en un segundo. Cuando la lámpara del escritorio comenzó a temblar y se dio cuenta de que el aceite se había consumido, alzó la mirada hacia la ventana y advirtió que había caído la noche. Una mirada al reloj que tenía en la esquina de su mesa le indicó que la señora Trewick debía de tener la cena lista y esperándole en el piso de arriba. Y él intentaba no causarle más molestias que las inevitables a su ama de llaves.

Observó los documentos que tenía extendidos sobre la mesa. El impulso de seguir buscando la explicación a los extraños pagos que habían aparecido en la cuenta de lady Halstead, y que posiblemente fueran la causa de su asesinato, le resultaba hasta cierto punto familiar. Había sentido en muchas ocasiones la llamada del deber profesional, la necesidad de asegurarse de que se respetara la ley y se sirviera a la justicia en el ámbito profesional que había elegido.

Sin embargo, en aquella ocasión el impulso que le guiaba procedía de un ámbito diferente, tenía un matiz más complicado.

Violet Matcham estaba demasiado cerca del crimen para su paz mental.

Evitó profundizar en el motivo por el que aquellas consideraciones le afectaban de forma tan intensa, pero no podía negar que lo hacían. Necesitaba descubrir qué había que ocultar en las cuentas de lady Halstead que pudiera valer un asesinato y, solo cuando lo hubiera hecho y hubieran detenido al asesino, podría tener la satisfacción de haber cumplido con su trabajo.

De haber conseguido lo que en aquel momento le parecía vital: proteger a Violet de un asesino.

Mantenerla a salvo.

Fijó la mirada en los documentos durante un segundo más, se levantó, los reunió y, con ellos bajo el brazo, se dirigió hacia la puerta, hacia la cena que le estaba esperando en el piso de arriba.

Aquella noche, Violet cenó con Tilly y la cocinera en la cocina. Era un espacio acogedor y agradecía aquella calidez. En el piso de arriba, la casa parecía haberse enfriado de una forma en absoluto natural.

Cook, con las hebras de pelo escapando de su gorro blanco, se sentó en la silla y clavó la mirada en su sabroso estofado.

—¿Y si regresa?

Violet alzó la mirada.

—¿El asesino?

—Sí —la cocinera no levantaba la mirada, continuaba con ella fija en el plato—. Entró en la casa y mató a la señora, ¿no? ¿Qué puede impedirle hacer lo mismo con nosotras mientras estemos durmiendo?

Violet miró a Tilly y advirtió una ansiedad similar en los ojos de la criada.

—Yo… no lo sé, por supuesto —miró a Cook—. Nadie

puede saberlo. Pero parece que podría haber un móvil tras el asesinato de la señora, esos pagos que la tenían tan nerviosa, y si eso es así... bueno, no veo que pueda haber ningún motivo para que nos maten a nosotras.

Tilly había levantado su vaso de agua. Bebió un sorbo, después, bajó el vaso, se aclaró la garganta y dijo:

—Yo creo que, si pensaba que tenía que matar a la señora por alguna razón, y hasta ahora no le han descubierto, el último lugar al que volvería sería esta casa.

—Sí, desde luego —Violet se irguió en la silla—. Y acabo de acordarme de que el inspector me dijo que había dejado a un agente vigilando la casa. El agente que estaba dentro ya se ha ido, pero, por lo que sabemos, el de fuera sigue allí.

—Eso espero —Cook apartó su plato, todavía medio lleno—. Y supongo que ese canalla, quienquiera que sea, estará más preocupado por esconderse que por venir a molestarnos. Al fin y al cabo, nosotras no sabemos nada.

—Exacto.

Decidida a dejar de hablar del asesinato y del asesino, Violet se levantó y se llevo su plato.

—Yo quitaré la mesa.

Así se mantendría ocupada y no pensaría en que no estaba pasando la velada en el cuarto de estar, leyendo para lady Halstead. O que Tilly y ella no tendrían que ayudarla a subir las escaleras y prepararla para ir a dormir.

El enorme dormitorio del piso de arriba estaba vacío. La policía se había hecho cargo del cadáver para poder examinarlo con más detenimiento.

Violet no quería pensar en ello. Una vez retirados los platos, se volvió hacia Tilly.

—A lo mejor podemos dedicarnos a remendar.

Ambas, Tilly y ella, eran excelentes costureras. Cook se sentó un rato junto a ellas, después, suspiró y se dirigió a su dormitorio, que estaba detrás de la cocina.

Violet la oyó cerrar la puerta. Un minuto después, oyó un fuerte golpe, como si Cook hubiera colocado un mueble contra la puerta.

Violet intercambió una mirada con Tilly, que se encogió de hombros.

—No la culpo —dijo Tilly—. Ha sido un día muy difícil.

Violet curvó los labios y bajó de nuevo la mirada hacia la prenda que estaba reparando.

Al cabo de un rato, una vez acabados los remiendos y apagadas las lámparas de la cocina, Violet y Tilly subían las escaleras con sendos candiles parpadeantes. Se separaron en el descansillo del primer piso. Tilly recorrió el pasillo hasta llegar a la escalera que conducía al ático, donde se encontraba su pequeña buhardilla.

Violet tomó aire, cruzó el pasillo en dirección contraria, pasó por delante de la puerta de la habitación de lady Halstead y avanzó hacia la puerta de su dormitorio

Entró y la abrió. Cerró la puerta y la estudió durante algunos segundos. Al cabo de un rato, se volvió. No tenía ningún motivo para dejarse dominar por el miedo.

Montague le había asegurado que trabajaría con Stokes y Adair para vengar a lady Halstead, para atrapar a su asesino y hacer justicia. Depositar tanta confianza y tanta fe en las palabras de un hombre al que apenas conocía le habría parecido una temeridad una semana atrás. Pero no se lo parecía en aquel momento. Creía en él, tenía fe en su seguridad.

¿O quizá la fe de Montague alimentaba la suya?

Se acercó a la cómoda y dejó sobre ella el candil. Sus pensamientos continuaban agitándose, al parecer, liberados por el hecho de estar por fin a solas.

El que, posiblemente, el asesino fuera uno de los hijos de lady Halstead, o alguna de sus esposas, o quizá incluso uno de los nietos, comenzaba a cristalizar en la mente de Violet. Todavía no había llegado a aquella conclusión, no era nada definitivo, pero aquella posibilidad, aquella insinuación, había ido tiñendo la investigación hasta entonces.

Lo que más le angustiaba era que se requería de un ejercicio mental casi imposible para imaginar que el asesino de su señora fuera una persona ajena a la familia, dado que lady Halstead había vivido cada vez más aislada durante los últimos dos años.

Diciéndose que tendría que mencionárselo a Montague, o a Adair y Stokes, alargó la mano y comenzó a quitarse las horquillas.

Tras cepillarse sus gruesos tirabuzones, se desnudó, se puso el camisón y frunció ligeramente el ceño al recordar todas aquellas ocasiones en las que había visto a lady Halstead interactuar con sus vástagos. ¿Habría algo, en alguna parte, que pudiera delatar al culpable?

Mientras se deslizaba entre las sábanas, mirando hacia dentro de sí misma, le sorprendió descubrir una fuerza, una determinación hasta entonces desconocida. A pesar de la conmoción, a pesar de que no tenía ningún parentesco con lady Halstead, tenía el firme y profundo propósito de ver detenido al asesino de su señora.

Ser consciente de ello, reconocer y aceptar aquel compromiso nacido del instinto, saber que lo había contraído, que estaba allí, que no vacilaría, no contribuyó a tranquilizarla, a sosegarla, pero le dio seguridad, unos cimientos sobre los que sostenerse con firmeza.

Cerró los ojos. Para su sorpresa, el sueño no tardó en llegar. Debía de estar más cansada de lo que pensaba.

Mientras los vapores del sueño iban penetrando e invadiendo su mente, se dibujó en ella un rostro con fuerza y nitidez.

Había otros dos tras él, pero no eran tan nítidos.

Montague permanecía grabado en su mente, la seguridad que le había transmitido su sólida voz se repetía en su mente, consolándola y sosteniéndola.

Atraparían al asesino. Lucharía para que así fuera y Montague estaría a su lado.

Stokes encontró a Griselda junto a la cuna de Megan, contemplando a su hija con una sonrisa en el rostro que no le había visto antes del nacimiento de la niña.

La sonrisa de una madre, la sonrisa que solo una madre mirando a su hijo era capaz de esbozar.

Aquella imagen le hizo curvar los labios y sus duras facciones, aquellas facciones que mostraba a la mayor parte del mundo, se suavizaron.

Al sentir que se acercaba, Griselda se volvió y le sonrió.

Fue una sonrisa algo distinta, pero que él también atesoró. Era única, una sonrisa que reservaba solo para él.

Stokes se acercó a su lado, inclinó la cabeza, rozó sus labios y miró después a su hija.

Griselda se recostó contra él. Stokes la rodeó con el brazo, sujetándola con suavidad. Al cabo de unos segundos, susurró:

—¿De verdad quieres ayudarnos con la investigación? ¿De verdad estás interesada? —la miró a los ojos—. ¿O solo estás siguiendo, o apoyando, a Penelope?

Griselda apretó los labios y estudió su rostro.

—Reconozco que Penelope es una fuerza de la naturaleza, eso lo admito, pero —suspiró—, de verdad, siento la necesidad de hacer… de hace algo. De contribuir, por pequeña que sea mi contribución.

Cambió de postura para mirarle y le rodeó la cintura con los brazos cuando él la abrazó. Echó la cabeza hacia atrás y le miró a los ojos.

—Soy muy feliz aquí, contigo y con Megan. No es esa parte de mí la que necesita involucrarse en la investigación. Podría, me resultaría muy fácil, quedarme en casa, dedicar tiempo a la tienda y vivir feliz y satisfecha, pero… no puedo evitar preguntarme si, dentro de unos años, miraré hacia atrás y me sentiré… avergonzada.

Le miró a los ojos, como si estuviera buscando las palabras para hacérselo comprender, se interrumpió durante unos segundos y continuó:

—Tengo todo lo que mi corazón podría desear. Tengo una vida que no solo es buena, sino maravillosa. Miro hacia el futuro y no veo nubes en el horizonte. Podría decirse que, en cierto modo, es una manera de hacer honor a todo lo que tengo, a mi buena suerte, una forma de saber que me lo merezco o, quizá, de haberme ganado el derecho a tanta felicidad haciendo cuanto esté en mi mano… para convertir el mundo en un lugar mejor. Ayudando a los demás —suavizó los labios, curvándolos ligeramente—. Ayudándoos a ti y a Barnaby para que se haga justicia.

Stokes tensó los brazos a su alrededor, sintiendo su calor, la indescriptible confianza con la que se recostaba contra él, algo que, comprendía, jamás querría perder.

—No puedo decir que no lo comprenda, aunque no puedo dejar de preguntarme si no te habré contagiado mi vocación.

Ella sonrió.

—Es más probable que sea un reflejo de lo que somos. Soy la mujer adecuada para ti porque compartimos pensamientos, deseos e ideales. Porque tenemos una forma muy parecida de contemplar el mundo.

Stokes tensó los labios, pero se obligó a preguntar:

—¿Qué piensas hacer entonces? ¿Participar en todos mis casos?

—No, ni quiero ni necesito tanto —buscó sus ojos—. Sé que muchos, quizá la mayoría de tus casos, son crímenes violentos perpetrados por criminales reconocidos. Y ni Penelope ni yo podríamos aportar nada útil. Pero en casos como el que estáis resolviendo ahora, son muchas las maneras en las que podemos ayudaros, como hemos hecho esta noche.

—Eso no puedo negarlo, y tampoco lo haré. Vuestra explicación de por qué la familia podría ser como es nos será de gran ayuda —se interrumpió y asintió—. Muy bien. Ya veremos cómo evoluciona esto.

—Y, si hay algo en concreto en lo que podamos ayudar, lo haremos.

Se miraron a los ojos durante largo rato. Stokes sonrió ligeramente.

—Hay algo concreto en lo que podrías ayudarme esta noche.

Griselda ensanchó su sonrisa, después, se irguió, presionó sus labios con un beso rápido y desafiante y musitó:

—Adelante, inspector.

Stokes soltó una carcajada, procurando no hacer mucho ruido para no despertar a su hija. Se inclinó y levantó en brazos a Griselda. Ella contuvo una exclamación y ahogó una risa mientras, dejando la puerta abierta por si Megan se despertaba, Stokes la sacaba del cuarto de la niña y la llevaba hasta el dormitorio del final del pasillo.

La dejó en la cama y Griselda alargó los brazos para acercarle. Y el calor que habían encontrado juntos se inflamó, devorándoles.

Se regodearon en aquel momento fogoso, compartiendo, entregando, reaprendiéndose, recordándose la maravilla de aquel júbilo efervescente.

La pura y absoluta gloria de la intimidad física.

Compartieron una vez más el éxtasis, la dicha y, al final, felices y satisfechos, se durmieron abrazados.

Stokes escuchó la lenta respiración de Griselda.

Le envolvía una sensación de inseguridad con la que no se había encontrado nunca. Tenía la sensación de estar embarcándose en un viaje personal potencialmente peligroso, de estar adentrándose en un terreno desconocido. Las implicaciones de aquello en lo que se había mostrado de acuerdo con su esposa se filtraron en su mente, revoloteando como oscuras sombras. Eran miedos estúpidos, infundados y, sin embargo, reales: el temor a haber abierto la puerta a una auténtica revolución al permitir que su mujer colaborara no solo en aquel caso, sino también en los que lo siguieran, amenazando así aquel esplendor, aquel calor, aquella alegría.

Aquella intimidad.

Algo que apreciaba más que a su propia vida.

Pero él le habría entregado el mundo si hubiera podido, y si Griselda quería, si necesitaba aquello... estaría a su lado y encontrarían juntos un nuevo acomodo para su relación, uno que incorporara lo que ambos deseaban, construido sobre los cimientos de lo que ya tenían.

Lo intentaría, y también ella, y juntos lo conseguirían. Ninguno de los dos tenía miedo a los compromisos.

Algo más tranquilo, permitió que le arrastrara el sueño.

Y, cuando comenzaba a hundirse en él, el rostro sonriente de Griselda, su maternal sonrisa llenó su mente. Aquella sonrisa reflejaba un amor más profundo e intenso de lo que ninguna otra relación podía evocar. No era extraño que el amor entre una madre y su hijo se considerara algo sagrado.

¿Pero qué habría pasado entonces con los Halstead?

Aquel pensamiento le despejó, al menos lo suficiente como para comprender con repentina claridad que en el caso de aquella familia, y en más de una ocasión, se había roto el vínculo materno filial.

Estaba... estaban investigando un matricidio.

Pero... ¿cómo o por qué se habría roto aquel vínculo?

¿O a lo mejor nunca había sido lo bastante fuerte?

Estuvo dando vueltas a aquellas preguntas, comprendiendo que abrían caminos que deberían explorar. Volvió a cerrar los ojos y permitió que asomara a sus labios una sonrisa. Griselda le había servido de una ayuda de la que ni siquiera era consciente.

Cuando por fin le reclamó el sueño, su último pensamiento fue una plegaria para que nada pudiera dañar nunca el precioso vínculo entre Griselda y sus hijos.

—Tu padre ha descrito a Wallace Camberly como un político prudente —enfundada en un vestido de resplandeciente seda azul, Penelope entraba en primer lugar en el dormitorio principal de la casa de Albemarle Street.

Las joyas brillaban en su cuello y colgaban de sus orejas mientras cruzaba la habitación y dejaba su retículo de plata sobre el tocador.

Barnaby la siguió al interior de la habitación. Acababan de regresar de una cena en la casa que sus padres tenían en Londres. Tras cruzar el umbral y ser recibidos por Mostyn, habían pasado por el cuarto del bebé, pero Oliver estaba plácidamente dormido y le habían dejado soñando feliz.

—¿Y te ha dicho mi padre qué entiende él por «prudente»?

—Se lo he preguntado —Penelope comenzó a quitarse los pendientes—. Y me ha dicho que Camberly consiguió su escaño por muy poco margen y tiene mucho cuidado de no hacer nada que pueda arriesgarlo. Por otra parte, también ha dicho que es un hombre despiadadamente ambicioso, pero que su prudencia atempera su ambición.

Barnaby se quitó el abrigo y sonrió.

—Estás empezando a hablar como un político.

—Desde luego, pero puedes culpar de ello a mis compañías —dejó los pendientes y le miró—. ¿Has podido averiguar algo más sobre Camberly?

—Solo que se espera que ascienda en el mundo de la política, pero no de una forma espectacular —Barnaby comenzó a deshacerse la corbata—. Tengo la impresión de que él y su esposa están siendo analizados con vistas a un posible ascenso, quizá en el Ministerio —miró hacia el otro extremo de la habitación y vio a Penelope dejando a un lado la gargantilla y levantando la mano para comenzar a quitarse las horquillas que sujetaban su pelo—. Yo no he coincidido con nadie relacionado con el Ministerio del Interior, ¿y tú?

—No, así que al final he recurrido de nuevo a tu padre. Le ha llevado algún tiempo recordar quién era Mortimer Halstead. Al parecer, Mortimer, más que por su talento, conserva su posición por antigüedad. Tu padre se ha referido a él como a un hombre no muy brillante, pero que pone empeño en lo que hace, alguien de quien nadie espera que pueda conquistar algo más que su actual posición de ayudante de algún subsecretario.

Con el pelo suelto, cruzó la habitación y se detuvo delante de Barnaby, colocándose de espaldas a él.

—Por favor...

Barnaby dejó su larga corbata en la cómoda, sonrió de oreja a oreja y deslizó obediente los dedos de aquellos botones diminutos, descendiendo por la espalda del vestido de noche. Era uno de los deberes maritales con los que más disfrutaba. Y, con la clase de vestidos que Penelope usaba, a menudo se sentía como si estuviera desenvolviendo un regalo.

Pero mientras iba descendiendo por la fila de botones, su sonrisa se desvaneció.

Al cabo de un momento, alzó la mirada hacia la porción del perfil de su esposa que alcanzaba a ver.

—Has disfrutado, ¿verdad? Te ha gustado estar fisgoneando para ver qué podías averiguar sobre nuestros sospechosos.

Ella asintió.

—Sí, me he divertido. Una velada a la que iba por obligación, para ayudar a tu madre con los invitados, se ha convertido en algo mucho más interesante. En una velada con un objetivo.

Cuando llegó al final de la fila, Barnaby posó las manos en los costados de su esposa y la atrajo hacia él.

Ella se recostó obediente, apoyando los hombros en su pecho, la cabeza en el hueco de su hombro y su curvilíneo trasero contra sus muslos.

Por un momento, Barnaby se limitó a retenerla contra él, disfrutando de lo bien que encajaban, de lo bien que se acoplaban sus cuerpos.

Pero, unos minutos después, encontró las palabras y el valor necesarios para decir:

—No estoy seguro de lo que siento al respecto. Me refiero al hecho de que vuelvas a involucrarte en mis investigaciones.

Había albergado la esperanza de que el nacimiento de Oliver pusiera fin a su participación en un terreno potencialmente peligroso, pero, a pesar de sus esperanzas, una parte de él había sabido siempre que era poco probable, que la mente inquisitiva de Penelope necesitaría el estímulo que él mismo encontraba resolviendo crímenes. Eso era lo que les había unido, y la naturaleza de Penelope no había cambiado con el nacimiento del bebé.

Ella no respondió de inmediato, pero tampoco se tensó en sus brazos. Al cabo de unos segundos, alzó las manos y se quitó las lentes de montura dorada de sus ojos. Después, inclinó la cabeza hacia atrás y hacia un lado, para poder verle la cara. Estando tan cerca, no necesitaba las gafas para estudiar sus facciones, para leer en sus ojos. Pasaron algunos instantes, y después, contestó:

—Yo tampoco estoy segura.

Sin saber cómo interpretar aquellas palabras, Barnaby esperó y, tras un segundo de silencio, ella continuó:

—Cuando nació Oliver, me pregunté si llenaría mi vida de tal manera que terminaría excluyendo todo los demás, sobre todo, cosas como las investigaciones. Pero ahora… creo que no es así cómo funciona. Que no es así como evoluciona la vida.

Continuó, sosteniéndole la mirada:

—Me siento como si mi vida se hubiera expandido, como si hubiera más espacio que llenar, como si el nacimiento de Oliver hubiera abierto nuevos ámbitos en nuestras vidas. Me he dado cuenta de que, al menos para mí, pero espero que también para ti, la vida no es algo estático, un espacio cerrado. Durante los meses que han pasado desde su nacimiento, he estado absorbida entregándome al nuevo terreno que suponen los hábitos de Oliver y he abandonado otros aspectos de mi vida. Pero todavía están allí y sigo necesitándolos para ser quien soy. Siguen formando parte de mí, de lo que soy, de lo que me hace ser como soy —le miró con expresión interrogante—. ¿Tiene sentido lo que estoy diciendo?

Él la miró a los ojos.

—Hasta ahora te he seguido, y la hipótesis me parece interesante.

—Sí, bueno —movió las gafas que tenía en la mano—, está claro que tener a Oliver ha cambiado muchas cosas para los dos, aunque en diferentes grados y, seguramente, de diferentes maneras. Esos cambios influyen en nuestra manera de desenvolvernos en otras áreas de nuestras vidas —se interrumpió, se inclinó hacia delante y volvió después a recostarse contra él—. Me siento como si, en general, mi vida estuviera un poco desequilibrada, sobre todo respecto a mis otros intereses vitales, entre ellos, el campo de la investigación. Necesito recuperar un nuevo equilibrio, por así decirlo, pero, en cuanto a qué puede ser ese equilibrio… —alzó la mirada para encontrarse con sus ojos— creo que es una de esas cosas que uno solo puede llegar a decidir por ensayo o error.

Él le sostuvo la mirada.

—¿Entonces quieres que lo intentemos con este último caso?

Penelope se volvió en sus brazos, alzó los brazos, los apoyó en sus hombros y hundió los dedos en su nuca.

—Vamos a intentarlo. Y, si en un primer momento no conseguimos hacerlo, nos adaptaremos —le miró a los ojos e inclinó la cabeza—. ¿Me ayudarás a encontrar ese nuevo equilibrio?

Al mirarla a los ojos, Barnaby se dio cuenta de que, desde que se había involucrado en aquel caso, estaba más animada, de alguna manera más viva, de una forma que no había echado de menos hasta que había vuelto. Su impulso, como siempre, fue darle todo lo que quisiera, aceptar cualquier cosa que contribuyera a su felicidad, a su bienestar, una compulsión solo mitigada por su instinto de protección.

A su instinto protector no le gustaba verla cerca de algo peligroso, como sus investigaciones.

Equilibrio.

Ella tenía razón.

Barnaby asintió.

—De modo que ensayo, posible error y nueva adaptación.

Penelope sonrió. Fue una sonrisa radiante, marcada por la comprensión.

—Gracias.

Se estiró con una mano en su nuca y la otra enmarcándole el rostro y presionó los labios contra los suyos. Cualquier duda que Barnaby hubiera podido albergar sobre la posibilidad de que ella no entendiera lo que pensaba, de que no entendiera las consideraciones y reservas que cruzaban su mente, fue erradicada por aquel beso.

El hecho de que estuvieran juntos en aquello, de que fueran a enfrentarse a aquel desafío codo a codo, mano a mano, quedó enfatizado por todo lo que ocurrió a continuación.

Tarde, mucho más tarde, mientras ella se acurrucaba contra él y se disponían a dormir, Barnaby le tomó la mano y le dio un beso en la palma.

—Encontraremos juntos la manera de hacerlo.

—¡Vaya! Ha sido mucho más fácil de lo que había imaginado.

Se sentía un tanto atolondrado por el alivio y la satisfacción y por los vestigios ya evanescentes de la emoción de un acto ilícito. La mano le temblaba mientras encendía la mecha de la lámpara de su vestidor.

Una vez afirmada la llama, colocó la mampara y bajó la mirada hacia su ropa, examinándola con detenimiento bajo aquella luz dorada. Era más de la medianoche. Todo era silencio y quietud. Solo él estaba activo en aquel tiempo que transcurría entre un día y el siguiente.

Satisfecho al no encontrar ninguna señal delatora, se desprendió de sus ropas.

Al tiempo que se deshacía de su mala conciencia.

—No era posible evitarlo, la verdad. En cuanto esa vieja puso la bola a rodar… Podría haberlo dejado pasar si ella hubiera dejado las cosas tal y como estaban. Pero no, tenía que hacer las cosas bien y poner sus asuntos en orden, ¡bah!

Se puso su camisola de noche y examinó su rostro en el espejo de afeitar, como hacía cada noche.

Y, como le sucedía a menudo cuando lo hacía, las dudas comenzaron a aparecer como espectros en su mente. Clavó los ojos en los que le devolvía el espejo y susurró:

—Pero, si había hablado con su agente, sería para que se encargara de revisar sus asuntos, ¿no?

Al cabo de un momento, contorsionó sus facciones mientras se enderezaba.

—¡Maldita sea! Todavía no estoy a salvo.

CAPÍTULO 6

—Ahí está.

Montague señaló con la cabeza hacia el otro lado de Winchester Street, donde se encontraba la oficina de Runcorn & Son.

A su lado, la señora Adair, que era como Penelope había insistido en que la llamara, se llevó una mano enguantada a los ojos para protegerse de la luz.

—Pues sí, parece un negocio próspero —bajó la mano y escrutó la calle con la mirada—. No había estado nunca por esta zona. No deja de sorprenderme lo grande que es Londres.

Caminando al lado de su esposa, Adair sonrió, pero no dijo nada. Él también estaba estudiando la calle, tomando nota de la zona en la que se encontraba la oficina.

El día anterior habían ido los dos a la oficina de Montague para reunirse, tal y como habían acordado el día anterior, llevando con ellos la noticia de que Stokes había tenido que ocuparse de otro caso, pero esperaba sumarse a ellos al cabo de solo unas horas.

Adair había explicado brevemente el interés de su esposa en el caso, informando también de que Stokes estaba al tanto de su participación. Como ya había tenido relación con mujeres como Penelope debido a su relación con diferentes familias de la nobleza, Montague se tomó la presencia, y el interés de la señora Adair, con filosofía. No era tan tonto como para subestimar sus habilidades y podía imaginar muchas formas en las que su perspicacia podía resultar valiosa. En consecuencia, no sintió reserva alguna a la hora de compartir con ellos todo lo que había averiguado hasta el momento sobre las cuentas, las inversiones y la hacienda de lady Halstead.

Aunque había pasado horas revisando las copias de los informes financieros de la dama, todavía no había encontrada nada que legitimara la fuente de aquellos pagos. Sin embargo, tal y como les había dicho, Sir Hugo había tocado muchas teclas y rastrearlas, analizarlas y excluir hasta la última posibilidad de que alguna de aquellas inversiones fuera el origen de esos pagos iba a llevar un tiempo considerable.

Los ingresos no reflejaban ningún patrón reconocible, pero eso no significaba que no hubiera alguna inversión peculiar que hubiera sido estructurada para distribuir los pagos de aquella forma. Hasta que no excluyeran todas las fuentes, y eso solo podrían hacerlo tras una investigación y un análisis exhaustivo, todavía quedaba la posibilidad de que los pagos fueran legales.

Contra esa posibilidad, como bien había señalado Penelope, tenían el hecho de que lady Halstead había sido asesinada justo cuando había anunciado que iba a poner orden a sus finanzas.

O, mejor dicho, que iba a pedir que les pusieran orden.

Por ello habían concluido que consultar a Runcorn, que era quien estaba en posesión del listado completo de las inversiones de los Halstead, tanto de las antiguas como de las más recientes, podía ser el paso más provechoso. Adair y Penelope tenían ganas de conocer a aquel joven asesor que para ellos era como otro de los actores de aquel drama.

Cruzaron Winchester Street y llegaron hasta la puerta de Runcorn & Son. Tras abrirla, Montague se apartó para que entrara Penelope y Adair y les siguió.

Para adentrarse en un ambiente de gran consternación.

Pringle, con el semblante pálido y moviendo las manos, corrió hacia ellos.

—No, lo siento, señora, pero la oficina está cerrada.

Penelope parpadeó y miró después por encima de aquel hombre tan delgado hacia los dos agentes de policía que rondaban alrededor de una de las puertas interiores.

—¿Por qué?

Su pregunta hundió a Pringle en una mayor conmoción.

—Eh... —retorciéndose las manos, desvió la mirada de Penelope a Adair, volvió a desviarla y.... reconoció a Montague—. ¡Ay, señor! ¡Qué desgracia! El señor Runcorn, señor, ha muerto.

—¿Muerto? —repitieron los tres.

Adair desvió la mirada hacia Montague.

—¿Pero cómo?

—Yo... no estoy seguro —Pringle parecía tembloroso, inseguro sobre sus pies—. Si tuviera que aventurar algo... yo diría que le dieron un golpe en la cabeza y le estrangularon. ¡Oh, Dios mío!

—Venga —Penelope agarró a Pringle del brazo y le dirigió con delicadeza hacia una silla, la única que había detrás de su escritorio—. Siéntese e intente tranquilizarse —miró alrededor de la pequeña oficina—. ¿Hay algún sitio en el que pueda preparar un té?

Pringle balbuceó su agradecimiento y señaló una puertecita que conducía a una abarrotada zona del servicio. Penelope le palmeó el brazo y se dirigió hacia allí.

Montague estudió el rostro de Pringle, que, si había experimentado algún cambio, había sido para palidecer todavía más.

—¿Sabe cuándo le han matado? —le preguntó, suavizando la voz.

Pringle tragó saliva.

—Ayer por la noche le dejé aquí alrededor de las siete, como hago habitualmente. Él todavía estaba estudiando el archivo de lady Halstead, tenía todos los documentos sobre la mesa —Pringle miró hacia el despacho—. Todavía están ahí —se le quebró la voz—. Los he visto cuando he entrado esta mañana y... le he encontrado —se le quebró la voz—. Estaba tumbado en el suelo, detrás de su escritorio... muerto —miró a Montague—. En cuanto le he visto he sabido que estaba muerto.

—¿Por qué ha entrado en su despacho? —preguntó Barnaby con voz queda—. ¿Algo le ha alertado?

—No, no —Pringle sacudió la cabeza—. Quería devolverle los originales de los documentos que copié para el señor

Montague. Terminé las copias ayer por la tarde y todavía no había devuelto los originales al archivo de los Halstead. El señor Runcorn se había llevado el archivo con él y estaba hasta arriba de trabajo, por así decirlo, así que, para no molestarle, dejé los documentos en mi escritorio. Si él los hubiera querido, sabía dónde podía encontrarlos. De modo que, esta mañana, pensando que habría terminado, le he llevado los documentos para volver a guardarlos... —tragó saliva—. Y ha sido entonces cuando le he encontrado.

—Qué doloroso —Penelope llegó entonces con una taza de té bien cargado—. Tenga, tómese esto e intente no pensar en nada durante unos minutos.

—Gracias, señora —Pringle aceptó la taza, y la envolvió con sus delgadas manos—. Es usted muy amable.

Barnaby esperó a que Pringle bebiera un sorbo de té, altamente azucarado, no tenía la menor duda, Penelope sabía que lo necesitaba, y después preguntó en un tono todavía delicado:

—¿Y qué ha hecho después de encontrar al señor Runcorn?

Pringle suspiró.

—No sabía qué hacer. He entrado en pánico, he dejado los documentos en su escritorio, he salido disparado y he visto a dos policías patrullando en la calle —sin mirar hacia el despacho interior, lo señaló con la cabeza—. Están allí dentro desde entonces. Creo que han pedido ayuda a la comisaría —bebió un sorbo y miró el reloj—. No ha pasado mucho tiempo. No he entrado en el despacho hasta después de las nueve —miró hacia abajo—. Pensaba que él estaba ahí, trabajando.

Barnaby miró a Montague y después se dirigió hacia el despacho. La puerta estaba abierta, pero, antes de que llegara a ella, un fornido agente se volvió hacia él.

—Lo siento, señor, pero no puede pasar. Ha sido un vil y cobarde asesinato. Estamos esperando a que vengan el médico y el sargento. No puedo permitir que toquen nada hasta que ellos nos lo digan.

—Desde luego. Y espero que hayan tocado lo menos posible —Barnaby sacó la cartera y mostró su placa—. Soy asesor de la Policía Metropolitana y ahora mismo estoy trabajando en un caso con el inspector Stokes, de Scotland Yard. El caso está relacionado con una cliente del señor Runcorn. Ella también fue asesinada recientemente. Por lo tanto, es muy probable que el asesinato de Runcorn esté relacionado con el caso que investiga Stokes. Esa es la razón por la que hemos venido a visitar al señor Runcorn —señaló con la mano a Penelope y a Montague.

Le tendió una de las tarjetas de Stokes y añadió una de las suyas por si con la primera no fuera suficiente. A veces, el título de honorable podría resultar de ayuda.

—Le sugiero que envíe a alguien a buscar a Stokes de inmediato. En este momento está en una reunión —imaginando la respuesta de Stokes, Barnaby disimuló una sonrisa—. Puedo garantizarle que agradecerá la interrupción.

El agente miró las tarjetas con el ceño fruncido. Después, alzó la mirada y asintió.

—De acuerdo. Gracias, señor. Enviaré ahora mismo a mi compañero.

Barnaby inclinó la cabeza y fue a reunirse con los demás.

—Vamos a dejarles unos minutos para que se organicen.

Y fueron solo unos minutos los que necesitaron. El agente fornido envió a su compañero, un joven larguirucho, con la orden de tomar un taxi que le llevara a Scotland Yard e informara al inspector Stokes a toda velocidad.

Cuando la puerta se cerró tras él, Barnaby miró a Penelope y a Montague arqueando las cejas. Después, fue avanzando lentamente hacia el interior del despacho, seguido por sus acompañantes. El agente se irguió al verles entrar.

—¿Señor?

Sabiendo que el forense del distrito, aunque eran individuos que siempre tenían mucho trabajo, llegaría antes que Stokes, Barnaby consideró que sería interesante intentar presionar un poco.

—¿Señor?

—Me pregunto, agente, si podría echar un vistazo. Estamos muy presionados por nuestras propias investigaciones y, como lo que aquí ha ocurrido es, con toda probabilidad, resultado de un previo asesinato, si pudiera ver el cadáver y, sobre todo el escritorio y los documentos que tenía sobre él, podríamos avanzar más rápido.

Por su expresión, era evidente que el agente no estaba muy convencido de que debiera mostrarse de acuerdo, pero tampoco de que fuera sensato rechazarlo.

—No tocaremos nada —le prometió Barnaby en un tono comprensivo.

El agente miró a Penelope y a Montague.

—¿Puede entrar usted solo?

Penelope sonrió, intentando tranquilizarle.

—Esperaremos en la puerta y nos limitaremos a observar.

El agente se lo pensó y miró después a Barnaby.

—De acuerdo entonces. Pero siempre y cuando no toque nada. Me estoy jugando mi trabajo.

Barnaby inclinó la cabeza, hundió las manos en los bolsillos del abrigo y entró en el despacho. El agente observaba desde su posición, al lado de a puerta. Penelope se adentró en la habitación, pero se colocó al otro lado de la puerta mientras Montague ocupaba el umbral.

Mientras Adair rodeaba lentamente el escritorio, Montague escrutó la habitación, identificando lo que había cambiado desde su visita anterior.

—¿Ves algo diferente? —preguntó Adair.

—Al margen de al pobre Runcorn despatarrado en el suelo —Montague podía ver el brazo y la mano extendidos. Daba la sensación de que a Runcorn le habían tirado hacia atrás cuando estaba sentado en la silla—, falta de uno de los sujetalibros de la estantería. Creo que era una cabeza de caballo. Y... —revisó los documentos desparramados por el escritorio. Aparte de la pila que debía haber dejado Pringle, que estaba en una esquina, toda la superficie del escritorio era un revoltijo de papeles— este desorden no es normal. La última vez que estuve aquí, tenía documentos en el escritorio, pero la mayor parte de ellos estaban organizados por columnas. Da la sensación de que alguien ha estado rebuscando entre las pilas de papeles, una tras otra, y no ha vuelto a colocar los documentos en su lugar. Runcorn jamás habría hecho algo así.

—Um —Adair se detuvo al otro lado del escritorio y bajó

la mirada hacia el cuerpo que yacía en el suelo—. Agente... lo siento, ¿cómo se llama?
—Watkins, señor.
—Agente Watkins, ¿usted o alguno de sus colegas ha movido el cadáver?
—No, señor. Solo le hemos tomado el pulso en la muñeca y el cuello y, por supuesto, no lo hemos encontrado.
—Muy bien —Adair miró a Penelope—. Pregúntale a Pringle, ¿quieres?
Con un asentimiento, Penelope salió, pasando por delante de Montague.
Regresó menos de un minuto después.
—Dice que no ha tocado el cadáver en ningún momento.
Adair bajó la mirada y esbozó una mueca.
—Es comprensible —se subió los pantalones, se agachó y se inclinó de tal manera que lo único que podía ver Montague desde su posición eran sus rizos rubios—. Muy bien. Veo el sujetalibros, está a un lado de la cabeza. No podremos estar seguros hasta que lo examine el médico, pero yo apostaría a que le golpearon con él en la parte posterior de la cabeza, parece bastante pesado. Y después... —endureció la voz—. El asesino, quienquiera que fuera, y creo que podemos estar seguro de que es un hombre, utilizó algún tipo de cuerda...
Adair inclinó la cabeza y los hombros intentando buscar en el suelo.
—Sí, ahí está. Un serio descuido por parte de nuestro asesino. Parece que tiene la largura suficiente como para ser el cordón de una cortina, uno de esos cordones que se utilizan para sujetarlas. Está medio escondido debajo del escritorio.
Se levantó, todavía con las manos en los bolsillos, e inclinó la cabeza para estudiar los documentos arrugados y revueltos en un completo desorden.
—Por lo que puedo ver, todos son documentos relacionados con la herencia de los Halstead. No hay nada demasiado evidente, como un papel roto, ni una mancha de tinta —se inclinó y miró bajo el vade de sobremesa—. Y nada que parezca reciente en el vade.

—La deducción más lógica al ver todo esto —señaló Montague— es pensar que se han llevado algo. Es probable que se hayan llevado algún informe, o una carta, o un estadillo, o una cuenta...

Adair esbozó una mueca.

—Algo que sería muy difícil de identificar.

Montague asintió. Miró a Watkins y miró de nuevo a Adair.

—Cuando la policía haya terminado aquí, quizá, con la ayuda de Pringle, mis empleados sean capaces de encontrar algún vacío en los informes. Por lo menos podemos mirar.

Adair asintió. Miró de nuevo hacia el cadáver.

—Creo que la cantidad de sangre que tiene en la cabeza es suficientemente grande como para haberle dejado inconsciente. No veo nada que indique que se resistiera, que peleara.

El peso del silencio que siguió a aquella frase sugería que nadie encontraba en ello un gran consuelo.

Adair se estaba dirigiendo hacia la puerta y los otros saliendo a la oficina cuando un individuo con prendas oscuras y un maletín en la mano cruzó la puerta de la calle. Se acercó a Watkins con una aguda y astuta mirada de unos ojos de aspecto cansado.

—¿Agente?

Watkins señaló hacia la puerta del despacho.

—Está aquí. Y no, nadie le ha tocado.

El médico saludó con un gesto de cabeza a Adair, a Penelope y a Montague, pasó por delante de ellos a grandes zancadas y avanzó hacia allí.

Montague regresó junto al escritorio de Pringle.

—Acerca del archivo de los Halstead, ¿se ha fijado en los documentos que hay sobre la mesa del señor Runcorn?

Pringle, al que le había mejorado el color, asintió.

—Sí, parece que han estado buscando a conciencia.

—¿Hay alguna posibilidad de que nos indique si se han llevado algo? —preguntó Montague mientras Adair y Penelope se reunían con ellos.

Pringle frunció el ceño mientras lo pensaba.

—Bueno, yo tenía los informes más importantes en mi cajón, así que sabemos que no se han llevado ninguno de ellos.

—¿Está seguro de que no los han revisado? —preguntó Barnaby.

—Sí. Los dejé en una pila perfectamente ordenada en ese cajón —bajó la mirada hacia el segundo cajón de la derecha del escritorio— y había dejado el bote de tinta y las plumillas encima, como hago normalmente. Cuando he abierto el cajón esta mañana para sacarlos, la tinta y las plumillas estaban exactamente como las había dejado.

—Bueno —dijo Barnaby—, así que ahora sabemos que esos informes están intactos. ¿Y qué me dice de los documentos de los Halstead que estaba estudiando Runcorn?

—En cuanto a eso —dijo Pringle, hinchando ligeramente su delgado pecho—, tenemos nuestro propio sistema de numeración —miró hacia el despacho de Runcorn—. Si la policía me lo permite, puedo volver a ordenar el archivo, revisar la numeración y ver si falta algo. Si faltara algo, hay una lista con la numeración, está en el archivo, junto con todas las demás, en el despacho del señor Runcorn. A menos que el asesino supiera lo que significan nuestros números y nuestras anotaciones, no veo ningún motivo para que pueda haberse llevado la lista —la voz de Pringle se había fortalecido. Se enderezó y miró a Barnaby a los ojos—. Lo menos que puedo hacer es ayudar a cotejar esos documentos, si eso sirve de ayuda para atrapar a quien le haya hecho eso al señor Runcorn. Era un buen hombre.

Barnaby asintió.

—Haré cuanto pueda para asegurarme de que tenga oportunidad de revisar esos documentos.

Cuando estaba pronunciando aquellas palabras, se abrió la puerta y entró Stokes. Fue directo a ellos.

—¿Qué ha pasado?

Barnaby hizo un breve y rápido informe de todo lo que sabían y de aquello que habían deducido. Stokes escuchó sin pronunciar palabra y con el semblante inexpresivo. Cuando Penelope le presentó a Pringle y le explicó quién era, inclinó la cabeza, absorbiendo con sus ojos grises hasta el último detalle del empleado de Runcorn.

—De modo que —concluyó Barnaby—, además de saber

que la policía forense ha verificado nuestra hipótesis sobre la forma en la que ha sido asesinado, las dos pistas más importantes que tenemos son un cordón de seda y los documentos —señaló a Pringle con la cabeza—. Pringle podrá volver a revisarlos y decirnos si se han llevado algo.

Stokes asintió.

—Estupendo. Deja que ahora me ocupe yo de todo esto —pasó por delante de ellos, dirigiéndose con su potente y sigilosa zancada hacia el despacho.

Llegó hasta ellos el susurro ronco de la voz de Stokes, pero Barnaby no podía oír exactamente lo que estaba diciendo. Menos de cinco minutos después, Stokes salió del despacho con una pila de documentos en los brazos y un sobre encima de ellos en delicado equilibrio.

Le tendió los documentos a Pringle.

—Esto es todo lo que había encima del escritorio de Runcorn. Scotland Yard los tiene ahora en su poder como parte de la investigación y ahora mismo se los entrego para que los ordene. De modo que, para que queden las cosas claras, toda esta documentación es propiedad de la policía y no puede entregársela a nadie sin mi expresa autorización.

—Desde luego, señor —Pringle aceptó los documentos.

Stokes levantó el sobre que había encima de la pila, se lo tendió a Barnaby y este se lo guardó en el bolsillo.

—Este es el cordón. Una pista interesante.

—Esperemos que demuestre ser útil —añadió Barnaby.

Tras dejar la desordenada pila de documentos sobre su mesa, Pringle se volvió hacia Montague.

—Señor, no estoy seguro de cómo proceder —señaló hacia el despacho—. No había ningún otro socio, el señor Runcorn estaba solo y, aunque puedo ocuparme de la documentación sin ningún problema, no voy a poder atender a sus clientes, y es muy probable que empiecen a aparecer pronto.

Montague pensó en ello y asintió.

—Desde luego —buscó en su bolsillo y sacó una tarjeta—. Le sugiero que ponga una nota en la ventana anunciando que la oficina permanecerá cerrada en un futuro próximo, pero los clientes del señor Runcorn puede buscar información en esta dirección —le tendió a Pringle su tarjeta—. Después, tome la documentación de los Halstead y... —sacó una hoja de papel del casillero que había en el escritorio de Pringle, tomó una pluma y escribió una nota rápidamente—. Lleve esta carta a mi oficina y entréguesela al señor Slocum, mi encargado. Él le proporcionará una mesa. Su primera tarea consistirá en revisar el archivo y determinar si se han llevado alguna hoja. Y, en el caso de que lo hayan hecho, averiguar cuál. Si aparece alguno de los clientes del señor Runcorn, uno de mis asistentes, el señor Phillip Foster le atenderá —firmó la carta, se guardó la pluma, dobló la hoja y se la tendió a Pringle—. Eso nos permitirá hacernos cargo del negocio, al menos, de momento. Y, cuando hayamos dejado todo este asunto del asesinato en el pasado, ya veremos lo que hacemos.

Pringle le miró a los ojos e inclinó la cabeza.

—Gracias, señor —guardó la carta y contempló la monumental tarea que representaba la pila de papeles que tenía frente a él—. Me pondré ahora mismo manos a la obra.

—Antes de que empiece —dijo Stokes—, necesito hacerle unas cuantas preguntas.

Pringle asintió, se enderezó y esperó.

Stokes miró a todos los allí reunidos.

—Ya he enviado a varios agentes a sondear al vecindario por si alguien hubiera notado algo —volvió a fijar la mirada en Pringle y le pidió—: Quiero que recuerde cuándo vio al señor Runcorn vivo por última vez —cuando Pringle asintió, volvió a preguntarle—. ¿Cuándo fue?

—Ayer por la noche, alrededor de las siete. Fui a su despacho para decirle que me iba. Él todavía estaba trabajando en el archivo de los Halstead.

—¿Era normal que estuviera trabajando hasta tan tarde?

Pringle asintió.

—Sí, lo hacía a menudo. Como le he dicho, era el único socio de la firma, de modo que tenía que encargarse de lo que yo no podía ocuparme.

—¿Alguna vez citaba a clientes a esa hora, después de que usted se fuera?

Pringle arrugó la nariz.

—A veces, pero no muy a menudo. Por lo que yo sé, no tenía ninguna reunión concertada para ayer por la noche. Si la hubiera tenido, habríamos registrado la reunión en la agenda que consulto todas las mañanas para asegurarme de que tenga preparados todos los archivos relevantes antes de que yo me vaya.

—De modo que podemos estar seguros de que quienquiera que viniera ayer por la noche no tenía una cita —Stokes asintió con gesto sombrío—. ¿Es probable que su patrón permitiera entrar a un desconocido? No solo a la oficina, sino también a su despacho. Parece evidente que, con quienquiera que estuviera, se encontraba lo bastante relajado como para seguir sentado en su silla con el asesino tras él, probablemente revisando algunos documentos, cuando fue atacado.

Pringle pensó en ello y sacudió la cabeza.

—No sé qué decirle, inspector. Nunca le he visto traer amigos a la oficina. Solo clientes.

O, pensó Stokes, parientes de clientes.

—Cuando usted se marchó —preguntó Barnaby—, ¿vio a alguien? ¿Pasó por delante de alguien? ¿Se fijó en alguien? Dígamelo aunque sean personas a las que esperaba ver.

Pringle parpadeó, intentando recordar.

—Había la gente habitual entrando y saliendo del pub que tenemos enfrente, pero yo no fui por allí. Caminé hasta el final de la calle, hacia Broad Street... —se interrumpió, fijó la mirada en el vacío y dijo bajando la voz—: Sí, había un hombre, no le había visto antes. Estaba debajo de la cornisa del estanco de al lado. Tenía la mirada clavada en el escaparate, aunque, ahora que pienso en ello, la tienda estaba cerrada, así que no sé qué podía estar viendo. Samuel, el estanquero, retira la mercancía todas las noches y deja las estanterías vacías. En cuanto a ese hombre, pasé por delante de él, pero llevaba un abrigo y un sombrero de ala ancha. Lo llevaba inclinado hacia abajo, de manera que no pude ver gran parte de su rostro.

Stokes sintió que le atravesaba una emoción familiar.

—¿Altura?

—No era mucho más alto que yo —contestó Pringle—. Como mucho, tres o cuatro centímetros más, no mucho más.

—Altura media, entonces. ¿Pudo ver de qué color tenía el pelo?

Pringle entrecerró los ojos.

—No del todo, pero era castaño —desvió la mirada hacia el pelo rizado de Barnaby—. Desde luego, no era rubio.

Stokes tomó aire y preguntó:

—¿Y su rostro? ¿Pudo ver lo suficiente como para reconocerle?

Era poco probable, pero cosas más raras habían ocurrido.

Pringle le miró desanimado.

—No —apretó los labios con una mueca—. Lo siento, inspector, pero apenas pude ver su perfil. Lo único que puedo decir es que iba muy bien afeitado, pero tenía patillas —Pringle se dibujó unas patillas en sus propias mejillas—. Y los pómulos no eran... —miró a Stokes y después a Barnaby—como los suyos. Eran más redondos.

Stokes asintió.

—Gracias. Es posible que no sea incapaz de identificarlo, pero nos ha sido de gran ayuda.

—Yo también tengo una pregunta.

La voz de Penelope, más suave, pero también firme, contrastó de tal manera que focalizó toda la atención. Todos la miraron, pero ella estaba estudiando a Pringle. Mirándole a los ojos, inclinó la cabeza y sonrió para darle ánimos.

—Usted atiende a clientes continuamente. Está acostumbrado a tratar con todo tipo de personas. Seguro que podrá a contestar a mi pregunta. Cuando se la plantee, quiero que piense en el hombre que vio y conteste de inmediato, que me diga lo primero que se le pase por la cabeza. ¿De acuerdo?

Pringle parecía un poco incómodo, pero asintió.

—El hombre al que vio en el estanco, ¿era un aristócrata, un caballero, un comerciante o un trabajador?

Pringle contestó sin vacilar.

—Un caballero.

Parpadeó después y pareció sorprendido, pero no se retractó.

Penelope sonrió de oreja a oreja.

—Gracias.

—Por supuesto, gracias, señor Pringle —dijo Stokes—. Ha sido de una ayuda considerable —señaló los documentos de los Halstead—. Si quiere colocar esa nota en la puerta y dirigirse después a la oficina del señor Montague, puede irse.

Pringle inclinó la cabeza.

—Gracias, inspector. Señora, señor.

Se volvió hacia su escritorio, comenzó a ordenar sus papeles y, cuando terminó, buscó un cordel para atarlos.

Stokes hizo un gesto a los demás para que se acercaran a la puerta, pero, antes de que pudiera decir nada, alguien golpeó el cristal.

Se volvió y vio a los agentes a los que había enviado a preguntar por el vecindario agrupados en la acera, evidentemente, para darle el informe.

—Un momento —les pidió a los otros tres. Abrió la puerta e invitó a entrar al sargento que estaba al mando del grupo—. ¿Y bien Phipps? ¿Ha conseguido algo?

—Informaciones dispersas, señor. Aparte de la gente del pub, no había mucha gente en la calle. Era la hora de cenar para muchos, de modo que la mayoría estaba en su casa. Al menos eso han dicho —el sargento abrió su libreta con un gesto pomposo—. Tenemos algunos testimonios, casi todos de clientes del pub, pero también contamos con el de una cerillera que está justo en esa esquina y vio a un caballero entrando en esta oficina y marchándose una media hora después. El tiempo parece encajar, todos dicen que entró después de las siete y salió media hora después, y es fácil oír las campanas desde aquí.

—¿Qué descripción hicieron? —quiso saber Stokes.

—Ninguna que resulte concluyente. No tenemos a nadie que haya reconocido al hombre que buscamos —y procedió a recitar las descripciones que había recogido.

Descripciones que encajaban punto con punto con la de Pringle.

—Así que tenemos a un caballero. Eso todo el mundo lo

tiene claro, afeitado, pero con patillas. No es alto, pero está algo por encima de la media. El pelo lo tiene castaño oscuro.

—Eso lo resume todo, señor —Phipps cerró la libreta.

—Una pregunta más, sargento —todos los ojos se volvieron hacia Penelope—. Esas personas que le vieron… ¿alguna ha mencionado que el hombre hubiera dado alguna indicación de haberse fijado en ellos?

Phipps negó con la cabeza.

—Nadie ha mencionado nada parecido, señora. Todos han dicho que iba caminando a grandes zancadas y mirando hacia delante. La cerillera ha dicho que estaba convencida de que ni siquiera la había visto. Que pasó por delante de ella como si no hubiera reparado siquiera en su presencia.

Penelope sonrió e inclinó la cabeza.

—Gracias, sargento.

Phipps miró a Stokes, que asintió a modo de despedida.

Cuando la puerta se cerró tras el sargento, Stokes bajó la voz y dijo:

—De modo que tenemos una descripción que, por lo que recuerdo, podría corresponder a cualquiera de los varones de la familia Halstead —se interrumpió y continuó—: No estoy seguro de que encaje con todos ellos, pero, desde luego, sí con alguno. Y con más de uno.

—Creo —dijo Barnaby, bajando la voz para que no le oyera Pringle, que estaba poniéndose el abrigo y preparándose para marcharse— que, teniendo en cuenta todas las pruebas, podemos asumir con seguridad que tanto lady Halstead como Runcorn han sido asesinados a causa de esas irregularidades en la cuenta de lady Halstead.

Montague comenzó a asentir, pero se quedó de pronto paralizado. Parpadeó y se volvió.

—Pringle, quiero decirle algo.

Pringle, que estaba levantando el fajo de documentos para colocárselo bajo el brazo, miró hacia él.

—¿Sí, señor Montague?

Nadie había mencionado hasta entonces la muerte de lady Halstead delante de Pringle. Montague le preguntó:

—¿Le ha sido notificada a Runcorn & Son la muerte de lady Halstead? ¿Su asesinato?

El rostro de Pringle lo dijo todo.

—¿Asesinato? —los ojos se le salían de las órbitas—. ¿También lady Halstead?

Si Runcorn no estaba informado... Montague giró sobre sus talones.

—¡Buen Dios! ¡El dinero! —y comenzó a avanzar a grandes zancadas hacia la puerta.

Los demás se quedaron mirándole con los ojos como platos durante un segundo, pero, en cuanto se recuperaron, salieron tras él.

No tardaron en alcanzarle, incluso Penelope, levantándose la falda para correr. Fue ella la que preguntó:

—¿Qué pasa con el dinero?

Montague no aminoró el paso, pero se obligó a sí mismo a ordenar sus pensamientos.

—Si no nos equivocamos al pensar que los pagos son el móvil de los asesinatos, entonces, el dinero es del asesino. Ahora que lady Halstead está muerta, pronto habrá que cerrar sus cuentas. En condiciones normales, Runcorn habría sido avisado de la muerte, él se habría ocupado de ello y el dinero habría sido puesto bajo custodia.

—Y el asesino lo habría perdido —continuó Penelope—. De modo que tiene que sacarlo de esa cuenta lo antes posible.

—Y —concluyó Stokes sombrío—, si no lo ha hecho ya, tenemos oportunidad de poner vigilancia en el banco y detenerle cuando vaya a hacerlo.

—¿En qué banco estaba la cuenta? —preguntó Adair, agarrando a Penelope del brazo al acercarse a Broad Street, una calle mucho más concurrida.

Montague rara vez olvidaba ese tipo de detalles.

—Grimshaws, en Threadneedle Street.

No estaba lejos de allí, de modo que no tenía sentido parar a un taxi. Aquel era el territorio de Montague. Encabezó la marcha mientras pasaban por delante de la Excise Office y se dirigían por una calle estrecha hasta Threadneedle Street. El banco estaba justo delante de ellos.

—¿Tenemos la carta de autorización? —preguntó Stokes.
Montague se palmeó el bolsillo superior.
—Estupendo —gruñó Stokes—. Ve tú delante y yo me quedaré atrás. No avisaremos a nadie del asesinato a no ser que nos veamos obligados a hacerlo.
Montague asintió, abrió la puerta del banco y lideró el acceso al interior.
Su tarjeta bastó para que atendieran de inmediato su petición de ver al director. Eran pocos los que trabajaban en aquel kilómetro cuadrado de la City que desconocieran su nombre y su reputación.
La carta de autorización de lady Halstead fue debidamente mostrada y examinada. Después, el director llamó a uno de los empleados de contabilidad, que sacó rápidamente el informe de lady Halstead.
El director lo miró, parpadeó y lo giró lentamente para que Montague pudiera ver por sí mismo los registros.
—Ejem... —el director se aclaró la garganta—. Parece ser, señor Montague, que lady Halstead ha cerrado su cuenta esta mañana, hace poco más de una hora.
Sin alterar su expresión, Montague miró las cifras.
—¿Ha sido una retirada en efectivo?
Alzó la mirada hacia el empleado, que asintió.
—Sí, señor. He consultado, por supuesto, pero todo parecía... en orden.
Montague esbozó una mueca y miró al director.
—Con su permiso —se volvió hacia el empleado—. Le ruego que les pida a los dos caballeros y a la dama que están esperando fuera que se reúnan con nosotros. Creo que ambos deben de estar informados del reciente desarrollo de los acontecimientos.
El director abrió los ojos como platos, pero miró a su empleado y asintió. El empleado se dirigió hacia la puerta e hizo pasar a Stokes, a Adair y a Penelope.
El director y Montague se levantaron. Montague hizo las presentaciones y, en cuanto buscaron asiento y estuvieron todos sentados, excepto el empleado, Stokes informó al director:

—Lamento informarle de que lady Halstead fue asesinada durante la noche dos días atrás —desvió la mirada hacia el empleado—. Creemos que el dinero que había en la cuenta que la dama tenía en este banco es parte del motivo por el que la mataron. De ahí que me vea obligado a preguntarle quién retiró el dinero y qué clase de autorización presentó para que usted se lo entregara.

Tras un breve asentimiento del director, el empleado se aclaró la garganta.

—El dinero fue retirado por una dama, y, debido a la cantidad de la que se trataba, di por sentado que estaba retirando personalmente su dinero.

—Por favor, descríbamela —le pidió Stokes.

El empleado vaciló un instante y después dijo:

—Era una mujer de altura media, ni gorda ni delgada, pero, en cuanto a su rostro, llevaba un sombrero con un fino velo. No podía verle la cara con mucha claridad.

—¿De qué color tenía el pelo? —preguntó Penelope.

—Castaño, no muy oscuro —alzó la mirada hacia los brillantes tirabuzones de Penelope—. Un castaño medio, ni muy claro ni muy oscuro.

—Y —continuó Penelope—, ¿cuántos años diría que tenía la dama?

El empleado intentó recordarlo y después inclinó la cabeza.

—No era muy mayor. No puedo decir que de mediana edad, pero tampoco era una joven dama.

—Una dama —Penelope arqueó una ceja—. ¿Y por qué cree que era una dama?

—Bueno, iba muy bien vestida y hablaba con corrección, señora. Era de trato agradable y… bueno, parecía digna de confianza, no sé si sabe a lo que me refiero.

Penelope asintió.

—Gracias —se apoyó en el respaldo de la silla.

—¿Tiene usted la autorización? —preguntó Montague—. Me gustaría examinarla.

El empleado volvió a intercambiar una mirada con el director y, tras recibir un brusco asentimiento, alargó la mano hacia el libro de contabilidad que estaba todavía abierto delante de Montague y giró la página, revelando una carta manuscrita.

—Esto debió de suceder hace una hora más o menos, de manera que todavía no he tenido tiempo de archivarla.

Montague asintió mientras tomaba la carta. La leyó y se la tendió a Stokes, que estaba sentado a su lado.

—Se supone que es de lady Halstead, autorizando la retirada del dinero. Se solicita que se le entregue al portador de esta carta todo el dinero reunido en la cuenta.

Mientras Stokes estudiaba la carta, Montague volvió a sacar la autorización que lady Halstead le había entregado. Cuando Stokes llegó al final de la carta, Montague le enseñó la suya y las colocaron lado a lado.

Montague se inclinó un poco más. Penelope, que estaba al otro lado de Stokes, le imitó. Los tres estuvieron mirando alternativamente la letra de ambas, comparándolas.

Al cabo de unos segundos, Stokes suspiró. Le devolvió la autorización a Montague, bajó la carta que autorizaba la retirada de dinero y miró al director del banco, sentado al otro lado de la mesa.

—Tendré que quedármela, al igual que el libro de contabilidad. Ahora ambas son pruebas de un asesinato.

El director pareció alterarse.

—¿La carta?

—Es una falsificación —dijo Penelope—. Pero muy, muy buena. Si no hubiéramos tenido, como tenemos nosotros, otra carta manuscrita por lady Halstead con la que compararla, dudo seriamente que pudiéramos habernos dado cuenta.

—No creo que esto tenga consecuencias para el banco o para sus empleados —dijo Montague.

Miró a Stokes. Este asintió. Deslizó la autorización en el interior del libro de contabilidad, lo cerró y se levantó con él entre las manos.

—Gracias por su colaboración. No hace falta que nos acompañen.

Se detuvieron en la acera, fuera del banco, y se miraron los unos a los otros.

—¿Y ahora qué? —preguntó Montague.

—Ahora —Stokes miró a Adair, después a Penelope, y terminó mirando de nuevo a Montague—, si tenéis tiempo, creo que deberíamos dedicar al menos una hora a repasar todo lo que hemos visto, oído y aprendido esta mañana.

Penelope asintió con decisión.

—Si no lo hacemos, es posible que se nos pase algo de vital importancia —miró a Stokes—. Y, hablando de ello, ¿podría sugerir que nos acercáramos a Greenbury Street? —miró a Montague—. Allí está la casa de Stokes, donde está Griselda. Ella es la única que no ha estado con nosotros esta mañana, la única que puede aportar un punto de vista objetivo —miró a los tres hombres—. Voto por que vayamos a Greenbury Street y le contemos todo a Griselda.

Stokes miró a Adair a los ojos. Después, suspiró y asintió.

—Muy bien. Vayamos a Greenbury Street.

Tomaron dos taxis y llegaron a Greenbury Street cuando Griselda estaba empujando el cochecito por el camino de la entrada, recién llegada tras haber llevado a su hija al parque más cercano para que tomara el aire.

Se mostró encantada de verles. Sonriendo, Penelope la saludó rozando sus mejillas y se inclinó para arrullar a Megan, que sacudió sus puños regordetes y balbuceó en respuesta. Barnaby saludó a Griselda y se inclinó después para admirar a Megan.

Stokes besó a su mujer en la mejilla y después analizó con paternal orgullo la imagen de sus amigos rindiendo homenaje a su hija.

Montague se mantuvo un tanto retirado, observando la interacción entre las dos parejas, advirtiendo el cariño y la firme amistad que de forma tan abierta se profesaban. Stokes se volvió hacia él, le animó a avanzar y le presentó a la señora Stokes, Griselda, como ella misma, al igual que Penelope, insistió en ser llamada. Después, le presentó a la niña, que le miró con unos ojos enormes y curiosos.

—Cuidado —susurró Stokes—, con miradas como esa es capaz de engatusar a cualquiera.

Montague se dio cuenta de que estaba sonriendo con la misma expresión bobalicona que Stokes.

Para su sorpresa, pronto se descubrió arrastrado por aquel ambiente de camaradería, por aquella ola de relajado entusiasmo que les condujo a todos al interior de la casa y a instalarse en un ordenado cuarto de estar. Ocuparon las butacas y el sofá. Tras dejar a la pequeña Megan a cargo de la niñera, Griselda se reunió con ellos.

Se sentó en el sofá, al lado de Penelope, y ordenó:

—¡Ahora quiero que me lo contéis todo!

Procedieron a ello y, durante el relato, fueron consolidando y afinando la visión colectiva sobre lo ocurrido.

Por silencioso acuerdo, se atuvieron a los hechos tal y como ellos los habían vivido, hasta llegar al final de la historia, al momento en el que habían abandonado el banco sabiendo de la carta falsificada y de la retirada del dinero.

Solo entonces se centraron en las preguntas derivadas de aquellos hechos, en las posibilidades, en las especulaciones.

—¿Dónde conseguiría la autorización la mujer que retiró el dinero? —musitó Stokes—. ¿Y qué puede decirnos eso sobre su identidad?

Penelope se enderezó y contestó como si estuviera aceptando el desafío.

—Una falsificación tan buena solo puede ser obra de alguien familiarizado con la letra de lady Halstead.

—O de alguien que tenga acceso a las cartas escritas por ella—añadió Adair.

Penelope inclinó la cabeza.

—Es cierto. Lo cual, sitúa a la señorita Matcham, su dama de compañía, en el primer lugar de la lista de sospechosos —alzó la mano—. Sin embargo, tengo serias dudas de que haya sido ella.

—¿Por qué? —preguntó Stokes antes de que Montague pudiera hacerlo.

—Bueno, todavía no la he conocido, así que solo puedo guiarme por lo que me habéis contado de ella, pero a mí me da que, si estuviera detrás de esa retirada de dinero, habría sido lo bastante inteligente como para asegurarse de que nadie pudiera asociarla con ella. La carta autorizaba a retirar el dinero al portador, no a una persona en particular, de modo que podría haber ocultado su identidad si lo hubiera deseado. Podría haber solicitado la ayuda de un hombre. O, y eso es lo que yo habría hecho, podría haber fingido ser un hombre. No es tan difícil, sobre todo para una gestión tan rápida y teniendo que engañar a un solo empleado.

Penelope frunció el ceño.

—Sin embargo, tengo la seria sospecha de que pretenden que pensemos que ha sido la señorita Matcham, que lleguemos a la conclusión que parece más obvia, lo cual, por supuesto, significa que no es cierto.

—Y también está el hecho —añadió Montague— de que la señorita Matcham estaba, y sigue estándolo, sinceramente entregada a lady Halstead. No soy capaz de imaginarla consintiendo, y mucho menos haciendo, algo que, en definitiva, no es otra cosa que robar a su señora.

—Y lo mismo podría decirse de la criada, Tilly Westcott —dijo Stokes—. De entrada, podría haber sido la mujer que llevó la carta al banco, pero también ella vivía para su señora —miró a Montague—. Por lo que tengo entendido, no hay nada que sugiera que lady Halstead se hubiera atrasado a la hora de pagarles sus sueldos.

Montague tardó un segundo en recordar aquellos pagos y sacudió entonces la cabeza.

—No, estamos en mitad del trimestre y todos los empleados han sido pagados debidamente.

—De acuerdo entonces —Stokes estiró las piernas y cruzó los tobillos—. Creo que podemos descartar la posibilidad de que la señorita Matcham o la señorita Westcott fueran la mujer que se escondía tras el velo.

—Pero deberíamos aceptar la posibilidad de que alguien esté intentando hacernos sospechar de ellas —Adair miró a su alrededor—. Porque el autor de esa carta falsificada tiene que pertenecer a la familia.

—Desde luego —asintió Stokes—. Y, lo que es más, yo estoy convencido de que la familia quiere que utilicemos esa vaga, pero sugerente, descripción de una mujer misteriosa para señalar a la señorita Matcham o, en su defecto, a la criada.

—Ya lo intentaron una vez —recordó Montague.

—Y tengo la completa seguridad de que volverán a hacerlo —dijo Penelope—, aunque solo sea porque es mucho más fácil que aceptar la alternativa: que el asesino sea uno de ellos.

—Lo cual —dijo Stokes—, nos lleva de nuevo al asesino, al caballero al que algunas personas vieron entrar y después abandonar la oficina de Runcorn. La descripción encaja y, desde luego, sugiere que puede haber sido alguno de los hombres de la familia, ¿pero cuál?

Stokes, Adair y Montague intercambiaron miradas.

Al advertir su inseguridad, Penelope repitió de nuevo la descripción, concluyendo:

—Ni Griselda ni yo hemos visto a los caballeros de la familia Halstead, pero estoy segura de que esas patillas pueden daros alguna pista.

Barnaby esbozó una mueca.

—Sí, cualquiera lo pensaría, pero no es el caso. Todos ellos son más o menos parecidos —vaciló un instante y continuó—. Por lo menos a mí, esa descripción no me permite distinguir entre los cinco hombres de la familia: Mortimer, su hijo Hayden, Maurice, William, y Walter, el hijo de Cynthia —miró a los demás—. De hecho, si me encontrara a alguno de ellos de noche y con luz escasa, dudo seriamente que fuera capaz de distinguir a uno de otro. Con una luz adecuada, es fácil, pero por la noche… —Barnaby miró a Stokes—. Tienen una complexión similar, la misma altura, el mismo color de pelo y facciones parecidas, incluyendo las mejillas redondas. Ni siquiera se distinguen por su forma de vestir.

Stokes asintió lentamente.

—Se diferencian por los ojos. Los de Hayden, Walter y Maurice son más claros, y también hay una ligera diferencia en sus labios, y quizá también en la prominencia, aunque no en la forma, de la nariz. Pero, a no ser que uno se fije en todos esos detalles —inclinó la cabeza hacia Barnaby— estoy de acuerdo. No es fácil distinguir a esos cinco.

Analizaron el hecho y sus implicaciones en silencio.

Fue Griselda la primera en romperlo. Se palmeó los muslos y se levantó.

—No, no os levantéis. Voy a preparar unos sándwiches para el almuerzo. Seguro que a todos nos vendrá bien comer algo para alimentar tanta cavilación.

—Yo te ayudaré —Penelope también se levantó.

Cuando las mujeres desaparecieron en el interior de la casa, Stokes miró a Barnaby y a Montague:

—Necesitamos pensar la manera de avanzar. Sobre todo con la complicación de Camberly. Aunque él no sea sospechoso, sí lo es su hijo. Y también vamos a tener que enfrentarnos a Mortimer Halstead. La lectura que hago de él es que le va a costar aceptar que uno de los miembros de la familia sea el primer sospechoso.

—Sí, desde luego —Barnaby asintió—. Así es. Y, teniendo en cuenta la sorprendente falta de lealtad hacia lady Halstead, o quizá sea mejor decir la prioridad que dan a sus intereses por encima de la búsqueda de justicia para su madre, algo que todos han demostrado sobradamente, tratar con esta familia mientras seguimos intentando descubrir al asesino en medio de todos ellos no va a ser fácil.

Montague suspiró.

—Uno asume que, en la investigación de un delito de cualquier clase, aquellos que se han visto involucrados y no son culpables tienen como prioridad el hacer justicia, pero, por desgracia, a menudo no es ese caso.

A aquella declaración le siguió un distante silencio que rompió Penelope al aparecer en el marco de la puerta para anunciar:

—Caballeros, ya se puede pasar al comedor. Nos está esperando el almuerzo.

Los tres hombres se levantaron, siguieron a Penelope al comedor y se sentaron alrededor de una mesa oval. Se pasaron las fuentes con el fiambre y los sándwiches. Una joven doncella sirvió cerveza a los caballeros y limonada a las damas.

Mientras comían, apenas intercambiaron comentario alguno. Stokes esperó a que los sándwiches hubieran desaparecido y, una vez llenos, los hombres terminaran la cerveza antes de volver a lo que él consideraba su dilema.

—Tenemos que investigar a la familia Halstead a conciencia, de forma exhaustiva. El asesino, y creo que todos estamos de acuerdo en que es uno de los cinco hombres de la familia, excluyendo hasta ahora a Camberly, no es ningún estúpido. Actuó a gran velocidad para poner fin a la posibilidad de que lady Halstead continuara aclarando sus cuentas, presumiblemente porque sabía que repararía en esos extraños pagos. No sabía que ya lo había hecho. Y después, para asegurarse de que la cosa no pasara a mayores, ha eliminado a Runcorn que, ante sus ojos, es la única persona que podría estar en condiciones de cuestionar esos ingresos. El asesino no sabía, y sigue sin saber, que Montague ya está al tanto de los pagos.

—Um —Penelope apoyó los codos en la mesa, entrecerró los ojos y miró a Montague—. Si las cosas fueran tal y como el asesino piensa y tú no tuvieras conocimiento de esos pagos, ¿qué harías una vez han sido asesinados la señora Halstead y Runcorn y el dinero ha sido retirado?

Montague se lo pensó durante unos segundos antes de decir:

—Si no supiera que había algo extraño en esos ingresos, una vez desaparecidos lady Halstead y Runcorn, salvo por el robo del dinero de la cuenta que ha tenido lugar esta mañana, con un análisis superficial de los libros de contabilidad, el balance sería correcto. Si no supiéramos todo lo demás, el robo se consideraría como una mera pérdida lamentable y no habría ninguna razón que impidiera llevar a cabo la sucesión testamentaria sin cuestionamiento alguno.

—De modo que, desde el punto de vista del asesino, no tendría por qué haber más sobresaltos —Penelope asintió—. Llegados a este punto, debería darse por satisfecho y estar convencido de que ha hecho cuanto era necesario para borrar su rastro.

—Pero —añadió Stokes— es posible que vea a Montague

como una amenaza —miró con sus ojos del color de la pizarra a Montague—. Es posible que vaya a por ti.

Montague arqueó las cejas y se encogió de hombros.

—No entiendo por qué iba a hacerlo. Por lo menos, teniendo en cuenta la única información que hemos revelado hasta este momento. Lo único que sabe sobre mí es que lady Halstead me autorizó recientemente a supervisar sus finanzas. No sabe que me encargó, específicamente, que investigara esos pagos. Tampoco sabe que tengo toda la documentación relativa a la hacienda de la familia y que la estoy investigando para la policía. Si no mencionamos ninguna de las dos cosas, no hay motivo alguno para que considere que yo o mi oficina podemos representar una amenaza. Por lo que él sabe, mi intervención en todo este asunto es, y continuará siendo, puramente superficial.

Stokes curvó lentamente los brazos con una sonrisa de depredador.

—Lo cual me lleva de nuevo a la cuestión de cómo tratar con los Halstead —miró alrededor de la mesa—. Dado que todos pensamos que el asesino es uno de ellos, pretendo darles la mínima información posible.

—Desde luego —dijo Barnaby—. Como Montague acaba de decir, cuanto menos sepan, mejor.

Stokes esbozó una mueca.

—Sin embargo, a eso debo añadir que, en esta situación, sería preferible que tampoco fueran informadas de nuestros progresos la señorita Matcham y la señorita Westcott. Aunque las considero del todo inocentes, a ojos de la familia, siguen siendo sospechosas y —se encogió ligeramente de hombros—, nos guste o no, debemos tratarlas como a tales.

Penelope no compartía aquel punto de vista, y así lo expresó con cierta brusquedad.

Aunque ninguna de ellas había conocido ni a Violet Matcham ni a Tilly Westcott, Griselda se mostró de acuerdo con ella.

—Por la información que manejáis, podrían estar en peligro y no ponerlas al tanto de vuestros descubrimientos podría impedir que estuvieran alerta.

Montague se aclaró la garganta.

—En cuanto a eso, creo que la señorita Matcham es lo bastante inteligente como para ser consciente de que el asesino es, con toda probabilidad, un miembro de la familia. Siendo así, creo que informarle de la muerte de Runcorn solo serviría para aumentar su desolación —miró a Stokes—. Coincidió con él en varias ocasiones durante estos últimos días, cuando Runcorn fue llamado por lady Halstead.

Stokes asintió.

—Entonces, estamos todos de acuerdo en que haremos cuanto podamos por investigar a la familia y en que los descubrimientos que vayamos haciendo no saldrán de este círculo.

Los hombres mostraron su acuerdo. Las mujeres se abstuvieron, pero no protestaron.

—Muy bien —Stokes dejó su jarra de cerveza vacía sobre la mesa—. Necesito volver a la oficina de Runcorn y cerrar allí algunas cosas. Me aseguraré también de que los agentes vuelvan a dar una vuelta por la zona y pregunten si alguien vio a una dama con velo —miró a Adair y a Montague—, solo para asegurarme de que nuestra misteriosa dama no ha jugado un papel más importante en este drama.

Adair asintió.

—Yo regresaré a Grimshaws Bank para comprobar si alguien se fijó en el camino que tomó la dama al salir. Nunca se sabe, eso podría darnos algunas pistas.

—Mientras estás allí —sugirió Montague, entrecerrando los ojos con expresión pensativa—, podrías hablar de nuevo con el encargado y preguntarle cómo se hicieron los pagos. Es una posibilidad muy remota, sobre todo con depósitos en efectivo, pero nunca se sabe, a lo mejor los cajeros se acuerdan de algo —miró a Adair a los ojos y se encogió de hombros—. Merece la pena preguntarlo. Y si el encargado no se acuerda de la relación que tienes con este asunto —sacó una tarjeta y se la tendió a Adair— puedes utilizar mi nombre con entera libertad.

Adair tomó la tarjeta y la levantó a modo de saludo.

—Lo haré. Será un punto a mi favor.

—Y yo —siguió diciendo Montague— continuaré buscando información en mis círculos habituales. Esos ingresos son desconcertantes. Si no consigo llegar al fondo de la cuestión analizando las cuentas de los Halstead, podría intentar cobrarme algunos favores y ver si alguno de mis colegas tiene alguna sugerencia al respecto —miró a Stokes—. Siempre con la mayor discreción, por supuesto.

Stokes asintió y echó su silla hacia atrás.

—Así que tenemos muchas cosas que hacer.

Adair se levantó también.

—Muchos asuntos y muchos caminos que investigar.

Montague disimuló una sonrisa y se levantó. Tras cumplimentar y dar las gracias a Griselda y despedirse de Penelope con una inclinación de cabeza, siguió a Stokes y a Adair hasta llegar a la puerta principal y desde allí salieron a la puerta de acceso a la calle.

Stokes se detuvo en la acera y miró a Adair y a Montague a los ojos.

—Sugiero que volvamos a encontrarnos esta tarde en la City y compartamos todo lo que hayamos averiguado. Es evidente que tendremos que volver a ver a la familia, pero me gustaría disponer de cuanta información sea posible antes de reunirles de nuevo.

Adair asintió, y también lo hizo Montague. Tras despedirse, cada uno de ellos siguió su camino.

Penelope permaneció de pie frente a la ventana del cuarto de estar, con Griselda a su lado, observando cómo se alejaban los tres hombres a grandes zancadas.

—Allí van, sin parar de investigar. ¿Cuánto te apuestas a que han acordado reunirse más tarde ellos solos para comparar la información que hayan encontrado?

Griselda soltó un bufido burlón.

—No hay nada que apostar, estoy segura de que lo harán —con los brazos cruzados bajo el pecho, señaló hacia la acera—. Para eso estaban allí reunidos, para acordar la hora y el lugar.

—Supongo —dijo Penelope, inclinando la cabeza mientras analizaba la situación— que en estas circunstancias, al tratarse de un asesinato, es lógico que se muestren más protectores.

—Como si no lo fueran ya bastante, pero entiendo lo que quieres decir —miró a Penelope—. La situación ha cambiado y a lo mejor eso nos obliga a hacer algunos cambios a nosotras.

—Desde luego —Penelope asintió—. Así que, si ellos han salido y nosotras sabemos lo que piensan hacer, ¿qué nos queda? —al cabo de un segundo, se contestó a sí misma—. Yo diría que deberíamos intentar ver qué podemos averiguar sobre los Halstead desde una perspectiva más social. Sobre los Halstead y sobre los Camberly.

—¡Ah! —exclamó Griselda, elevando la voz con interés y con una sutil emoción—. Sé por dónde podemos empezar —miró a Penelope a los ojos, vio su mirada interrogante y especulativa y sonrió—. Déjame hablar un momento con Gloria para asegurarme de que Megan está bien. Después agarraré el sombrero y te lo enseñaré.

—¿Me enseñarás qué? —preguntó Penelope.

Griselda sonrió de oreja a oreja.

—La otra cara de las compras.

Penelope estaba intrigada. Le hizo un gesto a Griselda para que se pusiera en marcha y después la siguió.

—Voy a por el abrigo y el sombrero y te espero en la puerta.

CAPÍTULO 7

Stokes pasó una hora y media en la oficina de Runcorn, cerrando cabos y supervisando la seguridad del local.

—Aunque solo sea por precaución —le dijo al sargento—, quiero que haya dos hombres vigilando la oficina en todo momento, pero no es necesario que sean visibles. Uno puede estar dentro y el otro vigilando la puerta y la calle desde el pub.

El sargento arqueó las cejas.

—¿Cree que el asesino volverá?

—Creo que es una posibilidad.

Stokes alzó la mirada y vio que regresaban los tres agentes a los que había enviado a preguntar si alguien había visto a la mujer del velo por la zona durante aquellos días.

Saludaron y, ante la mirada interrogante de Stokes, el de mayor edad negó con la cabeza.

—No ha habido suerte, señor. Hemos preguntado por todas partes a lo largo y ancho de Winchester Street, incluso hemos vuelto a preguntarle a la cerillera, que es una gran observadora, pero nadie ha visto a ninguna dama con velo merodeando por aquí.

Stokes asintió.

—Había pocas probabilidades de obtener información, pero teníamos que descartarlas. Buen trabajo.

Dos minutos después, dejó al sargento y a los agentes organizando los detalles de la vigilancia y se dirigió a Scotland Yard.

Barnaby decidió preguntar a los empleados del banco antes de que el encargado tuviera oportunidad de olvidarse de él. Sacó de todas formas la tarjeta de Montague, considerando que su reputación tenía más peso en aquella esfera que la suya.

—El señor Montague sugirió que quizá alguno de los cajeros recuerde quién ha hecho algún tipo de depósito en la cuenta de lady Halstead últimamente —se esforzó en adoptar una expresión esperanzada—. Apreciaríamos mucho cualquier ayuda que puedan proporcionarnos los empleados.

—Um —el encargado, un hombrecillo engreído y muy asertivo, apretó los labios, pero asintió—. Aunque no puedo prometerle nada, puesto que esta es una sucursal con numerosas cuentas, si espera unos minutos, iré a ver si puedo obtener alguna información.

Barnaby inclinó la cabeza y se dirigió hacia una fila de sillas apoyadas contra la pared. Sentado en una de ellas, observó mientras el encargado regresaba a su escritorio, rebuscaba en una pila de documentos y entresacaba uno, presumiblemente, un extracto bancario. Después de revisar el documento, miró hacia los cuatro cajeros de la sucursal y se dirigió a uno en particular, un hombre mayor que estaba en la última ventanilla del mostrador.

Esperó a que terminara de atender a un cliente antes de acercarse, mostrarle el documento, señalarlo y hacerle una pregunta. Tras un breve intercambio de palabras, el cajero asintió.

Barnaby reprimió las ganas de levantarse y acercarse para preguntarle directamente. Sabía que iba a necesitar hablar con el cajero, dijera lo que dijera el encargado y pensara lo que pensara.

Por suerte, el encargado le llamó con un gesto.

Cuando Barnaby llegó al mostrador, el cajero sonrió con arrogante satisfacción.

—El señor Wadsworth recuerda con claridad el momento en el que recibió el último depósito en la cuenta de lady Halstead y cree que lo ingresaron de la misma forma que los depósitos que se han hecho a lo largo de este último año.

Barnaby inclinó la cabeza hacia el encargado.

—Excelente —miró al cajero—. ¿Recuerda quién ingresó el dinero?

—Desde luego —dijo Wadsworth—. Tanto mis colegas como yo reparamos en ello porque nos parecía… algo poco apropiado para una dama de la posición de lady Halstead.

El cajero miró a su superior como si quisiera que le confirmara que podía hablar. Cuando el encargado asintió, Wadsworth volvió a mirar a Barnaby.

—Lo hacía a través de mensajeros, señor. Siempre alguien diferente, pero eran justificantes bancarios perfectamente válidos, todos debidamente firmados, de modo que teníamos que aceptar el dinero.

Barnaby vaciló. No era lo que había anticipado, pero quizá debería haberlo hecho.

—Un servicio de mensajería. Entiendo que se refiere a la clase de servicio que los delincuentes utilizan… digamos que para realizar ingresos sospechosos.

Wadsworth asintió.

—Es justo esa clase de servicio, señor. Nosotros, los cajeros, reconocemos a los mensajeros y a los de su calaña. Es algo bastante obvio, por supuesto, porque no son la clase de persona que uno imaginaría posee la cantidad de efectivo con la que aparecen en el mostrador.

Barnaby asintió.

—Gracias a los dos. Transmitiré esta información al señor Montague y al inspector Stokes —miró a ambos hombres a los ojos y bajó la voz—. Estoy seguro de que no es necesario mencionar que esta información es altamente sensible y debemos mantenerla en secreto.

—Por supuesto que no, señor —dijo Wadsworth.

El encargado se irguió.

—Tanto nosotros como Grimshaws Bank podemos enorgullecernos de nuestra discreción.

Barnaby inclinó la cabeza disimulando una sonrisa.

—Una vez más, gracias. Les deseo un buen día, caballeros.

Asintió educadamente mirando a su alrededor, se alejó del mostrador e, intentando dominar su prisa, salió a la acera.

—Primer objetivo conseguido —miró a su alrededor—. Ahora vamos a por el segundo.

Pasó las horas siguientes deambulando inútilmente a lo largo de las calles que rodeaban el banco, preguntando a todos cuantos se cruzaba si habían visto a la mujer del velo. Casi había perdido la esperanza y había aceptado que el haber tenido éxito en uno de sus objetivos ya era más de lo que podía esperar, cuando vio a un niño de unos diez años barriendo en la esquina de una estrecha calle, justo en la curva de Bishopsgate.

Avanzó hacia el muchacho con las manos en los bolsillos y utilizó la mentira que había ido inventado durante la última hora.

—Se suponía que tenía que encontrarme esta mañana con mi hermana y, como era de esperar, me he quedado dormido. Ella tenía que ir al banco y quedar conmigo aquí fuera, pero ahora no sé si ha estado aquí, si se ha ido o si ni siquiera ha aparecido. Es una dama y es posible que llevara velo, siempre lo hace cuando viene al banco.

—¿Ah, sí? —el niño le miró—. ¿Y qué aspecto tenía esa hermana suya? Aparte de ser mujer y de llevar verlo.

Barnaby repitió los rasgos generales de la descripción: pelo castaño, altura mediana y una edad similar a la de Barnaby.

Cuando el niño asintió, Barnaby apenas se lo podía creer.

—¿La has visto?

—Sí —el niño señaló hacia el final de la calle—. Vino andando por Threadneedle Street y, siento tener que decirle esto, señor, pero había un caballero esperándola en un coche aparcado en la acera, justo ahí.

—¿Un caballero? —reprimiendo su creciente emoción, Barnaby adoptó un aire resignado—. Supongo que sería mi primo, ¿le has visto?

—No muy bien, se ha quedado dentro del carruaje. Lo único que ha hecho ha sido abrir la puerta y darle la mano a la dama para ayudarla a subir —miró a Barnaby con expresión interrogante.

Barnaby suspiró, sacó media corona del bolsillo y se la mostró.

—¿Qué aspecto me has dicho que tenía?

—Era un caballero. No sé lo alto que era porque estaba sentado

—el niño clavaba los ojos en la brillante moneda como si fuera una urraca—. No tenía barba, pero sí esas patillas que están ahora tan de moda. Tenía la cara redonda y el pelo castaño —miró a Barnaby como si le estuviera preguntando si con eso tenía bastante.

—Una última cosa, ¿qué edad tenía ese caballero?

El niño parpadeó.

—Yo pensaba que era su primo. ¿No sabe cuántos años tiene?

—Tengo muchos primos. Estoy intentando averiguar cuál de ellos era.

—¡Ah! —el niño vaciló y después arrugó la cara—. No puedo estar seguro. No le he visto muy bien, pero tendría... la misma edad que la dama.

Su tono indicaba que su estimación era pura especulación. Aun así, Barnaby le tendió la moneda.

El niño le había contado lo suficiente como para confirmar que la mujer estaba trabajando con, o quizá para, uno de los cinco varones de la familia Halstead.

Se volvió para marcharse, buscó en el bolsillo y sacó un soberano. Giró de nuevo hacia el niño, que se había guardado la media corona en el bolsillo.

—¡Eh! —cuando el niño alzó la mirada, Barnaby le lanzó el soberano.

Con la rapidez de un halcón, el niño agarró la moneda en el aire. Su expresión de asombro cuando giró la moneda entre sus dedos y fue consciente de su buena fortuna hizo sonreír a Barnaby.

Cuando el niño le miró, Barnaby se despidió de él con un gesto alegre.

—Eso es por ser tan buen observador. Haz un buen uso de esa cualidad.

Dejó al niño contemplando la fortuna que tenía en la palma de la mano y, sintiéndose profundamente satisfecho, avanzó por la calle hacia la oficina de Montague.

Tras regresar a Chapel Court y a su oficina, lo primero que hizo Montague fue comprobar cómo se encontraba Pringle.

Sentado en el escritorio que Slocum había despejado y le había asignado, trabajaba sin interrupción en los informes financieros de los Halstead.

—Se remontan a treinta años atrás —Pringle le mostró uno de los informes—. Sir Hugo trató con el padre del señor Runcorn, que fue el propietario de la firma antes que él. No puedo decirle si fue el asesino el que lo hizo o los agentes cuando los reunieron, pero toda la documentación está revuelta.

—¿Entonces todavía no puede decirnos si ha desaparecido algo? —preguntó Montague.

Pringle negó con la cabeza.

—No hasta que no tenga todo en orden otra vez.

Dejando que fuera él el que lo hiciera, y reprimiendo la impaciencia y las ganas de ponerse manos a la obra, analizar los documentos y encontrar al asesino para asegurarse de que Violet Matcham estaba a salvo, Montague se acercó a hablar con Gibbons y Foster. Revisó cómo se había desarrollado el trabajo con los clientes de la firma y después confirmó los cambios que habían hecho para que fueran ellos los que asistieran a las reuniones programadas para los días siguientes. Una vez aclarada la agenda, se retiró a su despacho y se sentó tras el escritorio.

Los documentos que Pringle había copiado y enviado permanecían a un lado de la mesa. Le tentaban, pero Montague se resistió. Había otra cosa que podía y debía hacer, un rumbo que podía seguir para identificar aquellos pagos tan desconcertantes. Regresó a su copia del estadillo bancario de lady Halstead, al documento que había dado lugar a aquella intriga de dinero y asesinatos, e hizo una lista de todos los depósitos realizados durante los últimos catorce meses.

Una vez contemplada la lista, la estudió, llamó a Slocum y dictó cuatro cartas.

Cada una de ellas era una petición en la que recordaba al destinatario, todos ellos colegas, algún favor que Montague o su firma le habían hecho en el pasado, antes de describir el patrón de aquellos ingresos en la cuenta de lady Halstead preguntar si habían encontrado depósitos similares en las cuentas bancarias de alguno de sus clientes y si habían identificado la fuente y el propósito que se escondía tras los mismos.

Teniendo en cuenta que los asesores con los que había decidido ponerse en contacto pertenecían a un selecto círculo profesional, la discreción estaba garantizada.

Cuando Slocum fue a enviar las cartas, Montague volvió a examinar la lista y esbozó una mueca.

—¿Quién sabe? A lo mejor es una práctica extendida, algo que también les ha ocurrido a otros.

Y también existía la posibilidad de que alguno de sus colegas de profesión estuviera al tanto de las posibles fuentes de aquellos misteriosos y no tan regulares ingresos.

Suspirando para sus adentros, se volvió hacia los informes de Halstead, un pila que incluía los documentos que Runcorn le había dado en un primer momento y aquellos que Pringle había copiado y enviado con posterioridad. Levantó aquella gruesa pila y la colocó en el centro de su ancho vade. Se reclinó en la silla y la observó en silencio.

¿Podría haber sido Runcorn partícipe de cualquiera que fuera el plan que había diseñado el asesino?

Regresó mentalmente a su encuentro con aquel joven asesor financiero, analizó de nuevo su rostro juvenil y abierto, recordó su expresión de entusiasmo, su obvio intento de agradar, el punto de reverencia con el que había mostrado su acuerdo con su propuesta.

Todo lo que le había transmitido le había parecido sincero; ni siquiera a posteriori encontraba algún motivo que pudiera hacerle cambiar de opinión sobre la honestidad y la honradez de aquel muchacho.

—Entonces —Montague volvió a concentrarse en los documentos—, Runcorn no tenía la menor idea de lo que estaba pasando. Pero el asesino creía que, cuando analizara la documentación para poner los asuntos de lady Halstead en orden, descubriría algo que bastaría para alertarle de cualquier ilegalidad cometida por el asesino.

Poner los asuntos de un cliente en orden implicaba, entre otras cosas, organizar una lista completa de todos sus activos, incluyendo las inversiones, estimar el valor de su capital, contabilizar los ingresos que de él se derivaran y conciliar cuentas bancarias y dineros invertidos en fondos y productos similares. La última revisión de las finanzas de Halstead probablemente se había hecho diez años atrás, tras la muerte de Sir Hugo.

Entre Runcorn y Pringle habían extraído, copiado y enviado a Montague los documentos necesarios para realizar aquella supervisión con intención de que pudiera poner en orden todos los aspectos relacionados con la herencia de los Halstead y los asuntos personales de lady Halstead.

—Eso significa —musitó Montague, alargando la mano para revisar los números que Pringle había anotado con pulcritud en la esquina inferior izquierda de cada hoja— que en algún lugar de esta pila debería estar la información que el asesino ha intentado ocultar en dos ocasiones.

Tras confirmar gracias a las anotaciones de Pringle que los documentos estaban organizados desde los más antiguos a los más recientes, Montague levantó la primera hoja y comenzó por el principio.

El reloj de su escritorio iba marcando con fuerza el paso de los segundos. Y, a pesar de estar inmerso en aquellos documentos, revisando y tomando notas sobre inversiones hechas en el pasado, su mirada volvía una y otra vez a la lista de aquellos extraños e inexplicables ingresos que había dejado a un lado.

Pasó una hora. Después, otros quince minutos. Y ya no aguantó más.

Dejó de lado la pila con las notas que había realizado hasta aquel punto, tomó la lista de ingresos, la estudio un vez más, se levantó y se acercó a la puerta. Miró hacia la oficina y llamó:

—¿Gibbons?

Cuando Frederick Gibbons alzó la mirada, Montague le mostró la lista.

—Si no le importa, me gustaría contar con su opinión. A veces una mirada nueva veía las cosas con más claridad.

Gibbons se levantó de inmediato y siguió a Montague a su despacho.

Montague regresó a su silla y le señaló a Gibbons la silla que había delante del escritorio. Esperó a que Gibbons estuviera sentado y le dirigiera una mirada cargada de curiosidad antes de decir:

—Quiero que revise esta lista. Es la de una serie de ingresos en una cuenta bancaria. He anotado tanto las cantidades como las fechas en las que fueron realizados cada uno de los ingresos. Estoy intentando identificar qué clase de pagos podrían ser.

Y, sin más, le tendió la lista.

Gibbons la tomó.

Montague observó mientras Gibbons revisaba las cantidades y anotaba las fechas.

—No son pagos procedentes de inversiones. No son lo suficientemente regulares y las cantidades varían de forma excesiva —alzó la mirada—. Parecen ingresos procedentes de un negocio de algún tipo, de alguna venta.

Montague parpadeó. Nunca había trabajado con cuentas comerciales, pero Gibbons sí lo había hecho antes de unirse a Montague & Son.

La lista de las cifras que acababa de escribir reapareció en su mente. Alargó la mano sobre el escritorio y señaló la lista.

—Deme eso.

Gibbons le devolvió la lista. Montague la colocó ante él, tomó una pluma y comenzó a trabajar, anotando cantidades y sumas al lado de cada ingreso.

Las cifras eran su fuerte; lo único que había necesitado su mente había sido la pista que Gibbons le había proporcionado para encontrar la solución.

Gibbons se inclinó hacia delante, inclinando la cabeza para ver las sumas que Montague estaba escribiendo a un lado de la lista.

Cuando llegó al final y terminó de calcular la cantidad de los últimos pagos, Montague tomó la lista, volvió a revisarla y se la tendió a Gibbons,

—¿Qué le parece?

Gibbons revisó los ingresos siguiendo los cálculos de Montague. Cuanto terminó, asintió con vigor.

—Eso es. Cada ingreso representa el pago de unas ventas de

entre cinco y nueve artículos, cada uno de ellos con un valor de doscientas cincuenta libras a los que se resta una cantidad de un dos o tres por ciento —miró a Montague—. ¿Los ingresos fueron realizados a través de un mensajero?

—Todavía no estamos seguros, es algo que estamos comprobando ahora, pero la mayor parte de los cargos por mensajería son de un dos o tres por ciento.

Gibbons continuaba clavando la mirada en la lista.

—Estoy intentando imaginar qué producto podría valer unas doscientas cincuenta libras y mantener un ritmo de ventas tan constante. Cinco ejemplares como mínimo, mes tras mes, de forma regular.

Montague pensó también en ello y sacudió la cabeza.

—Es un negocio muy lucrativo, pero estoy convencido de que no es legal.

Gibbons soltó un bufido burlón y le tendió la lista.

—Si lo fuera, no me importaría dedicarme a ello yo mismo. Y, seguramente, tampoco a otros muchos.

—Desde luego —Montague tomó la lista y la examinó una vez más—. Pero, al parecer, alguien ha cometido ya dos asesinatos para ocultarlo.

—En ese caso —Gibbons empujó la silla hacia atrás y se levantó—, no cuente conmigo. ¿Desea algo más?

Montague sonrió.

—No, gracias, Gibbons, me has sido de gran ayuda.

Gibbons sonrió de oreja a oreja, se despidió de él y regresó a su escritorio.

Montague analizó la lista y las anotaciones. Su sonrisa se tornó sombría. Era un pequeño descubrimiento, pero tenía la sensación de haber dado un gran paso. Por lo menos tendría algo que compartir con Stokes y Adair cuando se reuniera con ellos al final del día.

Cuando el carruaje de Penelope dobló la esquina de Dovel Street, ella todavía estaba sacudiendo la cabeza, admirada por la cantidad de información que habían conseguido reunir aquella tarde.

—No volveré a ignorar jamás a una dependienta —cuando Griselda soltó una carcajada, Penelope insistió—: No, es verdad. Ahora que ya sé la cantidad de cosas que son capaces de recordar sobre lo que una dice o hace, procuraré cuidar siempre mis modales.

—Yo diría que los Halstead son un caso especial —reflexionó Griselda—. Una siempre se acuerda de las personas más difíciles.

Había llevado a Penelope a visitar una larga lista de tiendas de Kensington High Street, una zona a la que se podía llegar caminando desde Lowndes Street, la calle en la que lady Halstead había vivido. Por lo que habían descubierto, aquellas eran también las tiendas que frecuentaban la señora de Wallace Camberly, que vivía con su marido y su hijo en Belgrave Square, y, lo que era más importante, eran las tiendas habituales del personal de la casa. Mientras Penelope fingía ser una dama examinando diferentes objetos con intención de realizar una compra, Griselda, haciéndose pasar por su doncella, había estado charlando con las dependientas de todos los establecimientos.

—Sí, desde luego, pero, dejando de lado su comportamiento, los comentarios y las informaciones que nos han proporcionado sobre los Camberly son… bueno… asombrosos —Penelope abrió los ojos como platos detrás de las gafas—. Una información increíblemente detallada.

—Ha ayudado el hecho de que las dependientas recordaran a los Halstead, a Mortimer y a su familia desde antes de que se fueran de esta zona —miró por la ventanilla cuando el carruaje aminoró la marcha—. Porque lo que hemos oído no han sido solo críticas por parte de los empleados de los Camberly, sino que nos han hablado de actitudes que los empleados de los Halstead han confirmado a las dependientas directamente.

El carruaje se detuvo.

—Aun así —Penelope se irguió y se inclinó hacia la puerta del carruaje—, todavía no contamos con un punto de vista definitivo sobre los Halstead. Veamos lo que pueden añadir las grandes damas.

Cuando el mozo abrió la puerta, Penelope permitió que

le diera la mano para ayudarla a bajar a la acera y esperó a que Griselda se reuniera con ella. Después, le dijo al cochero.

—Volveremos andando a casa, Phelps.

—Muy bien, señora.

Tras saludarla, Phelps puso de nuevo el coche en marcha. Albemarle Street estaba a solo una manzana de distancia.

Penelope dio media vuelta y avanzó hacia los escalones de la entrada de la casa de Horatia Cynster, su tía política.

—¿Estás segura de que mi presencia no resultará… inoportuna? —musitó Griselda—. No soy la clase de persona que uno suele encontrar en los salones de las damas.

Penelope se detuvo en el angosto porche y le dirigió una mirada tranquilizadora.

—No te preocupes. Las reuniones en casa de Horatia son un evento tan previsible como el paso de las horas de un reloj. A esta hora ya solo quedarán las Cynster y, quizá, lady Osbaldestone. Todas ellas han coincidido con Stokes alguna u otra vez y saben que ha ayudado a la familia en numerosas ocasiones. Saben que ayudó a Henrietta y a James, y eso ha sido reciente —curvó los labios con una sonrisa traviesa, se volvió y golpeó el llamador—. Confía en mí, estarán encantadas de conocerte.

Griselda apretó los labios, reprimiendo una respuesta mordaz, mientras abría la puerta un mayordomo de porte bastante estirado, pero que, en cuanto bajó la mirada y vio a Penelope, se relajó lo suficiente como para sonreír.

—Señora Adair, es un placer volver a verla.

—Gracias, Grantley. ¿Su señoría todavía está recibiendo?

—No, en general, pero, en este caso, estoy seguro de que lady Horatia estará encantada de que se reúna con las damas que todavía están con ella.

Mientras se adentraba en el vestíbulo, Penelope preguntó:

—Entonces, están las damas Cynster, ¿y alguien más?

—Solo lady Osbaldestone, señora.

Penelope permitió que Grantley le quitar la pelliza y señaló a Griselda.

—Te presento a la señora Stokes, la mujer del inspector Stokes.

—Bienvenida, señora —Grantley inclinó la cabeza—. ¿Puedo quitarle el abrigo?

Griselda asintió.

—Gracias.

Imitó a Penelope, permitiendo que el mayordomo la ayudara a quitarse el abrigo.

—¿Están en el salón? —preguntó Penelope.

—Por supuesto, señora —Grantley se dirigió hacia una puerta—. Permítanme.

Abrió la puerta y anunció:

—Mi señora, la señora Adair y la señora Stokes.

Penelope, por supuesto, cruzó el umbral. Sofocando un repentino ataque de nervios, Griselda alzó la barbilla y la siguió.

Pero las dudas que había albergado sobre cómo iba a ser recibida en tan prestigioso y exclusivo círculo se disiparon al instante. Vio a cinco damas sentadas en el sofá y las butacas dispuestos alrededor de la chimenea. Sonrieron a Penelope con calor, pero, en el instante en el que desviaron la mirada hacia Griselda, sus ojos se iluminaron y en sus finas facciones floreció una expresión de expectante deleite.

Todas las mujeres eran matronas maduras y una de ellas, que Griselda asumió era la célebre lady Osbaldestone, estaba bordeando la ancianidad.

Una mujer de pelo oscuro, presumiblemente lady Horatia, su anfitriona, se levantó para recibirlas.

—¡Bienvenida, Penelope, querida! —tomó la mano de Penelope y se rozaron las mejillas. Soltó al instante a su sobrina y fijó sus brillantes ojos en Griselda—. ¿Y esta es la señora Stokes? ¿La mujer del inspector Stokes?

—Sí, en efecto —Penelope miró a Griselda con una sonrisa con la que era obvio le estaba diciendo «te lo dije»—. Griselda, me gustaría presentarte...

Griselda sonrió, rozó sus dedos tímidamente e intercambió saludos con lady Horatia, lady Louise Cynster, lady Celia Cynster y Helena, la duquesa viuda de St. Ives. Por último, saludó a Therese, lady Osbaldestone.

Mientras Griselda estaba ocupada, lady Horatia le pidió a

Grantley que acercara unas sillas para las recién llegadas. Una vez terminadas las presentaciones, y Penelope y Griselda estuvieron sentadas con sendas tazas de un cargado y sabroso té y provistas de unas deliciosas y diminutas pastas de té a las que Griselda dio su total aprobación, lady Osbaldestone golpeó con el bastón en el suelo, como si estuviera llamando al orden.

—Entonces, queridas, ¿en qué puedo ayudaros? —la dama arqueó sus oscuras y finas cejas sobre unos ojos negros increíblemente penetrantes—. Presumo que esa es la razón por la que estáis aquí.

Penelope asintió sin alterarse lo más mínimo:

—Nosotros, y me estoy refiriendo a Barnaby, a Stokes, ayudados por Griselda, por mí y, en este caso, también por el señor Montague, al que todas conocéis, estamos intentando desentrañar un desconcertante caso que creemos ha provocado dos asesinatos. La primera víctima fue lady Halstead, que vivía en Lowndes Street, y la segunda su asesor financiero. Griselda y yo hemos pasado esta última hora intentando averiguar cuanto hemos podido sobre los Halstead y los Camberly, los hijos de lady Halstead y sus familias, a partir de fuentes más generales, y ahora vengo a ver si podéis contarnos algo más de los Camberly y los Halstead a partir de su vida social.

Cuatro de los cinco rostros se tornaron inexpresivos. Lady Celia preguntó:

—¿Y quién es esa gente, querida?

Penelope esbozó una mueca, pero contestó:

—Mortimer Halstead y su esposa Constance. Mortimer es un funcionario de alto rango en el Ministerio de Exteriores y tienen dos hijos, Hayden y Caroline. Los Camberly son el señor Wallace Camberly y su esposa, él es miembro del Parlamento y viven en Belgrave Square. Tienen un hijo, Walter.

Horatia, Celia, Louise y Helena intercambiaron miradas. Lady Osbaldestone, mientras tanto, fruncía el ceño con gesto de concentración, como si estuviera sondeando en sus recuerdos, recuerdos que se hundían en un tiempo remoto.

Después de desviar la mirada hacia lady Osbaldestone, Helena miró a Penelope a los ojos.

—Lamentablemente, no podemos ayudar. No son personas que se muevan en nuestros círculos. Sin embargo, sospecho que nuestra querida Caro debe de saber algo sobre ellos. Michael y ella continúan teniendo mucha relación con los círculos gubernamentales.

—Y —añadió Celia— podrías preguntar a Heather, sobre todo sobre los Camberly. Ahora que Breckenridge, Bruswich, debería decir, ha accedido al ducado y ha ocupado el puesto de su padre en la Cámara de los Lores, está mucho más involucrado en política.

—Así es —lady Osbaldestone asintió—. Y Michael Anstruther-Wetherby, que ocupa un asiento en la Cámara de los Comunes, tendrá información sobre Camberly —posó sus ojos oscuros en Penelope—. Por supuesto, yo también me movía en los círculos de la política y del Gobierno, pero eso fue hace mucho tiempo. No puedo contarte nada sobre Mortimer Halstead ni de los Camberly, pero recuerdo bien a sir Hugo Halstead y lamento enterarme de la muerte de su esposa.

Penelope la miró con evidente interés.

—¿Los conocías?

—No puedo decir que fuéramos amigos, pero él estaba en el Ministerio de Exteriores, de modo que, por supuesto que le conocía. Era considerado un hombre muy sensato.

—¿Puedes contarnos algo más sobre él? O sobre ellos —le pidió Penelope.

Lady Osbaldestone enarcó las cejas.

—Pasó la mayor parte de sus años en activo en la India. Era un hombre grande, bastante jovial, un caballero simpático y una de esas personas en las que los demás confían a primera vista. No puedes ni imaginar lo útil que resultaba para tratar con los nativos. Le enviaron en una comisión de servicio a la East India Company durante muchos, muchos años, y también colaboró con la Oficina del Gobernador General. Su mujer, llevo rato intentando acordarme de su nombre y creo que era Agatha, era una dama muy callada, pero de trato agradable y una buena pareja para él. Le acompañó allí donde le destinaron y estuvo a su lado durante la mayor parte de su servicio. Cuando sir Hugo se retiró, se les consideraba una pareja ejemplar que habían realizado una gran contribución al reino y al país.

Lady Osbaldestone se interrumpió, frunciendo de nuevo el ceño.

—El único comentario que recuerdo respecto a los hijos de los Halstead es que heredaron el físico, pero, por desgracia, no el carácter de sus padres.

Sonó el timbre de la puerta y se oyeron voces femeninas en el vestíbulo. Un minuto después, se abría la puerta y entraba una dama de aspecto juvenil seguida por otras.

—Te presento mis disculpas, suegra, pero nos hemos retrasado al salir de Osterly Park. Y dejaré que seas tú la que adivine quién tiene la culpa.

Horatia se echó a reír y aceptó un beso en la mejilla. Después, le hizo un gesto a Grantley para que sacara más sillas.

—Pues ocurre, queridas, que llegáis en el momento oportuno. Penelope, y Griselda, que es la mujer del inspector Stokes, nos han planteado una pregunta que nosotras no hemos sido capaces de contestar, pero para la que quizá alguna de vosotras tenga respuesta.

A Griselda le daba vueltas la cabeza mientras se hacían la presentaciones. Al igual que había ocurrido con las damas de más edad, las jóvenes no parecían hacer distinción alguna por su diferencia de clase, por lo menos, en aquella situación.

Grantley y otros dos mayordomos uniformados llevaron más sillas y dos teteras con té recién hecho. Por fin, cuando todo el mundo estuvo sentado y provisto de té y pastas, Horatia se dirigió a las recién llegadas con una mirada seria.

—Buscamos información sobre Mortimer Halstead y su esposa, Constance, él ocupa un puesto importante en el Ministerio de Interior. Sus hijos son Hayden y Caroline. También del señor Wallace Camberly, parlamentario, de su esposa y de su hijo, Walter. Si sabéis algo sobre cualquiera de ellos, compartidlo.

—El nombre de la señora Camberly es Cynthia y su apellido de soltera era Halstead, es la hermana de Mortimer —explicó Penelope—. Y también está Maurice Halstead, del que es posible que cualquiera haya oído hablar, y William, el hermano más pequeño.

—¡Oh, yo he oído hablar de Maurice! —dijo Patience Cynster, la dama que había conducido a las otras al interior del salón. Frunció el ceño—. Pero eso fue hace mucho tiempo, cuando yo acababa de hacer la entrada en sociedad. Me advirtieron que era alguien a quien debía evitar.

Penelope asintió.

—La descripción que me han hecho sobre él es que es un calavera, un libertino ya maduro, definitivamente, un jugador y un derrochador, pero se le considera inofensivo y dicen que puede ser encantador.

—Sí, es cierto —intervino Louise—. Recuerdo que también les advirtieron a las gemelas que se alejaran de él —frunció el ceño—. Pero, por lo que recuerdo, le gustaba merodear por los círculos de la alta sociedad.

Penelope asintió, animándolas a continuar.

—Eso suena bien.

Algunas de las damas más jóvenes habían tratado con los Camberly, aunque de forma superficial.

—Mi opinión, por si pudiera servir de algo —comenzó a decir Honoria, la duquesa de St. Ives, que estaba sentada a la izquierda de Griselda— es que los dos son excesivamente ambiciosos. Camberly piensa en sí mismo, en sus ascensos, y su esposa en ayudarle a conseguirlos.

—Y, a través de ellos, asegurarse su propio ascenso social —la dama que hablaba era Caro, que había sido mencionada con anterioridad. Miró a Penelope y asintió—. He coincidido con los Camberly en varias ocasiones y no tengo la menor duda de que Camberly es un prepotente, pero también diría que es lo bastante prudente y sensato como para intentar no extralimitarse. Se ha labrado una sólida reputación, pero está ansioso por cada migaja de éxito y estatus que le permita apuntalar su nombre. Supongo que pretende hacerse con una vicesecretaría después de las próximas elecciones.

—¿Y qué tales son como personas?

Caro arrugó la nariz, bebió un sorbo de té, bajó la taza y dijo:

—No son la clase de personas que uno desearía como amigos. Camberly es un hombre despiadado. Tras su pronta sonrisa y sus modales refinados se esconde un solo objetivo y una tiene la sensación de que no tendría reparo alguno en hacer cuanto fuera necesario para conseguirlo. Su esposa es igual de despiadada, pero, además, tiene un punto mezquino, desagradable —Caro se interrumpió y concluyó después—. No podría describirlo de una manera precisa, pero es como si todo lo analizara pensando en el beneficio que podría suponer para ella. Con su hijo solo me he cruzado en una ocasión y, como ocurre a menudo con unos padres tan dominantes, es un cero a la izquierda y pasa totalmente desapercibido.

Penelope parecía esperanzada.

—¿Y los Halstead?

Caro esbozó una mueca.

—Coincidí con ellos en una ocasión y fue durante un acto de la alcaldía, pero he oído rumores de otros, la clase de cotilleos y comentarios que se filtran en los departamentos del Gobierno. No puedo garantizar su veracidad, pero, por si puede servir de algo, y sospecho que tienes otras fuentes para cotejar lo que a mí me han contado, entonces… —tomó aire y continuó—: He oído decir que tanto Mortimer como Constance también son muy ambiciosos, pero están mucho más lejos de poder conseguir nada. Mortimer Halstead es considerado un hombre mediocre, un pedante que no es lo bastante inteligente como para saber cómo responder en una situación nueva o inesperada. En general, se le considera un hombre prudente, pero todo el mundo, excepto, supongo, su esposa y él, cree que hace años que tocó techo y es bastante improbable que pueda ascender en el Ministerio del Interior.

Desviando la mirada hacia lady Osbaldestone, Caro añadió:

—Hay quien se pregunta por qué no siguió los pasos de su padre en el Ministerio de Exteriores, donde su nombre hubiera tenido más peso, pero por lo visto él no tiene ningún interés en abandonar estos lares.

—En realidad —dijo Penelope, dejando la tacita del té en el plato—, por las descripciones de Barnaby y de Stokes, y también por lo que el padre de Barnaby nos ha contado sobre los Halstead y los Camberly, que encaja con todo lo que has dicho, yo había llegado a la conclusión de que, en el caso de los cuatro vástagos de los Halstead, sus caracteres e inclinaciones podían ser debidos a una exagerada competitividad, nacida quizá durante su infancia, entre Mortimer y Cynthia, que son los mayores y los más cercanos en edad, y a los efectos que ese enfrentamiento podría haber tenido en Maurice. Este se vio quizá obligado a convertirse en la oveja negra de la familia para llamar la atención, lo cual, terminó haciendo que William viviera al margen de la sociedad.

Lady Osbaldestone miró a Penelope con algo parecido al orgullo.

—¡Qué astuta reflexión, querida! Porque acabo de recordar la única crítica que he oído en mi vida sobre los Halstead, madre y padre, y lo que decía era que a habían permitido que sus hijos crecieran de una forma muy poco saludable. La crítica específica era que el potencial de los Halstead, el fruto que podría haberse derivado de su unión, terminó desintegrándose, decayendo hasta desvanecerse por completo por culpa de la falta de atención. O, dicho de forma más clara, por la negligencia de sus padres.

—Por lo visto —lady Osbaldestone volvió a fijar la mirada en el rostro de Penelope—, mientras los Halstead pasaban aquellos años tan productivos en el extranjero, sus hijos permanecieron en Inglaterra, a cargo de niñeras, institutrices y tutores en la casa que tenían en el campo, a menudo durante años y años. Sir Hugo, por supuesto, también era un hombre ambicioso, lo único que le importaba era su trabajo, y Agatha le apoyaba.

Lady Osbaldestone arqueó las cejas y miró hacia las otras damas.

—A nadie le sorprendería que, en esas circunstancias, sin que la mano de sus padres pudiera guiarlos y, probablemente, habiendo heredado la ambición de su padre, tal y como Penelope ha sugerido, en vez de permanecer unidos, los dos hijos mayores compitieran por la atención y por el dominio, obligando a los más pequeños a encontrar otras formas de llamar la atención para reclamar su propio espacio.

Asintieron muchas cabezas, mostrando su acuerdo.

—Tiene sentido —dijo Caro—. Y concuerda con la impresión que tengo de Cynthia Camberly y Mortimer Halstead —entrecerró los ojos—. Nunca los he visto juntos. Que yo recuerde, nunca hemos coincidido en la misma habitación, pero con ambos sentí que esas ansias por prosperar eran algo muy arraigado, una necesidad, más que un deseo.

Volvió a oírse un murmullo de voces mostrando su acuerdo.

Penelope miró a Griselda y arqueó las cejas.

—Me alegro mucho de haber venido.

Griselda sonrió, asintió y terminó el té.

Poco después, Penelope se levantó y Griselda y ella se marcharon.

Una vez en la acera, Penelope la agarró del brazo y fueron paseando por la calle, giraron a la derecha en Grafton Street y después en Albemarle Street, tomando la ruta más corta hasta la casa de Penelope.

La tarde era fría. Nubes de color gris claro rodaban sobre el cielo otoñal y el sol ya se había escondido tras los edificios del oeste. Una ligera brisa se abría camino entre las casas, jugueteaba con los lazos del sombrero de Penelope y acariciaba las hebras oscuras que escapaban del sobrio moño que llevaba Griselda en lo alto de la cabeza.

—Um —musitó Penelope mientras aminoraban el ritmo de sus pasos—. Estoy deseando, lo necesito, incluso, volver a investigar, tener un objetivo. Pero, al mismo tiempo, no tengo la menor intención de abandonar los cuidados de Oliver ni de cualquier otra criatura con la que pueda ser bendecida.

A Griselda no le sorprendió que los pensamientos de su amiga fueran un calco de los suyos. Curvó los labios en una sonrisa irónica mientras admitía:

—Yo estaba pensando lo mismo. Más aún, la cuestión no es solo que la investigación pueda quitarnos tiempo de estar con ellos, sino también que, si pensamos en las situaciones en las que una investigación puede derivar, tenemos la responsabilidad, la obligación, de no correr riesgos. Nuestros hijos no pueden perdernos.

Penelope inclinó la cabeza con uno de sus enérgicos y firmes asentimientos.

—No, desde luego, en eso estoy de acuerdo, y ahí es donde reside el desafío, bueno, uno de los aspectos del desafío: encontrar nuestra manera de volver a la investigación y definir nuestros roles respecto al futuro. Eso es algo en lo que vamos a necesitar trabajar.

—Y no solo nosotras —murmuró Griselda.

Penelope soltó una carcajada, se puso después seria e inclinó la cabeza.

—De hecho, si extrapolamos lo que lady Osbaldestone nos ha contado y lo que les ha pasado a los Halstead, deberíamos extraer una provechosa lección y es que, el problema no consiste solo en asegurarnos de que la investigación no nos aleje a nosotras de nuestros hijos. El tiempo que debemos dedicarles quizá deba de ser mayor que el que les dedican Barnaby y Stokes, pero ellos también necesitan entregar parte de su tiempo.

—Parte de su vida —añadió Griselda.

—Exacto —Penelope permaneció en silencio mientras giraban en Albemarle Street. Posó los ojos en la puerta de su casa y dijo—: Esa es la responsabilidad que debemos asumir al traer a un niño al mundo. Los padres, el padre y la madre, tienen que concederle un espacio definido, real e indiscutible en sus vidas.

Griselda se hizo eco de aquellas palabras.

—Porque son una parte real e indiscutible de nuestras vidas.

CAPÍTULO 8

—Así que —dijo Stokes, repantigado en una de las sillas que había frente al escritorio de Montague— nadie vio a salir a esa mujer que podría ser nuestra misteriosa dama de la oficina de Runcorn. Me siento inclinado a pensar que podrían haberla llevado, o incluso contratado, únicamente para retirar el dinero del banco —desvió la mirada hacia Barnaby, que estaba sentado a su derecha—. ¿Has averiguado algo más en Threadneedle Street?

—Pues al final he tenido suerte, y en más de un sentido —dijo Barnaby—. En primer lugar, puedo informaros de que los ingresos en cuestión fueron depositados utilizando un servicio de mensajería. Los cajeros que los recibieron, que tienen suficiente experiencia como para reconocer cualquier anomalía, lo recordaban porque les resultaba extraño que los ingresos en la cuenta de lady Halstead se estuvieran haciendo a través de mensajeros.

Stokes resopló.

—Eso incrementa las probabilidades de que se trate de algo ilegal y, lo que es más, de que se estén llevando a cabo a través de alguna asociación delictiva.

Montague asintió.

—Eso encaja con algo que he descubierto, pero, antes de que lleguemos a ello —miró a Barnaby—, ¿qué otra información has encontrado?

Barnaby sonrió de oreja a oreja.

—Un pequeño barrendero con grandes dotes de observación que recordaba haber visto a esa dama con velo saliendo del banco y caminando hasta un coche que la estaba esperando en la acera. La puerta del coche se abrió y dentro vio a un caballero que ayudó a la dama a montar.

—¿Y ese pilluelo con dotes de observación fue capaz de describir al caballero? —preguntó Stokes.

—Vio lo suficiente como para decirme que el caballero en cuestión no tenía barba, pero sí patillas, el rostro redondo y el cabello castaño. No fue capaz de definir su altura y tampoco estaba seguro de su edad.

Stokes se mostró sombrío.

—Al parecer, todas las pistas señalan que nuestro asesino es uno de los Halstead.

—Es cierto —Barnaby esbozó una mueca—. Pero tenemos cinco, Mortimer, Maurice, William, Walter y Hayden y, hasta ahora, cualquiera de ellos podría encajar.

—Y —dijo Stokes— en este momento, quizá debiéramos plantearnos la posibilidad de que estén en esto dos o tres juntos —frunció el ceño—. Si resulta ser así, eso va a dificultarnos mucho el trabajo.

—Um —Barnaby también frunció el ceño—. Si uno cometió el asesinato, y un segundo... —negó con la cabeza—. Ni siquiera me atrevo a pensar en ello.

Al cabo de un momento, Barnaby miró a Montague.

—¿Y dices que has descubierto algo?

Montague, que había estado siguiendo las tétricas argumentaciones de Barnaby y Stokes, se obligó a regresar al presente y sonrió.

—Sí, desde luego que sí —alzó la lista de ingresos con las anotaciones—. Debemos agradecérselo a uno de mis ayudantes, Gibbons, a su valiosa perspicacia, porque, en cuanto sugirió que los pagos parecían proceder de algún tipo de venta, ha sido más fácil hacer ciertos cálculos.

Alargó la mano y le tendió la hoja a Stokes, que la sostuvo de manera que tanto Barnaby como él pudieran verla.

Tras dejarles examinar las cuentas, explicó:

—Si uno asume que nuestro asesino está vendiendo un producto con un valor neto de doscientos cincuenta libras cada uno, que vende entre y cinco y nueve productos al mes y que está pagando los servicios de mensajería al dos o tres por ciento habitual por cada ingreso en la cuenta de lady Halstead... —se reclinó hacia atrás y concluyó con cierta satisfacción—, entonces es posible encontrar una explicación para cada uno de esos pagos.

Barnaby le miró y miró de nuevo a la lista.

—Catorce ingresos distintos y todos cuadran con ese patrón.

—No soy un experto en números, pero hasta a mí me parece concluyente —gruñó Stokes. Miró a Montague, mostrándole la lista—. ¿Puedo quedármela?

Montague asintió.

—Ya he hecho otra copia.

Stokes dobló la lista y se la guardó en el bolsillo.

—Hasta este momento, tenemos un caballero que parece ser uno de los Halstead, o Walter Camberly, que está vendiendo, o contribuyendo a vender, productos valorados en doscientas cincuenta libras cada uno, y vende con regularidad entre cinco y nueve al mes. Teniendo en cuenta que está intentando ocultar sus actividades utilizando la cuenta de lady Halstead para esconder los pagos, y aceptando también que no hay tantos productos legales que uno pueda vender por doscientos cincuenta libras a tal ritmo, yo diría que es razonable concluir que cualquiera que sea el negocio en el que está involucrado este caballero es ilegal.

—Y que, presumiblemente, esa es la razón por la que necesita ocultar el dinero —dijo Barnaby—. Lo cual nos plantea la interesante cuestión de qué varón de la familia Halstead tendría más que perder en el caso de que fueran descubiertas sus actividades ilícitas.

Stokes lo consideró en silencio y contestó:

—Corrígeme si me equivoco, pero, según mi criterio, la respuesta a esa pregunta es Mortimer Halstead, junto con Wallace Camberly. Y también deberíamos tener en cuenta que existe la posibilidad de que su hijo pueda estar conspirando con Camberly, de modo que también deberíamos incluirle a él, aunque no sea el asesino.

Barnaby asintió.

—Después de Mortimer y Wallace, yo apuntaría a Hayden Halstead y a Walter Camberly. Dentro de sus círculos, los dos son hijos de hombres importantes. Si se llegara a descubrir que están involucrados en algún negocio ilegal, se produciría un escándalo.

Montague frunció el ceño.

—¿Y qué me dices de Maurice Halstead, o de William, el hermano pequeño? —cuando Barnaby miró hacia él, Montague se encogió de hombros.

—Tengo la impresión de que a ninguno de ellos le importaría mucho, al menos, no tanto como para necesitar ocultarlo. En el caso de que fuera alguno de ellos el que estuviera delinquiendo, estaría más preocupado por ser descubierto por las autoridades y que le obligaran a cesar en sus actividades que por la necesidad de ocultar su identidad para evitar el escándalo.

Barnaby pensó en ello y asintió.

—En eso estoy de acuerdo. No encuentro ninguna razón por la que Maurice o a William quisieran tomarse la molestia de utilizar la cuenta de su madre, y mucho menos servirse de mensajeros para ello. De hecho, creo que la pérdida de un dos o tres por ciento de ganancias les impulsaría a no hacerlo.

Stokes esbozó una mueca.

—Resulta tentador pensar que por lo menos William, y, probablemente Maurice, tienen más probabilidades de saber cómo ponerse en contacto con ese tipo de servicios que cualquiera de los otros, pero tienes razón. No parecen tener ningún motivo para hacerlo.

Permanecieron los tres en silencio durante varios minutos, analizando toda aquella información. Después, Stokes se levantó, seguido por Barnaby.

—Debería volver a Scotland Yard —dijo Stokes.

Miró a Barnaby, arqueando una ceja.

—A mí me gustaría intercambiar impresiones con el policía forense, aunque solo sea para confirmar que no puede contarnos nada más. Iré y, si surge algo, iré a verte —Barnaby y Stokes miraron a Montague.

Este frunció el ceño y les miró a los ojos.

—Todavía tengo algo que hacer para terminar de completar el trabajo. El dinero que sacaron de la cuenta de lady Halstead tiene que haber ido a alguna parte —miró el reloj de su escritorio—. Aunque dudo de que pueda conseguir una respuesta hasta mañana, voy a empezar a hacer algunas indagaciones con discreción, para saber si alguno de los Halstead, o los Camberly, ha hecho un ingreso importante en alguna de las cuentas a las que tienen acceso —miró a Stokes a los ojos y esbozó una tenue sonrisa—. Preferiría que no me preguntarais cómo, pero también puedo conseguir que me avisen si alguien hace un depósito de tamaña cantidad a lo largo de la próxima semana.

Stokes inclinó la cabeza.

—Teniendo en cuenta lo útil que puede sernos esa información, evitaré preguntar por tus métodos.

—Por supuesto —reflexionó Barnaby—, es poco probable que ese dinero haya dejado rastro, teniendo en cuenta que, presumiblemente, se utilizó la cuenta de lady Halstead para ocultar su propiedad, pero —se despidió de Montague con un gesto de cabeza y giró hacia la puerta— tienes razón. Necesitamos comprobarlo porque, cuando uno está tratando con delincuentes, nunca se sabe cuándo van a cometer el primer error...

—Y, en cuanto lo cometan, les atraparemos —Stokes levantó un dedo a modo de despedida y siguió a Barnaby fuera del despacho.

Montague se levantó y permaneció en la puerta. En cuanto se fueron, y Slocum, que les había acompañado hasta la puerta, regresó a su escritorio, Montague le llamó.

—¿Slocum? Tengo que dictarle algunas cartas.

Después de cerrar la oficina, Montague tenía intención de subir a su casa, pero el fresco de una noche sorprendentemente agradable le invitó a salir. Acababan de encender las farolas, pero todavía había suficiente luz como para pasear a gusto y disfrutar del manto de quietud y silencio que descendía sobre la City una vez se retiraban a cenar a su casa las hordas de trabajadores que la abarrotaban.

Pero fue más difícil utilizar lo agradable de la noche como excusa para parar un taxi e iniciar después el trayecto hasta Lowndes Street.

Comprendía que Stokes no deseara informar a Violet del asesinato de Runcorn y de la implicación de una dama que alguien podría imaginar era la propia Violet en la retirada de los fondos de la cuenta de lady Halstead. Y, hasta cierto punto, incluso estaba de acuerdo con él. Pero, durante las últimas horas, habían estado repitiéndose en el fondo de su mente las palabras de Penelope y Griselda. Y, en aquel momento, a pesar de que lo último que deseaba era entristecer a Violet, tenía la impresión de que mantenerla al margen de lo que había ocurrido la ponía en una situación de innecesaria indefensión.

Y había una parte muy decidida de sí mismo, a la que no acababa de reconocer, que no podía permitirlo.

El taxi se detuvo junto a la casa de los Halstead. Tras pagar al conductor, abrió la puerta de la entrada, cruzó el jardín y subió los escalones que subían hasta el porche. Se quitó el sombrero y llamó a la puerta.

Y se negó categóricamente a pensar en lo que estaba haciendo y en el porqué.

Oyó unos pasos que se acercaban. Después, Violet, ¿cuándo había dejado de pensar en ella como en la señorita Matcham?, abrió la puerta. En el instante en el que le vio, se iluminó su expresión.

—¡Señor Montague! Buenas noches —retrocedió un paso y le invitó a entrar—. Pase, señor. ¿Debo suponer que nos trae nuevas noticias?

—En cierto modo —contestó tras cruzar el umbral. Una vez allí, tenía que pensar en todo aquello en lo que se había obligado a no pensar durante el trayecto—. Eh... espero no estar interrumpiendo la cena.

Violet sonrió y alargó la mano para tomar su sombrero.

—No, lady Halstead prefería cenar tarde y nosotras... —se le quebró la voz y parpadeó.

Él le tendió el sombrero. Ella lo tomó y se dio media vuelta para colgarlo en un perchero.

Cuando volvió a mirarle, su expresión era seria y compuesta. Señaló hacia el salón con un gesto:

—Por favor, entre y póngase cómodo.

Montague inclinó la cabeza y retrocedió para que Violet le precediera. Así lo hizo ella y él la siguió al cuarto de estar, la misma habitación en la que lady Halstead le había recibido. A diferencia del salón, mucho más formal, era un espacio más confortable. Se alzaban desde el hogar pequeñas lenguas de fuego que ahuyentaban el frío que dominaba la noche tras la caída del sol.

—¿Y qué noticias nos trae, señor? —Violet se sentó en una de las butacas que había frente al fuego—. ¿El inspector Stokes tiene alguna sospecha sobre quién puede haber cometido el asesinato?

Sentado en otra butaca, también junto al fuego, Montague se fijó en el ángulo de su barbilla y advirtió la tensión con la que unía las manos en el regazo.

—En cuanto a eso... —vaciló un instante y continuó—: lamento tener que informarle de que esta mañana, cuando he ido a la oficina del señor Runcorn acompañado del señor Adair, hemos descubierto que el pobre Runcorn había sido asesinado.

Violet se llevó una mano a la garganta. Su rostro palideció. Sus ojos parecieron agrandarse. Al cabo de un instante durante el que pareció dejar de respirar, tomó aire e, instintivamente, sin pensarlo, alargó una mano, como si estuviera buscando apoyo.

—¡Dios mío! ¿Y ha sido por culpa de su trabajo? ¿Por estar ocupándose de las finanzas de lady Halstead?

Montague no pensó siquiera en lo que hacía; se limitó a alargar la mano y envolver con ella la de Violet. La tenía helada. Cambió de postura en el sofá, la miró a los ojos y estrechó su mano entre las suyas. Cuando ella fijó su horrorizada mirada en su rostro, inclinó la cabeza sombrío.

—Por desgracia, así parece. Los documentos de lady Halstead estaban esparcidos sobre el escritorio. Su empleado le había dejado trabajando con el archivo de los Halstead y creemos que han estado rebuscando entre los documentos.

El rostro de Violet, sus finas facciones, expresaron una profunda tristeza con la que él no esperaba encontrarse. No pensaba que conociera a Runcorn tan bien.

—Pobre joven. Parecía tan entusiasmado, tenía tantas ganas de sacar adelante su firma. Bastaba con verle la cara. ¡Oh! —bajó la mirada, se llevó la otra mano a los labios y tensó los dedos que Montague tenía atrapados entre los suyos—. Lo siento, le ruego que me perdone...

Montague hizo un gesto con la mano.

—No hay nada que perdonar.

Había bajado la voz, la había suavizado, afectado por su reacción, arrastrado por ella a reconocer la sensación de pérdida que todavía no se había permitido experimentar.

Violet alzó la cabeza, parpadeó rápidamente y musitó:

—Es terrible perder a alguien como lady Halstead en un asesinato, pero cuando la víctima es un joven inocente con tanto potencial, con tantas cosas por las que vivir, la muerte es mucho más trágica —buscó su mirada y sonrió con cansancio—. Solo coincidí con él en tres ocasiones, y muy breves las tres, parecía tan entusiasta y tan... auténtico. No sé si entiende lo que quiero decir...

Como si hasta entonces no hubiera sido consciente de que habían unido sus manos, comenzó a retirar la suya. Montague la soltó con desgana.

—Lo siento —repitió ella—. Debo parecerle una estúpida al conmoverme tanto por la muerte de una persona a la que apenas conocía.

—No, en absoluto. Creo que es usted —adorable, maravillosa, gloriosa— admirablemente compasiva.

Al cabo de unos segundos, añadió con solemne sinceridad:

—La muerte de Runcorn representa una pérdida para el mundo.

Había desviado la mirada hacia las llamas, pero, al oírle, Violet le miró a los ojos.

—Exacto. Usted lo comprende.

Montague inclinó la cabeza.

Ella le estudió un instante y le urgió:

—¿Quería contarme algo más? ¿Hay algún sospechoso del asesinato de Runcorn?

Montague vaciló un instante mientras maldecía a Stokes en su cabeza.

—Hay un hombre, un caballero...

Le habló del hombre de aspecto parecido al de los varones de la familia Halstead que había sido visto cerca de la oficina de Runcorn antes y después del asesinato. Después, continuó contando todo lo que habían hecho, todo lo que habían descubierto a lo largo del día. Le habló también de lo que había averiguado sobre el probable significado de los extraños pagos en la cuenta de lady Halstead. Cuando él intentó encomiar a Gibbons, Violet, aun reconociendo la aportación de Gibbons, pareció decidida a centrarse en su contribución, y lo hizo hasta tal punto que Montague llegó a preguntarse si sería aquello lo que se sentiría al ser seducido.

Y se lo preguntó por lo que decían sus palabras y por los pensamientos que adivinaba tras ellas, por la admiración que veía resplandecer en sus hermosos ojos.

Tuvo mucho cuidado de no revelar demasiados detalles sobre la mujer velada que había conspirado con el asesino para sacar aquel dinero tan sospechoso de la cuenta de lady Halstead. Pero, cuando llegó al final de la historia y vio que Violet se quedaba pensativa, comprendió que no era una mujer en absoluto falta de inteligencia. Le miró a los ojos y afirmó:

—La familia intentará decir que fui yo la que retiró el dinero de la cuenta. Y, partiendo de ahí, me culparán del asesinato de lady Halstead o, por lo menos, de ser cómplice del mismo.

Hubo algo en su rostro, en la determinación de su barbilla, que le advirtió que era preferible no fingir que él no pensaba lo mismo.

Suspiró resignado e inclinó la cabeza.

—Stokes, Adair y yo también lo creemos. Usted o, en el caso de que eso les fallara, su criada. Sin embargo, quiero dejar muy claro que ninguno de nosotros cree que hayan sido usted o Tilly.

Violet se enderezó, echándose hacia atrás y aumentando la distancia entre ellos.

Espoleado por la intuición, dejándose llevar por un impulso al que no sabía dar nombre, Montague tomó sus manos, una en cada una de las suyas. Violet no opuso resistencia alguna. Él la miró a los ojos.

—Violet, si es que puedo llamarla así.

Ella le sostuvo la mirada un instante y después, casi como si estuviera actuando en contra de su propio criterio, asintió de una forma apenas imperceptible.

Montague tomó aire y se precipitó a añadir.

—Tiene que creer que ninguno de nosotros, que ninguna de las personas que está investigando el caso, piensa que Tilly o usted estén involucradas en el crimen. En nuestro caso, no tenemos la menor sospecha, pero somos conscientes de que la familia intentará señalarlas antes que a cualquiera de los suyos —se interrumpió para tomar aire y hubo algo dentro él que pareció sosegarle, proporcionarle una mayor seguridad—. Stokes sabe lo que hace. Tiene mucha experiencia y una gran discreción a la hora de decidir lo que debe comunicar a la familia. Una de las razones por las que todavía no ha vuelto a convocarles, ni siquiera les ha comunicado el asesinato de Runcorn y mucho menos la situación de la cuenta de lady Halstead, es que quiere reunir más datos, más información antes de hacerlo. Cuanta más información tenga sobre lo ocurrido, más evidente será que nadie le puede cargar con la culpabilidad de esos crímenes.

Le sostuvo la mirada y continuó, bajando la voz.

—Cuando digo que estamos trabajando para atrapar al asesino y, al mismo tiempo, para exonerarla de toda culpa, debe creerme —de pronto, era de vital importancia para él que lo hiciera. Clavó los ojos en ella y murmuró—: Confíe en mí. Pase lo que pase, le aseguro que nos aseguraremos de que nadie le haga ningún daño.

Violet contempló aquellos ojos que desbordaban sinceridad. Y tuvo la absoluta certeza de que no podría negarle nada de lo que le pidiera. Le creía y confiaba en él.

No estaba segura de cómo había conseguido que le tuviera en tan alta consideración en tan poco tiempo, pero, de alguna manera, no podía decir que no lo comprendiera. Aquel caballero se había convertido en su roca, en la única persona en la que podía apoyarse.

—Confío en usted —las palabras salieron de sus labios en un tono que la hizo ruborizarse al instante. Se aclaró la garganta, endureció la voz y se precipitó a añadir—: Y en el inspector Stokes, en el señor Adair… Sé que identificarán al asesino o, por lo menos, que harán cuanto…

—Le encontraremos.

Y ahí estaba otra vez, aquella seguridad inquebrantable, producto, percibía Violet, de una entrega incorruptible. Desde sus primeras reuniones había reconocido en él a un hombre prudente que no hacía promesas a la ligera, y cuando las hacía…

Mirándole a los ojos, enfrentándose a su seguridad con la franqueza y la honestidad que le debía, inclinó la cabeza.

—Gracias.

Él tensó los dedos sobre los suyos y tomó aire como si fuera a decir algo, pero, cuando el viento aulló en el exterior de la casa, se hizo el silencio. Tras dedicar unos segundos a estudiar su rostro, volvió a apretarle la mano y se la soltó. Se levantó y le tendió la mano para ayudarla a incorporarse.

Violet se levantó. La cabeza le llegaba apenas a la barbilla de Montague. Volvieron a encontrarse sus miradas. Ella volvió a sentir que Montague se estaba debatiendo en qué hacer a continuación; después, retrocedió.

—Ahora tengo que marcharme… Ya le he robado demasiado tiempo.

Violet podría haberle hecho desestimar cualquier posible duda sobre la posibilidad de que se hubiera cansado de su compañía, pero sospechaba que vivía lejos y, por el sonido del viento, era evidente que la noche se había vuelto hostil.

—Le acompaño a la puerta.

Montague cruzó tras ella la habitación y tomó el sombrero de su mano, pero se detuvo en el porche. Recorrió su rostro con la mirada antes de atrapar sus ojos durante un instante fugaz, después, inclinó la cabeza.

—Volveré cuando tenga noticias.

Salió, se puso el sombrero, se alisó y se abotonó el abrigo y bajó los escalones de la entrada.

Violet empujó la puerta ya casi cerrada, bloqueando el viento helado, pero continuó mirando hacia fuera, observándole alejarse a grandes zancadas.

No cerró la puerta del todo hasta que se adentró en la plaza y desapareció de su vista. Continuó aun así con la mirada clavada en la puerta durante algunos segundos, analizando, reviviendo en su mente, los últimos momentos, el torbellino de emociones que la presencia de Montague había evocado, las corrientes de las que ambos, podía jurarlo, habían sido conscientes, a las que habían sido sensibles los dos. Nunca había sentido nada parecido, aquella extraña y mutua conciencia de otro.

El viento gimió, rompiendo el hechizo.

Alargó la mano, echó el cerrojo de la puerta y se inclinó para echar también el de abajo. Dudaba de que fueran a recibir más visitas; la noche se había tornado amenazante y oscura.

Miró hacia el cuarto de estar, se aseguró de que el fuego continuaba ardiendo sin escapar del hogar, cerró la puerta y recorrió el pasillo hasta llegar a la puerta tapizada que comunicaba con la parte de atrás. La empujó y continuó avanzando hasta la cocina.

Desde la muerte de lady Halstead, ¿de verdad habían pasado solo dos noches?, la cocina se había convertido en el núcleo de aquella pequeña familia. Tilly, Cook y ella se reunían en aquel entorno cálido rodeado del olor familiar de los postres en el horno, los asados y las verduras. No había un remedio mejor para mantener a raya al frío que había invadido el resto de la casa.

La verdad fuera dicha, si hubiera sido posible, Violet habría preferido dormir en la cocina a hacerlo en el dormitorio del primer piso, situado a tres puertas de la habitación en la que lady Halstead había sido asesinada.

Cook alzó la mirada al oír sus pasos, con su rostro rubicundo sofocado mientras servía un espeso guiso en tres cuencos.

—Por fin llegas. Pensaba que iba a tener que enviar a Tilly a buscarte. ¿Quién ha venido?

—El señor Montague —Violet se dejó caer en la silla que había al lado de la mesa.

Aunque solía asistir a las cenas más formales junto a su señora, el resto de las noches cenaba en la cocina con Tilly y con Cook. El paso de los años había forjado un fuerte vínculo entre las tres, un vínculo que se mantenía firme en aquel momento.

—¿Ese asesor financiero tan especial al que consultó la señora? —Tilly estaba sentada enfrente de Violet.

Era ella la que tendía los cuencos que Cook iba llenando.

—Sí, era él.

—¿Y qué quería? Has estado con él durante cerca de media hora —Cook dejó la cazuela en el fogón y se sentó a la cabecera de la mesa.

Violet se llevó la cuchara a la boca para saborear el guiso, esperó a que las demás hicieran lo mismo, tragó y dijo:

—Tenía noticias que darnos.

Les habló brevemente del asesinato de Runcorn y de la dama que había sacado el dinero de la cuenta de lady Halstead. Ahondó bastante más en el hecho de que hubieran visto a un hombre que podría haber sido uno de los Halstead cerca de la oficina de Runcorn y del banco. Como tanto Tilly como Cook estaban convencidas de que el asesino era un miembro de la familia, se mostraron más que dispuestas a centrarse en ese aspecto. Ninguna contemplaba la desagradable posibilidad de que Violet, o alguna de ellas, pudiera ser acusada por la familia de haber estado involucrada en el crimen, y ella tampoco vio ningún motivo para señalarlo y provocar más desolación de la causada por la noticia del asesinato de Runcorn.

—¡Caramba! —Tilly se estremeció—. ¡Menudas noticias, desde luego! —buscó el rostro de Violet, que estaba sentada frente a ella—. Pero estamos a salvo, ¿verdad? Quiero decir… no hay ningún motivo para pensar que ese loco pueda regresar.

Violet reflexionó sobre ello.

—No creo que tenga ningún motivo. Si andaba detrás del dinero, ya ha conseguido lo que quería —frunció el ceño y sacudió la cabeza—. A mí todo me parece muy complicado, pero el señor Montague, el inspector Stokes y el señor Adair están trabajando para atrapar al asesino.

—Sí, bueno —Cook se llevó otro tenedor a la boca—. En ese caso, dejaremos la caza del asesino para ellos. Nosotras tenemos otras preocupaciones —miró a Tilly y después a Violet—. Nos han pagado el trimestre, pero, en cuanto tenga lugar el entierro y la familia cierre la casa, tendremos que ponernos a buscar trabajo.

Después de una conversación con el policía forense, durante la cual no aprendió nada significativo que no supiera, Barnaby se reunió con Stokes en su despacho.

Stokes alzó la cabeza cuando Barnaby entró.

—¿Alguna novedad?

Barnaby negó con la cabeza.

—Era lo que pensábamos. El asesino golpeó a Runcorn con el sujetalibros, después, le estranguló con el cordón de la cortina, tirándole de la silla en el proceso.

Stokes soltó un gruñido, se recostó contra el respaldo y sacudió la nota que había estado escribiendo.

—Hemos recibido una convocatoria.

—¿Ah, sí? —Barnaby se dejó caer en la silla que solía ocupar, colocada en ángulo frente al escritorio de Stokes—. ¿Adónde tenemos que ir? ¿Y quién la ha mandado?

—A Albemarle Street, a cenar. La han enviado tu esposa y la mía.

—¡Ah! —Barnaby asintió—. Seguro que quieren preguntarnos todos y cada uno de los detalles de lo que hemos averiguado.

—Seguro —admitió Stokes, consultando de nuevo la nota—, pero también mencionan que han cosechado un gran éxito a la hora de obtener información sobre los Halstead y los Camberly.

Barnaby abrió los ojos como platos.

—¿Ah, sí? —parpadeó—. Me gustaría saber cómo —tras sopesarlo durante unos segundos, miró a Stokes a los ojos—. Será mejor que vayamos a averiguarlo.

—Eso es justo lo que estaba pensando —Stokes se levantó y agarró el abrigo—. No tengo ningún otro compromiso, así que…

Hizo un gesto a Barnaby para que saliera, le siguió después al pasillo y cerró la puerta. Podrían haber ido andando por The Mall y cruzando Green Park, pero eso les habría llevado media hora. En cuanto llegaron a la acera, pararon un taxi y, diez minutos después, estaban frente a la puerta de Barnaby.

Este abrió con llave y entró al vestíbulo. Mostyn, alertado por alguna misteriosa alquimia, llegó justo a tiempo de ayudarles a quitarse el abrigo.

—Las mujeres y los niños están en el salón del invernadero.

—Gracias, Mostyn.

Barnaby condujo a Stokes a lo largo de un corto pasillo hasta el acogedor salón situado a lo largo de uno de los laterales de la parte de atrás de la casa.

Después de la biblioteca, que se encontraba en el lado opuesto, era la habitación en la que más probabilidades había de encontrar a Penelope, sobre todo cuando estaba con Oliver o recibiendo visitas. Uno de los lados de la habitación y la pared que había al final estaban compuestos por enormes ventanales y puertas francesas. Durante el día, la habitación estaba inundada de luz. Y, durante las noches frías como aquella, las ventanas y las puertas de cristal permanecían cubiertas por largos cortinajes y un gran fuego ardía en la chimenea que ocupaba el centro de la larga pared interior. Alrededor de la habitación habían colocado sillas y sofás tapizados de damasco. Numerosas lámparas añadían su cálido resplandor a la luz dorada arrojada por el fuego. Aquel salón era un lugar siempre acogedor, un espacio hospitalario.

La imagen con la que se encontraron Barnaby y Stokes cuando entraron en él parecía diseñada para enternecer a cualquier hombre. Penelope y Griselda estaban sentadas en el suelo, en el espacio que había entre dos sofás gemelos, con las faldas flotando a su alrededor. Ambas reían mientras fijaban su mirada y toda su atención en dos niños tumbados sobre una gruesa alfombra de piel extendida sobre una alfombra Aubsson, a una distancia segura de la chimenea.

Al oír el sonido de sus pasos, alzaron la mirada y, al ver a sus maridos, sonrieron.

Barnaby y Stokes se detuvieron, empapándose de aquella imagen. Después, les devolvieron la sonrisa al unísono y avanzaron para reunirse con sus familias.

Besaron las mejillas que sus esposas les ofrecieron y se sentaron después en el suelo para sumarse al juego, interactuando y entreteniendo a sus hijos.

Durante los siguientes veinte minutos, no se mencionó ningún asesinato, no se habló de dinero ni de ningún otro tema relacionado con la investigación.

Pero, al cabo de un tiempo, los niños se quedaron dormidos. Penelope se levantó y se detuvo para contemplar satisfecha aquella pequeña asamblea. Después, se acercó al tirador para llamar a las niñeras.

Las dos niñeras, Hettie, niñera de Oliver, y Gloria, la de Megan, estaban esperando la llamada. Ambas llegaron y se llevaron a los pequeños a las habitaciones del bebé. Mostyn, que también había acudido, recogió la alfombra de piel y los juguetes de los niños y las siguió, deteniéndose solo para anunciar:

—La cena está lista, señora. Podemos servirla ahora mismo si así lo desea.

—Gracias, Mostyn —contestó Penelope—. Ahora vamos.

Arropadas por la calidez transmitida por los niños, las parejas se dirigieron lentamente hacia el comedor, compartiendo anécdotas del día a día de los pequeños y de sus últimas y fascinantes hazañas.

Solo cuando estuvieron instalados alrededor de la mesa y Mostyn terminó de servir el primer plato, reanudaron la conversación sobre el caso.

Urgidos por las damas, Stokes, con la ayuda de Barnaby, informó de los descubrimientos realizados por Montague aquella tarde. No intentaron ocultar nada. Teniendo en cuenta que Penelope estaba presente cuando se habían topado con el asesinato de Runcorn, cualquier intento de mantener a las damas al margen era, y ambos lo aceptaban, inútil.

Tal y como Barnaby y Stokes habían anticipado, Penelope y

Griselda tenían muchas preguntas que plantear, algunas de ellas de especial agudeza y perspicacia.

Fue Penelope la que puso el acento en el hecho de que tanto el cajero como el barrendero habían descrito a la mujer que había retirado el dinero del banco como a una dama. Tras unos minutos de conversación, estuvieron todos de acuerdo en que aquella opinión debía de estar basada en su indumentaria, su actitud y su manera de hablar, todo lo cual, señaló Griselda, podía ser fácilmente imitado.

Tras ello, Penelope resumió:

—De modo que, basándonos en las observaciones realizadas cerca de la oficina de Runcorn y en la investigación de los documentos de los Halstead, creemos que al asesinato de Runcorn tiene que haber sido obra de uno de los varones de la familia Halstead. Estamos asumiendo que asesinó a Runcorn y, a la mañana siguiente, se encargó de que una mujer, que se hizo pasar por una dama, se presentó en el banco con una carta falsificada para sacar todo el dinero de la cuenta de lady Halstead —sus ojos oscuros brillaban mientras miraba alrededor de la mesa. Cuando los demás asintieron, preguntó—: ¿Y no es posible que otra persona matara a Runcorn y que el varón de los Halstead, fuera el que fuera, se dedicara solo a rebuscar entre los papeles que Runcorn tenía sobre el escritorio?

Stokes pensó en ello un instante antes de negar con la cabeza.

—Teniendo en cuenta el momento en el que los testigos le vieron salir de la oficina, no es muy probable. Entró en cuanto se fue Pringle. Si su única intención hubiera sido buscar la documentación, o solicitar a Runcorn la información sobre ella, se habría marchado dejándole con vida y no nos habríamos encontrado los documentos revueltos encima de la mesa.

—Um —Penelope asintió—. Sí, en esto te doy la razón. Lo cual significa que fue uno de los Halstead el que mató al pobre Runcorn.

Griselda frunció el ceño.

—Por la descripción del cadáver, asumo que no creéis que haya podido matarle una mujer, sea o no una dama —cuando

Stokes, Barnaby y Penelope asintieron, preguntó—: ¿Y a lady Halstead? ¿A ella podría haberla matado una mujer?

Stokes miró a Barnaby.

—Sí. Lady Halstead era una anciana frágil, físicamente débil. Cualquier mujer con una altura y una fuerza media podría haber sostenido una almohada sobre su rostro durante el tiempo suficiente como para matarla.

—Entonces —continuó Griselda—, es posible que estemos enfrentándonos a dos asesinos diferentes, que pueden haber trabajado de forma coordinada, formando parte de una conspiración. Pero también podrían tratarse de una mujer y un hombre de la familia, de dos hombres de la familia o de un solo varón Halstead.

Se sucedieron algunos segundos y Barnaby terminó haciendo una mueca.

—Tienes razón al decir que no sabemos si estamos buscando a un asesino o a dos, pero dudo seriamente que puedan estar actuando de forma independiente. La relación entre el asesinato de lady Halstead, asesinada poco después de anunciar que estaba poniendo sus finanzas en orden, y el de Runcorn, la primera persona que se comprometió a hacerlo, es demasiado evidente —miró a los demás a los ojos—. El móvil de los dos asesinatos era el mismo: ocultar esos depósitos y, posteriormente, evitar que ese dinero terminara fundiéndose con la herencia de los Halstead. Él, o ellos, lo sacaron antes de que tuviéramos la oportunidad de poner algún tipo de vigilancia en el banco y atraparle.

Penelope asintió.

—Tiene lógica —al cabo de un momento continuó—. Por lo que Montague descubrió, los depósitos proceden de algún tipo de comercio ilegal, de modo que podemos asumir que ocultaron esos ingresos por miedo al escándalo. Según mis cálculos, la única persona de la familia que no está involucrada en el asesinato es Wallace Camberly porque no podía ser él el hombre que fue visto cerca de la oficina de Runcorn, ¿no es cierto? Pero, aun así… —se interrumpió y arrugó la nariz—. Acabo de darme cuenta de que esa argumentación tiene un fallo. Su esposa, su hijo o él podrían haber matado a lady Halstead. Y su hijo podría haber acabado con Runcorn.

—Exacto —contestó Stokes con expresión sombría—. Si contemplas la posibilidad de que pueda haber más de una persona involucrada, cualquier miembro de la familia, ya sea mujer o varón, podría ser uno de los asesinos y haber matado a lady Halstead o a Runcorn.

—Y —Griselda alzó la mano— resulta mucho más difícil imaginar que pueda ser alguien ajeno a la familia, y menos aún una mujer, uno de los asesinos.

—Exacto, a no ser que hubiera alguna prueba que relacionara a esa mujer con algún hombre de la familia —dijo Penelope—. Y, teniendo en cuenta lo que nos has contado sobre el comportamiento de los Halstead, dudo seriamente que ninguno de ellos se haya rebajado a flirtear con las empleadas de lady Halstead, ni siquiera con la señorita Matcham.

Barnaby soltó un bufido burlón.

—Yo pondría el acento en la otra parte. Dudo seriamente que la señorita Matcham pudiera rebajarse a tener nada que ver con cualquiera de los varones Halstead.

Penelope frunció el ceño.

—¿Y eso adónde nos lleva?

Stokes gruñó.

—A preguntar las coartadas de todo el grupo para las noches en las que se produjeron los asesinatos —se removió en el asiento y se irguió mientras Mostyn alargaba la mano para retirarle el plato—. Tendré que verles pronto y abordar ese tema, lo cual, no tengo la menor duda, será como adentrarse en un campo minado.

Mostyn trabajaba en silencio, sirviendo el vino y poniendo y quitando platos. Cuando sirvió con discreción la fuente de los quesos y un bizcocho de frutas, Barnaby miró a Penelope.

—En la nota que enviaste decías que habíais tenido un gran éxito y habíais conseguido mucha información sobre los Halstead y los Camberly. ¿Qué habéis averiguado? ¿Y a través de qué fuente?

—Me temo que lo que tenemos es más información sobre

su pasado que hechos relevantes para el caso —mientras alargaba la mano para servirse un pedazo de bizcocho, sonrió de oreja a oreja—. Griselda puede contaros la primera parte, que es la más interesante. Después, os informaré del resto.

Griselda describió la visita a las tiendas de Kensington High Street e hizo un resumen de todo lo que habían oído contar a las dependientas.

—En definitiva, por lo visto, los miembros de la familia de Mortimer Halstead y los de la de Cynthia Camberly, Halstead de soltera, están comprometidos en una especie de competición.

—Por lo que se cuenta, en una lucha despiadada —Penelope estaaba entretenida picoteando las frambuesas de su porción de bizcocho.

—Eso sí, mientras la competición se libra de forma salvaje a nivel familiar, sus empleados contemplan las excentricidades de sus superiores con una diversión que roza la estupefacción.

Stokes frunció el ceño con manifiesto desconcierto.

—¿Y por qué se comportan así dos personas adultas?

—¡Ah! —tras terminar el postre, Penelope dejó la cucharilla—. ¿Recuerdas mi anterior conjetura basada, te recuerdo, en tus propias observaciones durante la reunión que mantuvisteis con la familia, acerca de la rivalidad entre Mortimer y Cynthia que yo atribuí al hecho de ser tan cercanos en edad y, por lo tanto, haber tenido la necesidad de disputarse la atención de sus padres?

Cuando Barnaby y Stokes asintieron, Penelope sonrió de oreja a oreja.

—No me equivoqué al aventurar que había tal rivalidad entre ellos, aunque es peor incluso de lo que me imaginaba. Pero no acerté de lleno sobre aquello que la motivaba. Y, a pesar de que los Halstead y los Camberly se mueven fuera de los círculos de las grandes damas, tanto lady Osbaldestone como Caro tenían informaciones muy significativas que compartir.

Penelope procedió a presentar un resumen sobre las pertinentes observaciones aportadas por ambas damas.

—De modo que, por decirlo con pocas palabras, es una

combinación de ambición personal y una intensa rivalidad entre hermanos que afecta a todos los hijos de los Halstead, a Mortimer y a Cynthia especialmente, pero, dudo que no haya afectado también a Maurice y a William.

Stokes y Barnaby habían seguido la revelación de las damas con la debida concentración.

Al cabo de unos segundos, Stokes asintió lentamente. Miró a Penelope a los ojos y después a Griselda.

—Gracias. Ahora, gracias a vuestros esfuerzos, tenemos una idea muy precisa de cómo es esa gente y de lo que realmente les importa. Y, a través, de ello, habéis solventado la dificultad que flotaba en el aire sobre la posible motivación. Es raro que alguien cometa un matricidio, sobre todo cuando no hay un fuerte grado de animosidad entre lady Halstead y sus hijos. De modo que, si se hubiera tratado de una familia normal, habría sido necesario un motivo de gran peso para forzar a uno de los hijos a matarla. Pero no son una familia normal y, después de la negligencia paternal descrita por lady Osbáldestone, las razones que se esconden tras el asesinato de lady Halstead a mano de uno de sus hijos no tendrían por qué ser tan poderosas.

Stokes curvó los labios con una sonrisa con una anticipación casi fiera y continuó.

—Vuestra información nos sitúa en un terreno mucho más seguro respecto a los Halstead. Todo esto nos va a resultar de una ayuda extraordinaria cuanto les entrevistemos y les preguntemos por sus coartadas, algo que no tardaremos en hacer.

—A propósito de esa reunión —dijo Penelope—, a la luz de la utilidad de la información que hemos reunido Griselda y yo, creo, sinceramente que, si es posible, deberíamos estar presentes —sin dejarse disuadir, a pesar del escaso entusiasmo de Stokes y Barnaby, declaró—: Seguro que vemos más cosas que vosotros.

Eso era incontestable. Stokes se movió en la silla.

—No acierto a imaginar cómo podríamos organizarlo. La familia cuestionará vuestra presencia.

—En realidad —intervino Penelope—, el entierro de lady Halstead se celebrará pasado mañana. La noticia ha salido en *The Times* esta mañana. Por lo que yo veo, no hay nada que pueda impedir que Griselda y yo nos sumemos a los dolientes, o que asistamos al convite posterior. Estoy segura de que, si hablamos con la señorita Matcham, podremos hacernos pasar por sus acompañantes y, con un poco de suerte, asistir incluso a la lectura del testamento.

Barnaby vio la sonrisa irrefrenable de su esposa y sacudió la cabeza para sí. Lo tenía todo pensado y no parecía haber ningún peligro... Miró a Stokes.

—Es una buena idea.

Pudo ver, en la mirada gris de su amigo que, a pesar de sus reservas, estaba de acuerdo. Miró de nuevo a Penelope y dijo:

—Aunque no pudierais hacer otra cosa, por lo menos podréis registrar las emociones y las reacciones de la familia mientras Stokes y yo escuchamos sus coartadas.

—Exactamente —Penelope sonrió de oreja a oreja. Miró a Stokes—. Así que no hay nada más que hablar. Griselda y yo os acompañaremos al entierro y al convite.

—Tengo que admitir —decía Penelope mientras avanzaba delante de su marido hacia el dormitorio varias horas después— que estoy deseando ir al entierro de lady Halstead, y más todavía al convite de después.

Barnaby sonrió mientras seguía a su esposa al interior del dormitorio y cerraba la puerta.

—Solo tú podrías decir una cosa así con tan alegre y jovial expectación.

Penelope le devolvió la sonrisa.

—Es...apasionante estar participando en una investigación como esta —se volvió hacia el espejo y comenzó a quitarse las horquillas con las que había sujetado su oscura melena, enroscándola en un moño que sujetaba en lo alto de la cabeza—. Había olvidado lo emocionante que puede llegar a ser. Identificar a un asesino, sobre todo en un caso como este, es un rompecabezas muy complejo y puede resultar incluso más desafiante y absorbente cuando conlleva la necesidad de aprender sobre otras personas, de comprenderlas, de entender sus aspiraciones y sus motivaciones, y de poner todas esas cosas en orden intentando encontrar el camino a través de un complicado laberinto para llegar a una conclusión.

Barnaby se desprendió de su abrigo y lo dejó sobre el galán de noche. A continuación, se desanudó y se quitó la corbata. Aunque comprendía, y él mejor que nadie, la atracción de Penelope por las investigaciones, él todavía no estaba convencido de cómo se sentía al haberla lanzado de nuevo a la arena.

—Sé que Griselda y yo ayudamos un poco con todo el asunto de Henrietta y de James, pero lo hicimos, sobre todo en labores de planificación y organización. Eso estuvo muy bien, pero le faltó el desafío que supone una investigación.

Con la melena suelta, se quitó la gargantilla y los pendientes. Después, agarró el cepillo y comenzó a deslizarlo por sus frondosos rizos.

Con la camisa medio abierta, Barnaby se descubrió a sí mismo, como siempre, fascinado por aquella imagen. Caminó lentamente hasta colocarse tras ella y deslizó los dedos por la larga fila de botones diminutos que recorrían la espalda del vestido.

Al cabo de unos segundos, tras sentir los tirones, Penelope dejó el cepillo, se irguió y se quedó muy quieta, con los brazos en las caderas, facilitándole la labor de deslizar las diminutas presillas sobre los botones redondeados.

—Una vez dicho esto —añadió Penelope—, nosotras, Griselda y yo, todavía estamos buscando nuestro propio camino, intentando decidir cuánto tiempo estamos dispuestas a dedicar a la investigación. Evidentemente, habrá que encontrar un equilibrio entre las otras facetas que consideramos importantes en nuestras vidas y el estímulo intelectual que se deriva de nuestras investigaciones.

Barnaby descubrió que le resultaba reconfortante saber que aquella era la deriva que estaban tomando sus pensamientos. Sin dejar de desabrochar los botones, reconoció:

—Griselda y tú habéis hecho hoy un gran trabajo —tras batallar consigo mismo durante algunos segundos, le dijo—: No sabía que pensabais salir otra vez, que teníais esa salida en mente.

—No habíamos pensado en ello antes de que os fuerais,

pero cuando se nos ha ocurrido... —se encogió de hombros—. Era algo que podíamos hacer las dos y que a vosotros os habría resultado imposible. Y, lo que era incluso mejor, no hacía falta ninguna consideración especial.

Barnaby frunció el ceño.

—¿Ninguna consideración especial?

Una vez desabrochado el último botón, alzó la mirada.

Ella deslizó las mangas del vestido por los brazos, lo empujó y se retorció hasta que las faldas terminaron en el suelo. Salió después de entre ellas, arrojó el vestido sobre el taburete del tocador, dejó las gafas sobre la mesa y, envuelta únicamente en una fina camisola de gasa, se volvió hacia él.

—No hacía falta ninguna consideración especial sobre si implicaba o no algún peligro.

—¡Ah!

Alargó los brazos hacia ella. Penelope acudió a ellos y deslizó las manos entre su camisa abierta para extenderlas con una ansiedad casi tangible sobre su pecho mientras él se aferraba a su cintura y sentía su sedosa piel bajo el único obstáculo de la fina seda.

Ella inclinó la cabeza hacia atrás, le miró a los ojos y arqueó una ceja con expresión interrogante.

No se habían molestado en encender ninguna lámpara. En medio de la oscuridad, Barnaby la miró a los ojos.

—Aunque me alegra, y me alivia, saber que te has parado a considerar ese punto, tengo que admitir que la cuestión clave para mí, y también para Stokes, a la hora de que Griselda y tú tengáis una mayor implicación en nuestras investigaciones, es el peligro que dicha implicación pueda suponer para vosotras. Los riesgos que podríais correr de manera inconsciente, las amenazas físicas a las que podríais enfrentaros en el futuro, incluso sin ser conscientes de ello.

Penelope inclinó la cabeza con un gesto típico de ella, mientras estudiaba su rostro, intentando interpretar no solo sus ojos, sino también su expresión. Curvó después los labios en una delicada sonrisa.

—Creo que podría interesarte cierta información que compartió lady Osbaldestone con nosotras esta tarde. Mientras estaba hablando de la familia Halstead, tanto Griselda como yo tomamos debida nota, que es lo que, por otra parte, cualquiera debería hacer cuando una anciana y sabia dama como lady Osbaldestone comparte sus puntos de vista.

—Sin lugar a dudas —dijo Barnaby.

El cinismo de su tono era evidente.

Penelope sonrió de oreja a oreja.

—Sin embargo, yo, y también Griselda, consideramos que era una revelación demasiado oportuna como para no concederle el peso que merecía. Al detallar el por qué la actual generación de los Halstead ha llegado a ser tan díscola, señaló que, durante su infancia, no contaron con la presencia de sus padres. Aunque estos no habían fallecido, no estuvieron a su lado. No asumieron el papel de guía y timón, no fueron sus ejemplos. Lady Osbaldestone considera que ese es el motivo por el que, a pesar de que sir Halstead y su esposa eran dos personas ejemplares, no pueda decirse lo mismo de sus hijos.

Barnaby arqueó las cejas.

—¿Y qué lección habéis aprendido Griselda y tú a partir de esa consideración?

—Que cualquiera que sea el equilibrio que encontremos entre la investigación y las demás tareas que ocupan nuestras vidas, tenemos la responsabilidad, más aún, la obligación, de dedicar a nuestros hijos el tiempo que necesitan con independencia de lo que hagamos —arqueó le ceja—. Y, por cierto, tal y como demuestra el ejemplo de los Halstead, ese mandato se aplica por igual a los padres y a las madres.

Barnaby le sostuvo la mirada, analizando su expresión, observando en ella el compromiso y la determinación de encontrar su propio camino, de buscar el equilibrio, y el deseo de comprometerse en la investigación, atemperado ya por la entrega a su hijo y a los que pudieran llegar. Asumiendo el mismo compromiso, inclinó la cabeza.

—Eso no voy a discutirlo.

Penelope sonrió. Alargó los brazos, posó la mano en la nuca de su marido y se puso de puntillas para rozar sus labios.

—Así que, ya ves, ni tú ni Stokes tenéis por qué preocuparos.
Los labios hambrientos de Barnaby siguieron los de su esposa.

—¿Y eso por qué? —musitó, y cerró los escasos centímetros que les separaban para saborear la dulzura de su deliciosa boca.

Cuando él alzó la cabeza, Penelope musitó con impaciencia:

—Porque tanto Griselda como yo nos hemos tomado en serio el dictamen de lady Osbaldestone y ambas estamos de acuerdo en que, por tentador que nos parezca, jamás haremos nada que pueda impedirnos regresar sanas y salvas a casa para cuidar a nuestros hijos cada noche.

—¡Ah, ya entiendo!

Había ocasiones, sobre todo cuando Penelope le explicaba los intrincados caminos del pensamiento femenino, en las que se sentía un poco obtuso. Así que, en cuanto fue capaz de relacionar todo cuanto su esposa había dicho, se sintió aliviado.

Cambiando de postura para posar el otro brazo en sus hombros, ella dio un paso hacia él y presionó sus deliciosas curvas contra los duros planos de su fuerte envergadura.

—Y solo para dejar las cosas claras, te prometo que no saldremos de los barrios más decentes sin Phelps y dos mozos, como hacíamos antes de que llegara Oliver —tensó los brazos y le besó—. Así que deja de preocuparte.

Barnaby retrocedió para mirarla a los ojos, para leer en ellos su innata capacidad de comprensión. Para apreciar, una vez más, que aquella empática conexión era uno de los puntos fuertes de su relación.

En algunas ocasiones le resultaba embarazoso saber que no había barreras en lo que a ella se refería, saber de la facilidad y la exactitud con la que interpretaba sus sentimientos, pero sabía que también tenía sus ventajas, y aquella era una de ellas.

Penelope le comprendía y, gracias a ello, podrían caminar de la mano en el campo minado de los sentimientos. De los deseos de Penelope y de sus propias necesidades. Y sabía que encontrarían un equilibrio. Un equilibrio que les permitiría disfrutar con plenitud de sus vidas, exprimir al máximo los talentos con los que habían sido bendecidos para así obtener de ellos el máximo beneficio, para encontrar la mayor satisfacción y realización en sus vidas gracias a las contribuciones que podrían aportar a su familia, a sí mismos y a la sociedad.

Él lo veía, lo apreciaba y lo reconocía. Sosteniéndole la mirada, musitó:

—Gracias.

Ella curvó los labios en una sonrisa.

—A lo mejor—susurró mientras le hacía inclinar la cabeza— podrías expresar tu gratitud sin necesidad de palabras.

La risa de Barnaby retumbó en su pecho, pero no tuvo oportunidad de llegar a los labios. Ella los selló con un beso, embebiéndose de su alegría y devolviéndole a cambio su propia pasión, su propio gozo.

Comenzaron entonces la danza de la pasión al unísono, de espontáneo acuerdo.

Encontraron el camino hasta la cama y allí se retorcieron, se arquearon y se deleitaron.

Volvieron a disfrutar una vez más de aquellos momentos llenos de pasión tejidos por el deseo. De la intensidad exquisita de su intimidad.

Del juego que crecía mientras caía la última barrera.

Sus cuerpos se unieron, fundiéndose en un jadeo compartido.

Con los ojos cerrados, los dedos entrelazados, los labios unidos, las bocas rozándose, besándose, fundiéndose, entreabriéndose, se adentraron en un viaje que transcurría por un paisaje familiar y, como siempre, nuevo.

Barnaby se había preguntado en ocasiones si llegarían a perder aquello, si con la familiaridad del matrimonio aquella intensidad se perdería.

Pero no había sido así. Si acaso, la maravilla de aquel viaje se había vuelto más rica, más vibrante, más variada, más placentera.

Más estremecedora.

Al final, se colocó sobre ella con los músculos rígidos como el hierro, las venas recortándose en sus brazos y el calor de sus apasionados cuerpos tan intenso como el de una fragua. Se hundió después en su cuerpo anhelante, cruzó junto a Penelope el último velo que ocultaba el paraíso y supo, más allá de las palabras, más allá de toda comprensión racional, que aquel maravillado asombro, aquel gozo, aquella anhelante unión jamás acabaría.

No en esta vida y, si él tenía algo que decir al respecto, tampoco en la siguiente.

CAPÍTULO 9

A la mañana siguiente, Violet bajó tarde a desayunar. Cuando cruzó la puerta, todavía estaba poniéndose las últimas horquillas en el moño.

—Me he quedado dormida. Anoche no conseguía conciliar el sueño.

Cook, sentada a la mesa, asintió con un gesto severo mientras masticaba una crujiente tostada en la que había extendido una generosa dosis de la mermelada que ella misma hacía.

—Te comprendo. Tardé en dormirme y esta mañana me encontraba como si estuviera aletargada.

Violet se sirvió una taza de té de la tetera que había dejado Cook sobre el calentador. Dejó la taza al lado de su plato y se sentó en la silla.

—¿Dónde está Tilly?

—Todavía no ha bajado.

Violet y Cook comieron y bebieron en silencio, sin necesidad de hablar. Violet agradecía la normalidad de aquella sencilla comida. La noche anterior, sola en su habitación, no había sido capaz de dejar de pensar en el destino sufrido por Runcorn, un hombre fuerte y sano, rico y varios años más joven que ella. Si el asesino había sido capaz de quitarle la vida a un hombre tan robusto, ¿qué podría hacerle a ella? ¿Hasta qué punto estaba a salvo?

Aquellos pensamientos habían estado consumiéndola de tal manera que, al final, se había visto obligada a levantarse y a empujar su pequeña cómoda para apoyarla contra la puerta.

Se había sentido estúpida. Se había dicho a sí misma que era una exageración, pero, en cuanto había colocado aquella barricada, se había quedado dormida.

Por supuesto, retirarla aquella mañana había retrasado todavía más el momento de bajar a desayunar. Había descubierto después que la puerta estaba entreabierta y había supuesto que Tilly se había detenido en su habitación al bajar del ático. Por eso había bajado pensando que tendría que dar una embarazosa explicación... Miró el reloj y frunció el ceño.

—A lo mejor deberíamos ir a despertarla. Es posible que no se encuentre bien.

Cook clavó sus ojos azules en Violet; por su expresión, esta supo que estaba pensando lo mismo que ella. Que era extraño que no hubiera bajado a desayunar, se encontrara como se encontrara. Nada, salvo una completa incapacidad, habría podido impedirle bajar a la cocina, sobre todo, teniendo en cuenta el calor que hacía allí comparado con el frío, tanto real como imaginario, que invadía el resto de la casa.

El susurro del desasosiego se filtró en su mente, dejando tras él las primeras notas de inquietud.

Cook apretó los labios y dijo:

—Subiré contigo.

Violet asintió y se levantó. Salió de la cocina y se dirigió hacia la escalera. Al llegar al primer piso, se detuvo en lo alto de la escalera. Al igual que Cook, aguzó el oído, pero no oyó nada. Ni pasos ni movimiento alguno...

Ninguna señal de vida.

La inquietud aumentó. Un oscuro presentimiento cayó como un pesado manto sobre sus hombros.

Intercambiando una mirada de preocupación, y cada vez más temerosa, avanzó lentamente junto a Cook hasta la estrecha puerta que había al final del pasillo. Al igual que la de su dormitorio, estaba entreabierta. Tomó aire, alargó la mano y empujó para abrirla del todo. Al fondo, las escaleras que ascendían al ático permanecían en una sombra perpetua.

Volvieron a escuchar, y no oyeron nada.

—¿Tilly? —llamó Cook.

Ni un solo sonido.

Subieron las escaleras. Primero Violet, después, Cook, pisándole los talones. Entraron en el estrecho pasillo que conducía a los tres dormitorios que había bajo los aleros del tejado y se detuvieron en la primera puerta.

No estaba del todo cerrada. Violet llamó.

—¿Tilly?

La puerta se abrió un poco más. Al no oír nada, la abrió del todo.

No necesitaron entrar para ver lo que había pasado.

Tilly yacía de espaldas en la cama, con los brazos y las piernas retorcidos y los ojos ligeramente abiertos, clavados en el techo.

Tenía la boca abierta en un rictus de espanto, como si hubiera estado gritando hasta el final.

Violet clavó la mirada en su amiga, en aquel cuerpo que era todo lo que quedaba de ella. Un frío glacial recorrió su nuca, después, se extendió por todo su cuerpo Sus ojos continuaban mirando, pero su cerebro se negaba a ver.

—¡Dios mío! ¡Dios mío!

Aquel susurro de horror la arrastró de nuevo al presente. Miró a Cook. La habitualmente rubicunda cocinera estaba pálida, con los ojos abiertos como platos y las manos presionando su rostro mientras susurraba a través de los dedos.

Sin mirar de nuevo hacia la cama, Violet tragó saliva, tomó aire, el poco del que fue capaz, deslizó el brazo por los hombros de Cook y se alejó junto a ella de la habitación, de la puerta y de la imagen que desde allí se contemplaba.

—Ya no podemos hacer nada —su voz sonaba mucho más tranquila, mucho más compuesta y controlada de lo que en realidad estaba—. Vamos a bajar y a enviar a alguien a buscar a las autoridades.

Ya no podían hacer nada por Tilly, salvo reclamar justicia.

Apenas fue consciente del camino de vuelta hasta la cocina. Cuando su mente volvió a reaccionar, se descubrió allí, sirviendo sendas tazas de té bien cargado para ella y para Cook, que se había derrumbado en una silla y sollozaba ruidosamente.

Tras agarrar la libreta de papel grueso y el lápiz que Cook

guardaba en la cocina para hacer la lista de la compra, se sentó a la mesa, bebió un sorbo de té y comenzó a escribir.

Cook alzó su rostro enrojecido y se cruzó de brazos.

—No se te ocurra enviar a buscar a ese médico tan estúpido. ¡Es capaz de decir que Tilly murió de vieja!

—No lo voy a hacer.

Ni siquiera había contemplado aquella posibilidad. Continuó escribiendo.

—Voy a avisar al inspector Stokes y al señor Montague. La señora confiaba en él, y yo también.

No tenía la menor idea de cómo podía ayudarlas, pero quería que estuviera allí. Necesitaba verle, sentir su sólida seguridad una vez más, permitir que la tranquilizara, que la sostuviera. Sin aquel apoyo... tenía la sensación de que, en el instante en el que se detuviera, su mente iba a estallar en mil pedazos.

Cook sorbió por la nariz y preguntó con voz llorosa:

—¿Necesitas a dos chicos?

Violet asintió, con los ojos fijos en el papel.

—Uno para Scotland Yard y otro para Chapel Court, en la City.

Con un pesado suspiro, Cook se secó los ojos utilizando el delantal, empujó la silla para separarla de la mesa y se levantó.

—Voy a avisar a Tommy y a Alfie, de la casa de al lado. No tardarán.

—Gracias.

Violet continuó escribiendo. Mantenía la mente despiadadamente fija en aquello que podía hacer para no pararse a pensar en lo que no podía.

No podía volver a la noche anterior y confesarle a Tilly que tenía miedo, tanto que había colocado la cómoda en la puerta.

El miedo era lo único que la había salvado, y no había tenido valor suficiente para confesarlo a Tilly.

Stokes apenas se lo podía creer. Permanecía en la puerta abierta del pequeño dormitorio del ático, clavando la mirada en el cuerpo que yacía en la cama.

Había llevado a Pemberton, el médico forense de Scotland Yard, con él. Al lado de la estrecha cama y enderezándose tras un primer examen, Pemberton le dirigió a Stokes una fugaz mirada.

—Una muerte idéntica a la anterior. Asfixia con una almohada —señaló la almohada que habían arrojado a la silla de madera que había junto a la puerta—. Supongo que esa.

Stokes soltó una maldición.

—¿Puedes aproximarte a la hora?

Pemberton esbozó una mueca.

—Ha tenido que ser a altas horas de la madrugada, pero es solo una suposición.

Stokes no apartaba la mirada de la cama. Al cabo de un momento, dijo:

—La dama a la que asesinaron era una mujer débil, pero esta mujer no.

—No —concordó Pemberton—. La criada se resistió con todas sus fuerzas, pero quienquiera que estuviera sosteniendo la almohada sobre su rostro era más fuerte que ella.

—De modo que, en su opinión, es poco probable que el asesino fuera una mujer.

—Desde luego, no podría tratarse de una mujer cualquiera —Pemberton miró el cadáver, analizando con la mirada los brazos y las piernas que asomaban entre las sábanas revueltas—. La víctima parece haber sido una mujer sana y robusta. No ha debido de ser fácil acabar con ella.

—¿Y puede decirme algo más? —preguntó Stokes con un gruñido.

Pemberton negó con la cabeza.

—Nada que no sepa.

—En ese caso, le dejaré con ello.

Stokes había estado registrando la habitación, pero el asesino no había colaborado dejando una tarjeta de visita o algo semejante a una pista. La habitación era espaciosa y contenía pocas posesiones. Dudaba que el asesino hubiera estado rebuscando entre ellas y no había nada que evidenciara que habían tocado objeto alguno.

Bajó por las escaleras al primer piso y desde allí recorrió el largo tramo que descendía hasta el bajo. Sacudió entonces la cabeza.

—Vino a asesinarla. No tenía ninguna otra razón. ¿Pero por qué matar a una criada?

Al llegar al vestíbulo, se cruzó con el agente al que había dejado vigilando la puerta de la entrada.

—¿Ha venido alguien? ¿Alguna novedad?

—Solo el señor Adair, señor, y su esposa y la suya, tal como esperaba. Han ido a la cocina y han dicho que le esperarían allí.

Stokes asintió, sorprendido por el hecho de que Barnaby no hubiera subido. Pero, claro, Penelope y Griselda estaban con él, y si Barnaby hubiera ido a ver el cadáver... De modo que sí, era lógico que su amigo hubiera escogido un camino menos inquietante.

—El equipo de Pemberton no tardará en llegar, pero no esperamos a nadie más. Si llegara alguien, avísame de inmediato.

—De acuerdo, señor.

Stokes se dirigió hacia la cocina. Había coincidido con Montague en las escaleras de la puerta al llegar y se había alegrado de que estuviera allí para tranquilizar a la señorita Matcham y a la asustada cocinera mientras él se ocupaba del piso de arriba. Antes de salir de Scotland Yard, había enviado un mensaje a Barnaby, informándole de las novedades y sugiriéndole que se reuniera con él en Lowndes Street. Como había acompañado a Griselda a Albemarle Street durante su camino al trabajo aquella mañana, había extendido la invitación a Penelope y a su propia esposa.

Teniendo en cuenta la cantidad de información que habían recabado ambas el día anterior y, aceptando que eran capaces de abordar cualquier situación desde una perspectiva distinta y, por lo tanto, ver cosas que a Barnaby y a él podían pasarles desapercibidas, había reprimido su natural resistencia a incluirlas en la investigación, consciente de que sería una tontería no hacerlo. Y no solo desde una perspectiva profesional.

Entró en la cocina y seis pares de ojos se volvieron hacia él. Estaban todos reunidos alrededor de la mesa.

—¿Y? —le urgió Barnaby mientras Stokes levantaba una de las sillas que había al lado de la chimenea para acercarla a la mesa.

Stokes dejó la silla al lado de la de Griselda, se sentó, miró a Barnaby a los ojos y miró después a Violet y a la cocinera.

—Como sin duda alguna ya todo el mundo imagina, Tilly Westcott, la criada de lady Halstead, ha sido asesinada de la misma forma que mataron a su señora: asfixiándola con una almohada mientras dormía.

—¿Han encontrado alguna diferencia?

—No en el modus operandi, pero sí hay una diferencia significativa entre los dos crímenes que Pemberton, el policía forense, acaba de confirmar —miró a Violet a y a la cocinera—. ¿La señorita Westcott gozaba de buena salud?

—Ayer estaba como una rosa —dijo Cook.

Violet asintió.

—Que nosotras sepamos, estaba perfectamente.

—Era una mujer fuerte como un caballo —afirmó Cook—. Era capaz de levantar y transportar cosas que a mí me destrozaban la espalda.

Violet miró alrededor de la mesa.

—Era una mujer más alta y robusta que yo. De modo que sí —miró de nuevo a Stokes—, era bastante fuerte.

Stokes inclinó la cabeza.

—De modo que Tilly era mucho más fuerte que lady Halstead y se resistió, eso es evidente. Pero, aun así, el asesino consiguió asfixiarla.

—Lo que significa que no puede ser una mujer, al menos, en este caso —Penelope miró a su marido y se volvió después hacia Stokes—. ¿Qué probabilidades hay de que el asesino de lady Halstead y el de Tilly no sean la misma persona?

—No muchas —Stokes se interrumpió y dijo después—: Por lo que sabemos, el asesino es un hombre, un hombre lo bastante fuerte como para subyugar a una mujer robusta.

—¿Se sabe a qué hora ocurrió? —preguntó Barnaby.

—Pemberton dice que tuvo que ser de madrugada —llegaron hasta ellos ruidos procedentes del salón. Stokes se levantó—. Deben de ser más agentes. Les enviaré a preguntar por el barrio, por si alguien ha visto algo, pero, teniendo en cuenta la hora y el tiempo que hacía anoche, no espero que haya suerte.

Salió de la cocina, dejando a todos los demás pensando. Dos minutos después regresó y volvió a sentarse.

—¿Y cómo entró? —preguntó Penelope, mirando de Stokes a Barnaby, Montague y Violet—. ¿Alguna idea?

Barnaby se enderezó.

—Esa es una cuestión que no se resolvió en el primer asesinato, cómo entró el asesino en la casa —miró a Stokes a los ojos—. Ayer, justo antes de la medianoche, estuvo lloviendo con fuerza. Si nos ponemos ahora mismo a buscar, a lo mejor tenemos suerte y encontramos alguna huella.

El viento que había sacudido la ciudad la tarde anterior había sido el anuncio de una tormenta acompañada de un intenso chaparrón, y estaban en el mes de octubre. Eso significaba que había hojas por todas partes. Stokes miró a Violet.

—Cuando ha abierto la puerta de la entrada esta mañana, ¿ha visto si había hojas o algún tipo de rastro en el vestíbulo?

Violet negó con la cabeza.

—La primera vez que me he acercado a la puerta ha sido para que entraran el señor Montague y usted, pero no me he fijado. No estoy segura de que hubiera podido reparar en ello.

—Y, desde entonces, ha habido demasiada gente entrando y saliendo como para molestarnos en ir a comprobarlo ahora —dijo Stokes.

—Pero entrar por la puerta principal sería hasta un gesto arrogante por parte del asesino —Penelope miró a la cocinera—. ¿Dónde está la puerta de atrás?

La cocinera giró para señalar.

—Por ahí —alzó la mirada hacia Stokes mientras este se levantaba—. Esta mañana la he abierto para ir a buscar a los recaderos que iban a llevar las notas de Violet.

—Muy bien —Stokes se dirigió hacia el vestíbulo trasero—. ¿Barnaby? Los demás, por favor, es preferible que se queden aquí.

Barnaby estuvo buscando con Stokes, pero no vieron ninguna huella de alguien que hubiera entrado en la casa por la puerta de atrás. Ni siquiera la cocinera había dejado algún rastro visible.

Cuando regresaron a la cocina. Stokes explicó tras esbozar una mueca:

—No ha habido suerte, hay que descartar la puerta trasera...

—Pero... hay una puerta lateral —cuando se volvieron hacia ella, Violet explicó—: Hay una puerta que da a un estrecho callejón que va desde la calle a las caballerizas —empujó su silla hacia atrás—. Se lo enseñaré.

Montague se levantó y le tendió la mano para ayudarla a incorporarse.

Ella se lo agradeció con una frágil sonrisa y rodeó después la mesa. Salió delante de Stokes y de Adair de la cocina para encaminarles hacia la parte de atrás del vestíbulo principal y, desde allí, a un estrecho arco que había bajo la escalera. Giró en dos ocasiones y se detuvo ante un pasillo oscuro que terminaba en una puerta. La señaló con la cabeza.

—Es esa.

Se hizo a un lado para que Stokes y Adair pudieran pasar. Stokes avanzó un paso y se detuvo. Adair permanecía tras él.

—Luz —dijo—. Necesitamos por lo menos dos lámparas antes de acercarnos más.

Stokes asintió y se volvió hacia Violet.

—¿Debo pensar que esta puerta normalmente está cerrada?

Violet miró hacia el pasillo y hacia la puerta oculta entre las sombras.

—Sí.

—¿Quién tiene la llave?

—Lady Halstead tiene... tenía una argolla con las llaves de todas las puertas. Por lo que yo sé, todavía está en su cómoda, que es donde solía dejarla. Ahí está la llave de la puerta lateral, y también hay otra en el estante de la cocina —sin necesidad de que se lo preguntaran, continuó—: Esa puerta se utiliza solo de forma ocasional para recibir paquetes de sombrereros, modistas y tiendas como Hatchards. La comida la recibimos por la puerta de atrás, pero el resto de entregas se hacen por la puerta lateral.

—¿Cuándo se utilizó por última vez? —preguntó Barnaby—. ¿Lo sabe?

Violet fijó la mirada en la puerta e intentó recordarlo. Al cabo de unos segundos, respondió:

—Por lo que yo sé, no se ha utilizado desde hace meses. Posiblemente, no ha vuelto a utilizarse desde la última Navidad.

Stokes asintió y miró a Adair.

—Vamos a por esas lámparas.

Fueron a por las lámparas y, después, mientras Violet sostenía una de ellas y Montague se hacía cargo de la otra, Stokes y Adair avanzaron poco a poco hacia la puerta, examinando el suelo con atención mientras lo hacían.

Centímetro a centímetro, fueron recorriendo el estrecho pasillo.

A unos dos metros de la puerta, Adair miró hacia la izquierda bajo la luz de la lámpara que Violet sostenía sobre su hombro para iluminar el espacio que tenía ante él. Se detuvo y se volvió hacia ella.

—¿Puede proyectar la luz hacia el rodapié y el suelo?

Mientras ella obedecía, Adair se acuclilló, observó atentamente y señaló con el dedo.

—¡La tenemos!

Stokes se volvió para mirar. Estudió una solitaria hoja de color marrón que Adair sostenía en equilibrio sobre la yema de un dedo.

Adair miró a Stokes a los ojos.

—Y continúa lo bastante mojada como para pegarse en el dedo.

Stokes temblaba como un perro lobo atado a una correa, pero se detuvo para mirar de nuevo a Violet.

—¿Está segura de que nadie ha cruzado esta puerta esta mañana?

Completamente.

La sonrisa que cruzó los labios de Stokes fue más amenazadora que reconfortante.

—Entonces —dijo— sabemos que el asesino es uno de los varones Halstead, que tiene la llave de esta puerta.

Stokes y Adair examinaron la puerta, confirmando que no había ninguna señal de que hubiera sido forzada. A continuación, el grupo volvió a la cocina. Violet, que caminaba delante de los tres hombres, percibía un cambio en el ambiente. Era como si hasta entonces no hubieran estado del todo seguros, como si hubieran estado buscando, pero, en ese momento, habían encontrado el olor de su presa y estaban dispuestos a seguir el rastro.

Su renovada determinación se extendió y contagió a los demás alrededor de la mesa mientras ocupaban sus asientos y Stokes contaba lo que habían encontrado.

Cook se había retirado de la mesa, pero había dejado preparadas dos teteras. Violet tenía la sensación de que estaba un poco nerviosa al verse con tal compañía alrededor de la mesa de su cocina. Adair había presentado a su esposa y a la de Stokes cuando habían llegado. En aquel momento, Violet estaba demasiado distraída como reparar en lo extraño de aquella presencia. Pero ambas mujeres habían mostrado una actitud amable y servicial y ella había agradecido aquella calidez, cuando todo lo ocurrido a lo largo del día, excepto la presencia de Montague, la había hecho sentir tanto frío. La había hecho sentirse tan aislada…

Tan sola.

Se dispusieron a disfrutar del té que Cook había preparado. Violet casi podía oír los engranajes de sus pensamientos.

Cuando la esposa de Stokes, Griselda, como le había pedido a Violet que la llamara, bajó su taza de té, un delicado ceño fruncía sus cejas oscuras.

—Lo que no entiendo es por qué ha matado a la criada. ¿Qué amenaza podría representar para el asesino? —miró a Violet a través de la mesa—. Perdona que te lo pregunte, ¿pero hay alguna posibilidad de que la criada estuviera compinchada con el asesino?

—¡Por supuesto que no! —exclamaron Violet y Cook al unísono. La cocinera se había apartado y estaba frente a los fogones de la cocina.

Adair añadió:

—Y yo estoy de acuerdo con ellas. Sencillamente, no soy

capaz de imaginar que Tilly haya tenido nada que ver con el asesinato de su señora, y mucho menos de Runcorn.

—Lo cual —dijo Penelope— nos lleva de nuevo a la pregunta que ha planteado Griselda: ¿por qué matar a la doncella?

Al cabo de un momento, Stokes aventuró:

—A lo mejor es algo similar a lo que ocurrió con Henrietta Cynster— y le aclaró a Violet—: Otro caso reciente.

—Um —Penelope bajó la taza con los ojos entrecerrados—. ¿Quieres decir que es posible que Tilly hubiera visto o supiera algo que, aun no siendo importante en ese momento en particular, pudiera relacionarse con otra información...?

—Por ejemplo —continuó Montague— con la clase de información que podría salir a la luz al poner los asuntos de lady Halstead en orden.

Penelope asintió.

—Exacto. Al relacionarlo con ese tipo de información, a lo mejor, lo que Tilly sabía podía adquirir un significado más relevante.

—Es decir, que podría servir para descubrir al asesino —Stokes asintió sombrío—. Sí, eso es lo que pretendía decir. Considerando todo lo que sabemos hasta ahora, creo que Tilly ha sido asesinada porque tenía alguna información crucial de la que ella ni siquiera era consciente.

—El asesino está intentando protegerse —afirmó Adair. Y continuó diciendo, cuando todos le miraron—: Los tres asesinatos pueden explicarse de esa manera. No considero necesario otra motivación. El asesino utilizó la cuenta de lady Halstead para ocultar la procedencia de unos ingresos obtenidos en alguna empresa ilegal y, para esconder su delito, primero mató a lady Halstead, después a Runcorn y ahora ha matado a Tilly.

Stokes miró a Adair durante algunos segundos y después asintió. Frunció el ceño y desvió la mirada hacia Violet.

Antes de que Stokes pudiera formular la pregunta que se estaba conjurando en su cabeza, Montague posó la mano en la de Violet, que descansaba sobre la mesa que los separaba.

—Creo que debería decirle a Stokes lo que me ha contado cuando he llegado.

Violet le miró. Aunque tenía que ser consciente de que todos la estaban observando, le sostuvo la mirada. Respondiendo a la inseguridad que traslucían sus ojos, Montague asintió, animándola. Pasó un segundo. Después, sin hacer ningún intento de retirar la mano, Violet tomó aire y miró a Stokes.

—El señor Montague vino ayer a visitarme para ponerme al tanto de los progresos de la investigación. Y me contó, específicamente, que el señor Runcorn había sido asesinado —se interrumpió cuando Stokes miró a Montague y arqueó una ceja.

Montague miró a Stokes sin mostrar ningún arrepentimiento y presionó ligeramente la mano de Violet. Esta exhaló una trémula respiración, llamando así la atención de Stokes, y continuó:

—Esta mañana, cuando ha llegado el señor Montague, le he mencionado lo doloroso que había sido enterarme de la muerte de Runcorn y que, anoche, tenía tanto miedo que terminé colocando la cómoda en la puerta antes de dormirme.

Montague sintió la mirada de Violet rozando su rostro durante unos segundos. Después, ella se volvió de nuevo hacia Stokes.

—Esta mañana, cuando he vuelto a colocar la cómoda, he descubierto que la puerta estaba entreabierta —se interrumpió para permitir que remitiera el impacto que la noticia provocó alrededor de la mesa y continuó—. Tengo la seguridad de que estaba cerrada cuando me acosté, pero esta mañana…

Giró la mano bajo la de Montague y cerró los dedos compulsivamente a su alrededor, mientras tomaba aire y alzaba la barbilla.

—Sospecho que, si el señor Montague no me hubiera informado del asesinato del señor Runcorn y yo no me hubiera asustado tanto como para bloquear la puerta de mi dormitorio, en este momento estaría tan muerta como Tilly.

Como era de prever, aquella declaración provocó una ronda de exclamaciones de estupor y preocupación.

Penelope miró a Violet a los ojos.

—Supongo que no sabes lo que se supone que sabes, ¿verdad?

Violet sacudió la cabeza.

—Puedo asegurarle a cualquiera que, si supiera cualquier cosa que sirviera para identificar al asesino de lady Halstead, y ahora, al de Runcorn y al de Tilly, lo comunicaría al instante, se lo contaría a todo el mundo.

Penelope esbozó una mueca. Alrededor de la mesa flotaron murmullos de apoyo y especulación.

Stokes había estado mirando con el ceño fruncido a su alrededor. Alzó la cabeza y dio un golpe en la mesa. Cuando todo el mundo le miró en silencio, declaró sombrío:

—Ahora tenemos tres asesinatos y la desaparición de una importante suma de dinero, probablemente obtenido de forma ilegal. Tenemos motivos para pensar que el asesino es uno de los varones Halstead. No solo tenemos la descripción de un hombre que fue visto cerca de la oficina de Runcorn la noche de su asesinato, encaja con el físico de los Halstead y fue visto también el día que la dama en cuestión retiró el dinero del banco, sino que sabemos que el asesino accedió a la casa para matar a la criada de lady Halstead utilizando la llave de la puerta lateral. Lo más probable es que utilizara esa misma puerta para matar a la propia lady Halstead —miró alrededor de la mesa, buscando los ojos de los allí reunidos—: Creo que ha llegado la hora de volver a interrogar a la familia.

CAPÍTULO 10

Stokes había enviado una carta formal solicitando a los Halstead y a los Camberly que se reunieran en Lowndes Street a las dos de la tarde de ese mismo día. Tal y como Penelope había dicho, a esa hora no podían justificarse diciendo que tenían que asistir a un almuerzo o estaban presionados por ningún otro acontecimiento social.

Horas después, se preguntaba si habría sido la falta de una excusa creíble la que había hecho que todos los descendientes de los Halstead acudieran en tropel a la hora de la cita o la simple curiosidad. Mientras observaba la llegada desde el fondo del vestíbulo, le susurró a Barnaby, que permanecía de pie a su lado:

—Es posible que la rivalidad haya funcionado a nuestro favor.

Barnaby curvó los labios en una sonrisa cargada de cinismo.

—¿Quieres decir que han venido a enterarse de lo que has descubierto de los otros? —al ver a Constance Halstead susurrándole algo a su hija Caroline mientras cruzaban la puerta, asintió—: Creo que puedes tener razón.

Al cabo de un momento, Stokes dijo:

—Me gustaría poder creer que la investigación de Montague va a darnos la respuesta, pero no soy capaz de imaginar a nuestro asesino siendo tan estúpido como para depositar ese dinero en algún lugar que nos permita localizarlo. Sobre todo después del asunto de las cuentas de lady Halstead.

—No, no será tan estúpido —Montague les había dicho que

le llevaría varios días tener alguna noticia sobre el estado de las cuentas de los Halstead—. Estoy de acuerdo en que esa es una de las cosas que hay que comprobar. Sería una estupidez por nuestra parte no hacerlo, aunque solo sea por si acaso. Pero si, desde el primer momento, el asesino fue lo bastante astuto como para esconder el dinero, ahora, con mayor motivo, no permitirá que lo encuentren y lo relacionen con él.

Stokes soltó un bufido burlón.

—Si yo estuviera en su lugar, lo guardaría debajo de la cama.

—O encima de un armario —susurró Barnaby en respuesta—. Las criadas terminan encontrando todo lo que se esconde debajo de la cama.

Stokes esbozó una resplandeciente sonrisa.

Pero se puso serio cuando, junto con Barnaby y Montague, entró en el salón. Violet, Penelope y Griselda se habían instalado en la habitación antes de que llegara ningún miembro de la familia. Si alguien cuestionaba la presencia de Penelope y Griselda, Penelope pretendía adoptar una actitud altiva y declarar que, tanto ella como su amiga, estaban allí para apoyar a Violet. Cuando Stokes vio a las tres acomodadas en un diván bajo la ventana opuesta a la chimenea, una ubicación que les permitía una visión perfecta de todos los miembros de la familia distribuidos por las diferentes butacas y sofás que flanqueaban el hogar, comprendió que cualquiera que se atreviera a cuestionar su derecho a estar allí sería convenientemente puesto en su lugar.

Las tres damas tenían la tarea de observar las reacciones individuales y las del grupo familiar. Stokes no esperaba que participaran de forma activa en la reunión, de hecho, deseaba con fervor que no lo hicieran. Explicar los motivos por los que sus esposas estaban planteando preguntas en aquel interrogatorio sería un desafío hasta para alguien tan ingenioso como Barnaby.

Tras supervisar a la familia y confirmar que estaban todos presentes, cruzó la habitación para colocarse ante la chimenea, desde donde tenía una excelente vista del salón. Barnaby y Montague le siguieron. Barnaby se detuvo a su derecha y Montague tras él. Ellos también podían ver los rostros del todo el mundo. Observar hasta el último matiz de sus reacciones.

Entraron dos agentes de forma sigilosa en la habitación y, tras cerrar quedamente la puerta, tomaron posiciones a ambos lados de la misma.

En aquella ocasión, se había decidido utilizar el salón en vez del comedor por la única razón de que la ubicación les daba tanto a Barnaby y a Montague como a él la ventaja de la altura. Ellos permanecían de pie mientras los varones Halstead, cómo no, ocupaban las primeras posiciones en butacas y sofás.

Stokes estaba decidido a sacudir a la familia para ver qué caía del árbol.

—Bueno, inspector —empezó a decir Wallace Camberly—, ¿qué noticias tenemos?

—Espero que nos haya convocado para decirnos que la policía ha puesto al asesino de nuestra madre tras las rejas —Mortimer Halstead se sorbió la nariz—. Dios sabe que las fuerzas de Peel están dotadas de suficientes recursos.

Cynthia Camberly, Halstead de soltera, le dirigió a Stokes una falsa sonrisa.

—No se ofenda por lo que dice mi hermano, inspector, tiene una mentalidad muy burocrática. Pero supongo que tendrá alguna noticia que darnos.

Stokes había desviado la mirada de Wallace a Mortimer. Se volvió entonces hacia Cynthia durante el tiempo suficiente como para que su mirada resultara incómoda, para que su escrutinio resultara ofensivamente altivo. Recorrió después con la mirada aquel círculo de rostros. Y solo cuando lo hubo rodeado por completo dijo:

—Les he reunido aquí para informarles de que el señor Andrew Runcorn, de Runcorn & Son, a quien lady Halstead solicitó que revisara sus cuentas, fue asesinado dos noches atrás.

Barnaby se concentró en los hombres más jóvenes, Walter Camberly y Hayden Halstead, dejando que Montague se ocupara de sus padres, Wallace y Mortimer. Por lo que Barnaby pudo apreciar, las reacciones de los primeros encajaban con sus caracteres y su edad: Walter, algunos años mayor, se mostró un tanto impactado y perplejo mientras que Hayden, aunque asumió la información, continuó impasible, huraño y aburrido.

Walter no se esperaba la noticia y no sabía cómo reaccionar mientras que a Hayden no pareció importarle; la muerte de Runcorn no significaba nada para él.

Quienquiera que hubiera matado a Runcorn, decidió Barnaby, no era ninguno de ellos.

Tras un momento inicial de ligero estupor, Cynthia se inclinó hacia delante. Clavó la mirada en Stokes con expresión autoritaria y preguntó:

—¿Está sugiriendo, inspector, que el asesinato del señor Runcorn guarda relación con su trabajo sobre las finanzas de mi madre?

Una vez más, Stokes demoró deliberadamente la respuesta, pero, al final, contestó:

—Dado que los documentos de su madre estaban esparcidos sobre el escritorio del señor Runcorn y era obvio que había estado estudiándolos, es difícil no llegar a esa conclusión, señora.

—¡Bueno! —Constance Halstead infló su pechera—. Pues yo no alcanzo a entender por qué podría tener nadie interés en las cuentas de mi madre. El hecho de que su documentación estuviera en ese momento en el escritorio tiene que haber sido una simple coincidencia.

—Desde luego —el tono de Camberly fue cortante—. Aunque lady Halstead hubiera solicitado a Runcorn que pusiera sus papeles en orden, no soy capaz de entender qué importancia puede tener que fuera esa la documentación que estaba en su mesa cuando le asesinaron —miró a Stokes a los ojos—. Creo que está dando muchos saltos en su deducción, inspector. Sin lugar a dudas, Runcorn tenía muchos clientes y, ¿quiénes somos nosotros para saber con quién puede haberse enfrentado en su trabajo? Su asesinato podría estar relacionado con cualquier otro cliente. Por lo que yo veo, no hay razón alguna para sugerir que su desgraciado asesinato esté vinculado al trabajo que realizaba para lady Halstead.

Impertérrito, sin inmutarse, Stokes miró a Camberly durante largo rato, después desvió la mirada y volvió a deslizarla por los allí reunidos.

—Supongo que les interesará saber que, a la mañana siguiente del asesinato de Runcorn, fue retirada una considerable cantidad de dinero de la cuenta bancaria de lady Halstead.

Aquello provocó una reacción mucho más acusada.

—¿Y quién lo retiró? —exigió saber Mortimer.

—¡Diablos! —Maurice se irguió en el sofá en el que hasta entonces estaba repantigado—. ¿Quiere decir que nos han... que han robado a mi madre?

La expresión de Cynthia cambió de la sorpresa inicial al cálculo.

—¿Cuánto dinero se llevaron?

—¿Y cómo? —la pregunta de Wallace tenía el tono de una exigencia dictatorial—. ¡Dios santo! Se supone que los bancos cuentan con protocolos para evitar ese tipo de cosas.

—Claro que los tienen —bufó Mortimer—. ¿Qué está pasando aquí, inspector? ¿El banco está involucrado de alguna manera en todo este asunto?

Llegaban por doquier comentarios, conjeturas y especulaciones. Hasta Caroline se lamentó del dinero perdido.

Stokes decidió entonces que aquello ya había durado bastante. Sus ayudantes habían tenido tiempo más que suficiente para observar. Cambió de postura con un simple y amenazador movimiento que hizo que todos se volvieran instintivamente hacia él. Esperó entonces a que cesaran las conversaciones y volvieran a prestarle atención.

—La policía ha establecido que el banco actuó correctamente. Les llevaron una carta petitoria manuscrita por lady Halstead. El banco no estaba al corriente del fallecimiento de la dama. Como Runcorn todavía no había sido informado del asesinato, él, en tanto que asesor financiero de lady Halstead, tampoco había podido avisar al banco del cambio de la situación de su cliente. Una inspección más detallada de la carta que se presentó en el banco permitió descubrir que se trataba de una falsificación, pero una falsificación muy buena. La persona que la escribió estaba muy familiarizada con la caligrafía de su señoría.

—¿Quién presentó la carta en el banco? —preguntó William.

Stokes le miró en silencio antes de contestar:

—Una mujer velada, piensan que una dama, aunque su posición social es una pura asunción.

Se produjo un silencio cargado de estupefacción. Constance Halstead fue la primera en girar la cabeza y mirar a Violet, que continuaba sentada en el diván, flanqueada por Griselda y Penelope.

La hija de Constance, Caroline, se fijó en el gesto de su madre y se volvió también hacia ella.

Uno a uno, los demás fueron reparando en su presencia y, al cabo de unos minutos, estaban todos mirando a Violet, con diferentes grados de una especulación rayana en la acusación en su rostro.

—¿Por qué llevaría un velo? —se preguntó Cynthia.

Mortimer se tomó la pregunta al pie de la letra.

—Es evidente, para ocultar su identidad.

Cynthia curvó los labios con sarcasmo mientras miraba a su hermano con expresión compasiva.

—Precisamente. Lo que sugiere que esperaba ser reconocida —alzó la mirada hacia Stokes—. ¿No implica ese dato, inspector, que la mujer velada tenía algún tipo de relación con mi madre?

Constance Halstead abandonó su acusador escrutinio de Violet para añadir:

—Sobre todo sabiendo que la carta tenía una letra tan parecida a la de mi madre.

—Esa —admitió Stokes muy serio— es una posible interpretación, pero, como la policía ya ha descartado a los miembros del servicio, estaría interesado en reunir información sobre otras mujeres vinculadas a lady Halstead que consideren que deberían ser sometidas a una investigación.

Tanto Cynthia como Constance retrocedieron al instante. Intercambiaron una mirada, pero mantuvieron los labios sellados.

Wallace Camberly se movió incómodo en su silla.

—Para volver a asuntos más pertinentes, inspector, ¿cuánto dinero fue retirado de la cuenta?

—Me temo —respondió Stokes— que todavía no tengo permitido divulgar esa información.

Barnaby había estado observando a Walter y a Hayden a conciencia; Walter continuaba mostrándose estupefacto mientras Hayden se dedicaba a mirarse las uñas.

Barnaby y Stokes habían decidido reservar la información referida al caballero que había sido visto fuera del banco y cuya descripción encajaba con los cinco varones de la familia para algún momento crítico. Consideraban que si enseñaban esa carta la familia se uniría, pondría las espadas en alto y mostraría una actitud defensiva y poco colaboradora. Apenas estaban cooperando ya sin necesidad de aportar aquel dato.

Stokes había continuado consultando su libreta. Levantó la mirada y, endureciendo la voz, dijo:

—Y también tenemos que informarles de que esta mañana, Tilly Westcott, la criada de lady Halstead, ha sido descubierta asesinada en su cama.

Aquello sacudió la atención de hasta el mismísimo Hayden. Aunque su rostro no revelaba la menor compasión, y mucho menos tristeza, su expresión mostraba cierta sorpresa y morboso interés.

Walter tenía los ojos abiertos como platos, pero permaneció en silencio, permitiendo que fueran sus padres y sus tíos los que pusieran voz a la respuesta de la familia.

La cual podría ser resumida por un silencioso «¿y qué tiene que ver esto con nosotros?». Sus rostros permanecían inexpresivos, con cierto aire de desconcierto, como si estuvieran esperando que Stokes explicara la relación para poder esclarecer por qué tenía que preocuparles la muerte de una criada.

Stokes les proporcionó una respuesta.

—La señorita Westcott fue asesinada de la misma forma que lady Halstead —se interrumpió y continuó—: Nosotros, la policía, creemos que es muy probable que fuera asesinada por el mismo criminal y, con toda probabilidad, porque tenía información que en algún momento podría haber servido para identificar al asesino de lady Halstead.

Barnaby perdió el interés en Walter Halstead y en Hayden Camberly. Lo único que veía en ellos era desconcierto o curiosidad. Ninguno daba indicios de saber algo, de tener información sobre cualquiera de aquellos asesinatos.

Wallace Camberly estaba frunciendo el ceño.

—En ese caso, inspector, ¿no sería razonable suponer que la criada, que a lo largo de estos años ha tenido acceso a mucha información concerniente al dinero de lady Halstead, fue cómplice del asesinato de su señora y, aunque de forma indirecta, también del de su asesor financiero, ayudó después a robar el efectivo del banco y fue posteriormente asesinada por su cómplice?

—Desde luego, inspector —Mortimer se enderezó en su asiento lo suficiente como para inclinar la cabeza hacia su cuñado—. Tal escenario explicaría de una forma admirable lo ocurrido —alzó la mirada hacia Stokes, arqueando una ceja con gesto arrogante—. Desde luego, es mucho más verosímil que cualquier sugerencia sobre la implicación de un miembro de esta familia en cualquier acto delictivo.

Stokes mantuvo a raya su genio y, con expresión insondable y tono inexpresivo preguntó:

—Hay otro aspecto al que continuaríamos sin dar una explicación incluso en un escenario como ese. La pregunta es: ¿cómo consiguió acceder a la casa el asesino en dos ocasiones diferentes y utilizando la llave de una puerta lateral? —recorrió a la familia con una mirada inquisitiva y penetrante—. Llegados a este punto, me veo obligado a preguntar si alguno de ustedes tiene llaves de la casa.

Se extendió entre los reunidos una oleada de indignación, más que de enfado.

Camberly le dirigió una intensa mirada a su esposa.

—Que yo sepa, nosotros no.

Cynthia apretó los labios como si la pregunta hubiera tocado un punto sensible, pero negó con la cabeza.

—Nosotros no tenemos —alzó la mirada, como si se sintiera obligada a ello, para dirigirse a Stokes y añadió cortante—: Y, por lo que yo sé, los otros miembros de la familia tampoco.

Mortimer parecía irritado.

—Mi madre, inspector, era... una persona muy independiente. Tras la muerte de mi padre, decidió permanecer sola. Y, al menos que yo sepa, no repartió las llaves de la casa —miró de nuevo a Violet—. Y me atrevería a decir que la señorita Matcham puede confirmarlo.

Stokes miró a Violet, sentada en el otro extremo de la habitación, y ella asintió con desgana.

—No tengo constancia de que lady Halstead diera las llaves de esta casa a ningún miembro de la familia. De hecho, decía que no veía la necesidad de hacerlo.

—¡Exacto! —Cynthia asintió y miró a Stokes—. ¿Lo ve, inspector? Es imposible que alguien de la familia pueda estar implicado.

—Por una vez en mi vida debo mostrarme de acuerdo con mi hermana —por la expresión de Mortimer, se diría que estaba haciendo algo parecido a chupar un limón—. Y eso me lleva a preguntarme qué está haciendo la policía para atrapar al asesino.

Negándose a responder a la crítica que encerraba el tono demandante de Mortimer, Stokes se limitó a responder con amabilidad:

—La investigación se está desarrollando en varios frentes. La familia será informada a su debido tiempo de los resultados, pero, en este momento, el paso siguiente será recopilar las coartadas de todos aquellos que, en virtud de su relación con la víctima, son potenciales sospechosos. Cualquier que pudiera verse beneficiado, de forma directa o indirecta, por la muerte de lady Halstead es, a los ojos de la justicia, un sospechoso potencial. En consecuencia, aunque asumo que será una mera formalidad, debo preguntar a cada uno de ustedes dónde estaban las tres noches durante las que se cometieron los asesinatos.

La reunión se convirtió en un coro de protestas. Las damas fingieron estupor y una incipiente indignación. Los tres hermanos Halstead protestaron, discutiendo la necesidad de hacerlo.

Ni Walter Camberly ni Hayden Halstead sumaron sus voces al clamor, pero Barnaby advirtió que ambos parecían incómodos. Sin embargo, ambos focalizaron su atención en sus respectivas madres, lo cual, sospechaba Barnaby, sugería que no se sentían culpables de los asesinatos, sino de otra cosa. Algo del todo comprensible y en absoluto vinculado con ningún delito.

Wallace Camberly tampoco protestó. Permanecía sentado en el borde del sofá, con los labios apretados y la expresión de un hombre cuyo genio estaba siendo puesto a prueba. Irradiaba irritación y un fuerte enfado, pero, a diferencia de lo que ocurría con los demás, parecía comprender que, en aquella situación, no se conseguiría nada resistiéndose.

Con estoica serenidad, Stokes esperó a que terminaran las protestas. Camberly fue el primero en perder la paciencia.

—Inspector, soy un hombre ocupado —se irguió para mirarle a los ojos—. Como veo que está obligado, y también decidido, a preguntarnos por nuestras coartadas, ¿puedo ser yo el primero en ofrecérselas? Esta tarde hay un debate en el Parlamento al que me gustaría asistir.

Mientras se acallaban los demás comentarios, Stokes inclinó la cabeza, pero, antes de que hubiera podido decir nada, Mortimer declaró:

—A mí también me esperan —miró a Stokes a los ojos—. Debo volver a mi despacho y a mis obligaciones. El gobierno no se detiene por algo tan nimio como un asesinato doméstico.

Barnaby sospechaba que Stokes, al igual, que él, podría haber discutido aquella declaración, pero...

Stokes, sin lugar a dudas complacido, pero intentando disimularlo, inclinó la cabeza hacia Mortimer y miró después a Camberly.

—Señor Camberly, ¿puede usted acercarse? —señaló una mesa redonda y dos sillas situadas en un extremo del enorme salón—. Y cuando termine de tomarle declaración, seguiré con el señor Halstead.

—Desde luego —Camberly se estiró la chaqueta, se alisó las mangas y siguió a Stokes hasta el final de la habitación.

Mortimer les observó alejarse.

Su esposa y su hermana tomaron aire y empezaron después a discutir sobre cuál de ellos era esperado con más urgencia y, por lo tanto, quién debería seguir a Mortimer para exponer su coartada.

Barnaby dominó una sonrisa. Miró a Montague y, aprovechando aquel alboroto, susurró:

—¿Has observado algo?

Montague negó con la cabeza.

—Tanto Camberly como Mortimer Halstead están demasiado acostumbrados a controlar su expresión. Sus rostros han estado casi siempre imperturbables o controlados con rigidez para evitar revelar sentimiento alguno. No he sido capaz de identificar una reacción específica a ninguna de sus revelaciones, y menos aún alguna que denote culpabilidad.

Barnaby esbozó una mueca.

—Esperemos que las damas hayan tenido más suerte.

Al final de la habitación, Penelope se volvió hacia Violet.

—¿Alguno de ellos ha reaccionado de una forma que no esperaras?

Violet lo consideró y negó con la cabeza.

—Lo cierto es que me ha sorprendido un poco que Caroline hablara, pero lo que ha dicho no ha sido raro en ella. Hayden, Walter y Caroline solían venir a esta casa de mala gana, porque sus padres insistían en que debían hacerlo. Rara vez participaban en las conversaciones y yo tenía la sensación de que estaban siempre absortos en sus propios pensamientos. Sin embargo hoy, yo diría que los tres han estado atentos, pendientes de lo que se decía —hizo una mueca—. Pero tengo la sensación de que el interés nacía de la simple curiosidad, de la morbosa fascinación que despiertan las muertes violentas.

Griselda asintió, mirando al grupo que estaba reunido ante la chimenea.

—Sí, ese es el análisis que he hecho yo —miró por encima de Violet hasta encontrarse con los ojos de Penelope—. Yo no he detectado ninguna reacción sospechosa, ¿y tú?

Penelope arrugó la nariz y miró hacia la familia allí reunida.

—No —al cabo de un segundo, añadió—: Una vez dicho eso, ahora que he podido verles, observarles a todos y comprender hasta qué punto son insoportables el egoísmo y la codicia de esta familia, estoy más convencida de que una de las personas presentes en esta habitación es el asesino —miró de nuevo a Violet y a Griselda— por la sencilla razón de que no puedo imaginar a ninguna otra persona con un móvil tan poderoso como para matar primero a lady Halstead, después a Runcorn y a la doncella e intentar acabar también con Violet —miró de nuevo hacia los Halstead y los Camberly—. De modo que tiene que estar aquí, ¿pero quién es?

—A lo mejor las coartadas nos dan alguna pista.

Griselda miró a su marido, que en aquel momento estaba sentado frente a la mesa redonda, tomando notas mientras Mortimer Halstead, con desdeñosa paciencia, recitaba dónde se encontraba durante las tres noches en cuestión. Wallace Camberly había terminado ya y, tras dirigirle un breve asentimiento a su esposa, había salido por la puerta que uno de los agentes de policía le había abierto. Griselda sabía que había otros dos policías en el vestíbulo para asegurarse de que todos la abandonaban directamente y ninguno cedía a la tentación de desviarse al comedor o al piso de arriba.

Mortimer Halstead se levantó de la mesa. Tras recorrer la habitación con expresión fría e inescrutable, se dirigió hacia la puerta. Su esposa, Constance, le sustituyó en la mesa, adelantándose a Cynthia, a la que había entretenido su hijo, Walter. Los dos permanecían juntos, con las cabezas casi unidas junto a la chimenea. Al observar aquella conversación, Griselda murmuró:

—Estoy convencida de que Cynthia le está indicando a Walter lo que debe decir.

Penelope estudió a la pareja y soltó un bufido burlón.

—Como si Stokes y sus hombres no fueran a comprobarlo.

Constance se levantó de la mesa. Al advertirlo, Cynthia corrió a ocupar su lugar, haciendo un gesto a Caroline, que pretendía seguir a Constance, para que se retirara. Aunque Caroline frunció el ceño, le cedió el paso a su tía y retrocedió para esperar su turno.

Constance Halstead se detuvo un instante para observar la habitación. Posó la mirada en Violet, protegida y flanqueada por Penelope y Griselda, alzó la cabeza y, como una fragata desplegando velas, cruzó la habitación hasta llegar al diván. Se detuvo ante él y bajó la mirada hacia Violet. Ignorando a Penelope y a Griselda y con la expresión de una señora tratando con el personal de servicio, declaró:

—Señorita Matcham, creo que usted está en mejor posición que ningún otro miembro de la familia para asumir la responsabilidad de tratar con el desafortunado incidente de la muerte de la señorita Westcott. De hecho, sospecho que es una labor que recae dentro de sus obligaciones hacia su señora.

Mirando a la señora Halstead a los ojos y consciente de su irritación, Violet se mordió la lengua ante la mención de aquel «desafortunado incidente» y, tras un momento de consideración, inclinó la cabeza con un gesto rígido.

—Como usted bien ha dicho, señora Halstead, me pondré en contacto con la familia de la señorita Westcott en nombre de lady Halstead.

Jamás dejaría en manos de los descendientes de la señora Halstead la responsabilidad de asegurarse de que el cadáver y las pertenencias de Tilly fueran debidamente tratados. Miró a Stokes y vio que continuaba tomando notas mientras Cynthia se levantaba de la mesa y Caroline ocupaba su lugar. Mirando de nuevo a Constance, Violet se corrigió:

—O, al menos, colaboraré con la policía en todo lo que deba hacerse al respecto.

Constance adoptó entonces una expresión malhumorada.

—No entiendo por qué se está tomando tantas molestias la policía con este último asesinato. No creo que tenga la menor importancia.

Antes de que Violet, Penelope o Griselda pudieran dar voz a las respuestas que acudieron a su boca, Cynthia Camberly se detuvo ante su cuñada con un susurro de sus elegantes y oscuras faldas. Las tres damas de la familia, Constance, Caroline y Cynthia, habían intentado vestirse de la forma más apropiada para guardar luto, pero, por supuesto, sus modistas todavía estaban haciéndoles los vestidos.

Con expresión adusta y de arrogante superioridad, Cynthia bajó la nariz hacia Violet.

—Como estoy segura comprenderá, señorita Matcham, la familia desea cerrar esta casa cuanto antes. Dado que su señoría ha muerto, ya no hay ningún motivo para que continúe siendo su empleada. Por supuesto, lo mismo puede aplicarse al resto del servicio. Aunque el funeral de lady Halstead se celebrará en St. Peter, estamos todos de acuerdo en organizar en esta casa el posterior convite. Sin embargo, preferiríamos que se cerrara la casa una vez haya tenido lugar.

—En efecto —Constance Halstead asintió—. De modo que le agradecería que informara a la cocinera de que tanto ella como usted tendrán que buscar otra acomodación a partir de mañana.

—Para asegurarnos de que la celebración tenga el nivel adecuado, enviaré a mi mayordomo, a dos lacayos y a una ayudante de cocina que ayude a preparar el convite y a limpiar después la cocina —añadió Cynthia—. Y tanto usted como la cocinera podrán dar por terminada su labor como empleadas para el final del día.

Intentando reprimir cualquier posible expresión de su rostro, Violet estudió a las dos brujas que tenía ante ella. Había vivido en aquella casa prestando un servicio ejemplar durante ocho años, y Cook había hecho lo mismo durante más tiempo incluso.

Sintió la mano de Penelope apretándole el brazo, dándole su apoyo. Al otro lado, Griselda cambió de postura para acercarse un poco más a ella, ofreciéndole también su apoyo sin necesidad de palabras. Conservando la compostura con mano de hierro, Violet inclinó la cabeza con fría formalidad. Como si se estuviera escuchando a una enorme distancia, se oyó decir a sí misma:

—Transmitiré sus instrucciones a la cocinera.

—Excelente.

Con un desdeñoso asentimiento, Cynthia y Constance se volvieron mientras Caroline se unía a ellas.

Constance y Caroline tomaron sus chales y se dirigieron hacia la puerta.

Cynthia permaneció en pie durante varios segundos, observando a su hermano Maurice con los ojos entrecerrados mientras este se sentaba a la mesa con Stokes. Después, tomó aire de manera audible, giró sobre sus talones y, con la cabeza bien alta, siguió a su cuñada fuera de la habitación.

Griselda, Penelope y Violet la observaron marcharse.

Al cabo de un momento, Penelope comentó:

—No recuerdo haberme reunido nunca con nadie tan antipático.

Griselda sofocó una risa cargada de cinismo. Miró a los que quedaban todavía en la habitación.

—Tengo que admitir que es raro encontrar un grupo tan uniformemente repulsivo. No me gusta ninguno.

—¿Siempre son así? —Penelope miró a Violet—. ¿Siempre son tan desagradables?

Violet pensó en lo que había vivido a lo largo de aquellos años y asintió.

—Sí. Les conozco desde hace ocho años y siempre han sido así, fríos y egoístas.

Tan egoístas que iba a tener que encontrar un nuevo techo bajo el que cobijarse. Aunque le bastó pensar en volver a dormir en el piso de arriba o en quedarse en aquella casa cuando anocheciera para que un escalofrío le recorriera la espalda.

Alzó la mirada y descubrió a Montague observándola. Incluso a aquella distancia, advirtió su preocupación.

Una vez salieron las damas, Stokes no tardó en tomar declaración sobre sus coartadas al resto de los hombres. Cuando Hayden, el último, salió, se levantó y comenzó a caminar por la habitación.

Barnaby y Montague, que habían permanecido junto a la chimenea observando a los hombres, cambiaron de postura y se unieron al grupo. Stokes se detuvo ante el diván en el que todavía permanecían Violet, Penelope y Griselda.

—¿Has descubierto algo? —preguntó Barnaby, señalando con la cabeza la libreta que Stokes estaba examinando.

Stokes le miró con cierta amargura.

—He preguntado por las coartadas para los tres asesinatos y para la mañana en la que fue retirado el dinero del banco. Con respecto a las noches, las damas, como era de esperar, tienen coartadas relacionadas con su vida social. Será un poco complicado, pero se podrán comprobar. Sin embargo, como todos estamos de acuerdo en que no pudo ser una mujer la que mató a

Runcorn y a Tilly y se vio a un hombre esperando a una mujer a la salida del banco, nuestras damas son del todo irrelevantes —levantó una hoja de su libreta—. Las coartadas de los caballeros son menos específicas y mucho más difíciles de comprobar. Por ejemplo, todos ellos alegan que estaban en la cama, paseando por el parque o generalidades de ese tipo, durante la mañana que retiraron el dinero del banco. Por la noche dicen haber estado en diferentes clubs, fiestas o antros. No es muy probable que podamos verificar ninguna de ellas —bajó la mirada y soltó un bufido burlón—. Por otra parte, la coartada de William Halstead, aunque es mucho más débil, será la más fácil de comprobar. Dice que estuvo bebiendo en una taberna del muelle las tres noches.

Barnaby asintió.

—Si es el tugurio al que va a beber todas las noches, el tabernero y las camareras le conocerán y es muy probable que puedan decirnos si estuvo allí.

Stokes asintió muy serio.

—Exacto —miró a las tres damas y después a Montague y a Barnaby—. Así, que, aparte de algunas coartadas predeciblemente inútiles, ¿qué otras cosas hemos averiguado con este ejercicio?

Barnaby hundió las manos en los bolsillos del pantalón y procedió a contestar:

—Dudo que Walter Camberly o Hayden Halstead sean los asesinos. No son capaces de controlar sus expresiones demasiado bien o, al menos, no tan bien como sus mayores, y ninguno de ellos ha reaccionado a la noticia de los asesinatos de una forma que pueda sugerir que es culpable.

Penelope y Griselda intercambiaron una mirada.

—Las damas —informó Penelope—, tampoco han mostrado ninguna reacción ni han hecho nada que sugiriera que estaban al tanto de los crímenes.

—Por desgracia —dijo Montague—, a los varones de más edad me ha resultado imposible interpretarlos —miró a Stokes—. Durante todos los años que llevo reuniéndome y analizando las reacciones de mis clientes, rara vez me he encontrado con... con unos semblantes tan controlados.

Stokes asintió.

—Desde luego. William Halstead parecía el más fácil de interpretar. Se ha mostrado despreocupado y distante, pero, ¿sería una fachada o serían sus verdaderos sentimientos? Dada la habilidad mostrada por Mortimer, Camberly y Maurice para controlar sus gestos, no tengo ninguna confianza en haber sabido interpretar ninguno de ellos.

Montague suspiró.

—De modo que, en lo que se refiere a poner en evidencia a nuestro asesino, podríamos decir que hemos fracasado.

Los demás asintieron malhumorados.

Violet estudió sus rostros y se levantó.

—Creo que nos vendría bien tomar un té. Pero antes voy a hablar con Cook. Tengo que decirle que la familia nos permite marcharnos y desean que cerremos la casa mañana por la noche.

Stokes arqueó las cejas.

Montague pareció preocupado.

Y Violet se dirigió hacia la cocina.

—Bueno —dijo Cook cuando Violet le comunicó que deberían abandonar la casa—. No esperaba otra cosa de esta familia, pero, la verdad sea dicha, ni una manada de caballos salvajes podría obligarme a dormir aquí ni una noche más.

Al ver que los demás entraban en la cocina, se volvió hacia los fogones, hacia el hervidor que se estaba calentando en el fuego. Mientras rellenaba la enorme tetera, dijo por encima del hombro:

—Esta tarde iré a casa de mi hermana. Volveré mañana por la mañana para preparar la carne para el convite, pero ya tengo las maletas hechas y no hay dinero en el mundo que pueda convencerme de que me quede en esta casa.

Dejó el hervidor a un lado y tomó la tetera con sus manos enormes; la giró y se volvió hacia Violet.

—Y tú deberías hacer lo mismo, querida. No se te ocurra quedarte esta noche. De hecho, tienes más motivos que yo para intentar ponerte a salvo, para ir a cualquier lugar en el que no haya ningún asesino merodeando por tu puerta.

Violet esbozó una mueca. Ojalá tuviera algún lugar al que ir. Pero le bastó pensar que tendría que pasar la noche sola en aquella casa para fortalecer su resolución.

—Sí, tienes razón. A lo mejor encuentro un hotel cerca de aquí.

Montague le sostuvo la silla a Penelope e hizo lo mismo para Griselda; Barnaby y Stokes estaban hablando en el marco de la puerta, seguían intercambiando opiniones sobre los Halstead. Mientras le sacaba una silla a Violet, Montague inclinó la cabeza hacia la cocinera. Después, miró a Violet, que se estaba acercando a tomar asiento.

—Estoy de acuerdo con Cook. No puede quedarse aquí.

Si hubiera sido una solución respetable, le habría ofrecido una habitación en su apartamento. No sería capaz de dormir si sabía que Violet continuaba en la casa de Lowndes Street. La ayudó a acercar la silla a la mesa cuando se sentó.

—Si necesita ayuda para encontrar algún lugar en el que dormir, estaré encantado de acompañarla a cualquier establecimiento que quiera considerar.

—En cuanto a eso —Penelope, que estaba sentada al otro lado de Violet— tengo una propuesta que hacer.

Violet abrió los ojos como platos, invitando a Penelope a compartirla.

Penelope sonrió y aceptó la taza de té que la cocinera le tendía.

—Gracias —dejó la taza y el plato y miró de nuevo a Violet—. Debo confesar que, además de participar ocasionalmente en algunas investigaciones y, por supuesto, cuidar a mi hijo Oliver, que tiene solo ocho meses, también soy una estudiosa. Soy especialista en lenguas antiguas e intercambio correspondencia con expertos de todo el país. A petición de ciertas instituciones académicas, de vez en cuando traduzco textos antiguos. Sin embargo, he descubierto que, desde la llegada de Oliver, he dejado la correspondencia abandonada hasta tal punto que necesito la ayuda de una escribiente para mantenerla al día —Penelope se interrumpió para beber un sorbo de té y continuó—: Puedes creerme, no es una necesidad inventada. Tanto Barnaby como

Griselda, por no hablar de Mostyn, nuestro mayordomo, pueden corroborarlo.

Atrapó la mirada de Violet y dijo en tono casi esperanzado.

—Tengo entendido que, como hija de un reverendo y al estar más preparada en lo referente a las letras de lo que es habitual, parte de tus obligaciones hacia lady Halstead consistía en hacer las veces de secretaria. De modo que, estaba preguntándome si estarías dispuesta a trasladarte a Albemarle Street para ser mi secretaria.

Como la respuesta de Violet no fue inmediata, Penelope le dirigió una mirada suplicante.

—¿Podrías intentarlo por lo menos? Si encuentras un trabajo mejor remunerado, no te retendré.

Violet no pudo menos que sonreír. Tras estudiar la mirada de Penelope durante varios segundos y descubrir que en aquellas profundidades de color chocolate solo había una total sinceridad, dejó su taza, vaciló un instante y preguntó:

—¿De verdad no te estás inventando ese puesto porque estoy desesperada por conseguir un trabajo?

Penelope se llevó la mano al corazón.

—Te juro que necesito tu ayuda.

Griselda se inclinó hacia delante desde el otro lado de la mesa para llamar la atención de Violet.

—De verdad la necesita. Su escritorio está desaparecido, literalmente, bajo un montón de papeles y libros abiertos.

—Además —Penelope desvió la mirada de Violet a Montague, que en aquel momento estaba charlando con la cocinera— creo que descubrirás que tu caso no es tan desesperado como podrías imaginar —miró a Violet a los ojos y sonrió—. Tienes amigos. Estaríamos dispuestos a ayudarte, pero, da la casualidad de que necesito una secretaria y tú eres la persona perfecta para ocupar ese puesto.

Griselda alzó la mano.

—Yo opino lo mismo que ella. Dejando de lado todo lo demás, has demostrado que serás capaz de cuestionar a Penelope cuando la situación lo requiera y, confía en mí, hay pocos que se atrevan a hacerlo.

Penelope le hizo un gesto burlón a Griselda, pero las dos mujeres estaban sonriendo.

Violet parpadeó ante la posibilidad de sumarse a ellas, de formar parte de una amistad que traspasaba las barreras sociales con tal naturalidad, tener a su lado a mujeres que comprendieran sus preocupaciones y pudieran empatizar con ella... Cuando Penelope y Griselda se volvieron hacia ella esperanzadas, asintió y miró a Penelope a los ojos.

—Muy bien, iré a Albemarle Street y seré tu secretaria.

—Excelente —Penelope vació su taza—. En ese caso, vamos al piso de arriba a preparar las maletas.

Violet se detuvo a cruzar unas palabras con Cook y confirmar que se verían al día siguiente en la iglesia. Mientras se dirigía después hacia la puerta, era consciente de que Montague la estaba siguiendo con la mirada. Se había mostrado encantado de su decisión de aceptar el puesto que le había propuesto Penelope, un sentimiento alimentado, de forma más que evidente, por el alivio. El alivio de saber que estaría a salvo.

Mientras sus maridos se sentaban a la mesa junto a Montague, tomaban el té sin prestarle demasiada atención y seguían dándole vueltas a la investigación, Penelope y Griselda se quedaron esperándola en la puerta de la cocina. Cuando comenzó a subir las escaleras, con ellas pisándoles los talones, Violet fue de pronto consciente de que había pasado mucho tiempo desde la última vez que alguien se preocupaba, a un nivel tan personal, por su seguridad. A pesar de la amistad que había compartido con lady Ogilvie y lady Halstead, ninguna de ellas había tenido una relación tan cercana con ella en ese sentido, ni hasta ese punto.

Llegó al primer piso y a la puerta de su dormitorio y entró. Guardaba las cajas y la maleta debajo de la cama. No le llevó ni un minuto sacarlas y sacudirles el polvo. Después, las propias Penelope y Griselda se pusieron a ayudarla a reunir sus pertenencias y a guardarlas en las cajas y la maleta.

En quince minutos estuvo todo listo. Violet se detuvo para contemplar la pequeña pila de equipaje reunido sobre la cama y el abrigo de invierno y el sombrero colocados a su lado. La sensación de vacío que había impregnaba la casa seguía extendiéndose, infiltrándose en todo su ser. Miró a Penelope y a Griselda.

—Las cosas de Tilly están en la habitación del ático. Tenía menos que yo. Si no tenéis prisa por iros, sería preferible empaquetarlas ahora y llevárnoslas, así…

—¿Así no tendrás que volver a poner un pie en esta casa? —las gafas de Penelope resplandecieron mientras ella asentía—. Una idea excelente.

—Y, sí —dijo Griselda—, tenemos tiempo. Te ayudaremos.

Tenerlas junto a ella mientras subía al ático para llegar al diminuto dormitorio alojado bajo el alero del tejado hizo que le resultara más fácil. Violet entró y se quedó paralizada al ver el estrecho camastro que permanecía tal y como lo habían dejado los agentes al llevarse el cadáver de Tilly, con las sábanas terriblemente arrugadas tras su última y desesperada batalla. La almohada todavía conservaba la huella de su cabeza. La realidad de la muerte de Tilly volvió a arrollarla, convertida en una pesada carga sobre los hombros, en una fría garra oprimiéndole el corazón.

Tilly había sido una buena mujer, un rostro amable, una compañera cercana. Una amiga y, sin embargo, no había despertado en ella la misma conexión que sentía con Penelope y Griselda. La vida era así. Algunas personas entraban de manera inmediata en el círculo más íntimo mientras que otras más frecuentadas y cercanas permanecían a una mayor distancia.

Aun así, también dolía su pérdida.

Sin decir una sola palabra, Penelope y Griselda pasaron por delante de Violet y comenzaron a deshacer la cama.

El hechizo se rompió. Violet se volvió hacia el viejo lavamanos, se inclinó y sacó la baqueteada maleta que había debajo. La abrió junto a la cómoda que había al lado del lavamanos y comenzó a trasladar el contenido de los cajones. Estaba vaciando el cajón del medio cuando resonaron en la escalera unos pasos fuertes y masculinos.

—¿Señorita Matcham? ¿Violet?

Era Montague.

—Estamos en la habitación de Tilly —respondió.

Apareció en el marco de la puerta y observó la escena. Violet se levantó y se acercó a él.

Sin vacilar, él alargó las manos para tomar las suyas y acariciarle el dorso con los pulgares, reconfortándola. Ignorando la presencia de Penelope y Griselda, la miró a los ojos. Después, le presionó las manos con delicadeza.

—Encontraremos a la persona que hizo esto. Averiguaremos quién ha matado a Tilly, a Runcorn y a lady Halstead. Nosotros —inclinó la cabeza, incluyendo con aquel gesto a Penelope y a Griselda y, por inferencia, a Stokes y a Barnaby—, todos nosotros, no descansaremos hasta que le atrapemos. Hasta que Tilly, Runcorn y lady Halstead sean vengados.

Le sostuvo las manos durante un segundo más y después, para inmensa sorpresa de Violet, se llevó una mano a los labios y rozó sus dedos. Ella sintió un cosquilleo allí donde sus labios la tocaron. Montague bajó después la mano y esbozó una tímida sonrisa.

—No perdamos la fe, querida. Le encontraremos.

Y, sin más, retrocedió y la soltó con obvia desgana. Violet tuvo que reprimir las ganas de apretar los dedos para retenerle. Él la miró a los ojos.

—Ahora tengo que irme, pero nos veremos mañana.

Miró tras ella e inclinó la cabeza hacia Penelope y Griselda.

—Señoras —volvió a mirar a Violet a los ojos—, nos veremos mañana en el funeral.

Violet asintió. Montague, tras dirigirle una última y larga mirada, dio media vuelta y se fue.

Ella permaneció durante varios segundos escuchando el sonido de sus pasos alejándose. Después, respiró hondo, se volvió y continuó empaquetando las pertenencias de la pobre Tilly. A su lado, Penelope y Griselda terminaron de doblar la colcha y colocaron el colchón y la almohada. Cuando terminaron, sin esperar a que se lo pidiera, se acercaron para ayudarla a cerrar la maleta de Tilly.

—Nuestros esfuerzos está evolucionando de una forma que no esperaba —dijo Penelope.

Como era habitual, encabezaba la marcha hacia el dormitorio que Barnaby y ella, de forma poco convencional, compartían.

La tarde se había agotado y había caído la noche sobre Mayfair. Barnaby entró en el dormitorio detrás de Penelope y cerró la puerta, observando cómo su esposa, tras dejar el retículo en el tocador, se acercaba a los largos ventanales. Tras los cristales, la noche era una fusión de grises oscuros, una fría niebla flotaba sobre el Támesis. Penelope alzó las manos para cerrar los gruesos cortinajes, encerrándose junto a Barnaby en un familiar confort.

En el calor de unas vidas compartidas.

Horas atrás, a última hora de la tarde, cuando habían regresado a Albemarle Street con Violet, había estado ocupada instalando a su nueva secretaria en la casa. Barnaby se había dedicado a revisar y contestar su correspondencia y a charlar con Mostyn. Después se había retirado a la habitación del bebé para compartir con Oliver los últimos acontecimientos del día. Al cabo de un tiempo, Penelope se había unido a ellos; estaba más entusiasmada, más comprometida y más vital de lo que la había visto nunca Barnaby tras el nacimiento de Oliver.

Tras dejar a Violet a su aire, algo que ella les había asegurado le parecía perfecto, Penelope, Oliver y Barnaby habían pasado el resto de la tarde en una reunión familiar en Calverton House, con toda la familia Ashford, niños incluidos, sentados alrededor de una larga mesa con Minerva, la vizcondesa viuda de Calverton, sentada en el centro y presidiendo con graciosa elegancia la velada.

Todos los presentes habían hecho cuanto había estado en su mano para complacer a la anciana matriarca. Minerva había dedicado toda su vida a sus hijos y, en respuesta, todos y cada uno de ellos vivían volcados con ella.

Para Barnaby, no había otro ejemplo mejor para ilustrar los defectos de los Halstead.

Al regresar de Mount Street, Penelope y él habían subido a un profundamente dormido Oliver a su cuna y habían permanecido con las manos entrelazadas contemplando a su hijo durante varios de aquellos preciosos minutos que Barnaby estaba empezando a atesorar. Después, en silencioso acuerdo, habían dado media vuelta para ir al dormitorio.

Tras correr las cortinas de otro par de ventanas, Penelope giró con una sonrisa radiante.

—Pero la buena noticia es que sí, que, en efecto, estamos progresando.

—Yo no diría tanto —objetó Barnaby mientras se quitaba el abrigo—. Todavía no tenemos la menor idea de cuál de los Halstead es el asesino.

Deteniéndose para dejar los pendientes y la gargantilla en el tocador, Penelope le dirigió una mirada compasiva.

—No me refería a la investigación, sino a la forma en la que estamos consiguiendo encontrar un equilibrio entre la investigación y todo lo demás.

—¡Ah! Te refieres al hecho de haber contratado a Violet como secretaria.

—Exactamente. Tienes que admitir que ha sido un golpe maestro. He matado a muchos pájaros de un tiro.

Barnaby sonrió para sí y confesó después:

—Si no lo hubieras sugerido tú, lo habría hecho yo. Hasta Mostyn había empezado a quejarse del polvo que se está acumulando sobre tu mesa.

Ella suspiró.

—Sí, bueno. La verdad es que no tenía ni idea de que tener un bebé, o, mejor dicho, un recién nacido, pudiera llegar a suponer tamaña fuente de distracción. No hay que olvidar que soy la más pequeña de mi familia. No sabía que los bebés fueran tan tiernos, tan divertidos y tan encantadores. Oliver solo tiene que mover las manitas para engatusarme por completo. Cuando estoy con él, las horas vuelan sin que me dé ni cuenta.

Barnaby soltó una exclamación.

—En eso no eres la única. A mí me pasa lo mismo.

Alargó la mano cuando ella pasó a su lado, le rodeó la cintura con el brazo y la atrajo hacia él, acercándola a sus brazos, a su beso. Ella le devolvió el beso, moviendo los labios con familiar y confiada relajación bajo los suyos, después, al igual que él, retrocedió.

Barnaby la miró a los ojos, tan oscuros bajo la luz de la lámpara que era imposible interpretar su expresión.

—Me pregunto si cuando llegue un segundo hijo el efecto será el mismo —musitó en un tono intenso.

Penelope se aferró a sus brazos, recostándose contra él, estudió sus ojos y curvó los labios con una ligera sonrisa.

—Supongo que probablemente para nosotros no. En cualquier caso, me atrevería a decir que lo averiguaremos… a su debido tiempo.

Inclinó la cabeza y continuó:

—Quiero disfrutar de este momento, esta primera vez, este primer hijo, plenamente, antes de que vayamos complicándonos más. Quiero saber, tener la seguridad de que he conseguido encontrar un equilibrio, de que he encontrado la manera de organizar todas las facetas de mi vida de tal manera que puedo disfrutarlas, rendir y entregarme al máximo sin descuidar ninguna. Algo muy diferente a esa sensación que me ha acompañado últimamente, que es como si cada una de ellas estuviera tirando de mí en una dirección y, por mucho que lo intentara, estuviera fracasando a la hora de abordarlas con éxito.

Barnaby estudió su rostro.

—No era consciente de que estuviera siendo… tan difícil. De que te estuviera desgarrando hasta ese punto.

Penelope inclinó la cabeza con uno de sus habituales y asertivos asentimientos.

—Así era como me sentía, como si me estuvieran descuartizando —le miró a los ojos y curvó los labios en una sonrisa. Entrelazó las manos tras su cuello, se recostó contra él y se meció ligeramente—. Pero, como ya te he dicho, estamos haciendo grandes progresos y, de hecho, creo que estamos empezando a conseguirlo. Estoy encontrando la manera de conservar un equilibrio y sentirme feliz y satisfecha en todas las áreas de mi vida.

—Esa es la razón por la que te has puesto tan contenta al poder contar con Violet como secretaria. Ella forma parte del plan.

—Exactamente. Griselda no podía ayudarme con todos los papeles que tengo sobre mi mesa, pero Violet sí y, además, sospecho que también ella se sentiría defraudada y profundamente insatisfecha si sus habilidades no fueran apreciadas y aprovechadas —se interrumpió y le miró a los ojos—. ¿Pero qué me dices de ti? ¿Qué piensas de cómo va cobrando forma esta nueva situación, esta nueva manera de equilibrar mi vida? Por su puesto, tú eres uno de los aspectos de mi vida al que estoy intentando prestar un mejor servicio.

Barnaby era muy consciente de que la elección de aquellas palabras no era en absoluto accidental, un hecho que subrayaba su manera de mover las caderas mientras se presionaba contra la parte superior de sus muslos. Su vientre plano, recubierto de la brillante tela del vestido, acariciaba la ya importante erección de Barnaby. Este no pudo menos que sonreír, pero, aun así, podía ver por su expresión, sabía por su atenta mirada, que la pregunta era seria y la respuesta crucial. Miró hacia el interior de sí mismo y, para su sorpresa, descubrió la verdad esperando el momento de ser pronunciada.

—Me gusta. Me gusta tenerte a mi lado, mentalmente por lo menos, aunque no puedas estarlo físicamente, en una investigación —se interrumpió y confesó—: No era consciente de lo mucho que lo echaba de menos. No he sido consciente hasta que tú, insistiendo y presionando, has forzado tu vuelta.

Se le ocurrió entonces una idea, una absoluta verdad. Durante un instante, consideró la posibilidad de ocultarla, pero tomó aire y, disfrutando del calor y la vitalidad de su esposa entre sus brazos, admitió:

—Sospecho... creo que necesito tu inteligencia, tu mente, comprometida e involucrada, para sacar las chispas más brillantes de la mía.

Bajó la voz y las palabras que pronunció a continuación llegaron de un lugar tan profundo que su declaración fue una suerte de catarsis.

—Sin ti a mi lado, jamás seré todo lo que puedo llegar a ser.

Penelope leyó la verdad en sus ojos, en aquel azul cobalto tan brillante incluso bajo aquella tenue luz. Y sintió el eco de aquellas palabras roncas, profundas, las sintió en su corazón, en lo más profundo de su ser.

Profundizando su sonrisa, ella se irguió para acercar los labios a los de su marido. Un instante antes de que sus bocas se encontraran, susurró:

—Somos una pareja, tú y yo, y por eso vamos a salir adelante los dos juntos.

Se presionó contra él y selló sus labios con un beso. Después, entreabrió los labios en abierta invitación, se abandonó por completo y sintió que él tomaba la misma decisión y se entregaba al momento, a la noche, a ella.

A ellos. Juntos.

Las ropas cayeron al suelo, las manos susurraban sobre la piel. Acariciándose, rozándose, amasando sus cuerpos.

El placer era el único objetivo. Y estar juntos.

Compartiendo, no solo sus cuerpos, sino también el placer del otro, el júbilo, las emociones y un anhelo rebosante de pasión, se desnudaron también de toda restricción.

Conocían bien aquel viaje y no había ningún motivo para precipitarse.

Momentos mágicos en los que las sensaciones se alargaban, frágiles y exquisitas, antes de que les arrastrara una oleada de deseo voraz y embriagador.

Desnudos, con los cuerpos iluminados por la luz de la lámpara, se mecían y danzaban, jugaban y se entrelazaban. Las manos idolatraban, los labios rendían homenaje. El deseo latía bajo su piel, sofocándoles, abrasándoles, mientras la necesidad afilaba el látigo de la pasión que laceraba cuerpos y sentidos.

Y llegó por fin el momento esperado. Barnaby la levantó y coincidieron en una silenciosa exclamación cuando el momento de la unión se apoderó de sus sentidos, sus mentes, su propio ser. En el momento en el que una cascada de sensaciones y emociones los revolcó sin compasión en ellos mismos y en el otro, en lo que eran, podían ser y podían llegar a crear.

En el asombro.

En un placer indescriptible y sobrecogedor.

Conteniendo la respiración, Penelope echó su negra y enmarañada melena hacia atrás, apartó un oscuro y sudoroso rizo de su frente y bajó la mirada hacia los ojos de Barnaby, en los que resplandecía el fuego de la pasión.

Reconoció en ellos el deseo, un deseo patente y visceralmente real, vio en ellos un compromiso auténtico, vio entrega y amor.

Y sintió las emociones complementarias que provocaba en ella.

Inclinó la cabeza, posó los labios en los de su marido y, con las bocas fundidas, se entregó a sí misma, todo lo que era, entregó su amor.

Como él le había entregado el suyo.

Juntos en cuerpo y alma.

Juntos en aquella dicha.

Se tenían el uno al otro y juntos lo tenían todo.

La niebla cubría las calles, envolvía las casas en un velo gris e impenetrable haciendo imposible orientarse en ellas.

Las escaleras de Lowndes Street crujieron, víctimas de aquella invasiva humedad.

Se detuvo y escuchó con atención, pero no detectó movimiento alguno en el piso de arriba, ninguna señal de que le hubieran oído.

Contuvo la respiración y avanzó con sigilo, pisando apenas el borde de los escalones. Al llegar al primer piso volvió a detenerse y escuchó de nuevo.

Como nada salvo el silencio llegó a sus oídos, volvió a tomar aire, con más profundidad en aquella ocasión, para tranquilizarse.

El pomo de la puerta giró sin dificultad. Para su sorpresa, la puerta se abrió.

Se detuvo ante el umbral y fijó la mirada en la puerta que se había entreabierto sin encontrar ningún obstáculo, en la luz de la luna que iluminaba las baldosas en aquel momento visibles.

Esperaba tener que empujar la cómoda para poder abrir y estaba decidido a arriesgarse a hacer ruido, confiando en la hora que era, en la distancia y en el egoísmo de la cocinera para poder hacer lo que había ido a hacer y abandonar las casa sin ser visto.

Sin arriesgarse a que le identificaran.

Y, si la situación lo requería, mataría también a la cocinera.

Observó con atención mientras, con una mano enguantada, empujaba la puerta para abrirla del todo.

Pero, aunque seguía evitando hacer ruido y entró de puntillas en la habitación, una parte de su mente sabía lo que iba a encontrar. Había comprendido lo que significaba la ausencia de la cómoda en la puerta.

El lecho permanecía vacío, las sábanas estiradas.

—No está aquí.

Su susurro resonó en toda la habitación, pareció rebotar inundando sus oídos, filtrándose en su mente.

Sacudió la cabeza con brusquedad, intentando alejar aquel susurro.

Miró a su alrededor y registró la ausencia de cepillos, de peines, de cualquier objeto personal.

Frunció el ceño y fijó de nuevo la mirada en la cama.

—¿Dónde demonios ha ido?

CAPÍTULO 11

El funeral de lady Halstead tuvo lugar a la mañana siguiente. Cynthia Camberly terminó imponiendo su criterio y se organizó en la iglesia de St. Peter, en Grosvenor Street. El entierro se celebró inmediatamente después en el cementerio que había al lado de la iglesia.

Violet se alegró de que Cynthia hubiera ganado aquel combate. Muchos de los parroquianos habían conocido a lady Halstead y abarrotaron la iglesia hasta rebosarla. Sus voces tiñeron los tres himnos de una tristeza sincera y el panegírico principal estuvo a cargo del ministro, que había conocido bien a su señora. La numerosa cantidad de desconocidos que acudieron a la iglesia, ancianas damas y caballeros, muchos de ellos, a juzgar por su atuendo impecable y conservador, pertenecientes a círculos diplomáticos y del gobierno, habría sorprendido a Violet si Penelope no le hubiera hablado de la posición que habían ocupado los Halstead en el pasado en aquellos ámbitos.

En definitiva, Violet tuvo la sensación de que la celebración era el tributo que lady Halstead y su vida se merecían.

Desde el segundo banco, con Montague a la izquierda y Penelope a la derecha, junto a Griselda, y Cook, sentada en la esquina, observó cómo el ataúd cruzaba el pasillo de la iglesia, transportado por los hijos, los nietos y el yerno de lady Halstead.

Cynthia y Constance, ambas veladas, les siguieron. Caroline, con la cabeza debidamente inclinada, fue tras ellas.

Cuando el trío pasó, Montague salió al pasillo central y le ofreció a Violet la mano.

Esta la tomó, sintiendo su fuerza, aquella sólida seguridad tan particular. Cerró los dedos alrededor de aquella mano, aceptando el sostén que Montague le ofrecía.

Él la agarró del brazo y la acompañó por el pasillo.

Penelope y Griselda la siguieron, flanqueándola con cariño.

El sepelio fue rápido y sencillo. Enterraron a lady Halstead junto a sir Hugo en el terreno propiedad de la familia. Violet advirtió que Stokes, Adair y algunos agentes permanecían en el borde de la multitud. Antes se habían quedado en la parte de atrás de la iglesia, observando y tomando notas, aunque ella no había visto nada que le hubiera llamado la atención.

Todo transcurrió con tranquilidad, sin problema alguno, sin que ninguna pelea entre los Halstead enturbiara el ambiente, algo que Violet agradeció. A pesar de las circunstancias, no le habría extrañado que cualquiera de ellos hubiera montado una escena.

El primer puñado de tierra lo lanzó Mortimer, seguido por Cynthia.

Montague hizo volverse a Violet.

—Vamos. Será mejor que nos adelantemos.

Ella asintió y permitió que la condujera hacia un camino lateral en el que su grupo había dejado varios carruajes. Penelope y Griselda ya se habían ido con Cook en el carruaje que Penelope utilizaba para la ciudad, dejando el pequeño carruaje negro de los Stokes para Montague y Violet.

Mientras él le tendía la mano para ayudarla a subir, Violet susurró:

—¿Y Stokes y el señor Adair?

—Han traído dos carruajes de Scotland Yard para ellos y para los agentes —se sentó a su lado y esperó a que el carruaje se incorporara al tráfico para decir—: Por cierto, tendrá que estar presente en la lectura del testamento —cuando Violet se volvió hacia él, la miró a los ojos y asintió—. Es evidente que lady Halstead la apreciaba. Y también a Tilly y a Cook.

Violet parpadeó y resopló con suavidad.

—A la familia no le va hacer mucha gracia.

—La familia tendrá que aceptarlo le guste o no le guste.

Montague sentía una beligerancia impropia de él, pero le gustaba aquella sensación. Y también el hombre que estaba descubriendo que era, cortesía de la dama que tenía a su lado. Volviéndose de nuevo hacia adelante, añadió:

—He visto el testamento. Legalmente es incontestable. Cualquier intento de oponerse a él será una pérdida de tiempo.

Sintió entonces la mirada de Violet fija en su rostro.

—¿Y podrá asistir a la lectura? —preguntó ella.

—Teniendo en cuenta la autorización de lady Halstead y mi reciente relación con la familia, su abogado, el señor Entwaite, me ha pedido que haga los honores —miró a Violet—. Entwaite es un hombre sensato, pero no le gusta tratar con personas agresivas, y tampoco los enfrentamientos innecesarios.

A los labios de Violet asomó una sonrisa, disipando parte de las sombras que la habían cubierto a lo largo del día. Satisfecho, él se volvió de nuevo hacia al frente, escuchando el traqueteo de las ruedas sobre la calzada mientras recorrían la corta distancia que los separaba de Lowndes Street.

Una vez allí, el volumen de invitados facilitó que su pequeño grupo de investigadores se reuniera en una de las esquinas del salón sin llamar demasiado la atención.

Cook se había retirado a sus dominios para supervisar la presentación de la comida que iba a ofrecerse en el convite.

—Considera que es su última obligación hacia lady Halstead —comentó Penelope.

Tanto Camberly como Mortimer habían enviado a sus sirvientes y también a sus respectivos mayordomos. Inclinando la cabeza hacia ellos, que se miraban como si fueran gallos a punto de pelea, Montague susurró:

—Solo espero que los mayordomos no la emprendan a golpes.

Los demás siguieron el curso de su mirada y Griselda dijo frunciendo los labios:

—Que el cielo les ayude como se les ocurra. ¿Os imagináis el ataque que les daría a sus señoras?

Tras intercambiar una mirada cortante, los mayordomos giraron y se alejaron hacia los extremos opuestos del salón.

Penelope soltó un bufido burlón.

—Crisis superada. Al parecer, han sido conscientes de las limitaciones de la situación.

—Hablando de situaciones —Barnaby miró a Montague a los ojos—, ¿qué probabilidades hay de que la familia ignore a todos los aquí reunidos y, en vez de comportarse como correctos anfitriones, insistan en que se lea cuanto antes el testamento?

Montague resopló.

—No es una apuesta difícil de ganar, pero, a propósito del testamento —miró a Stokes—, como ya le he mencionado a Violet, ante el requerimiento de su abogado y gracias a la autorización de la señora Halstead, seré yo el que haga la lectura. Violet y Cook tendrán que estar presentes, la familia no podrá discutirlo, puesto que las dos son beneficiarias. Y, dado que lady Halstead murió asesinada, propondré también la presencia de algún representante de Scotland Yard. Porque supongo que desearéis asistir...

Stokes asintió.

—Desde luego.

—¿Solo un representante? —preguntó Barnaby en tono quejumbroso.

Montague transformó su sonrisa en una mueca.

—Por desgracia, sí. Es fácil justificar la presencia de uno, sobre todo de un inspector, pero invitar a dos provocaría las protestas de la familia y, si se pusieran tercos, podrían ponérnoslo difícil —miró a Stokes—. Yo considero que no hay ningún motivo para desear que se retrase la lectura del testamento.

Stokes asintió.

—Cuanto antes, mejor. Cuantas más cosas sucedan y a mayor velocidad, mayor será la presión sobre el asesino. ¿Quién sabe? A lo mejor hay algo en el testamento que arroja alguna luz, por nebulosa que sea, sobre sus motivaciones.

—Por lo que he visto del testamento, no es muy probable...

Montague se interrumpió al ver al anciano abogado saludando con la mano desde la entrada. Permanecía junto a la puerta, estirando el cuello para poder ver entre la multitud.

—¡Ah! Nos vamos —miró a Barnaby—. No nos llevará mucho tiempo.

Seguido por un «buena suerte» pronunciado a coro por los demás, Montague agarró a Violet del brazo y la condujo entre aquella numerosa reunión.

Siguiéndolos de cerca, Stokes susurró en voz tan baja que solo ellos podían oírle:

—Tenemos que tener los ojos bien abiertos, estar pendientes de la reacción de los cinco varones de la familia a los que consideramos sospechosos. Como vamos a estar los tres en la lectura del testamento, concentrémonos en ellos.

Montague asintió. Miró a Violet y vio que esta apretaba la mandíbula con fuerza y asentía.

La familia había decidido hacer la lectura del testamento en el cuarto de estar. Cuando Montague la instó a entrar en él, Violet advirtió que habían recolocado los muebles. El escritorio de lady Halstead estaba delante de la chimenea; un hombre pequeño y pulcro, de aspecto meticuloso, ataviado con el traje oscuro propio de los abogados se deslizó en la silla que había tras el estrecho escritorio. Una vez instalado allí, se colocó unos quevedos de montura de oro sobre la nariz y, con gesto nervioso, se alisó el ralo pelo que quedaba a ambos lados de su cabeza antes de supervisar inquieto a los miembros de la familia, apiñados en una fila de cómodas sillas colocadas en semicírculo frente al escritorio.

Montague guio a Violet a través de las sillas hasta llegar a dos sillas vacías colocadas a un lado del mirador que había al final de la habitación. Mientras se sentaba y le daba las gracias en un susurro, se dio cuenta de que, desde su posición, con la luz tras ella, tenía una vista inmejorable de la familia y de la escena que estaba teniendo lugar delante de la chimenea.

Por supuesto, también aquella posición le ofrecía a la familia una vista muy clara de ella y de Stokes, que se colocó de pie a su izquierda.

Una vez instalados, Montague se acercó al escritorio y ocupó una segunda silla.

Mortimer Halstead le miró con el ceño fruncido.

—¿Qué está haciendo usted aquí?

El abogado, Entwaite, se aclaró la garganta.

—Como el señor Montague tiene una autorización válida y que contempla amplias competencias respecto a mi cliente y, dada la experiencia que tiene en herencias de carácter complejo, le pedí que me ayudara en la lectura del testamento y explicara las provisiones establecidas en el caso de que tales explicaciones fueran requeridas —Entwaite se interrumpió y añadió muy serio—. Ese tipo de acuerdos son muy normales en la práctica habitual.

El ceño de Mortimer expresó su disgusto.

—Creo —intervino Cynthia, fijando la mirada en Violet y en Stokes— que la lectura del testamento debería estar restringida a la familia.

Levantando lo que, obviamente, era el testamento, Montague replicó con calma.

—Todos los beneficiarios tienen derecho a estar presentes en la lectura. Además, en este caso, teniendo en cuenta que la señora fue asesinada, nadie puede negar el interés de Scotland Yard en el contenido del testamento.

A Violet no le pasó por alto la elocuencia que reflejaban las frases de Montague y, a pesar de la ocasión, sonrió para sí. Lo único que había hecho era expresar lo obvio, pero, mientras lo hacía, había recorrido a la familia con la mirada, arqueando las cejas, invitándoles a expresar en alto su desacuerdo. Aunque varios miembros de la familia se removieron incómodos, ninguno se atrevió a manifestar su oposición.

Se abrió la puerta, entró Cook y la cerró cuidadosamente tras ella.

Montague le dirigió una mirada tranquilizadora y señaló hacia Violet.

Cook prácticamente corrió hasta el final de la habitación. Stokes le sostuvo la silla que había al lado de la de Violet y ella se sentó agradecida.

Violet le palmeó la mano.

—Tranquila —susurró.

—Muy bien —Montague miró a Entwaite—. Creo que todo el mundo está presente.

Entwaite asintió.

—Desde luego. Procedamos entonces.

Montague alzó el testamento, captando la atención de todos y cada uno de los presentes. Leyó el preámbulo con voz clara y firme y pasó después a las cláusulas que darían efecto a la distribución de la herencia establecida en el testamento de sir Hugo. A ello le siguió la lectura de las provisiones detallando el reparto de las propiedades de lady Halstead.

Aunque había leído el testamento ese mismo día, Montague todavía se veía obligado a prestar atención a lo que estaba leyendo. Y utilizó la pausa que hacía tras la lectura de cada una de las cláusulas para escrutar todos aquellos rostros vueltos hacia él.

No había nada en el testamento que pudiera causar consternación. Tal y como se esperaba, la combinación de ambos testamentos estipulaba que el grueso de la herencia, el sobrante que quedaba tras el reparto a los legatarios menores, quedaría dividido a partes iguales entre los cuatro hijos.

Tras oír la información y, como no podía ser de otra manera entre los Halstead, todos ellos parecieron decepcionados por el hecho de que su madre no les hubiera favorecido de forma particular.

Y, tal y como había anticipado Montague, todos prestaron especial atención a lo que lady Halstead había dejado en herencia a los otros. Cuando nombró la renta anual que le había dejado a Violet, suficiente, si se manejaba de forma adecuada, como para que pudiera pasar el resto de sus días de forma confortable, toda la familia dirigió miradas sombrías en su dirección. Las rentas anuales para Tilly Westcott y Cook, que resultó llamarse señora Edmonds, despertaron también murmullos. Él ignoró las protestas, pero empleó varios segundos en confirmar en voz alta que, como Tilly había muerto después de lady Halstead, todo lo que esta le había dejado en herencia a su criada pasaría a manos de sus herederos.

Entwaite completó el comentario explicando que ya había localizado al hermano de Tilly, que era su heredero legal.

Montague inclinó la cabeza y le dio las gracias. Escrutó una vez más los rostros de la familia, pero, tal y como había ido sucediendo a lo largo de todo aquel caso, se mostraron disgustados, insatisfechos, pero también distantes. Ninguno de ellos parecía excesivamente afectado por lo que habían oído hasta entonces.

Continuó leyendo el testamento, enumerando el resto del legado. Lady Halstead había enumerado las joyas una a una, con gran sensatez, pensó Montague, y había indicado qué miembro de la familia recibiría cada una de ellas. Al final de la lista, la dama había dejado lo que ella había denominado muestras de afecto para los tres miembro del servicio: una gargantilla de perlas para Violet, noticia que provocó una exhalación de Cynthia Halstead, un broche de perlas para Tilly y un anillo con una perla para Cook.

Montague miró a Cynthia Halstead, preguntándose si pensaría protestar, pero, aunque en su rostro se marcaban arrugas de profunda oposición, apretaba los labios en una fina línea y no hizo ademán alguno de querer moverlos.

Estaba ya a punto de anunciar la conclusión de la lectura cuando Caroline Halstead intervino:

—No tiene ningún sentido entregar un broche de perlas a una mujer muerta, y mucho menos a su hermano, un trabajador —fijando en Montague una mirada tan arrogante como la de su tía, declaró—: Como mi abuela solo tiene una nieta, ese broche debería ser para mí.

Montague había albergado la esperanza, casi había suplicado por ello, de que alguno de los miembros de la familia protestara. La objeción de Caroline le dio la oportunidad de decir:

—Si desea insistir en tal reorientación del testamento, debería impugnarlo, lo cual, por supuesto, retrasará la validación del mismo.

Mortimer le miró con el ceño fruncido.

—Un retraso en la validación del testamento... ¿Qué significa eso para todo los demás?

Montague arqueó las cejas.

—Significa —recorrió con la mirada a la familia, fijándose en los hombres mientras hablaba— que no se pagará un solo penique a nadie hasta que un tribunal haya decidido sobre el asunto en disputa y el testamento sea validado y aceptado.

Como había muchas posibilidades de que el asesino necesitara su parte de la herencia, tenía la esperanza de provocar alguna reacción reveladora en él. Sin embargo…

Cynthia se volvió hacia Mortimer y declaró en tono estridente:

—¡No permitiré que tengan retenida mi parte de la herencia por culpa de la codicia de tu hija!

Maurice medio se levantó con la mirada fija en Caroline.

—No seas estúpida. ¡Solo es un broche, jovencita!

William gruñó:

—¿Es que has perdido el juicio, muchacha?

Camberly parecía irritado y disgustado. Y hasta Constance se volvió consternada hacia su hija, que, por cierto, estaba ya acobardándose ante la mirada furibunda de su padre.

—Nadie va a retrasar la validación del testamento por un broche insignificante —dijo Mortimer en un tono más afilado y duro del que Montague le había oído hasta entonces.

Caroline se encogió en su asiento y cedió.

No se dijo nada más del broche.

Tras aclararse la garganta, Montague declaró concluida la lectura del testamento. Le tendió el documento a Entwaite y miró a la familia con semblante inexpresivo.

—Debido al asesinato del señor Runcorn, y por petición expresa de Scotland Yard, estoy ahora mismo en posesión de todos los informes financieros de la familia y continuaré guardándolos en la caja fuerte de mi oficina hasta que ustedes, a través del señor Entwaite, me informen de quién se encargará de los asuntos financieros de la herencia a partir de ahora.

La familia le miró parpadeando, hasta que Mortimer le preguntó con el ceño fruncido:

—Usted parece muy capaz de hacerlo. ¿No puede seguir con ello?

Podía, sobre todo tras haber decidido conservar a Pringle a su lado, pero la experiencia le había enseñado a mantener a clientes como la descendencia de los Halstead a raya.

—Desgraciadamente, no. Mi cartera de clientes está llena. Tendrán que buscar a otro asesor.

Con un breve asentimiento, se volvió, intercambió reverencias y despedidas con Entwaite y, dejando al abogado reuniendo su documentación, avanzó hasta el final del cuarto de estar, donde continuaban Violet y Stokes. Cook ya se había escabullido, volviendo, sin lugar a dudas, a la relativa tranquilidad de la cocina.

Tras él, habían comenzado ya las discusiones.

Deteniéndose ante Violet, que estaba todavía sentada en la silla, Montague miró a Stokes.

—Yo no he detectado nada, no he visto nada que haga destacar a ninguno de los hombres sobre los otros.

Stokes esbozó una mueca.

—Yo tampoco —cambió de postura, aparentemente, para hablar con Montague, pero así podía ver mejor el iracundo cónclave familiar ante la chimenea—. Entwaite se ha ido a toda velocidad, aunque ningún miembro de la familia parecía estar prestándole la menor atención.

Violet sacudió la cabeza.

—Están demasiado ocupados discutiendo sobre cómo van a dividir la herencia.

Se quedaron los tres en el cuarto de estar, escuchando. Como era habitual en ellos, nadie pensó en suavizar el contenido de sus comentarios o el tono de voz. Junto a Montague y Stokes, Violet oyó a los cuatro hijos de la familia acordar rápidamente, algo digno de sorpresa, que ninguno de ellos quería parte alguna de las dos propiedades de la familia. Aquel, sin embargo, fue el límite de su consenso. Mortimer y Maurice consideraban que las propiedades deberían ser vendidas y ser repartido después el dinero obtenido por ellas mientras que Cynthia y William, ya fuera porque de verdad lo pensaban o, sencillamente, por oponerse a los otros dos, insistían en que sería preferible alquilar ambas propiedades.

Tres minutos después de continuar oyendo discusiones, Stokes sacudió la cabeza.

—De aquí no vamos a sacar nada en claro. Barnaby, Penelope y Griselda pensaban estar moviéndose entre los invitados para ver si averiguaban algo. Sugiero que nos unamos a ellos.

Violet asintió. Montague le ofreció la mano y ella la aceptó y se levantó.

Stokes les hizo un gesto para que se quedaran. Volvió a desviar la mirada hacia la otra parte de la habitación. Violet siguió el curso su mirada y descubrió que estaba mirando a Caroline. Una sombra de mal humor oscurecía el rostro de la joven mientras observaba y esperaba a que sus padres terminaran de discutir.

Al mirar de nuevo a Stokes, Violet advirtió que intercambiaba una mirada con Montague antes de mirarla de nuevo a ella.

—Sospecho que sería una buena idea que, acompañada por Montague y quizá también por Penelope y Griselda, vaya a la habitación de lady Halstead a recoger las joyas que lady Halstead ha dejado al servicio en herencia.

Violet parpadeó y miró a Caroline.

—Creo que sería lo más razonable —se volvió hacia Montague—. He escrito al hermano de Tilly, se pasará por su oficina cuando venga a recoger el cadáver —apartó de su mente la imagen del cadáver de Tilly. No podía pensar en ello en aquel momento, no allí. Alzó la barbilla y continuó—: Si pudiera enviarle a buscarme, tengo ya las pertenencias de Tilly, de modo que puedo añadir también el broche. Y le daré a Cook la sortija antes de irme.

Montague y Stokes asintieron.

—Vamos —Montague le ofreció el brazo—. Vamos a buscar a Penelope y a Griselda y subiremos con ellas al dormitorio.

Stokes les siguió.

—Yo subiría cuanto antes. Estoy convencido de que en el instante en el que dejen de discutir subirán a repartirse las joyas.

Sabiendo que tenía razón, Violet reprimió el impulso de ir a ver a los últimos invitados de su señora para ocupar el papel que ni Cynthia ni Constance habían pensado en asumir y permitió que Montague fuera a buscar a Penelope y a Griselda y las acompañara después a las tres a la habitación de lady Halstead.

Tilly y ella habían estado ordenando el dormitorio un día antes de que la criada fuera asesinada... Violet se obligó a concentrarse en la tarea y no se permitió pensar en nada más. Cruzó hasta el tocador y abrió el segundo cajón de la derecha.

—Lady Halstead guardaba sus perlas aquí.

—Será mejor que lo haga yo —Montague se inclinó y abrió del todo el cajón. Se enderezó, lo dejó sobre la mesa y la miró a los ojos—. Si los Halstead preguntan, como es probable que hagan, podré decirles con completa sinceridad que, como asesor de lady Halstead y atendiendo a su voluntad, fui yo el que tomó las perlas y las entregué.

Aunque Violet no era capaz de curvar los labios en aquella habitación, sonrió por dentro.

—Gracias —miró hacia el cajón y señaló una cajita—. Ese es el broche. Y la gargantilla está en la bolsa de terciopelo azul. La sortija... en esa cajita más pequeña.

Montague tomó los tres objetos, los miró y se los tendió.

Mientras dejaba que fuera él el que pusiera el cajón en su lugar, Violet se volvió y descubrió a Penelope y a Griselda revisando el interior del armario. Penelope estaba examinando los vestidos mientras Griselda se había agachado para estudiar los zapatos y las botas de lady Halstead.

—¿Qué estáis buscando?

Ambas se volvieron hacia ella y miraron por última vez en el interior del armario antes de retroceder. Penelope cerró la puerta del armario y le explicó:

—Estamos intentando hacernos una idea del carácter de lady Halstead. Normalmente, la ropa y los zapatos de una mujer dicen mucho sobre ella —señaló el armario—. Por sus vestidos, parece haber sido una mujer suave y delicada.

Violet asintió.

—Lo era. Pero eso no significa que fuera débil. No le gustaban sus hijos, pero no podía cambiarlos, así que los aguantaba.

—Eso encaja con su calzado —dijo Griselda—. Zapatos a la moda y de buena calidad, pero también funcionales. Le gustaba la moda, pero, sobre todo, parece haber sido una mujer práctica y sensata.

Violet sintió que sus facciones se suavizaban.

—Sí, así era lady Halstead.

Se reunieron todas de nuevo en la puerta. Tras mirar por última vez a su alrededor, Violet fue la primera en salir y bajar las escaleras.

Una vez en el piso de abajo, se detuvo para mirar hacia el salón y escuchar la cacofonía de voces que se elevaban en el interior. Todavía quedaba un considerable número de dolientes alargando el convite.

Tomó aire y se volvió hacia sus acompañantes. Miró a Penelope y después a Montague.

—La verdad es que no tengo ninguna gana de entrar y ser amable con todo el mundo.

—Y no tienes por qué hacerlo —le aseguró Penelope—. Ya has hecho mucho más de lo que tu relación con lady Halstead exigía.

Montague le tocó el brazo. Fue un roce fugaz, pero ella sintió su apoyo.

—No tiene por qué quedarse más.

Violet bajó la mirada hacia las joyas que llevaba en la mano.

—Voy a despedirme de Cook y a darle la sortija y después me iré.

«Para no volver jamás». No pronunció aquellas palabras, pero resonaron dentro de ella. Aquel era el final de una fase de su vida. Lo sentía en lo más hondo de su ser. Había llegado el momento de abandonar aquella casa y seguir adelante, de adentrarse en un futuro todavía incierto, pero en el que no le faltarían amigos y, gracias a la generosidad de lady Halstead, tampoco recursos.

La acompañaron todos a la cocina. Despedirse de Cook fue una triste tarea, pero, al final, tanto ella como la cocinera se secaron las lágrimas y, tras intercambiar sus direcciones —Penelope le proporcionó amablemente la dirección de su casa y Cook escribió la de su hermana en Bermondsey en un pedazo de papel—, se separaron.

Barnaby y Stokes les estaban esperando en el vestíbulo principal.

—Ya estamos todos.

Violet sintió los amables ojos azules de Barnaby recorriendo su rostro. No tenía ni idea de lo que vio en ellos, pero su voz se había suavizado cuando dijo:

—¿Lista para marcharnos?

Ella asintió.

Stokes salió agarrado a Griselda. Barnaby y Penelope les siguieron. Montague le ofreció a Violet su brazo y esta, agradeciendo en silencio su apoyo, lo aceptó mientras atravesaban la puerta para enfrentarse a la brisa fresca impregnada de la esencia de las hojas muertas.

Agradeciendo su fuerza y su voluntad de ofrecérsela.

La sujetó mientras bajaban los escalones y recorrían el corto camino hasta la entrada. Barnaby les sostuvo la puerta. Mientras la cruzaba, Violet fue consciente de que los demás estaban hablando algo en voz baja; quizá estuvieran comentando sus observaciones, pero a ella no le preguntaron nada ni miraron en su dirección. Cuando se cerró la puerta de la entrada, las otras dos parejas avanzaron hacia los carruajes que les estaban esperando en la acera. Violet les siguió del brazo de Montague.

Se detuvo entonces y miró hacia atrás. Hacia la casa en la que había pasado los últimos ocho años de su vida, un lugar en el que se había sentido razonablemente confortable y satisfecha, cuidando a una dama y trabajando con otras dos mujeres a las que no volvería a ver nunca más.

Montague se había detenido a su lado, pero la observaba a ella, su rostro, no miraba la casa.

Cuando estaba a punto de volverse hacia él, Violet advirtió un movimiento tras la ventana del cuarto de estar.

Mortimer tenía la mirada fija en el exterior, pero era imposible discernir si estaba mirándola a ella, al grupo, o miraba hacia la calle sin ver. Incluso a aquella distancia, su expresión se advertía tensa, crispada. Se volvió entonces y se alejó de la ventana para volver a adentrarse en la habitación.

Violet miró a Montague a los ojos y esbozó una mueca.

—La familia sigue allí. Y parece que continúan peleando.

Montague volvió a agarrarla del brazo y soltó un bufido burlón.

—En esa familia, siempre será así.

Era imposible hacer nada para evitarlo. Debía permitir que la señorita Matcham se marchara. Al margen de todo lo demás, no sabía dónde se alojaba, y si alguien le oía preguntar por ella... no, no podía arriesgarse.

Era preferible mantener un perfil bajo. Al menos, de momento.

Además, tenía otros asuntos de los que ocuparse. ¿Y qué demonios iba a pasar con las cuentas?

En cualquier caso, Wallace no podía haber estado más inspirado al sugerir que había sido Tilly la que se había llevado el dinero y después había sido asesinada por su cómplice y amante, que previamente había asesinado a la anciana. Aquello había sido un regalo de los dioses.

Y la policía no parecía representar una seria amenaza. Andaban correteando por todas partes, intentando descubrir al ladrón, asumiendo que quienquiera que fuera también era el asesino. ¿Y quién sabía? Sus esfuerzos quizá pudieran terminar ofreciéndole un más que conveniente chivo expiatorio.

Y, gracias al cielo, ese tipo, Montague, se había negado a ocuparse de la herencia familiar. Tras haber comprobado sus credenciales y haberse enterado de su reputación, era consciente de que se había librado por los pelos.

Pero Montague había declinado el ofrecimiento, y los papeles de la anciana estaban en aquel momento en la caja fuerte de su firma, sin lugar a dudas, bien pegados a la pared del fondo. Y allí seguirían, cubriéndose de polvo, hasta que él localizara a un asesor de su gusto, en el que pudiera influir o al que pudiera chantajear. Engatusaría al resto de la familia para que aceptara a su candidato. Eso significaba que tendría que asegurarse de que no se enteraran nunca de que lo era, pero él era en un experto en ese tipo de manipulaciones.

Mientras su carruaje rodaba a través de la noche para llevarle a casa desde el club, analizó todo lo sucedido y midió también sus propios sentimientos. Aquella obsesión por asegurarse, más allá de toda posible duda, de que estaba a salvo. De que nada podía amenazar su futuro.

Pero, sopesara como sopesara los hechos, y, a pesar de su obsesión, aquel no era momento de actuar.

Claro que no. Las cosas estaban saliendo bien o, al menos, mejor de lo que esperaba. Mejor de lo que habría podido esperar nunca.

Aquel no era el momento de precipitarse estúpidamente, dar un paso en falso y terminar cayendo.

No iba a cuestionar, no podía hacerlo, la necesidad de silenciar a la señorita Violet Matcham. Era la única manera de poder conservar la paz mental a largo plazo, pero no iba a hacerlo todavía.

Si ella hubiera reconocido la importancia de lo que, estaba seguro, sabía, habría compartido esa información con la policía. Pero no lo había hecho todavía y, de momento al menos, nadie sospechaba de él. Era necesario alargar aquella situación.

Esperaría, se tomaría su tiempo. Y, a la larga, surgiría alguna oportunidad de silenciarla y liberarse por fin de cualquier cosa que pudiera amenazar su futuro.

—¡Quién sabe! —arqueó una ceja, cambiando de postura en medio de las sombras—. A lo mejor incluso encuentro la manera de retorcer la historia para que ese amante inexistente de la criada termine cargando con la culpa.

Dos mañanas después, Violet entraba en el soleado salón del desayuno de Albemarle Street y encontraba a Penelope a la mesa.

Violet frunció el ceño con un gesto de diversión mientras se sentaba al lado de su nueva señora, que no se comportaba como ninguna otra que ella hubiera conocido.

—¿Te levantas tan pronto?

Penelope asintió mientras masticaba una tostada con abundante mermelada. Asintió.

—Casi siempre. He sido un pájaro madrugador desde que era niña —sonrió de oreja a oreja—. Es horrible, ¿verdad?

—Me reservaré la respuesta —tomó la tetera y se sirvió una taza.

—Te recomiendo la mermelada —Penelope movió la tostada—. La cocinera ha abierto un bote de su reserva de grosellas, sospecho que en tu honor, y deberías probarla para poder decirle que está deliciosa. Que lo está. Siempre y cuando te gusten las grosellas.

Aunque solo había pasado un día en aquella casa, Violet ya se había ido acostumbrado al discurso a veces inconexo de Penelope y a sus a menudo sorprendentes comentarios. Al menos, lo suficiente como para que no la desconcertaran.

—Me aseguraré de pasar después por la cocina.

Estuvieron disfrutando del té y las tostadas en perfecta armonía durante varios minutos, después, Penelope empujó su plato vacío.

—Me estaba preguntando si te gustaría hacer hoy algo en concreto. Oliver tiene un pequeño resfriado, así que Hettie me ha advertido que evite sacarle a la calle —mirando a Violet a los ojos, con aquella expresión de inmensa inocencia tras la pantalla de los cristales de sus lentes, Penelope arqueó las cejas—, así que, ¿qué te gustaría visitar? ¿Hay alguna diversión que te apetezca?

Violet miró los ojos del color del chocolate de Penelope y decidió que no era de extrañar que le hubiera tomado tanto afecto. Sabía por qué le estaba haciendo aquel ofrecimiento. Para Violet, el día anterior había sido tan difícil como agotador.

El hermano de Tilly había ido a visitarla, enviado por Montague; Fred Westcott había resultado ser el hermano mellizo de Tilly y se parecía tanto ella que Violet había tenido que realizar un serio esfuerzo para combatir las lágrimas. Unas lágrimas que habrían hecho sentirse a Fred más incómodo y desconcertado de lo que ya lo estaba. Le había costado mucho asimilar la muerte de su hermana.

Vivía en Kent y había ido hasta la ciudad en carro; había

seguido la dirección que Violet le había enviado para dirigirse a la oficina de Montague y desde allí le habían enviado a Albemarle Street a recoger las pertenencias de Tilly de camino a la morgue, donde pensaba tomar posesión del cadáver de su hermana y llevarla en ese mismo carro al pequeño cementerio de su pueblo, para enterrarla al lado de sus padres.

Tilly estaba muerta y, tras la marcha de Fred, Violet se había sentido destrozada.

Había sentido entonces, comprendido e interiorizado, la capacidad destructora de un asesinato.

Penelope y todos cuantos vivían con ella, hasta el pequeño Oliver, se habían reunido a su alrededor y habían hecho cuanto habían podido para distraerla. Incluso Barnaby, que se había unido a ellas a la hora de la cena, se había mostrado insoportablemente amable.

Una vez había caído la noche, Violet había escapado temprano a su dormitorio. El mero hecho de poder hacerlo había subrayado que ella, a diferencia de Tilly, todavía tenía un lugar, un proyecto, una vida que vivir.

Aquella mañana, al despertar, había descubierto que su determinación de atrapar a aquel asesino y llevarlo ante la justicia para vengar a lady Halstead, a Runcorn y Tilly se había hecho más firme todavía.

Mirando a Penelope a los ojos, dijo:

—En realidad, esta mañana he recordado algo curioso sobre la herencia de los Halstead.

Penelope abrió los ojos como platos, interesada de inmediato.

—Cuéntamelo.

—La discusión de la familia sobre cómo dividir la herencia me ha hecho recordar algo. Mencionaron una casa que la familia tiene en el campo, The Laurels. Es parte de la herencia y estuvieron discutiendo sobre si venderla o alquilarla —Violet lamió la mermelada de grosella que le había quedado en los dedos, estaba realmente deliciosa, y continuó con el ceño fruncido—: No tengo motivos para pensar que está relacionada con lo que está pasando, con esos pagos que aparecieron en la cuenta de lady Halstead, pero uno de los factores que contribuyó a su preocupación por la herencia familiar fue que recibió una carta de una de sus vecinas en el campo, la esposa del vicario, diciéndole que había alguien viviendo en The Laurels —miró a Penelope a los ojos—. Por lo que lady Halstead sabía, The Laurels estaba cerrada y vacía, y llevaba años así.

—¡Ah! —tras pensar en ello durante unos minutos, Penelope preguntó—: Supongo que tú no leerías esa carta.

—No —Violet le sostuvo la mirada—, pero sé dónde está.

—¿Dónde?

—En la escribanía de lady Halstead, que está en el último cajón de la cómoda de su dormitorio —se interrumpió un momento—. Aunque supongo que a estas alturas se habrán llevado las joyas, no creo que la familia se haya molestado en llevarse la escribanía. Era vieja y no especialmente valiosa.

—Es posible que ni siquiera la hayan encontrado todavía —los ojos de Penelope resplandecían detrás de las lentes.

Violet asintió.

—Y esta mañana he recordado algo que también había olvidado.

Penelope abrió los ojos todavía más.

—¿Qué?

—Que no le he entregado a Montague las llaves de la casa.

—¡Ay, Dios mío! —asomó al rostro de Penelope una sonrisa rebosante de energía—. Entonces ya está decidido, creo —miró a Violet a los ojos—. Evidentemente, se supone que tenemos que ir a la casa, examinar esa carta y, si demuestra tener algún interés, llevárnosla. ¿Quién sabe? Podría ser una prueba vital, aunque todavía no lo sepamos.

Se detuvo durante un instante para parpadear y continuó:

—Sugiero, mi querida Violet, que pidamos el carruaje, vayamos a Greenbury Street a recoger a Griselda, que, definitivamente, tiene que formar parte de esto, y vayamos a ver a Montague para que puedas devolverle las llaves.

Penelope sonrió radiante y Violet no pudo evitar devolverle la sonrisa.

—Y esa —añadió Penelope, arrastrando su silla hacia atrás— me parece una forma excelente de pasar la mañana.

La casa de Lowndes parecía ya una casa abandonada.

Cuando el carruaje aminoró la marcha para terminar deteniéndose por orden de Penelope en la acera de enfrente de la casa, Violet miró con atención hacia las ventanas cubiertas con las cortinas.

—Supongo que los mayordomos y los criados se encargaron de correr todas las cortinas.

Sentada frente a ella, Griselda se estremeció.

—Odio que hagan eso. Es como si también la casa estuviera muerta.

—Pero ni siquiera han puesto un lazo negro en el llamador —Penelope se inclinó hacia la ventanilla para examinar la casa y el pedacito de calle que desde allí se veía—. Pero supongo que es mejor. Así se fijarán menos en nosotras si alguien nos ve entrar.

Miró a Violet:

—¿Preparada?

Violet agarró el llavero con las llaves de la puerta principal y la trasera y asintió. Apretando la mandíbula, miró hacia la casa y siguió después a Penelope y a Griselda.

Dejaron al mozo de Penelope con el carruaje y cruzaron la calle, como tres damas cualesquiera durante su paseo matutino.

—Rápido —Penelope abrió la puerta—. En este momento no hay nadie. Entremos.

Violet sabía que Penelope no pretendía que corriera, pero era preferible no entretenerse. Dispuesta a obedecer, avanzó con rapidez por el camino de la entrada, con la llave ya preparada en la mano enguantada. Llegó a la puerta, deslizó la llave en la cerradura, la giró, giró después el pomo y entró.

Miró rápidamente a su alrededor y cerró la puerta sin hacer ningún ruido en cuanto Griselda la cruzó.

Se detuvieron las tres en la lúgubre oscuridad del vestíbulo, escuchando, aguzando el oído, pendientes del menor sonido que pudiera delatar la presencia de un lacayo o cualquier otro sirviente dejado para vigilar la casa. Si aparecía alguien cuestionando su presencia, Violet explicaría que había olvidado algo en la habitación del piso de arriba. Hasta se había llevado un dedal grabado para poder mostrar un objeto como excusa.

Pero no apareció nadie.

Al cabo de unos segundos, Griselda sacudió la cabeza.

—Aquí no hay nadie.

—Me lo imaginaba —Violet se volvió hacia las escaleras—. A esta familia no le importa nada que no sea de su exclusiva propiedad.

Encabezó la marcha al piso de arriba seguida por Penelope. Griselda ocupó el último lugar.

Violet agradecía que estuvieran allí, respaldándola, haciendo aquello con ella. Aquel gélido ambiente de soledad y abandono que se extendía por la casa resultaba inquietante. Casi amenazador. Y la falta de luz empeoraba la sensación.

Cuando entraron en la habitación de lady Halstead, comprendieron de inmediato que la familia había estado allí. Incluso con las cortinas corridas, se filtraba luz suficiente como para notar los espacios vacíos.

Penelope señaló el tocador.

—Las joyas han desaparecido.

—Y también los cepillos de plata y el peine de marfil —advirtió Griselda—. Y la bandeja de cristal en la que se guardaban.

—Entonces, veamos...

Violet se acercó a la cómoda, se agachó y abrió el último cajón. Cuando sus amigas se acercaron, sonrió:

—Tal y como esperaba, no han llegado tan lejos.

—O, sencillamente, no les ha interesado.

Penelope retrocedió mientras Violet se levantaba con la escribanía entre las manos.

Se acercó a la cama y dejó aquel pequeño escritorio de madera con la tapa inclinada sobre la colcha.

Griselda se había acercado a la ventana y había abierto la cortina, permitiendo que un débil rayo de luz iluminara la cama y la escribanía.

—Gracias —murmuró Violet.

Abrió la tapa con el cuero gastado y la echó hacia atrás, revelando lo que escondía la cavidad de debajo: un revoltijo de cartas escritas con una intrincada letra. Alargó la mano hacia una carta doblada que descansaba sobre todas las demás. La levantó y la inclinó hacia la luz, sosteniéndola de manera que las tres pudieran leerla.

La carta no era muy larga y, a juzgar por el coloquial saludo y el tono familiar, la mujer del vicario de Noak Hill, la señora Findlayson, era una vieja conocida de lady Halstead. Le escribía porque unos amigos de Essex estaban intrigados por las personas tan reservadas que estaban viviendo en casa de su señoría. Aunque la señora Findlayson no comentaba nada en particular que justificara la preocupación de los lugareños, era obvia la insinuación de que ahí estaba ocurriendo algo de dudosa naturaleza.

Tras leer dos veces la carta, Penelope miró a Violet. Después, a Griselda.

—Noak Hill. No sé dónde está exactamente, pero, si está en Essex, no puede estar muy lejos.

—A lo mejor podríamos preguntarle al cochero si lo conoce —sugirió Griselda.

Penelope asintió.

—Y, si lo conoce, podrá decirnos cuánto se tarda en llegar allí.

—Y en volver —añadió Griselda—. Ya son las once y no me gustaría llegar tarde a casa.

—No, por supuesto —le expresión de Penelope había adquirido una nueva dureza—. Pero yo creo, querida Violet, que, como es muy probable que la señora Findlayson y sus amigos todavía no se hayan enterado de la muerte de lady Halstead, tú, acompañada por Griselda y por mí, deberías hacerle una visita para comunicarle que tu señora ha fallecido.

Violet miró a Penelope a los ojos.

—Sí, sería lo más correcto. Estoy segura de que lady Halstead desearía que informara a sus amigos de su muerte.

—Pues bien, por lo que ahora hemos visto, la familia no va

a tomarse esa molestia —intervino Griselda—. De modo que voto que sí, que deberíamos ir a la vicaría de Noak Hill si podemos regresar en el día.

—Y, posiblemente, pasarnos también por The Laurels —Penelope se volvió hacia la puerta.

Una vez allí esperó a que Violet cerrara la escribanía y, habiéndose quedado la carta de la señora Findlayson, volviera a guardarla en la cómoda.

—Una cosa más —dijo Penelope mientras Violet se enderezaba y Griselda corría de nuevo la cortina, sumergiendo la habitación en la penumbra—, ¿se lo decimos a Stokes, a Montague y a Barnaby antes o después?

Violet miró a Griselda y después a Penelope.

—En realidad, aunque al principio a lady Halstead le inquietó la carta y le preocupó que las dos cuestiones pudieran estar relacionadas, tras reflexionar sobre ello, decidió que el problema de The Laurels estaba al margen de aquellos ingresos extraños. Que las sumas eran demasiado altas como para tener que ver con un alquiler o algo similar. Decidió que lo más probable era que las personas que estaban en The Laurels fueran vagabundos y que, en cierto modo, era un problema menor. Como el problema de las cuentas bancarias era su principal preocupación, decidió concentrarse en ello y que Runcorn y después Montague también lo hicieran. Prefirió no hablarles del problema en The Laurels para que no se desviaran de la cuestión que más la presionaba.

Violet se interrumpió y continuó más despacio:

—Y lo más importante es que no mencionó el problema de The Laurels a ningún miembro de la familia, de modo que lo que quiera que esté pasando allí no puede guardar relación con los asesinatos.

—¡Excelente! —exclamó Penelope—. Así que es una cuestión secundaria y, como ninguno de nuestros hombres tiene tiempo para ocuparse de ella, no hay ningún motivo para no ir a ver qué podemos averiguar. Sobre todo —se volvió, cruzó la puerta y giró de nuevo hacia las escaleras—, no hay ninguna razón para suponer que esa gente extraña que está en The Laurels tenga algo que ver con los asesinos.

—A pesar de lo que podríamos esperar —añadió Griselda con ironía.

Penelope asintió.

—Precisamente —comenzó a bajar—. Y, en cualquier caso, es un hecho incontestable que haremos un trabajo mucho mejor entrevistando a la señora Findlayson, la esposa del vicario, que el que podría hacer cualquier hombre.

CAPÍTULO 12

Penelope entró en la oficina de Montague & Son. Slocum la reconoció de inmediato y se acercó a ella con una sonrisa.

—Señora Adair —desvió la mirada hacia Griselda, a la que no había visto hasta entonces, pero después, reparó en Violet y profundizó la sonrisa—. Y usted es la señorita Matcham, ¿no es cierto?

—Y esta es la señora Stokes —Penelope señaló a Griselda—. Tengo entendido que no hace mucho tuvo un encuentro con su marido, el inspector Stokes.

—Sí, por supuesto —Slocum inclinó la cabeza—. Buenos días, señoras, ¿en qué puedo ayudarlas?

Violet le devolvió la sonrisa.

—Buenos días, señor Slocum. He venido a devolver las llaves de la casa de lady Halstead al señor Montague. Si dispone de un momento, me gustaría entregárselas personalmente.

—Sí, por supuesto, señorita —Slocum miró por encima del hombro hacia la puerta del despacho de Montague, que estaba cerrada en aquel momento—. Ahora está atendiendo a otro cliente, pero la reunión será larga, como corresponde a una revisión, así que le preguntaré al señor Montague si puede dedicarles unos minutos.

—Gracias, señor Slocum. Solo necesito unos minutos —dijo Violet.

Al reconocer un rostro inesperadamente familiar, Penelope dejó a Violet y a Griselda en la zona de recepción, ante el escritorio de Slocum, y se acercó a un escritorio más pequeño situado en un lateral. El oficinista que estaba trabajando en él alzó la mirada hacia la entrada, pero volvió a concentrarse en sus documentos. Penelope se detuvo delante de su escritorio.

—Es usted el señor Pringle, ¿verdad?

Pringle alzó la mirada y sonrió con cierto cansancio.

—Sí, señora Adair.

Slocum había desaparecido en el despacho de Montague. Con un susurro de faldas, Violet y Griselda se acercaron a Penelope. Esta se volvió hacia ellas y señaló después a Pringle.

—Pringle trabajaba para Runcorn —miró de nuevo al contable—. ¿Ahora trabaja aquí?

Pringle asintió.

—El señor Montague tuvo la amabilidad de contratarme. Atiende tantos casos y tan variados que tiene trabajo suficiente como para que pueda servirle de ayuda. Y tengo que decir que ha sido un enorme alivio. Encontrar un puesto de trabajo a mi edad no habría sido fácil. En estos días, son pocos los jefes que valoran la experiencia.

—Desde luego —dijo Violet—. Yo soy la señorita Matcham. Trabajaba como dama de compañía de lady Halstead y coincidí en varias ocasiones con el señor Runcorn. Lamenté profundamente enterarme de su fallecimiento. Al haber trabajado con él, para usted ha debido de ser una dura pérdida. Le transmito mi más sincero pésame.

Griselda y Penelope le acompañaron también en el sentimiento.

Pringle inclinó la cabeza con un gesto de gravedad.

—Muchas gracias, señoras —tomó aire y se enderezó—. Como ya les he dicho, en estas circunstancias, ha sido una bendición poder mantenerme ocupado, así que, en ese aspecto, le estoy doblemente agradecido al señor Montague.

Penelope inclinó la cabeza y escrutó a toda velocidad los documentos que tenía sobre la mesa.

—Entonces, ¿ya está atendiendo a nuevos clientes?

Pringle bajó la mirada hacia los documentos.

—No, todavía no tengo clientes nuevos. Mi primera tarea consiste en reorganizar el archivo de los Halstead.

—¿Y cómo está siendo el proceso? —se interesó Penelope.

Pringle suspiró.

—Siento tener que decir que está siendo un proceso lento. Soy consciente de que la información podría ser muy útil para la investigación, pero sir Hugo tenía un gusto muy ecléctico en lo referente a inversiones, de manera que nos encontramos con una documentación muy variada y, a menudo, no con lo que cabría esperar. Tenerlo todo ordenado va a llevarnos algún tiempo.

Se abrió tras ellos la puerta del despacho de Montague. Las tres damas se volvieron a tiempo de ver entrar en la habitación a Montague seguido de Slocum. La mirada de Montague, advirtió Penelope, estaba fija en Violet.

—¿Violet? —la preocupación, reprimida pero a punto de hacerse manifiesta, teñía la expresión de Montague mientras cruzaba la habitación. Reparó entonces en Penelope y en Griselda, aminoró el ritmo de sus pasos e inclinó la cabeza—. Penelope, Griselda.

Se detuvo ante ellas, se volvió hacia Violet y apenas dejó pasar una fracción de segundo antes de preguntar:

—¿Qué ha pasado?

Violet sonrió, intentando tranquilizarle.

—Nada importante —alzó la mano y le tendió las llaves—. Me acordé de que todavía no había devuelto las llaves. Estas son las llaves de las de la puerta principal y la puerta trasera de casa de lady Halstead. He pensado que debía entregarlas, que es lo más apropiado.

Montague aceptó las llaves.

—Gracias, sí, supongo que es lo mejor —una vez disipada su preocupación, se volvió hacia Penelope y hacia Griselda y miró de nuevo a Violet—. ¿Y qué tenéis planeado para hoy vosotras tres?

Penelope sonrió radiante, intentando desviar la atención de la expresión repentinamente pétrea de sus acompañantes.

—La verdad es que pensábamos salir a dar un paseo por el campo, así que tendremos que irnos.

—Sí, por supuesto —Violet había recuperado la compostura—. No le retendremos más —le tendió la mano.

Montague la tomó y la retuvo entre la suya, pero volvió a mirar Penelope.

—Pues da la casualidad de que el cliente al que estoy atendiendo en este momento —miró hacia su despacho— es pariente suyo. Dexter. Tengo entendido que es su primo. ¿Le gustaría hablar con él?

¿Dexter?

Penelope ensanchó la sonrisa y descartó aquella posibilidad.

—No, no quiero entretenerle.

Dexter compartía muchas similitudes con su hermano mayor, Luc, ambos habían sido como uña y carne durante la mayor parte de sus vidas, e incluso se habían casado con dos hermanas. Al igual que le habría pasado a Luc, al oír que Penelope estaba a punto de salir a dar una vuelta por el campo, habría sospechado de inmediato, habría querido saber por qué, dónde y qué pensaba hacer allí. Y, aunque a Barnaby no le había costado evolucionar y convertirse en un hombre moderno, un hombre que no necesitaba controlar cada uno de los pasos de una mujer como ella, Luc y Dexter eran mucho más clásicos y protectores.

Sin perder su radiante sonrisa, Penelope añadió:

—No tardaré en verle en la próxima comida familiar, pero dele recuerdos —se ajustó los guantes y se volvió hacia Violet y Griselda—. Ahora tenemos que irnos, de verdad.

Las otras dos adivinaron sus ganas de irse y, aunque no acababan de entenderlo, ambas comprendieron que quería evitar a Dexter, de modo que sonrieron y se precipitaron a abandonar la oficina de Montague junto a ella.

Penelope fue la primera en salir y no volvió a respirar tranquila hasta que se cerró la puerta del carruaje, el cochero se puso en marcha y ellas estuvieron a salvo y en camino.

Asomó entonces a sus labios una sonrisa más relajada y se reclinó contra los asientos.

—¡Hacia Essex! —exclamó.

—¡Hacia Noak Hill! —añadió Griselda.

—¡Hacia The Laurens! —exclamó Violet—. Y hacia lo que quiera que encontremos allí.

Phelps, el cochero de Penelope, tuvo que parar varias veces para que Connor, el mozo, bajara a preguntar la dirección, pero, al final, el carruaje llegó hasta una encrucijada y se detuvo. La última indicación se la habían dado en la Bear Inn, a poco más de medio kilómetro de distancia, de manera que aquello tenía que ser Noak Hill.

Las damas se asomaron por las ventanillas del carruaje y Griselda informó:

—Aquí hay una señal que indica la dirección de la iglesia.

Penelope señaló en el sentido opuesto.

—El resto del pueblo parece estar en esa dirección.

El carruaje se meció cuando Connor saltó del pescante. Se acercó a la ventanilla, saludó y, cuando Penelope abrió la ventanilla, preguntó:

—¿Hacia dónde, señora? La iglesia está allí adelante, pero la mayoría de las casas parecen estar por allí, a la izquierda.

—Hemos venido a ver a la esposa del vicario, así que supongo que estará en la vicaría.

Connor asintió.

—Parece que la vicaría está al lado de la iglesia, justo ahí delante.

—Um, sí, pero nos resultaría útil localizar antes la casa de los Halstead, The Laurels. Y, por lo que estoy viendo, parece más probable que esté a lo largo de la carretera que cruza el pueblo —miró a Connor—. Dile a Phelps que cruce el pueblo muy despacio. Si vemos la casa, porque imagino que el nombre aparecerá en alguna parte, que pase por delante, dé media vuelta y vuelva a pasar otra vez. Solo queremos echarle un vistazo para saber de qué estamos hablando.

Connor inclinó la cabeza.

—Sí, señora.

Subió de nuevo al carruaje que, un minuto después, avanzaba lentamente y continuaba con su tranquilo vaivén a lo largo del camino.

Violet y Penelope se asomaron a las ventanilla de uno de los lados del carruaje mientras Griselda miraba por el lado contrario.

—En este lado solo hay cabañas —informó Penelope.

—Y en este otro tres casas adosadas —dijo Griselda—. Las típicas casas que los hacendados están construyendo para sus aparceros.

Pasaron por una delante de una casa más grande un tanto retirada de la carretera.

—«The Orchard» —Violet señaló el nombre que aparecía en una placa metálica incrustada en uno de los postes de la puerta.

Durante varios metros continuaban una serie de casas de tamaño mediano. Estaban ya llegando casi hasta el final del pueblo cuando Griselda dijo:

—¡Ahí está!

Violet y Penelope giraron hacia aquel lado del carruaje. Clavaron entonces la mirada en una enorme casa de tres pisos construida en ladrillo rojo y separada de la carretera por un jardín que, en su mayor parte, estaba echado a perder.

—La hierba tiene aspecto de haber sido podada recientemente —Penelope se reclinó en su asiento cuando dejaron la casa detrás.

Griselda, sentada frente a ella, la miró a los ojos.

—Las cortinas del piso de arriba están abiertas, pero las demás están completamente corridas.

—Es extraño, si la casa está cerrada —observó Penelope—. Creo que lo más sensato es aceptar que la esposa del vicario está en lo cierto y que hay alguien viviendo allí.

Aquella casa era la última del pueblo. El carruaje aminoró la marcha y giró a manos de Phelps. Penelope se irguió y empujó la trampilla que había en el techo del carruaje:

—Vamos a la vicaría, Phelps, pero pasa todo lo despacio que puedas por delante de la casa que tenemos a la izquierda.

Phelps obedeció y, tras colocarse en el otro lado del coche, las tres volvieron a examinar la casa. La hiedra había cubierto por completo la alta tapia de piedra del jardín y estaba a punto de comenzar a ascender por la puerta de hierro forjado situada entre un par de pilares justo en frente de la puerta principal.

Sobre la puerta de la entrada había un lazo de hierro forjado en el que figuraba el nombre de The Laurels.

—Han podado la hiedra de la puerta para que se vea el nombre —dijo Violet—. Pero están permitiendo que crezca sobre la puerta—. ¡Qué raro!

Más allá de la puerta, un estrecho camino de grava conducía hacia la zona destinada a los coches que había frente a la puerta principal. El camino estaba lleno de malas hierbas y el césped había invadido los bordes.

Cuando el coche avanzó, se alinearon con las puertas que daban al camino; de un diseño similar al de la de la verja y también de hierro forjado, aquellas puertas mucho más anchas permanecían entreabiertas. Un camino de grava, libre de malas hierbas y en un estado razonable, conducía hasta la casa. Transcurría a lo largo de la parte principal antes de girar hasta el otro lado del edificio de ladrillo.

Penelope alzó la mirada hacia la casa, suspiró y se reclinó en el asiento cuando volvieron a perderla de vista.

—Tres pisos. Hay buhardillas encima del antepecho del segundo piso, de modo que la casa tiene buen tamaño, pero no es demasiado grande, justo lo que cabría esperar de una familia con los medios de los Halstead.

—Entonces —dijo Violet—, la casa en sí misma no es ninguna sorpresa. Las preguntas ahora son quién la está utilizando y por qué.

Penelope asintió.

—Esperemos que la señora Findlayson arroje alguna luz sobre estas cuestiones.

A primera hora de la tarde, estaban recorriendo a pie el camino que conducía a la puerta de la vicaría. Cuando solicitaron verla, la señora Findlayson se acercó a la puerta. Resultó ser una mujer de aspecto afable y contorno generoso, con el pelo blanco y rizado rodeando un rostro de facciones suaves en el que brillaban unos ancianos ojos azules que miraban el mundo con calma y serenidad.

Violet tomó las riendas, fue ella la que hizo las presentaciones y explicó que iba en nombre de lady Halstead, pues sabía, tras haber leído su última carta, que lady Halstead era una antigua conocida de la señora Findlayson.

Esta estuvo encantada de recibirlas. Insistió en que pasaran a un alegre y acogedor cuarto de estar y, una vez estuvieron sentadas, pidió el té y se volvió hacia Violet.

—¿Y cómo está mi querida lady Halstead?

Violet le dio la noticia con toda la delicadeza de la que fue capaz.

La señora Findlayson, sumida en la tristeza, preguntó abatida:

—Dios mío, ¿ha dicho que fue asesinada? No puede ser más terrible. Cuánto mal hay en este mundo.

Llegó entonces la criada con la bandeja del té y Penelope se hizo cargo de ella. Sirvió una taza de té bien cargado y añadió varios terrones de azúcar antes de tendérsela a la señora Findlayson.

La mujer del vicario aceptó la taza y el plato en medio de su aturdimiento.

Penelope y Griselda se dedicaron a servirse sendas tazas de té y a proporcionarle a Violet la suya.

Con la mirada fija en el rostro de la señora Findlayson, Violet bebió un sorbo y susurró después:

—Usted conocía muy bien a lady Halstead, ¿verdad?

La señora Findlayson asintió con la mirada perdida.

—Las dos llegamos al pueblo al mismo tiempo, y las dos en calidad de recién casadas. Durante aquellos años llegamos a convertirnos en amigas íntimas, fue la época en la que sir Hugo y ella pasaron más tiempo aquí. Pero después a él le enviaron de nuevo al extranjero y dejaron a los niños en el pueblo. En aquel entonces solo eran dos, Mortimer y Cynthia. Se quedaron en The Laurels con sus niñeras, un ama de llaves y el resto del servicio —la señora Findlayson apretó los labios con un gesto de desaprobación—. Por supuesto, Agatha no quería exponer a sus hijos a los peligros que suponía vivir en esos lugares tan terribles a lo que Hugo tenía que ir, pero, con el paso de los años, yo, bueno, en realidad yo y todos los que les conocían, llegamos a preguntarnos si aquella decisión fue adecuada.

Miró a Violet y consiguió esbozar una débil sonrisa.

—Si la conocías, estarás de acuerdo en que es difícil encontrar una mujer más buena y amable. Yo siempre sospeché que Agatha habría querido venir más a menudo a visitar a sus hijos, pero su marido siempre estaba muy lejos y los barcos tardaban mucho en hacer el viaje de modo que, al final, bueno, ninguno de ellos regresaba con mucha frecuencia.

Asintió para sí y continuó:

—Agatha regresó para dar a luz a Maurice, pero se marchó pronto, cuando él apenas era un bebé. William nació en el extranjero, en la India, creo, pero Agatha y Hugo le trajeron a casa y, en cuanto estuvo instalado con la niñera, se marcharon otra vez.

La señora Findlayson frunció el ceño y cambió de postura en la silla.

—No soy quién para hablar mal de una persona fallecida, y el cielo sabe que Agatha y yo siempre fuimos amigas, pero cómo lloraba aquella criatura por su madre. Todo el pueblo lo sabía. Se escapó, y varias veces, si no recuerdo mal, pero sus tutores siempre le atrapaban y le obligaban a volver —con los labios apretados y mucha delicadeza, la señora Findlayson dejó la taza en el plato—. Como ocurre en cualquier amistad, había cosas de Agatha que yo no podía aprobar, y esa era una de ellas —tomó aire, alzó la cabeza, miró a Violet a los ojos y se volvió hacia Penelope y Griselda—. Pese a todo ello, tanto Agatha como Hugo eran unas personas encantadoras y tan entregadas a su país que resulta imposible esgrimir tales transgresiones contra ellos.

Al cabo de un momento, sonrió:

—Pero estoy divagando y tanto Hugo como Agatha ahora están muertos. No tiene ningún sentido remover el pasado.

—Pero está bien que les recuerde, y reconforta que el recuerdo que tiene de ellos sea tan bueno —Violet se detuvo y añadió—: Aunque de manera tangencial, estoy implicada en la resolución del testamento de lady Halstead y, tal y como puede imaginar, está habiendo numerosas discusiones entre sus hijos sobre la disposición de sus bienes. Me pregunto —miró a la señora Findlayson a los ojos— si podría darme su opinión sobre ellos, sobre sus hijos. Creo que usted es una de las pocas personas que les conoce lo suficientemente bien como para poder hacer algún comentario respecto a sus caracteres, y eso podría ayudar a aclarar algunas cosas.

La expresión de la señora Findlayson, hasta entonces bondadosa y amable, se endureció. Vaciló un instante, sopesando, estaba claro, las palabras que habían acudido a su boca, pero al final miró a Violet y asintió.

—Agatha ha muerto, ha sido asesinada, y, por lo que yo sé, podría haberla matado cualquiera de ellos. Es difícil encontrar hijos más perversos. Aunque tengo que admitir que sus comentarios hirientes y sus puyas quedaban siempre entre ellos. Todo quedaba en casa, por así decirlo.

Se interrumpió un instante antes de continuar:

—William, a pesar de todos sus problemas, es el mejor de todos ellos. Seguido por Maurice, aunque jamás le confiaría nada de valor. Ese hombre carece de toda moral. Pero, en cuanto a los otros dos, Mortimer y Cynthia, si no fueran hijos de Agatha y Hugo, yo no les daría ni la hora, a no ser que hayan mejorado de forma considerable desde la última vez que les vi. Cynthia es una arpía egoísta y Mortimer... bueno, en una ocasión, mi marido le describió como un aburrido egoísta que no tiene más ambición que su propia persona.

—A mí, me parece que están compitiendo siempre entre ellos, me refiero a Cynthia y a Mortimer —observó Violet.

La señora Findlayson asintió.

—Esa siempre ha sido una característica de la vida en The Laurels, las batallas entre esos dos. Durante años, mi marido y yo hemos tenido numerosas reuniones con niñeras y gobernantas, e incluso con algunos de los tutores más preocupados. Muchos venían en busca de consejo —la señora Findlayson frunció el ceño mientras iba repasando pacientemente aquellos recuerdos. Al cabo de unos segundos, dijo—: Era algo de lo más extraño. Tenían unos hijos que competían por ser los más beatos, los más puritanos, los más conservadores, los mayores observadores de la religión. Era casi imposible reprenderles, ¿lo entienden?

¿Cómo se va a castigar a un niño por adherirse en exceso a la norma? ¿Por llevar las reglas hasta el extremo e intentar llegar incluso más allá? Pero sus conductas, sus acciones, jamás fueron sinceras. Su aparente bondad fue siempre producto de su ambición. A pesar de toda su aparente perfección, esos dos provocaron más canas que Maurice, William y todos los niños del pueblo juntos, que todos esos niños cuyas infracciones eran completamente normales y comprensibles. Todo el mundo sabía cómo tratar con los otros, incluso con el más pequeño de los Halstead, aunque llevara las cosas al otro extremo. Pero lo de los hermanos mayores escapaba por completo a nuestro alcance.

Cuando se quedó en silencio, Violet tuvo la tentación de urgirla a seguir, pero, antes de que lo hiciera, la esposa del vicario se movió en su asiento y dijo:

—Mi marido comentó en alguna ocasión que lo que al principio motivó a esos dos hermanos debió de ser una batalla por la aprobación paterna, por ser el mejor, por convertirse en el mejor a los ojos de sus padres y ser reconocido como tal, por ganar aquella contienda privada. Pero, como sus padres nunca estaban allí, aquello se convirtió en una batalla sin fin. Todo aquello afectó a Mortimer más que a los demás. Él era el hermano mayor y, como era natural, esperaba ser reconocido como líder. Pero Cynthia nunca le concedió ese estatus, y los otros dos la siguieron, al menos en eso.

La señora Findlayson se interrumpió para beber un sorbo de su taza, después la bajó y concluyó:

—Mortimer estuvo viviendo aquí, en The Laurels, hasta los veintitantos. Para entonces se había convertido ya en la clase de hombre que nunca está satisfecho de sus logros, que siempre quiere más —se encogió de hombros—. Por lo que a mí me consta, Cynthia podría ser igual. Desde luego, no me sorprendería. En cuanto a los otros dos, me atrevería a decir que a estas alturas andarán por los mismos derroteros que andaban antes de salir de aquí, y eso no les va a reportar nada bueno.

Se produjo otro silencio mientras Penelope, Violet y Griselda asimilaban aquella información y la comparaban con lo que ellas mismas habían observado. Después, Violet dejó la taza y el plato.

—Gracias —miró a la esposa del vicario y sonrió—. Desde luego, su información podría sernos de gran ayuda.

—Me alegro de poder hacer todo lo que pueda. Sobre todo si así puedo contribuir a atrapar al asesino.

—En cuanto a eso —Penelope se inclinó hacia delante, intentando atraer la atención de la señora Findlayson—, usted le escribió en la última carta que le envió a la señora Halstead que había observado una actividad inusual en The Laurels. Aunque no tenemos ninguna razón para imaginar que pudiera estar relacionada con el asesinato de lady Halstead, es algo que resulta extraño.

—Sí, bueno —la señora Findlayson arqueó las cejas—. A todos nos sorprendió que se instalaran esos nuevos vecinos en la casa.

—¿Cuándo fue eso? —preguntó Penelope.

—¡Oh! Debió de ser hace más de un año ya… ¿hace quince meses, quizá? —entrecerró los ojos—. Sí, debió de ser entonces. Llegaron varios meses antes de que celebráramos la Fiesta de la Cosecha. Como nadie de la casa había asistido todavía a la iglesia, mi marido fue a visitarles una semana antes del servicio para invitarles formalmente y urgirles a unirse a nosotros y, por supuesto, para entonces todo el mundo estaba preguntándose ya quién vivía allí.

—¿Y quién vive en la casa? —los ojos de Penelope resplandecieron tras las gafas.

Pero la señora Findlayson negó con la cabeza.

—Las únicas personas a las que hemos podido ver son un criado muy extraño que nos abrió la puerta y dos personas que trabajan en la cocina, un hombre y una mujer, y son bastante hoscos y muy reservados. Como mucho, inclinan la cabeza a modo de saludo cuando alguien pasa por delante de la casa. Desde luego, apenas les vemos fuera, excepto cuando van a Romford en carro a comprar provisiones para alguna de sus diversiones nocturnas.

—¿Diversiones? —Penelope abrió los ojos como platos.

—Exacto —la señora Findlayson asintió con la cabeza—. Eso fue lo que me llevó a escribir a Agatha, porque esos eventos tan extraños llevan ya tiempo sucediéndose. Tienen lugar más o menos una vez al mes. Aparecen ocho, o incluso más, carruajes en el pueblo, todos ellos negros y con las cortinas corridas, y se dirigen todos a The Laurels. Y siempre llegan tarde, normalmente después de las diez de la noche —apretó los labios, después los abrió y les confesó—: Ni siquiera los muchachos que se han subido a los árboles para poder espiar por encima de la tapia han podido ver lo que está pasando en aquella casa, porque, aunque durante esas noches el piso de abajo parece estar iluminado, las cortinas siempre están cerradas.

—¿Durante cuánto tiempo se quedan allí esos carruajes?

—Durante una hora o dos. Les oímos pasar después alrededor de las doce.

Penelope frunció el ceño y preguntó:

—Y cuando se van, ¿también llevan las cortinas corridas?

La señora Findlayson asintió.

—Todos y cada uno de los carruajes. De modo que, ya ve, no sabemos quién está viviendo en la casa y organizando esas reuniones tan extrañas, y tampoco tenemos la menor idea de quién asiste a ellas, y mucho menos de lo que hacen durante esas veladas.

Violet se inclinó hacia delante.

—¿Y dice que esas reuniones se celebran una vez al mes? ¿Y en alguna fecha en particular?

—No, no. Suelen celebrarse una vez al mes, pero nunca sabemos la fecha exacta. Por lo menos, hasta que vemos al servicio dirigirse a Romford en los carros.

—¿Cuándo se organizó la última reunión? —preguntó Penelope—. O quizá sea más pertinente preguntar cuándo cree que se celebrará la próxima.

—No puedo recordar cuándo fue la última, pero la próxima se celebrará esta noche —la señora Findlayson miró a Penelope a los ojos—. Mi jardinero ha visto a los sirvientes salir de la casa esta mañana.

Tras darle las gracias a la señora Findlayson y prometerle que transmitirían cuanto les había contado a aquellos que se estaban ocupando de los asuntos de los Halstead, corrieron de nuevo al carruaje de Penelope y, una vez allí, Penelope ordenó a Phelps que regresara a The Laurels.

En aquel momento estaban las tres fuera de la puerta del descuidado jardín, utilizando la densa hiedra como pantalla y mirando la casa a través de las hojas.

—Las cortinas del segundo piso están abiertas —señaló Penelope—, pero todas las habitaciones del primer piso tienen las cortinas cerradas.

Violet miró hacia los primeros árboles del que parecía ser un denso bosque que crecía a lo largo de una de las tapias laterales del jardín.

—Ni siquiera desde los árboles más altos se podrían ver las habitaciones del segundo piso.

—Um, no —respondió Penelope—. No tiene sentido enviar a Connor al bosque para ver si puede averiguar algo.

Tras estar observando la casa durante un buen rato, señaló:

—¿Qué hacemos? Estamos aquí, la casa está aquí. Si la información de la señora Findlayson es correcta, en el caso de que entremos y llamemos a la puerta, o bien nos abre ese extraño criado... o es que no hay nadie en la casa.

Griselda soltó un bufido burlón.

—Y, en el caso de que no haya nadie en la casa, querrás explorar los alrededores, y, muy posiblemente, encontrar la manera de entrar...

—E intentar encontrar alguna pista sobre el tipo de reuniones que se celebran allí.

—Exacto.

Violet retrocedió para mirarla.

Al sentir su mirada sobre ella, Penelope volvió la cabeza y la miró a su vez.

Violet leyó la determinación en los ojos de su nueva empleadora, después, parpadeó y asintió:

—Me parece una idea excelente.

Penelope sonrió de oreja a oreja.

—Sabía que encajarías en nuestra pequeña banda.

Griselda continuaba estudiando la casa.

—No hay ningún movimiento visible, ni arriba ni abajo —miró a Penelope y a Violet—. No creo que tenga ningún sentido volver a Londres sin llamar al menos a la puerta para ver qué podemos a averiguar —fijó la mirada en Penelope—. ¿Cómo vamos a hacer esto?

Penelope pensó en ello un momento, después, se volvió hacia el carruaje, que permanecía algo alejado, junto al camino.

—Lo haremos con estilo. De la única manera posible.

Regresaron al carruaje y, siguiendo las instrucciones de Penelope, Phelps lo giró hacia la puerta. Connor bajó, abrió las puertas y las cerró después mientras Phelps avanzaba con aquel moderno carruaje por el camino de la entrada. El cochero aminoró la marcha al final y se detuvo junto a los dos escalones que conducían al porche de la entrada principal.

Penelope esperó a que Connor y James, el lacayo que, para cumplir la promesa que le había hecho a Barnaby, las había acompañado durante el día, descendieran al camino. Connor se ocupó de los caballos mientras que James, muy ceremonioso, se detenía, abría la puerta, colocaba los peldaños del carruaje y, con absoluta formalidad, le tendía la mano.

Penelope descendió con la cabeza erguida, esperando que cualquiera que estuviera observándolas apreciara su actuación.

Violet bajó tras ella seguida de Griselda, que se colocó a su lado.

Penelope le hizo un gesto a su lacayo y, en formación, subieron los cuatro los escalones de la entrada con James a la cabeza.

Una vez ante la puerta, Penelope le hizo un gesto a James con la cabeza.

Este tiró de la cadena que colgaba a un lado de la puerta y, en el interior de la casa, resonó el tañido metálico de una campana.

Pasaron los segundos. James, con la mano en la cadena, miró a Penelope arqueando una ceja. Esta estaba a punto de asentir cuando oyó un fuerte sonido de pasos. Le indicó a James con la mirada que ocupara la posición que le correspondía a su derecha. Así lo hizo él justo en el momento en el que estaban oyendo correrse los cerrojos.

Eran varios y, a juzgar por el ruido que hacían, bastante pesados.

Las puertas se abrieron hacia dentro sin hacer ningún ruido y un hombre, delgado y solo unos centímetros más alto que Penelope, una mujer a la que nadie podía considerar alta, se quedó mirándoles. La expresión de aquel rostro, que recordaba al de una comadreja, evidenciaba un supremo aburrimiento.

—No sé lo que vienen a ofrecer, pero no nos interesa.

Su acento sugería que había pasado gran parte de su juventud en los barrios bajos de Londres. A pesar de los delatores capilares rotos y las venas visibles que marcaban su rostro, en aquel momento no parecía estar borracho. Sin embargo, nadie le habría considerado nunca un mayordomo. Ni siquiera un sirviente respetable.

Penelope lo miró con gesto altivo, algo que, pese a su falta de altura, le permitía hacer su educación.

—¿Perdón?

Su tono, el de una hija de la nobleza dirigiéndose a un abyecto sirviente, hizo parpadear al hombre y reconsiderar su recibimiento.

—Ah, ¿en qué puedo ayudarla, señorita....? —miró a Violet, a Griselda, a James y a los hombres que se habían quedado junto al carruaje y se corrigió—: ¿Señora?

Penelope esperó con una desesperante paciencia hasta que el sirviente volvió a alzar la mirada hacia ella.

—Quiero hablar con su señor. Por favor, condúzcanos al salón e infórmele de que estamos aquí.

El hombre frunció el ceño.

—¿Y usted es...?

Penelope arqueó las cejas.

—Una dama de Londres. Eso es todo lo que necesita saber.

Dio un paso adelante, pero el hombre, abriendo los ojos como platos, mantuvo la puerta medio cerrada.

Penelope se detuvo y tomó aire, claramente ofendida.

Antes de que pudiera reprenderle, el sirviente se precipitó a aclarar:

—Mi señor... es un hombre muy particular. No le gusta que entre nadie en su casa. Si les permitiera entrar, perdería mi trabajo —miró un instante hacia James y hacia los otros hombres y tragó saliva—. Si me dice su nombre, podría ir a ver si está dispuesto a hacer una excepción.

Penelope le miró entonces con los ojos entrecerrados.

—¿Y quién es ese hombre al que llama señor? Porque si es la persona que yo creo que es… bueno, es evidente que no puede serlo, pues él jamás contrataría a un sirviente tan desinformado. De modo que tendrá que darme su nombre, por favor. Y, si es la persona que yo creo, le daré el mío para que se lo comunique.

Violet tuvo que admitir que era un golpe maestro, pero, lamentablemente, no les llevó a ninguna parte.

Aferrado a la puerta con intención de cerrarla todavía más, el hombre sacudió la cabeza.

—Aquí solo vienen personas que conocen a mi señor. Y usted ni siquiera sabe quién es.

—Conozco a los propietarios de esta casa —aseveró Penelope—. Y tengo serias dudas de que sean sus supuestos señores. ¿Existe siquiera ese hombre?

—Claro que existe, y no tiene nada de sospechoso el que estemos aquí. Estamos alquilando esta casa como es debido.

—No, eso no es cierto —replicó Penelope—. Conozco a los Halstead, los legítimos propietarios, y ellos no tienen constancia de este alquiler.

Aquella información hizo vacilar al sirviente. Retrocedió un instante y después, con la mandíbula apretada, gruñó:

—No sabe ni de qué está hablando, pero voy a decirle algo, ¡está invadiendo una propiedad! ¡Y yo no tengo por qué contestar a una intrusa!

Y, sin más, cerró la puerta de un portazo.

Se oyeron de inmediato los cerrojos protegiendo la casa.

Penelope clavó la mirada en la puerta.

—¡Muy bien!

Dio media vuelta y, encabezando la comitiva, bajó con paso firme los escalones de la entrada y cruzó la grava para dirigirse al coche que las estaba esperando.

Griselda y Violet fueron tras ella. Y estaban a medio camino cuando Griselda susurró:

—Nos os volváis, pero hay una chica en la última ventana del segundo piso, y creo que está intentando llamar nuestra atención.

—¿De verdad?

Penelope volvió la cabeza como si quisiera comentarle algo. Continuó avanzando, se detuvo ante los peldaños del carruaje, se subió las faldas y aceptó la mano que James le ofrecía para ayudarla a conservar el equilibrio mientras ella contestaba:

—Sí, la he visto.

Violet siguió a Penelope al interior del carruaje. Se hundió en el asiento y miró hacia la chica, pero desde donde estaba, la luz se reflejaba en el cristal de la ventana.

—¡Maldita sea! —musitó—. No consigo ver nada detrás del cristal.

Penelope miró a Griselda, que le sostuvo la mirada. James cerró la puerta. El carruaje se hundió ligeramente cuando Connor y él subieron al pescante.

Tras el restallido del látigo, el coche comenzó a rodar lentamente, haciendo crujir la grava bajo las ruedas.

Penelope agachó la cabeza, miró de nuevo hacia la ventana, se reclinó en el asiento y volvió a buscar la, en aquel momento muy seria y grave, mirada de Griselda. Esperó a que el carruaje cruzara las puertas de la casa y comenzara a avanzar por el camino antes de asentir.

—Sí, la he visto. La pobrecilla parecía desesperada.

—Sí, desde luego —contestó Griselda con expresión sombría—. Y acabo de darme cuenta de algo más. Todas las ventanas tenían barrotes. No solo las del piso de abajo, sino también las del segundo piso.

Penelope se quedó paralizada.

—Estamos tan acostumbradas a ver barrotes en Mayfair que ya ni siquiera nos fijamos en ellos.

—Pero —la expresión de Violet se había tornado tan sombría como la de Griselda—, ¿qué sentido tiene tener barrotes en el campo?

—Y, más aún —añadió Penelope—, ¿por qué querría tener alguien barrotes en un piso tan alto?

Las tres mujeres intercambiaron miradas. Penelope se levantó entonces y empujó la trampilla del techo.

—¿Phelps?

—¿Sí, señora?

—Vuelva a Londres a toda velocidad. No pierda ni un segundo —intercambió otra mirada con Griselda y con Violet—. Tenemos que avisar al inspector y a su señoría de que aquí está ocurriendo algo muy grave.

CAPÍTULO 13

—Así que ya veis, tenemos que actuar esta noche.

Penelope se detuvo ante la chimenea y recorrió con la mirada el círculo de rostros conformado por sus colegas. Estaban presentes Barnaby, Stokes y Montague, cada uno de ellos sentado en una enorme butaca. Griselda y Violet ocupaban el diván, permitiendo que Penelope ocupara la escena central mientras se paseaba ante la chimenea y describía de forma práctica y sucinta todo lo que habían descubierto aquella tarde.

Era ya casi de noche y el tiempo se les estaba escapando de las manos.

Tras volver a la ciudad, habían dejado a Griselda en Greenbury Street y Penelope y Violet habían ido directas a Scotland Yard. Una vez allí, habían encontrado a Stokes y a Barnaby revisando las declaraciones que habían tomado a los testigos de la muerte de Runcorn. Tras escuchar un breve resumen de lo que habían descubierto, Stokes había enviado a un recadero a buscar a Montague y se habían dirigido a Albemarle Street.

Griselda, Megan y Gloria, la niñera, habían llegado poco después, seguidas de cerca por Montague. Intentando mantener su nueva política de equilibrar las diferentes facetas de su vida, Penelope había decidido que los orgullosos padres debían atender a Oliver y a Megan. Tras dejar a los caballeros, bajo la supervisión de Griselda y de Violet, Penelope había consultado con Mostyn y había organizado una sencilla cena a base de fiambre, queso, pan y fruta, de la que, dado lo temprano de la hora y la confianza con los invitados, habían dado cuenta en el salón.

Una vez terminada la cena, y Oliver y Megan devueltos a sus respectivas niñeras, el grupo se había trasladado al salón, una habitación más espaciosa. Allí, ayudada por Violet y Griselda, Penelope había descrito todo lo que habían descubierto aquel día, desde el momento en el que Violet se había acordado de la carta hasta su breve visita a Lowndes Street y la posterior excursión a Essex, coronada por los inesperados descubrimientos que habían hecho en Noak Hill.

Para ella, y también para Violet y Griselda, la necesidad de actuar aquella misma noche, era más que evidente.

En respuesta a su resumen, Stokes intercambió una mirada con Barnaby y volvió a mirar a su mujer.

—Expón los motivos por los que crees que debemos ir allí esta misma noche.

Penelope se quedó mirando a Stokes de hito en hito, sorprendida de que a él no le pareciera tan obvio, pero se dio cuenta entonces de que no estaba cuestionando su conclusión: le estaba pidiendo que repitiera y reforzara los argumentos que él iba a necesitar para convencer a sus superiores.

Penelope resopló. ¿Por dónde empezar?

—Bueno, sospecho que lo primero que necesitamos hacer es plantear la relación que la propia lady Halstead reconoció de manera intuitiva entre lo que estaba pasando en The Laurels y los extraños ingresos que habían aparecido en su cuenta bancaria —volvió a caminar nerviosa y continuó después—. Aunque posteriormente le quitó importancia, esa conexión fue fundamental a la hora de empujarla a pedirle a Runcorn que pusiera sus finanzas en orden. Y todos estamos de acuerdo en que fue eso lo que condujo a los asesinatos de lady Halstead, Runcorn y Tilly. De modo que esas diversiones extrañas, como las ha definido la señora Findlayson, que están teniendo lugar en The Laurels podrían estar relacionadas y ser incluso el motivo de los tres asesinatos.

Se interrumpió y miró a Stokes arqueando una ceja.

Stokes juntó las manos ante su rostro y asintió.

—Hasta ahora vamos bien. ¿Pero por qué tenemos que ir ahora? ¿Por qué esta noche?

—Porque —continuó Penelope—, por las señales que interpretan los lugareños, esta noche va a celebrarse en la casa otra de esas reuniones. Y la periodicidad de esos encuentros parece un reflejo de la de esos ingresos de origen desconocido, algo que parece reforzar la relación entre ambos hechos. Pero, además, después de la reunión de esta noche, no tendría por qué haber otra hasta dentro de un mes. Sin embargo —alzó un dedo—, sabemos que el asesino es consciente de que la policía está investigando, de modo que tenemos motivos para suponer que esta noche sea la del último adiós, al menos en The Laurels.

—¿Y si tanto le preocupa llamar la atención de la policía, por qué iba a molestarse en organizar nada esta noche? —preguntó Barnaby, asumiendo el papel de abogado del diablo.

Penelope le miró, momentáneamente perdida, pero después sonrió con tristeza.

—Porque tiene que desprenderse de esos artículos —miró a Montague, cada vez más confiada en sí misma— que Montague dedujo que estaba vendiendo, cada uno de los cuales vale ciento cincuenta libras.

Miró a Barnaby y desvió después la mirada hacia Stokes.

—Y no son artículos que uno pueda guardar en un armario y olvidarse de ellos hasta más adelante.

Stokes asintió.

—Muy bien.

Era evidente que estaba sopesando cómo iba a plantear a sus superiores aquella petición urgente que, teniendo en cuenta todo lo que sabían, necesitaban ver satisfecha.

Barnaby miró al resto de los reunidos. El ambiente en la habitación había ido cambiando de forma progresiva desde que las damas habían regresado de Essex con aquellas noticias. La respuesta inicial había sido débil, habían sido capaces de controlar y disimular el horror que les producía el hecho de que se hubieran lanzado tan a la ligera y con aquella aparente despreocupación a una investigación activa e independiente. Aun así, tenían que reconocer que nada de lo que habían hecho podía ser tildado de imprudente; en todas las ocasiones, tal y como Penelope había prometido, habían contado con el apoyo del cochero, el mozo y el lacayo, todos ellos hombres a los que el propio Barnaby había investigado y en los que tanto él como Stokes sabían que podían confiar. Y el inicial e instintivo terror no había tardado en morir ahogado en una emoción, un entusiasmo y una determinación cada vez mayores.

Las damas habían encontrado la clave de los asesinatos y ni él ni Stokes, y seguramente tampoco Montague, eran la clase de hombres capaces de negar una aprobación y un aplauso cuando eran merecidos. Y, mucho menos, iban a vacilar a la hora de apreciar la información que habían reunido o a dejar de utilizarla para darle un buen empujón a la investigación.

Aquellas mujeres habían estado a su lado en todo momento, convirtiendo la investigación en un esfuerzo conjunto en el que estaban implicados los seis. Cada uno de ellos tenía un interés personal que le comprometía a sacarla adelante.

Como un equipo, todos juntos.

Era una situación estimulante, emocionante e intensa.

Stokes miró a Penelope.

—Si, como Barnaby y yo ya hemos planteado, él, quienquiera que sea, se mueve por el deseo de mantener su identidad en secreto, ¿no es probable que al presentaros las tres en la puerta de The Laurels esta tarde haya decidido emprender el vuelo? ¿Por qué iba a quedarse a esperar a que aparezcan las autoridades y pongan sus actividades al descubierto? Sabe que habéis ido a visitarle y que conocéis a la familia Halstead. ¿No es más probable que haya huido con su mercancía?

—No, no puede —Barnaby no pudo contenerse. Le arrastraba la emoción de poder ir atando por fin cabos—. La reunión ya ha sido convocada —miró a Stokes a los ojos—. Todos esos carruajes que acuden a cada encuentro nos indican que las personas que allí se reúnen no son de la localidad. Tienen que llegar de otra parte. Esas personas, los clientes, si lo preferís, ya recibieron el aviso de que iba a celebrarse el evento, la venta de lo que quiera que sea, esta noche. No puede cambiar la ubicación el mismo día sin correr un gran riesgo, sobre todo, teniendo en cuenta que no es muy probable que las personas con las que trata sean lo que entendemos por un comerciante normal.

—Desde luego —Penelope se sentó en el brazo de la butaca de Barnaby—. Y creo que puedes estar seguro de que a estas alturas ya se habrá enterado de que cierta dama sabe que alguien está utilizando The Laureles sin el permiso de la familia, pero no imaginará que esa dama se verá impulsada a hacer algo al respecto esta misma noche, ni siquiera mañana. Y, desde luego, lo último que imaginará es que esa información pondrá en acción a Scotland Yard —alzó las manos con las palmas hacia arriba y miró a Violet y a Griselda—. Al fin y al cabo, solo eran tres simples mujeres. Es poco probable que puedan representar una amenaza inminente.

Montague y Stokes resoplaron al oírle.

—Sin embargo —dijo Violet con una voz serena que contrastaba con el tono enérgico de Penelope—, apostaría cualquier cosa a que si se esperamos a mañana para enviar a las autoridades, lo único que encontrarán será una casa vacía.

Barnaby asintió.

—Eso es del todo cierto —miró a Stokes a los ojos—. Nuestro sospechoso está obligado a celebrar la reunión esta noche. Por múltiples razones, no puede anularla y, aunque supongo que a estas alturas ya debe de saber que no podrá continuar con su negocio, por lo menos desde The Laurels, desde su perspectiva, lo mejor y, por lo tanto, el curso más obvio de la acción, será continuar con el evento que tiene organizado para esta noche y buscar después otra ubicación a toda velocidad.

Stokes le sostuvo la mirada. Sus ojos grises reflejaban una expresión distante mientras volvía a examinar el caso. Tendría que exponerlo ante sus superiores para que apoyaran la petición de reunir hombres con el objetivo de organizar una redada en The Laurels aquella misma noche. Asintió lentamente.

—De modo que, si lo dejamos pasar, aunque solo sea hasta mañana, es muy probable que le perdamos. Y estamos hablando de un hombre que ha cometido tres asesinatos. Tres asesinatos que mis superiores quieren resolver. Es evidente que esta es una oportunidad excelente para avanzar en nuestra investigación e incluso para llegar a identificar a un asesino que no nos está resultando nada fácil identificar.

Barnaby inclinó la cabeza.

—Eso debería convencerles, ¿no?

Stokes esbozó una mueca.

—Odio a los políticos. Estoy seguro de que todos mis superiores, además del propio jefe de Scotland Yard, estarán de acuerdo en que sigamos adelante, pero me temo que los políticos vacilarán. Incluso estando tu padre y Peel allí, los demás querrán sopesar los pros y los contras, analizar el peso que un caso así puede tener en la opinión pública. Y estando los Camberly y los Halstead implicados... —se inclinó hacia delante y entrelazó las manos por encima de sus rodillas—. Si hubiera algo, solo algo más, que pudiera garantizarnos que la opinión pública se ponga del lado de la policía, incluso en el caso de que esta redada resulte ser una completa pérdida de tiempo...

—Lo hay.

Fue Montague el que habló. Cuando todos se volvieron hacia él, les miró muy serio.

—No hemos profundizado en ello, pero creo que todos nosotros nos podemos imaginar qué clase de objetos está vendiendo —miró hacia Griselda—. Era una joven desesperada la que estaba asomada a la ventana. Atendiendo al análisis de los ingresos que realizaban cada mes, debe de haber al menos otras cuatro jóvenes en esa casa, posiblemente más —Montague recorrió al grupo con la firme mirada de sus ojos castaños—. Tampoco creo que nos cueste mucho imaginar a quién está vendiendo esa mercancía.

El rostro de Stokes se transformó de pronto en una máscara casi violenta de jubiloso triunfo.

—¡Eso es perfecto! —gruñó. Se levantó de un salto y miró a sus compañeros—. Voy a ir a Scotland Yard y...

—¡Espera, espera! —le detuvo Penelope, alzando la mano—. Antes tenemos que elaborar un plan.

Buscó en el bolsillo y sacó un papel arrugado. Lo alisó y lo giró para mostrárselo a Stokes. Barnaby se levantó y lo estudió por encima del hombro de su esposa.

—Este —explicó Penelope— es el mapa que Griselda, Violet y yo hemos dibujado de The Laurels a partir de lo poco que hemos podido ver de la casa y de los inmediatos alrededores. Mirad —señaló—, aquí hay un bosque bastante espeso que podría sernos útil y…

Diez minutos después, una vez definido y detallado el plan para hacer una incursión en la casa de campo de lady Halstead, Stokes se enfundó el abrigo y salió a reunirse con sus superiores, dispuesto a exponer el caso, a conseguir su aprobación y a reunir los agentes que necesitaba, dejando que Montague y Barnaby se encargaran de organizar el transporte del resto del grupo para encontrarse, según acordaron, en el bosque anejo a The Laurels.

Mientras esperaba en el vestíbulo la llegada de los carruajes, Penelope temblaba de felicidad. Ninguno de los hombres, ni siquiera Montague, había intentado disuadir a las damas para evitar que asistieran, y mucho menos había cuestionado su derecho a hacerlo.

Su nuevo equipo de investigación iba camino de convertirse en una eficaz realidad.

La noche en Essex era fría. El pálido filo de la luna asomaba entre las copas de los árboles, se escondía y volvía a aparecer de entre las nubes bajas que se desplazaban por el cielo y las ramas inquietas y cambiantes de los árboles del bosque. Aunque la mayoría de las hojas todavía esperaban a caer, ya había suficientes en el suelo como para proporcionar una suave alfombra bajo sus pies, una alfombra lo bastante espesa como para atenuar la pisada de las pesadas botas de los agentes. Stokes susurraba las órdenes a los hombres que rodeaban la casa, intentando mantener el silencio y manteniéndose tan ocultos como el bosque les permitía.

Violet no estaba muy convencida de que se necesitaran tantas precauciones. Tal y como habían acordado, se habían reunido los seis en el bosque a las nueve y media, junto a los dos cocheros de Penelope y Barnaby, cuatro mozos de cuadra y criados y un buen número de los mejores agentes de Scotland Yard. Por lo que Violet había averiguado a partir de los susurros que les había oído intercambiar, algunos eran jóvenes entusiastas pertenecientes al cuerpo de detectives. Todos ellos le profesaban una gran admiración a Stokes y se habían ofrecido voluntarios para ayudarle. Stokes había organizado sus fuerzas en pequeños grupos, asignando dos detectives a cada grupo de agentes. En aquel momento, estaba enviando a los grupos a tomar posiciones alrededor de la casa.

Por lo que Violet podía apreciar, nadie les había visto desde el interior de la casa, no había nadie alerta. No esperaban que interrumpieran lo que quiera que estuvieran haciendo.

Sus fuerzas se habían reunido antes de la llegada de los carruajes, pero para entonces ya estaban cerradas todas las cortinas de la casa, las del piso de arriba y las del piso de abajo. La luz se filtraba a través de ellas, la del segundo piso era tenue, mientras que las habitaciones del piso de abajo resplandecían como si estuviera teniendo lugar un importante acontecimiento social.

Los carruajes, todos ellos negros y con gruesas cortinas, habían comenzado a llegar diez minutos antes de la hora. Para las diez de la noche, ya habían aparecido nueve, habían descargado a sus pasajeros y habían quedado aparcados en uno de los laterales de la entrada. Los cocheros, todos ellos, habían atado los caballos y habían accedido también al interior, sorprendentemente, siguiendo a sus señores por la entrada principal. La puerta se abría cada vez que llamaba un cochero, pero volvía a cerrarse de inmediato después de que este fuera admitido.

Al ver que diez minutos después ni había aparecido ni había entrado ningún otro carruaje, Stokes había comenzado a enviar a sus hombres a cubrir toda la extensión del bosque.

Desde su posición privilegiada, sentada en una rama lo bastante gruesa y alta como para permitirle observar toda la tapia alineada con la entrada principal, Violet, al igual que Penelope, Griselda y Montague, todos ellos en diferentes ramas y troncos, había estudiado a los «invitados», por llamarles de alguna manera, que viajaban en los nueve carruajes. Eran hombres y mujeres, aproximadamente, en la misma proporción. Todos habían bajado del carruaje y se habían dirigido hacia la casa a buen ritmo, aunque no de forma precipitada, sin mirar apenas a su alrededor.

Aunque la luz era escasa, todos ellos parecían vestir a la moda, e incluso de forma elegante. Las damas con vestidos oscuros, algunas con chales y retículos. La mayoría de los hombres llevaban chaqueta y corbata y algunos hasta modernos sombreros.

La confianza, la seguridad con la que habían accedido al interior, era, pensó Violet, reveladora. Se inclinó hacia el tronco del árbol para acercarse a Montague, que permanecía sentado en la rama más baja del árbol que tenía frente a ella, y susurró:

—Todas esas personas han estado aquí antes, y es posible que varias veces.

Montague la miró a los ojos a través de las sombras y, al cabo de un momento, asintió:

—Sí, es cierto —miró de nuevo hacia la casa—. Cualquiera que viniera por primera vez a este lugar habría mirado a su alrededor, habría mostrado al menos algún signo de vacilación, de estar estudiando la zona. Ninguno de ellos lo ha hecho.

—Y tampoco los cocheros —susurró Penelope desde su árbol. Comenzó a moverse en la rama, intentando bajar—. Quienesquiera que sean, llevan tiempo participando en esto. No hay ningún espectador inocente en el grupo.

Griselda emitió un sonido mostrando su acuerdo al tiempo que bajaba con mucho cuidado, rama a rama.

—¡Un momento! —siseó Montague cuando Penelope se preparó para saltar.

Cuando se detuvo para mirarle, él vaciló un instante antes de decir:

—Podría resbalar y torcerse el tobillo, y entonces tendría que quedarse aquí y perderse toda la emoción.

Penelope le estudió un instante y después rió suavemente.

—Montague, es una suerte que se haya sumado a nuestro equipo de investigación. Muy bien, esperaré.

Montague bajó de su rama y Penelope permitió que la ayudara a descender de su posición.

Violet, mientras tanto, estaba en el borde del tronco, pero

antes de que pudiera comenzar a bajar por sí misma, Montague regresó y, sin hacer más que dirigirle una mirada a modo de permiso, levantó los brazos y la bajó.

Para sorpresa de Violet, sus pulmones dejaron de funcionar, deteniéndose de una forma de lo más peculiar en respuesta a la sensación de las manos de Montague en su cintura, a la fuerza y la facilidad con la que la había levantado y a la delicadeza con la que la había dejado sobre las hojas. Él vaciló. Durante un revelador instante, en la oscuridad del bosque, permaneció frente a ella, contemplándola. Sus miradas se fundieron en medio de aquella escasa luz. No podían verse, pero podían sentirse, y lo hicieron. Un momento después, Montague tomó aire y, tras deslizar las manos por su cintura, se hizo a un lado, apartándose de su camino. Pero permaneció a su lado.

Stokes y Barnaby habían estado supervisando la posición de sus hombres. Regresaron convertidos en dos largas sombras que se movían en un sorprendente silencio, zigzagueando entre los árboles.

Stokes se acercó a ellos e inclinó la cabeza.

—Estamos preparados —el destello de sus dientes en medio de la oscuridad delataba una sonrisa de tiburón—. Nuestro grupo entrará por la puerta principal —un contingente de los agentes más fornidos junto a los seis hombres del servicio de Penelope y Barnaby esperaban a unos metros de distancia—. Aunque tengo una orden judicial, quiero que Montague encabece la entrada utilizando la carta de autorización de lady Halstead. Cuanta más confusión creemos sobre lo que está ocurriendo, mejor. Así nos resultará más fácil dividir al grupo que está dentro y llevarnos a todo el mundo detenido.

Stokes desvió la mirada hacia Penelope, Griselda y Violet.

—Quiero que vosotras tres, junto a los cocheros, los mozos y los lacayos, crucéis con nosotros la puerta de entrada a la finca y os coloquéis en el césped, justo delante del porche —se interrumpió, posando su mirada en sombra en cada uno de sus rostros, uno a uno—. Si esto es lo que todos sospechamos, quiero sacar de allí a las chicas cuanto antes. Ya les he dicho a nuestros hombres que tendrán que conducir a las chicas hasta la puerta principal y que ellas podrán veros desde allí —Stokes inclinó la cabeza hacia los criados—. Los hombres permanecerán junto a vosotras y ayudarán a acercaros a las chicas. No quiero arriesgarme a que ninguno de los canallas que hay ahí dentro tome rehenes de ninguna clase.

Incluso Penelope tenía que admitir que era un plan sensato. Todos ellos asintieron y susurraron su acuerdo.

Stokes alzó la cabeza.

—De acuerdo entonces —miró a sus hombres—. Iniciemos la redada.

Salieron todos del bosque siguiendo a Stokes. Llegaron a la carretera y, en la posición que Stokes les había indicado, cruzaron con paso firme las puertas, en aquel momento abiertas de par en par, y avanzaron por el camino de grava. Violet tuvo que admitir que era un momento emocionante. Las botas de los hombres sobre la grava sonaban como el redoble de los tambores. Era la marcha de la justicia.

Al llegar a la zona del porche, su pequeña partida se desvió y se colocó en la posición que les habían señalado.

Montague, advirtió, lideró sin temor la subida a los escalones de la entrada. Se detuvo frente a la puerta y le hizo un gesto con la cabeza a Stokes, que tiró del llamador. Montague esperó durante un instante, después alzó el puño y golpeó la puerta.

Nadie abrió y, tras el asentimiento de Stokes, Montague volvió a aporrear la puerta con fuerza.

Al cabo de medio minuto, la puerta se abrió.

Poniéndose de puntillas, Violet pudo vislumbrar apenas al extraño sirviente mientras este bloqueaba la puerta. Su «¿Sí? ¿En qué puede ayudarle, señor?» flotó sobre los numerosos y robustos hombros que se interponían.

Montague mostró la autorización que llevaba en la mano.

—Estoy autorizado por la propietaria de este inmueble, la fallecida lady Halstead, a investigar el uso que se le está dando.

Como el hombre se limitó a mirarle embobado, Montague no tuvo el menor reparo en alzar la mano y, con la palma abierta, empujar a aquel canalla. El hombre se tambaleó hacia atrás, Montague abrió la puerta por completo y cruzó el umbral para entrar en el vestíbulo.

La puerta que tenía a su izquierda estaba cerrada. Ante él tenía una escalera ancha que conducía al segundo piso y un estrecho pasillo que daba acceso a las habitaciones de la parte de atrás. A su derecha, un par de puertas permanecían abiertas, mostrando una sección de lo que era, claramente, un salón. Montague giró en aquella dirección y avanzó a grandes zancadas, sintiéndose más beligerante de lo que recordaba haberse sentido nunca mientras reparaba en las dos parejas que había tras la puerta.

Ambas podrían haber sido confundidas por invitados que asistieran a una elegante velada si no hubiera sido por la dureza de sus ojos y las señales de una vida disoluta que marcaban sus rostros.

Las dos parejas se habían quedado paralizadas, con el semblante inexpresivo y abriendo los ojos como platos mientras veían a los agentes que seguían a Montague. Ignorándolas, Montague entró en la habitación y miró a su alrededor.

Y vio allí a Walter Camberly con los ojos desorbitados y la boca abierta al lado de una tarima redonda parecida a las que Montague había visto en los talleres de las modistas. Sobre la tarima permanecía una joven de poco más de veinte años con el rostro empapado en lágrimas y completamente desnuda.

Montague comprendió por fin lo que estaba pasando. Walter estaba subastando a las chicas.

—Stokes...

—Sí. Ya he visto suficiente.

Con su mirada gris fija en Walter Camberly y el rostro convertido en la mejor definición de la palabra «sombrío», Stokes se acercó a Montague.

—Yo me ocuparé de él. Tú saca a la chica de aquí.

—Eso está hecho.

Montague dio un paso adelante y se desprendió de su abrigo sin fijarse apenas en el resto de personas, hombres y mujeres, que había repartidos por la habitación.

Walter Camberly abría y cerraba la boca, pero no era capaz de articular sonido alguno. Cuando Stokes llegó hasta él y le agarró del brazo, consiguió soltar un graznido:

—Le digo…

—Si le queda un ápice de cerebro, mantendrá la boca cerrada —gruñó un hombre que estaba a unos pasos de distancia. Iba bien vestido, pero era evidente que no era un caballero.

Montague cerró los oídos al creciente número de comentarios que se levantaban a medida que los hombres de Stokes iban adentrándose en el salón y presentándose a los invitados de Walter. Se quitó el abrigo y lo sostuvo a modo de pantalla frente a la pobre chica.

—Toma, tápate, vamos a sacarte de aquí.

Vacilante, como si apenas se atreviera a creer lo que estaba ocurriendo ante sus ojos, la chica tomó posesión del abrigo lentamente. Montague desvió la mirada mientras ella se ponía apropiadamente la prenda.

—Excelente —le tendió la mano para ayudarla a bajar de la tarima—. Vamos, pequeña. Tu vida está a salvo y afuera hay unas damas dispuestas a ayudarte.

Parpadeando con aquellos enormes ojos azules, la chica le tomó la mano, se cerró con fuerza el abrigo con la otra y descendió de la tarima. Una vez estuvo frente a él, miró a Montague a los ojos.

—Hay otras chicas como yo… en el piso de arriba.

Montague asintió y la urgió con delicadeza a que avanzara.

—Sí, lo sabemos. Los demás las bajarán dentro de un momento.

Protegiéndola de los empujones de aquella enorme cantidad de personas, policías y apresados, que abarrotaban en aquel momento la habitación, la condujo hasta el vestíbulo principal. Allí encontraron a las chicas que habían encontrado en el piso de arriba y que estaban siendo acompañadas al exterior por los diligentes policías. Barnaby estaba a cargo de aquel grupo formado por hombres maduros y con hijas.

Siguiendo con su labor, Montague se sumó al éxodo. Acompañó a la joven hasta la puerta y la ayudó a caminar sobre la grava. Aunque iba descalza, no parecían molestarle las piedras. Una vez estuvieron en el césped, Montague la dejó a cargo de Violet.

Con una sonrisa y un abrazo de consuelo, Violet la condujo

junto a las otras chicas, reunidas dentro del pequeño cordón protector formado por los hombres de Penelope. Los hombres estaban vigilando la casa y mostraban hacia aquellas muchachas tan parcamente vestidas toda la cortesía de la que eran capaces.

Bajo la mirada atenta de Montague, la chica a la que había escoltado fue recibida por gritos de «¡Hilda!». Varias chicas la abrazaron.

Penelope esperó a que los gritos y los abrazos remitieran para preguntar:

—Chicas, ¿estáis todas?

Eran siete en total. Se miraron entre ellas, Hilda alzó la cabeza y asintió.

—Sí, señorita. Este mes solo nos cogieron a siete. Le oí decir —señaló con la barbilla hacia la casa— que normalmente había más, pero que este mes éramos siete —hablaba en voz baja y temblorosa—. Todas somos chicas del campo, señorita. Buenas chicas y todo eso. Fuimos a la ciudad intentando encontrar un trabajo honrado, pero llegó él con todas sus mentiras y promesas, diciéndonos que conocía un buen lugar para trabajar... nos trajo aquí y nos encerró —bajó la voz un poco más—. Estaba a punto de vendernos para que nos forzaran y cosas peores.

—Sí, lo sé —contestó Penelope—. Pero ahora podéis descansar tranquilas, sabiendo que, allí a donde va, no podrá hacer ni eso ni muchas otras cosas más. Estos caballeros que están aquí —señaló con un gesto a los agentes que estaban conduciendo a los supuestos invitados a paso firme hasta los coches de la policía, que habían estado esperando en la vicaría hasta que se les había ordenado acercarse— son policías y se asegurarán de que todas estas personas tan horribles reciban lo que se merecen. Y, confía en mí, no va a ser nada bueno.

Las palabras de Penelope, junto a su tono de voz, ayudaron a relajarse un poco a las chicas. La tensión empezaba por fin a ceder.

—Y ahora decidme —continuó—, ¿sabéis dónde está vuestra ropa? Si me lo decís, puedo enviar al señor Montague y a mi marido a rescatar todo lo que puedan encontrar.

En cuanto le dieron las indicaciones, Montague regresó a

la casa. Encontró a Barnaby en el vestíbulo principal. Fueron juntos al piso de arriba, reunieron las bolsas que encontraron en cada una de las habitaciones y las llenaron con cuantas pertenencias pudieron encontrar.

—Las muchachas eran criadas que venían del campo —le explicó Montague a Barnaby cuando se reunieron al final de la escalera.

Montague llevaba cuatro bolsas, dos bajo el brazo y una en cada mano y Barnaby cargaba con tres maletas. Mientras iban bajando las escaleras, el primero continuó:

—Fueron a Londres buscando un trabajo honesto. Por lo que he podido oír, un hombre, y creo que se referían a Walter Camberly, se puso en contacto con ellas poco después de su llegada y les ofreció trabajo. Después las trajo aquí.

Barnaby asintió.

—Supongo que se dedicaba a merodear alrededor de las posadas. Es muy fácil distinguir a esas muchachas de ojos inocentes que llegan por primera vez a la ciudad.

Se detuvieron al llegar al porche y Stokes se reunió con ellos, llevando a Walter Camberly tras él. Este continuaba estupefacto, no comprendía lo que estaba pasando. Caminaba con las manos esposadas y avanzando tambaleante, espoleado por un fornido sargento.

Cuando el sargento le detuvo a medio metro de Stokes, Montague le dirigió una mirada condenatoria e indignada.

—Es repugnante que un caballero se dedique a abusar de jóvenes inocentes para su propio beneficio.

—Y que sea capaz de asesinar a su abuela para esconder sus delitos —añadió Barnaby con igual dureza.

—Por no hablar del asesinato del asesor de su abuela, el señor Runcorn, y de su criada, Tilly Westcott —dijo Stokes.

El rostro de Walter perdió todo color. Dejó caer la mandíbula y permaneció con la boca abierta durante varios segundos. Después, con los ojos desorbitados, cerró la boca de golpe. Les miró, reparó en sus expresiones y sacudió la cabeza con vehemencia.

—No, yo no fui…

Stokes señaló al sargento con expresión pétrea.

—Llévatelo —cuando el sargento empujó a Walter, añadió—: Asegúrate de mantenerle bien alejado de los demás. No sé lo que serían capaces de hacerle.

—Sí, señor —respondió el sargento, y empujó a Walter, obligándole a cruzar la puerta y a salir al porche.

Retorciéndose para poder mirarlos, con la desesperación grabada en todas las líneas de su rostro, Walter Camberly gritó:

—¡Yo no he matado a nadie! ¡No fui yo!

Fue una larga y ajetreada noche, pero ninguno de ellos lo lamentaba.

Alentados por el triunfo y la profunda satisfacción de saber que habían salvado a siete víctimas de Walter de la violación y la miseria, los intrépidos investigadores se reunieron para ocuparse de todas las cuestiones que habían surgido a partir de la redada.

Albemarle Street se había convertido en el cuartel general. Penelope, Griselda y Violet volvieron allí con las chicas. Mostyn y el resto del servicio las apoyaron haciendo camas, consolando a las chicas y ayudándolas a instalarse para dormir. Pusieron a las chicas en tres dormitorios, dos en cada uno de los dos primeros y tres en el último, para que ninguna estuviera sola.

Griselda bajó al piso de abajo con Penelope y Violet tras haberles asegurado a las chicas que al día siguiente las ayudarían a encontrar un trabajo honesto y haberles deseado buenas noches.

—Me atrevería a decir que esta va a ser su primera noche de descanso desde que llegaron a Londres.

—Pobrecillas —Violet suspiró—. Lo que ha hecho Walter es inadmisible.

—Desde luego —Penelope estaba inusualmente sombría—. No me gusta pensar en cuántas más ha podido vender durante los últimos, ¿cuántos han sido? ¿Catorce meses?

—Pensar en ello no nos va a servir de nada, pero... —dijo Griselda—, teniendo en cuenta que han conseguido atrapar a varios propietarios de burdeles involucrados en la trata y que, con un poco de suerte, es posible que no haya más, sospecho que Stokes y sus hombres podrán cerrar esos establecimientos y liberar pronto a las otras chicas. Por supuesto, eso no repara el daño que han sufrido, pero al menos serán libres otra vez.

Penelope se detuvo, inclinó la cabeza y analizó los hechos. Después, asintió y continuó bajando las escaleras.

—Cruzad los dedos, porque podría ser que, gracias a los delitos de Walter, terminemos liberando a muchas más chicas de las que él mismo envió a ese infierno.

Pero no fueron Stokes y sus hombres los que cerraron los burdeles. Cuando Barnaby, Montague y él regresaron por fin a Albemarle Street, Stokes se dejó caer en una butaca, aceptó la copa de brandy que Barnaby le ofreció y contestó a la impaciente pregunta de Griselda.

—No yo, mi amor, pero sí mis colegas de Manchester, Leeds, Birminghan y Coventry —bebió un sorbo, suspiró y se enfrentó después a las miradas de las damas con una media sonrisa—. Walter Camberly encontró un lucrativo mercado fuera de Londres. Los burdeles de esas ciudades más pequeñas no consiguen retener a las chicas. Aquellas con ganas de dedicarse a ese negocio y que tienen un poco de sentido común, se trasladan a Londres, donde obtienen mayores ganancias. Hemos atrapado a nueve propietarios de burdeles y a sus madamas. El jefe está eufórico. Normalmente, es fácil atrapar a las madamas, pero rara vez encontramos a los propietarios y es más difícil imputarles ningún delito.

—Esa vez —Stokes blandió su vaso— los tenemos a todos cantando. Y todos ellos cantan la misma canción. Cromer, el hombre al que tomasteis por un criado, pero que en realidad estaba involucrado en el negocio como un socio más, era la conexión. A través de él, Walter Camberly se ponía en contacto con los encargados de los burdeles de esas cuatro ciudades y les ofrecía en venta chicas de campo: honestas, inmaculadas y limpias. Como tampoco son unos completos estúpidos, Cromer y Camberly tomaban la precaución de insistir en que les pagaran en efectivo y de que los propietarios de los burdeles estuvieran presentes para tomar posesión de la mercancía en cuanto acabara la subasta.

Penelope se estremeció.

—Atroz, sencillamente, atroz —miró a Stokes—. ¿Pero cómo encontraba Camberly a las chicas?

—Al parecer —le explicó Barnaby—, Walter descubrió el valor de ser considerado inofensivo. Por lo que él dice, se dedicaba a merodear por las posadas para viajeros desde que era niño porque le gustaba ver los caballos, los coches, y los viajeros. Le gustaba imaginarse escapando, el sueño habitual de cualquier adolescente —se interrumpió para beber y continuó—: Pero, a medida que fue creciendo y pareciendo más maduro, era habitual que le abordaran de vez en cuando aquellas jóvenes de rostro inocente para preguntarle dónde podían encontrar trabajo o alojarse.

Barnaby volvió a detenerse y dijo al final:

—Con el tiempo, arraigó en su cerebro un escenario terrible.

—Al parecer, sus padres mantenían un rígido control sobre él —Stokes apuró el brandy—. Todavía no le hemos interrogado formalmente. Quiero que sufra, que pase la noche cociéndose en su propio jugo —miró a Griselda y después a Penelope—. ¿Y las chicas?

—Gracias a Dios, hemos llegado a tiempo para estas siete. Envié una nota a la agencia de Phoebe Deverell y me ha contestado al instante. La encargada, una tal señora Quiverstone, ha escrito diciendo que la agencia estará encantada de recibir a las chicas y que las acogerá bajo su ala, las asesorará y las preparará para asegurarse de que encuentren un empleo apropiado —se reclinó en la silla—. De modo que ahora están seguras, a salvo y en disposición de retomar sus vidas.

—Desde luego —intervino Violet—, y por lo que ellas mismas han dicho, agradecen que, dejando de lado el horror de estas últimas semanas, todas vayan a terminar en una situación mejor de la que habrían tenido en el caso de que Walter Camberly no hubiera interferido en sus vidas —Violet sonrió—. Son muy fuertes, y eso es bueno —miró a Montague a los ojos—. Ya están todas con la mirada puesta en el futuro y olvidando el pasado.

Penelope dejó exhalar un cansado, pero satisfecho suspiro. Miró a Barnaby a los ojos.

—¡Es maravilloso! Hemos conseguido anotarnos un gran éxito —señaló con la mano a los allí reunidos—. Ahora ya solo falta confirmar que Walter Camberly cometió los tres asesinatos para poder celebrarlo.

Stokes miró a Barnaby, después a Montague, y dijo con estoicismo:

—Solo hay un problema: Walter Camberly continúa insistiendo en que él no ha matado a nadie.

CAPÍTULO 14

Stokes interrogó formalmente a Walter Camberly a la mañana siguiente, en Scotland Yard. Barnaby, en su papel de ayudante, se sentó a la derecha de Stokes, mientras que Montague, cortesía de la carta de autorización de lady Halstead, se sentó a su izquierda. Walter Camberly permanecía en una solitaria y dura silla al otro lado de la mesa. Dos sargentos de aspecto hosco le escoltaban con la mirada fija en la pared que tenían enfrente.

Walter, con las muñecas y los tobillos encadenados, se sentó con la cabeza gacha y la mirada fija en las manos que posó ante él.

Stokes le estudió mientras tamborileaba con los dedos en la mesa. Después, en un tono neutro y en el que evitó juzgarle, dijo:

—¿Puedes decirnos por qué lo hiciste? —cuando Walter alzó la mirada, desconcertado por aquel cambio de actitud, Stokes le aclaró—: Eres hijo único de unos padres ricos y bien posicionados. Tu padre es un político con un futuro prometedor. Has tenido de todo, has disfrutado de todo tipo de comodidades. Te han enviado a buenos colegios, has disfrutado de todo tipo de oportunidades y, gracias a las familias de tus padres, formas parte de la alta sociedad. Podrías haber sido cualquier cosa que desearas, podrías haber dejado huella en el mundo de forma honrada. Sin embargo, escogiste asociarte con delincuentes y, no solo eso, con elementos que pueden ser clasificados como de lo más despreciable —entrelazó las manos y se inclinó hacia delante con la mirada fija en la de Walter—. Con gente tan falta de humanidad que se dedica a abusar de las personas más indefensas.

Miró a Walter a los ojos y le preguntó con suavidad:

—¿Por qué? ¿Por qué has hecho una cosa así?

Walter le sostuvo la mirada y dejó escapar un trémulo suspiro.

—Porque era la única manera que tenía de que mis padres me vieran. De que se fijaran en mí.

Stokes retrocedió. Su expresión reflejaba que no era capaz de entenderle.

Walter se inclinó de inmediato hacia delante y le explicó en un tono casi impaciente:

—Nadie puede entender lo que es eso. Yo no soy nada para ellos —sus palabras rezumaban amargura. Walter le observó y miró después a Barnaby y a Montague—. Desde fuera, solo se ve lo que ellos quieren que todo el mundo vea: la familia perfecta, la madre, el padre y el hijo. Siempre ha sido así, es algo que siempre ha estado vinculado a la ambición de mi padre, una ambición que, por supuesto, mi madre comparte. Lo único que les importa de mí es que siga ocupando esa posición, que permanezca a su lado como un… —y señaló con el desprecio y la repugnancia afilando su voz—: como un maniquí. No como una persona real, solo quieren una representación. Para ellos solo soy parte del atrezo.

Se derrumbó en la silla e hizo un gesto de desdén, aunque era evidente que aquella expresión no iba dirigida ni a Stokes, ni a Barnaby, ni a Montague, ni a nadie de los que estaba en aquella habitación.

—Vamos a ver cómo lidian ahora con todo esto. No creo que puedan limitarse a ignorarlo, ¿verdad?

Stokes inclinó la cabeza.

—Probablemente, no. Por lo menos en ese aspecto, has conseguido lo que querías.

Walter parpadeó y asintió lentamente.

—Sí, lo he conseguido, ¿verdad?

Pero a qué precio, reflexionó Montague.

Stokes dejó pasar unos segundos antes de decir:

—Tengo curiosidad por saber por qué organizaste los pagos de la forma en que lo hiciste. ¿Por qué utilizaste la cuenta de tu abuela?

Walter soltó un bufido burlón.

—Recuerde que yo solo existo como una especie de prolongación de mis padres. No tengo más ingreso que el que ellos me proporcionan y mi padre me paga mi asignación mensual en efectivo, así que nunca dispongo de una cantidad decente de dinero. Solo tengo lo que necesito para pasar el mes —clavó la mirada en sus manos y se encogió de hombros—. ¿Por qué no me dan nada más? Las facturas del sastre, todos mis gastos, tienen que ir a nombre de mi padre. Esa es la forma que utilizan tanto él como mi madre para tenerme controlado. Ellos deciden cómo tengo que vestir, qué estilo debo llevar, qué botas tengo que calzar. Como ya he dicho, para ellos no soy más que un maniquí. Pero, por supuesto, lo más importante es que, al no darme acceso a una cantidad decente de dinero, pretenden limitar mi vida social. No puedo apostar, no puedo salir de juerga con mis amigos y tampoco puedo ir a visitar a nadie, a no ser que les pida y reciba su aprobación explícita y algún dinero extra. No puedo pertenecer a ningún club porque no lo creen necesario y piensan que podría terminar conociendo a personas que no me convienen.

Sin apartar la mirada de sus manos continuó:

—La única vida que tenía era la que ellos me permitían —alzó la cabeza y miró a Stokes a los ojos—: Por eso no tenía una cuenta bancaria. Nunca he tenido el dinero necesario para tener una —se interrumpió y añadió—: Cuando comencé a ganar dinero con las ventas en The Laurels, no quería ingresarlo en ninguna cuenta que estuviera a mi nombre, por si, de alguna manera, la información le llegaba a mi padre. Estaba claro que el dinero iba a ir aumentando y yo no me atrevía a esconderlo en mi habitación ni en ninguna otra parte de la casa, así que… utilicé la cuenta de mi abuela —miró a Stokes—. Pensé que no se daría cuenta, que nunca miraba el dinero que tenía ingresado en esa cuenta. Y, como lo único que hacía yo era ingresar, incluso en el caso de que pudiera llegar a fijarse, encontraría más dinero y no pensé que pudiera preocuparse... desde luego, no lo suficiente como para querer investigarlo.

—¿Cómo averiguaste los detalles de la cuenta? —preguntó Montague.

Walter se encogió de hombros.

—Fue muy fácil. Una noche, cuando fuimos a cenar a su casa, me escapé un momento y busqué en el escritorio que tenía mi abuela en el salón. Encontré los detalles de las cuentas y unas cartas que había enviado al banco. Eran instrucciones para poder retirar dinero del banco. Me llevé algunas para poder hacer una copia con la que retirar mi dinero cuando lo necesitara.

—Y así lo hiciste en cuanto te enteraste de que tu abuela había ordenado a Runcorn que arreglara sus asuntos financieros —cuando Walter asintió, Barnaby aclaró—: De modo que escribiste una carta autorizando a cerrar la cuenta, llevándote mucho más de lo que habías depositado en ella. Y, por cierto, ¿quién era esa mujer que presentó la carta y se llevó el dinero?

—Contraté a una actriz. Le prometí que le pagaría bien y le entregué la carta falsificada. Había estado practicando para falsificar la letra de mi abuela durante meses para así estar seguro de que la carta podría pasar por auténtica. Y lo conseguí. Utilicé a una actriz porque, por supuesto, no quería que me vieran y, en el caso de que la carta hubiera sido auténtica, los más probable es que la hubiera presentado Violet.

—¿Por qué decidiste llevarte todo el dinero, y no solo el tuyo?

—Escribí la carta tras la muerte de mi abuela. Pretendía haberlo hecho antes, pero, cuando falleció, supe que tenía que recuperar el dinero de inmediato... y ella ya no estaba. Por eso pensé que podía llevármelo todo y no dejárselo a los demás.

—¿Apreciabas a tu abuela? —preguntó Stokes.

Walter arqueó las cejas.

—Me caía bien. Nunca pasé mucho tiempo con ella, pero me parecía una mujer decente —volvió a encogerse de hombros—. No la conocía muy bien.

—Lo cual —dedujo Stokes en un tono cada vez más serio— ayudó a que te resultara más fácil asesinarla.

Walter abrió los ojos como platos.

—¡No! Ya se lo he dicho —miró con los ojos desorbitados a Barnaby y a Montague—. Yo no la maté. ¡Yo no tengo nada que ver con eso! ¡No tengo nada que ver con ninguno de los asesinatos!

Fue mirándoles de uno en uno, reparando en sus rostros sombríos.

—¿Por qué iba a hacer una cosa así? ¡Tenía el dinero, eso era lo único que me interesaba! ¡No tuve que matarla para conseguirlo!

Se produjo una pausa. Stokes miró a sus compañeros. Después desvió la mirada muy lentamente hacia el rostro de Walter.

—¿Por qué no nos cuentas cómo lo hiciste?

Con la amenaza de ser acusado por los asesinatos como incentivo, Walter explicó todos y cada uno de los pasos que había dado. Todo lo que había hecho desde el momento en el que se había enterado durante la última y fatídica cena de la familia de que lady Halstead pretendía poner sus asuntos en orden.

—Yo no la maté. ¡No maté a nadie! Jamás pensé en hacer algo así.

Eran argumentos convincentes. Cuando vio que los tres vacilaban y consideraban la posibilidad de exonerarlo al menos de los asesinatos, suspiró.

—El dinero está en una lata encima del armario de mi dormitorio, en la casa de Belgrave Square.

Barnaby le dirigió a Stokes una mirada. Este reparó en ella e inclinó ligeramente la cabeza hacia su amigo.

—En cuanto a mis coartadas… —Walter apretó los labios— fue mi madre la que me dijo lo que tenía que decir, de modo que todo lo que conté entonces es mentira. La coartada real para la noche en la que fue asesinada mi abuela es que estuve bebiendo en un pub de Grosvenor Street, en The Royal, no muy lejos de casa de mis padres. Soy cliente habitual y estuve allí, como suelo hacer siempre, hasta que cerraron a las dos de la mañana —curvó los labios—. Como suele ser también habitual, salí tan borracho que apenas fui capaz de recorrer la corta distancia que me separaba de casa de mis padres antes de caer rendido. Jamás le habría hecho algo así a mi abuela. Y tampoco habría sido capaz de hacer... bueno... todo lo que han hecho.

Walter se interrumpió mientras Stokes, con los labios convertidos en una fina línea, sacaba la libreta y buscaba una hoja en blanco. Garabateó algo en ella y asintió, invitando a Walter a continuar.

—La noche que asesinaron al asesor financiero de mi abuela, yo estaba en un teatro cerca de Leicester Square, The Poulson. Fui allí para hablar y contratar a la actriz. Llegué al teatro para asistir a la función de las seis y pasé con ella la mayor parte de la noche. La actriz se llama Lily Cartwright. Ella puede darles los nombres del director de escena y del propietario del teatro, los dos me vieron. La noche que asesinaron a la criada, yo había quedado con Cromer en una taberna de Tothill Fields para planear la última sesión de ventas —Walter se interrumpió y miró a Stokes—. Una vez fallecida mi abuela, estaba claro que no podíamos continuar utilizando The Laurels, así que necesitábamos encontrar otra ubicación. Estuvimos en la taberna hasta la madrugada, el camarero y las chicas se acordarán de mí. Habíamos quedado allí antes.

Walter se inclinó hacia delante. Cuando Stokes alzó la cabeza, le miró a los ojos.

—¿Es que no lo entiende? La muerte de mi abuela me desbarató el negocio, la única manera que tenía de conseguir el dinero para escapar de la prisión de mis padres para siempre. Todo estaba yendo como la seda. Sí, tenía que sacar el dinero de la cuenta, pero ya tenía dinero suficiente como para abrir mi propia cuenta y, a través de Cromer, había aprendido a hacerlo con un nombre falso —extendió las manos—. ¿Cómo iba a matar a mi abuela? Y menos aún a los otros dos...

Stokes le sostuvo la mirada durante largo rato y después asintió.

—Se te imputarán los delitos derivados del secuestro y la venta de las chicas. Si podemos contrastar las coartadas, quizá puedas escapar de la horca —se levantó y se dirigió hacia los sargentos—. Llévenle a su celda y díganle al sargento de guardia que yo me encargaré de rellenar hoy la documentación.

Barnaby salió de la sala de interrogatorios, seguido por Stokes y Montague.

No dijeron nada hasta que estuvieron en el despacho de Stokes, sentados alrededor de su mesa.

Barnaby miró a Stokes a los ojos.

—Él no es el asesino.

Stokes esbozó una mueca.

—No, no es el asesino.

Montague estaba asintiendo.

—¿Pero adónde nos lleva eso? —miró a Stokes y después a Barnaby—. ¿Qué podemos hacer ahora?

Stokes resopló.

—Lo que tenemos que hacer ahora es asegurarnos de que nos está diciendo la verdad. Encargaré que comprueben sus coartadas y registren su habitación, no solo para retirar el dinero, sino también para ver si tiene la llave de la entrada lateral de la casa de Lowndes Street.

—Yo podría ayudar con esa última parte —le propuso Barnaby a Stokes—. Tendremos que informar a los Camberly de lo que ha pasado con su hijo.

Stokes sacudió la cabeza.

—En familias como esta… es como si algo se hubiera podrido en algún momento y la podredumbre se transmitiera de generación en generación —advirtió que Montague estaba frunciendo el ceño con expresión distante—. ¿Qué ocurre?

Montague le miró a los ojos y arqueó las cejas.

—Runcorn fue asesinado. Si pensamos en ello, el asesinato de Runcorn fue mucho más arriesgado para el asesino que acabar con lady Halstead o con Tilly, y, aun así, es casi seguro que fue asesinado por la misma persona. El único motivo que se me ocurre para matar a Runcorn es el mismo que hemos estado considerando durante todo este tiempo: ocultar algo que aparece en las cuentas.

Barnaby estaba asintiendo.

—Pensábamos que esos extraños ingresos en las cuentas de lady Halstead eran la clave, pero, parece ser que no lo eran…

—Entonces tiene que haber algo más —Montague levantó el sombrero que había dejado en el escritorio de Stokes—. Vuelvo a mi oficina para averiguar qué puede haber escondido en las cuentas de lady Halstead o, más probablemente, en las cuentas de la herencia, y cuál es la manera más rápida de averiguarlo.

—Inspector Stokes, Adair —sentado tras el escritorio de su estudio, Wallace Camberly saludó a ambos hombres con la cabeza y señaló después las sillas que tenía delante—. Siéntense, por favor.

Acababan de instalarse cuando se abrió la puerta y entró Cynthia Camberly. Los tres volvieron a levantarse mientras ella cerraba la puerta y se acercaba a la mesa.

—Caballeros —les miró con curiosidad y miró después a su marido.

Camberly señaló una butaca que había a un lado de la mesa. Cuando su mujer se dirigió hacia ella, miró a Stokes.

—Caballeros, espero que esto no nos lleve mucho tiempo —volvieron a sentarse y él continuó—: Como supongo ustedes saben, en esta época del año el Parlamento está sumamente ocupado.

Cynthia se inclinó hacia delante.

—¿Debo asumir que tienen alguna noticia?

—Respecto a eso —Stokes mostró la libreta que había sacado de su bolsillo—, tenemos noticias relativas a su hijo, Walter Camberly...

—Walter está fuera de la ciudad, visitando a unos amigos —cuando Stokes alzó la mirada, Cynthia sonrió, pero la sonrisa no alcanzó sus ojos—. Si quiere hacer alguna pregunta sobre sus coartadas, estoy segura de que yo podré ayudarle.

Stokes le sostuvo la mirada durante largo rato y después desvió la mirada hacia Camberly.

—El señor Adair y yo venimos a informarle de que, ayer por la noche, su hijo, Walter Camberly, quedó bajo custodia de la policía. Se le imputan delitos relativos al secuestro de, al menos, siete jóvenes, su posterior encierro en una casa conocida como The Laurels, en Noak Hill, Essex, propiedad de la fallecida lady Halstead, con intención de vender a dichas jóvenes como prostitutas, además de otros delitos relacionados con estas actividades.

Stokes se interrumpió para estudiar la expresión de absoluta estupefacción de Camberly y miró después a Cynthia. Observó en ella la misma reacción, pero también el cálculo desesperado. Miró de nuevo la libreta y continuó:

—Su hijo ha admitido todos los cargos que se le imputan.

Cynthia contorsionó el rostro como si estuviera reprimiendo una expresión de desdén, más que algún gesto de compasión o preocupación.

—¡Buen Dios! —consiguió decir Wallace por fin. Los ojos se le salían de las órbitas—. ¿Me está diciendo que él es el asesino? ¿Que asesinó a su propia abuela?

—Estamos investigando sus coartadas para la noche en cuestión —Stokes se volvió hacia Cynthia—. Si tiene alguna información respecto a los lugares en los que estuvo su hijo durante esas noches, será mejor que me lo diga ahora.

Cynthia abrió los ojos de manera apenas imperceptible mientras se recostaba en el asiento. Se irguió después, desviando la mirada a toda velocidad de su marido a Barnaby y Stokes para mirar de nuevo al primero. Tomó aire y lo retuvo durante un segundo antes de decir:

—Lo siento, señor. Pensaba que lo sabía, pero la verdad es que no tengo la menor idea de dónde estuvo.

Stokes permaneció callado para dejar que el eco de su comentario tiñera el silencio de la habitación. Después, inclinó la cabeza.

—Si usted lo dice, señora.

Percibiendo sin duda una sutil amenaza, Camberly cambió de postura.

—Lo siento, inspector, pero tendrá que perdonarme, tendrá que perdonarnos —se corrigió— si parecemos un tanto confundidos. Estamos totalmente desconcertados por la noticia —alargó la mano, tomó la de su esposa y se la apretó, no se sabía si a modo de consuelo o como señal de advertencia—. No teníamos la menor idea de que Walter pudiera estar involucrado en alguna actividad que no fuera respetable, y mucho menos en nada ilegal o delictivo.

—Y mucho menos en un asesinato.

Cynthia enderezó la espalda, se puso tiesa como un palo y mantuvo la cabeza alta. Era evidente que había decidido que la imagen de patriarca indignada era el papel más apropiado para la ocasión.

—Estoy más sorprendida y desolada de lo que puedo expresar con palabras, inspector. Pensar que he criado a un hombre tan desalmado, a un hombre capaz de asesinar y cometer tantos delitos inexplicables… —miró a su marido durante un segundo y continuó—: Ahora solo nos queda rezar para que encuentren las pruebas definitivas y que todo este asunto pueda ser resuelto con la mayor premura. Esta va a ser una época difícil para la familia. Y, por encima de todo eso, está el asesinato de mamá.

A Barnaby no le sorprendió que, sin apartar la mano de la de Camberly, sacara con la otra un pañuelo de encaje del bolsillo, inclinara la cabeza y se llevara el pañuelo a los ojos. Aunque Barnaby habría jurado que no tenía una sola lágrima.

Wallace cambió de postura, desviando la atención de Stokes y de Barnaby de un espectáculo tan poco convincente.

—¿Puedo hacer algo más por ustedes, caballeros? Como ya les ha dado a entender mi esposa, aunque la situación nos hiere en lo más profundo, estamos dispuestos a ayudar en todo cuanto podamos.

Stokes asintió.

—Necesitamos registrar la habitación de Walter. Aparte de eso —Stokes volvió a guardarse la libreta en el bolsillo y se levantó— no creo que necesitemos nada más de la señora Camberly y de usted en este momento.

Barnaby se levantó, y también Camberly. Este último miró a Cynthia, que continuaba sentada con la cabeza gacha.

—En este momento estoy ocupado, pero estoy seguro de que mi esposa podrá enseñarles la habitación de Walter.

Cynthia alzó la cabeza con el rostro convertido en una máscara de martirizada entrega.

—Sí, por supuesto —se levantó y señaló hacia la puerta—. Venga por aquí, inspector. Señor Adair...

Camberly, Stokes y Barnaby siguieron a Cynthia hasta el vestíbulo principal. Mientras subían las escaleras tras ella, esta confesó:

—Estoy desolada, por supuesto, pero, si pienso en ello, tengo que reconocer que Walter siempre fue un niño muy reservado, muy sigiloso en todo lo que hacía. No teníamos la menor idea de que pudiera estar relacionado con actividades tan terribles —al llegar al primer piso, giró y les condujo a través de una corta galería y un pasillo—. Es evidente que ni mi marido ni yo podemos reparar todo el daño que Walter ha hecho —se detuvo ante una puerta, con la mano en el pomo, y se volvió hacia ellos—. Ahora ya solo cabe rezar, inspector, para que la justicia actúe cuanto antes y el daño que se ha hecho al nombre de Camberly, y, por supuesto, también al de la familia Halstead, sea mínimo. Por supuesto, no hace falta decir que el juicio de Walter será motivo de dolor y sufrimiento para aquellos que comparten su apellido, pero son del todo inocentes del conocimiento de tales crímenes.

Parpadeó y fijó después su dura mirada en el rostro de Stokes.

—Si le he entendido correctamente, inspector, Walter ha admitido la mayoría de los cargos. Presumiblemente, entonces, no hay ningún motivo para que no pueda ser llevado ante el juez y ser sentenciado a puerta cerrada.

—En cuanto a eso, señora, yo no tengo nada que decir. Esa es una decisión que debe tomar el juez.

—Lo comprendo. Pero, si eso llegara a ocurrir, Walter fuera tratado y eliminado de acuerdo con lo que marca la ley y usted encontrara alguna prueba sobre los asesinatos, ¿sería necesario que se celebrara otro juicio para aclarar la cuestión de los crímenes? Al fin y al cabo, ustedes ya se habrían ocupado del asesino, ¿no?

Stokes permaneció en silencio. Sinceramente, no sabía cuál era la mejor manera de responder. Y no estaba seguro de poder continuar haciéndolo de manera educada.

Barnaby se removió incómodo.

—Le repito, señora, que eso es cuestión del juez y no de la policía.

Cynthia asintió.

—Muy bien —abrió la puerta de par en par—. Pueden registrar a su antojo —miró alrededor de la habitación—. Por favor, llévense todo lo que deseen conservar. En cuanto ustedes terminen, quemaremos la habitación.

Barnaby y Stokes retrocedieron para dejar que Cynthia saliera. La vieron alejarse a paso rápido, girar en las escaleras y desaparecer de su vista.

Stokes miró a Barnaby.

—Nunca había visto a nadie renegar de un hijo a tal velocidad, ni de una manera tan despiadada. Jamás lo habría creído posible, pero la verdad es que casi compadezco a Walter.

Barnaby asintió.

—Desde luego —miró a su amigo—. ¡Qué familia tan encantadora!

Aquella noche, Montague se reunió a cenar en casa de Adair con el grupo conformado por aquellas cinco personas a las que ya consideraba como colegas en la investigación. La intención de Penelope había sido que aquella cena sirviera para celebrar su éxito, pero, en cambio, estaban todos de un humor bastante peculiar. Exultantes por una parte y disgustados y desanimados por la otra.

—Walter no es el asesino.

Stokes se sentó en una de las butacas del salón con una copa de brandy en la mano.

Tras el inicial intercambio de aquella información tan decepcionante, habían decidido postergar la conversación sobre los crímenes hasta que hubieran cenado y hubieran tenido tiempo de asimilar todo lo aprendido.

Stokes hizo girar el líquido ambarino en su copa.

—Encontramos el dinero, la mayor parte, en donde Walter dijo que estaba y, aunque hemos examinado hasta la última rendija de esa habitación, no hemos encontrado ninguna llave de la casa de lady Halstead —bebió un sorbo y continuó—. Todavía no hemos comprobado todas sus coartadas, pero lo cierto es que eran bastantes precisas y encajaban con todo lo que nos ha contado. Lo que ha confesado tiene consistencia como un todo cohesionado, y ese todo no incluye los asesinatos.

Barnaby asintió.

—Estoy de acuerdo. Como el propio Walter señaló, no tenía ningún motivo para matar a lady Halstead, y sí todos los motivos del mundo para no hacerlo. Su muerte solo representaba un inconveniente para él, puesto que le obligaba a dejar de utilizar The Laurels.

Violet suspiró.

—Así que no tiene ningún sentido que Walter sea el asesino.

Penelope esbozó una mueca de disgusto.

—Odio tener que señalar esto, pero no solo hemos eliminado a Walter como posible asesino, sino que también nos hemos quedado sin móvil. Walter y sus actividades lo han aclarado todo, excepto los asesinatos. Ya hemos encontrado una explicación para esos extraños ingresos en la cuenta de lady Halstead, y también para la retirada del dinero de la cuenta. Eso significa que los asesinatos no tenían ninguna relación con ese dinero —miró a aquel círculo de rostros, a Barnaby, Stokes, Griselda, Violet y Montague—. ¿Cuál puede ser entonces el móvil del asesino?

Stokes miró a Montague.

—¿Tenemos ya alguna pista?

—Sí, y no —cuando Griselda, Penelope y Violet le miraron con expresión interrogante, explicó—: Aun retrocediendo y eliminando esos extraños pagos de nuestras deducciones, podemos seguir asumiendo que lady Halstead fue asesinada por algún miembro de su familia que no quería que se examinara de cerca su situación financiera. Esa deducción se mantiene. Sabemos también que el resultado de sus acciones fue el intento de evitar cualquier revisión detallada de las cuentas asesinando a lady Halstead y después a Runcorn, las dos personas que mejor conocían la herencia. Y tenemos motivos para pensar que el asesino de Runcorn fue uno de los hombres de la familia Halstead.

—Y ahora sabemos que no fue Walter —añadió Barnaby.

Stokes asintió.

—Si eliminamos a Walter, aunque todavía estamos pendientes de saber si sus coartadas son ciertas, nos quedan Mortimer, Maurice, William y Hayden. Mis hombres todavía están comprobando sus coartadas, ninguna de ellas parece demasiado sólida, excepto las de William, e incluso esas son cuestionables. No son lo bastante buenas como para eliminarle.

—¿Estás diciendo que hay algo más, alguna evidencia de algún delito financiero encerrado en las cuentas de la hacienda? —Violet miró a Montague—. ¿Algo que podría haber llevado a Mortimer, a Maurice, a William o a Hayden a matar para no ser descubierto?

Montague asintió.

—Lo más probable es que tenga algo que ver con la herencia. Lady Halstead, e incluso Tilly, podrían haber sido asesinadas por otras razones, pero, a no ser que haya algo oculto en esas cuentas, no hay ninguna razón para matar a un asesor financiero, y menos a uno apenas conocido por sus clientes, como lo era el joven Runcorn. Algo que podría haber sido descubierto mediante un examen exhaustivo, y, posiblemente, algo que lady Halstead podría haber llegado a cuestionar. Y no —miró a Penelope—, no tengo la menor idea de lo que podría ser.

Penelope dejó escapar un hondo suspiro.

Griselda miró a su amiga a los ojos y después a los demás.

—Todas las chicas a las que rescatamos anoche están instaladas con la señora Quiverstone y con su gente en Athena Agency. La señora Quiverstone está convencida de que podrá encontrar un empleo bueno y seguro para todas ellas.

—No sabía que existían ese tipo de agencias —dijo Violet.

—¡Oh! Athena Agency lleva en funcionamiento... unos veinte años ya —Montague miró a Violet y sonrió—. Recuerdo que Deverell me preguntó por ella antes de casarse con su esposa, la señorita Phoebe Malleson entonces. Fueron su tía y ella las que la fundaron y ahora tienen una extensa red de casas.

Stokes alargó la mano y entrelazó los dedos con los de su esposa.

—Aunque no hayamos atrapado al asesino, no deberíamos perder de vista lo que no podemos menos que describir como un gran éxito —recorrió al grupo con la mirada, fijándose en cada rostro, y alzó su copa—. Por nosotros, por las jóvenes a las que hemos rescatado, por el bien que hemos hecho, por los delincuentes a los que hemos metido tras las rejas.

—Un brindis —dijo Barnaby, alzando su copa en respuesta.

Bebieron todos y bajaron después las copas.

Se produjo entonces un corto silencio, hasta que Penelope dijo:

—Muy bien. Y, ahora, a encontrar al asesino.

CAPÍTULO 15

A la mañana siguiente, en cuanto el último empleado de la oficina cruzó las puertas de Montague & Son, Montague les llamó a su oficina y les explicó sus últimas reflexiones respecto a las cuentas de los Halstead.

—De modo que —concluyó—, necesitamos asegurarnos de que no se ha perdido ningún documento. Y, si vemos que no hay ninguno desaparecido, habrá que verificar que no se ha cometido ninguna irregularidad.

—Pero tiene que haber alguna, ¿verdad? —preguntó Gibbons, sentado al lado del escritorio de Montague—. Si, como usted dice, Runcorn fue asesinado por algún asunto relacionado con estas cuentas, tiene que haber algo oculto —señaló con la cabeza las tres enormes pilas de documentación que ocupaban el escritorio de Montague, una recopilación de todos los informes financieros de las cuentas de los Halstead—. Tiene que haber alguna pista, alguna huella. Por mucho que haya intentado borrar cualquier prueba, por minucioso y concienzudo que haya sido, a no ser que también él se dedique a las finanzas, tiene que haber pasado algo por alto.

Phillip Foster asintió.

—Incluso para cualquiera de nosotros, es todo un desafío erradicar toda señal, toda huella de un movimiento en particular —alzó la mirada de los montones de documentos y miró a Montague—. ¿Y en qué punto de la investigación nos encontramos?

Montague miró a Pringle.

Este esbozó una mueca de desdén dirigida hacia sí mismo.

—Todavía llevo menos de la mitad de la pila principal. He estado revisándolo todo de nuevo, pero, hasta ahora, no falta ningún documento.

Slocum miró a Montague.

—¿Por dónde quiere que comencemos, señor?

Montague pensó en ello y contestó:

—Veamos hasta dónde podemos llegar hoy. Necesito que Foster y tú os hagáis cargo de todo el trabajo que teníamos programado posible. Gibbons y yo tendremos que asistir a las reuniones que teníamos ya concertadas, pero, aparte de eso...

—Montague contempló la enorme pila de papeles y dijo—: Pringle puede continuar el archivo, buscando cualquier documento que se nos puede haber pasado por alto, revisando todo el trabajo desde delante hacia atrás. Y, ¿señor Slater?

El empleado más joven de Montague se irguió con expresión anhelante.

—¿Sí, señor?

—Usted observará al señor Pringle hasta que tenga claro lo que está haciendo, hasta que entienda el sistema de numeración con el que trabaja. Después, bajo la supervisión del señor Slocum y en los momentos en los que no requiera de sus servicios, comenzará a revisar el archivo, pero trabajando desde los primeros documentos hacia delante —miró a Slocum y a Pringle—. En este momento, no tenemos la menor idea de a qué altura de la documentación está la pista que puede resultar crucial, de modo que, teniendo a Slater trabajando en el sentido contrario, en el caso de que la hubiera, duplicaríamos la posibilidad de descubrir la pérdida de cualquier documento y, por consiguiente, sabríamos de qué documento se trata.

Slocum, Pringle y Slater asintieron al unísono.

Montague miró a Foster.

—Su principal tarea, y la de Slocum, consistirá en mantener el normal funcionamiento de la oficina, atendiendo al resto de nuestros clientes.

Foster esbozó una amplia sonrisa y asintió.

—Si después de eso todavía tiene tiempo, puede ayudar a Gibbons a organizar un listado completo de las inversiones de los Halstead, tanto en el pasado como en el presente —miró a Gibbons—. Habrá que trabajar con el archivo mientras Pringle lo revisa, y también con los documentos más antiguos mientras Slater se dedica a ponerlos en orden.

Gibbons asintió.

—¿Hasta qué punto quiere detallada la lista?

—Quiero que anote todo lo que encuentre, tanto si son pagos de dividendos, ventas con pérdidas o beneficios, como si, sencillamente, es un dinero que se invirtió y del que se olvidaron. Coteje todo lo que aparezca con las cuentas bancarias —Montague se interrumpió y añadió después—: Hemos de tener en cuenta que no hay nada obvio, que no sabemos de qué inversión en particular se trata, ni siquiera del tipo de inversión o la clase de fondo o instrumento financiero que puede haber interesado a nuestro asesino. Por eso tenemos que cubrirlo absolutamente todo. Algo que puede parecer de menor importancia o que para nosotros no tiene ningún valor real, podría ser de vital importancia para él.

—De acuerdo —Gibbons se levantó—. Será mejor que empecemos.

—¿Y usted desde qué ángulo va a abordar la cuestión, señor? —preguntó Foster, apartándose de la estantería en la que estaba apoyado.

Montague disimuló una sonrisa. Phillip Foster era un joven ansioso por aprender, una cualidad que Montague estaba encantado de alimentar.

—Voy a revisar las copias de los documentos que Runcorn y Pringle me hicieron. Esos documentos deberían, como poco, informarnos de todas las fuentes de ingresos de los Halstead —se interrumpió para explicar—. Lo que yo identifique como ingresos y gastos debería coincidir con lo que Gibbons y usted están analizando. Si surge cualquier anomalía, habremos encontrado algo, pero es muy posible que terminen cuadrando todas las operaciones. En ese caso, habrá que ver si Pringle y Slater descubren que falta algo. Esencialmente, yo trabajaré con el dinero en sí mismo mientras que usted y Gibbons identificarán las fuentes y Slocum, Pringle y Slater analizarán los registros documentales. En algún lugar tiene que haber algo que no cuadre.

—Desde luego —y, con un asentimiento de cabeza, Gibbons se fue a trabajar.

Slocum, Pringle y Slater levantaron las tres pilas de documentación y las llevaron a la oficina principal.

Montague permaneció en su despacho, contemplando el montón más pequeño conformado por las copias entregadas por Runcorn y Pringle. Aquella pila podía ser más pequeña que las otras, sin embargo, revisarla no iba a ser una tarea menor, sobre todo porque no tenía la menor idea de lo que estaba buscando. Revisó su agenda y confirmó que tenía una reunión con el conde de Meredith, que estaba en aquel momento en la ciudad. Como el conde pasaba la mayor parte del tiempo en su casa de Somerset, no era una cita que pudiera reprogramar fácilmente.

Miró los documentos que tenía sobre el escritorio y, suspirando para sí, se levantó, agarró el sombrero del estante, sacó el archivo de Meredith de la estantería, revisado con anterioridad, y se dirigió hacia la puerta.

Regresó dos horas después, inesperadamente entusiasmado. Colgó el sombrero, colocó el archivo en su lugar, en ese aspecto no había habido sorpresas, y regresó al escritorio. Bajó la mirada hacia los papeles de los Halstead y continuó con el plan de ataque que había concebido mientras regresaba de Mayfair. Era un abordaje sensato. Alargó la mano hacia la pila que había dejado ordenada sobre el vade de sobremesa y procedió a revisar los documentos.

Oyó en la distancia que se abría la puerta de la oficina. Un instante después, Slocum decía:

—Buenos días, señorita Matcham, ¿en qué puedo ayudarla?

Antes de pensarlo siquiera, Montague estaba de pie y avanzando a grandes zancadas hacia la puerta, impulsado por una sensación de vértigo que jamás había experimentado. Para desconcierto de una mente tan racional, le gustó aquella sensación. Al salir a la oficina, vio a Violet sonriendo a Slocum.

Cuando Montague cruzó la habitación, ella se volvió hacia él y su sonrisa cambió, se hizo más cálida, más personal. Más para él.

—Señorita Matcham. Violet —tomó la mano que ella le tendió y escrutó su rostro. Por la calma que reflejaban sus facciones, era evidente que no había pasado nada malo—. ¿Ha habido alguna novedad?

—No —se formó un delicado ceño entre sus ojos—, y esa es la razón por la que estoy aquí —miró alrededor de la oficina; era obvia la diligencia con la que se estaba trabajando—. Stokes y Barnaby han salido a comprobar las coartadas de los Halstead y Penelope y Griselda están haciendo lo mismo con las de las damas. Hemos pensado que sería más sensato confirmarlas todas. Pero —alzó las manos—, eso me ha dejado a mí ociosa, sin ninguna manera de colaborar —le miró a los ojos—, así que se me ha ocurrido pasarme por aquí para ver si puedo contribuir en algo a la investigación —se interrumpió, alzó ligeramente la cabeza y dijo—: He trabajado como secretaria durante toda mi vida adulta, así que se me da bien leer y organizar documentos.

Montague vio de inmediato la oportunidad y se dispuso a aprovecharla.

—Pues da la casualidad —señaló hacia la oficina, hacia sus empleados. Casi todos ellos habían levantado la cabeza para intercambiar una sonrisa con Violet— de que tengo a todos los hombres trabajando en equipo, intentando abordar la investigación desde diferentes ángulos. Yo acabo de regresar de una reunión y estaba a punto de ponerme a trabajar con mis documentos —cuando Violet se volvió a mirarle, él la miró a los ojos—. Pensaba hacerlo solo, pero, regresando hacia aquí, me he dado cuenta de que hay dos aspectos separados, dos ramas diferentes que necesito investigar de forma simultánea, así que, si quiere, podría ayudarme con una de ellas.

Violet ensanchó encantada su sonrisa e inclinó la cabeza.

—Me encantaría.

Ignorando las miradas de interés y ligera intriga de sus empleados, Montague reprimió su propia sonrisa lo mejor que pudo e instó a Violet a pasar a su despacho. Tras ayudarla a quitarse el abrigo y colgar su sombrero frente al suyo en el perchero, la invitó a ocupar la silla destinada a sus clientes y despejó parte de la superficie del escritorio para ella.

—Empecemos entonces.

Rodeó el escritorio, abrió un cajón, sacó varias hojas y un puñado de los lápices afilados que Slocum siempre se aseguraba de que tuviera en el cajón. Dividió papel y lápices entre el improvisado espacio de trabajo de Violet y el suyo, se sentó y se enfrentó a los documentos que tenía ante él desde una nueva perspectiva. Miró después a Violet, encontrándose con su alentadora mirada.

—Estos documentos son las copias que Runcorn envió. Deberían contener la información que le solicitamos sobre todos los movimientos para poder analizar con amplitud la herencia de los Halstead, por lo menos desde un punto de vista financiero. Lo que tenemos que hacer nosotros es organizar una lista de los ingresos y los gastos y vincularlos a una fuente en particular. Gibbons, con la ayuda de Foster, está trabajando con los documentos originales y haciendo una lista de todas las inversiones y de las fuentes de ingresos.

—¿Entonces la lista de Gibbons y la nuestra deberían encajar? —preguntó Violet.

—Exacto.

—¿Y, en el caso de que no lo hagan, cualquier punto en el que difieran nos proporcionaría una pista? —cuando Montague asintió, Violet sintió una oleada de entusiasmo en su interior. Enderezó la hoja que tenía ante ella, agarró un lápiz y miró a Montague a los ojos—. ¿Por dónde empiezo?

Montague vaciló un instante.

—Por la lista de los ingresos. En realidad, es más fácil que determinar lo que puede ser un gasto. Yo me ocuparé de los gastos —agarró el documento que culminaba la pila, lo revisó, volvió a colocarlo en su lugar y puso la pila boca abajo—. Pringle reordenó los documentos a petición mía y colocó los más antiguos en la parte superior. Teniendo en cuenta nuestro objetivo, será más fácil trabajar con los registros más antiguos, así que —levantó la primera hoja y se la tendió— ya puede empezar. Revise cada documento buscando cualquier información relativa a los ingresos. Anote todo lo que encuentre, de dónde procede, la fecha y la cantidad, después, páseme a mí el documento.

Violet tomó la hoja y la estudió. Era el recibo de un depósito que Sir Hugo había hecho en un fondo tres décadas atrás.

—Aquí no aparece ningún ingreso —le tendió el documento a Montague.

Montague lo revisó y sonrió.

—Correcto —alargó la mano para agarrar un lápiz y señaló con la cabeza los documentos acumulados en el centro del escritorio—. Puede ponerlo ahí.

Y así lo hizo Violet, sintiéndose felizmente involucrada en la tarea.

Revisaron a conciencia la documentación. Slocum les llevó el té y unos bizcochos deliciosos.

—Hay una panadería cerca de la esquina, al final de Chapel Court —dijo Montague en respuesta a su pregunta.

Lamiéndose las migas de los dedos, Violet asintió y volvió a concentrarse en el extracto que estaba revisando. No sentía ningún tipo de inhibición a la hora de formular preguntas o pedir una comprobación cuando no veía claro si una entrada correspondía a un gasto o a un ingreso. Y cuanto más avanzaba en su trabajo, mejor comprendía el objetivo de lo que estaban haciendo.

Ingresos y gastos. En definitiva, en aquello consistía el dinero. Eso era todo cuanto significaba.

Cuando las campanas de la City dieron las doce, Montague se levantó, salió a la oficina a consultar con sus empleados y regresó para informarle de que había enviado al más joven de los mismos, el señor Slater, y al botones de la oficina a por sándwiches para todos.

Violet dio a su aprobación.

—Hay una cierta sensación de urgencia, ¿verdad?

Montague se sentó de nuevo en la silla y asintió.

—Desde luego.

No añadió que, en su caso, la urgencia se debía al miedo a que el asesino intentara silenciar a Violet para protegerse. No había olvidado ni por un instante el miedo que había sentido cuando se había enterado de que habían intentado abrir la puerta de su dormitorio la noche que aquel canalla había matado a Tilly. Había intentado matar también a Violet, pero su intento se había visto frustrado.

La única manera de frustrar para siempre a aquel canalla era descubrirle y atraparle.

Levantó la siguiente hoja que quería revisar y reanudó la tarea.

Los sándwiches llegaron y los comieron en un silencio roto únicamente por el susurro de algún que otro papel.

Justo antes de las tres, Gibbons llamó a la puerta y entró con un fajo de papeles en la mano. Levantó los documentos.

—Aquí están las inversiones y todas y cada una de las fuentes de ingresos. Foster y yo hemos revisado todos los documentos. Slocum, Pringle y Slater tienen, según ellos, para una o dos horas más, pero para cuando acabe el día habrán vuelto a organizar todo el archivo.

—Excelente.

Montague sopesó los documentos que todavía les quedaban por revisar a Violet y a él. Con la ayuda de esta última, la pila había ido disminuyendo a un ritmo que duplicaba, literalmente, el que habría seguido si hubiera tenido que hacerlo solo.

—Media hora más y nosotros habremos terminado —miró a Gibbons—. Le llamaré cuando hayamos acabado. Después, Foster y usted podrán leernos sus listas mientras Violet y yo cotejamos si tenemos los ingresos y los gastos esperados.

Gibbons asintió.

—Llámeme cuando esté listo. Tengo una reunión a las cinco, aunque no necesito hacer gran cosa, iré preparándola también.

Montague asintió y reanudó la tarea con renovado vigor. Saber que iba a terminar el estudio de las cuentas de los Halstead para el final del día era un verdadero incentivo.

Y, cuando por fin pudo colocar el último documento sobre la pila, exclamó:

—¡Terminé! —y alzó la mirada hacia Violet.

Ella terminó su último documento, se levantó, se estiró y se acercó a la ventana para mirar a la calle.

—¿Y ahora qué? —preguntó, volviéndose hacia él.

—Ahora... —miró el fajo de papeles que había en la zona de trabajo de Violet y movió los dedos— veremos lo que ha hecho.

Lo que había elaborado Violet, rellenando con ello varias hojas, era una lista minuciosa con las fuentes de los ingresos y las cantidades y las fechas de pago. Además, había organizado las fuentes por orden alfabético.

Como él había hecho lo mismo con los gastos, el original y los costes consiguientes de cada inversión, resultó muy fácil cotejar las listas.

—Maravilloso —ya de pie, levantó la pila original de los documentos copiados con los que había estado trabajando y los llevó a una cajonera.

—Vamos a dejar esto fuera de la vista.

Regresó al escritorio, tomó la lista de gastos y colocó las hojas, de la A a la Z sobre su parte del escritorio. Después, fue intercalando las hojas de Violet, más numerosas, de modo que los ingresos derivados de cada una de las fuentes quedaban junto a los consiguientes gastos relacionados con ella.

Supervisó los resultados con considerable satisfacción. Violet rodeó el escritorio y se colocó a su lado. Al mirarla, Montague reconoció el mismo sentimiento reflejado en su rostro. Curvó los labios en una sonrisa y volvió a contemplar el resultado de su esfuerzo. Era refrescante descubrir que Violet tenía una mente tan organizada como la suya y que también la complacía el poner en orden un asunto tan complejo.

—¡Hemos terminado! —se volvió, caminó a grandes zancadas hacia la puerta y la abrió—. ¿Gibbons? ¿Foster? Si están libres pueden venir a ver lo que hemos encontrado.

Gibbons y Foster entraron, los dos ansiosos por examinar los resultados de su labor. A sugerencia de Montague, ocuparon las sillas que estaban en el lado de la mesa reservado a los clientes mientras él colocaba una butaca más cómoda para Violet junto a su silla de despacho.

Gibbons había llevado las listas que Foster y él habían organizado.

—¿Cómo quiere que lo hagamos?

—Empezaremos por el registro más antiguo que tengamos y trabajaremos a partir de ahí.

La primera inversión de sir Hugo se remontaba a más de treinta años atrás. Gibbons leyó el nombre, Montague confirmó el gasto y lo marcó. Después miró el listado de Violet y leyó el ingreso. Una vez estuvieron de acuerdo todos en que era el ingreso que esperaban, Montague también lo marcó.

Fueron revisando las inversiones hechas por sir Hugo a lo largo de toda una vida, marcando las entradas a medida que iban verificándolas. Al principio, las inversiones eran modestas, escasas y dilatadas en el tiempo, pero durante las últimas dos décadas de su vida, sir Hugo había sido mucho más activo.

—Eso fue al regresar del extranjero —apuntó Violet.

Habían revisado las inversiones hechas hasta 1823 cuando Gibbons se detuvo para señalar:

—La verdad es que todo esto constituye una bonita cartera. El padre de Runcorn hizo muy buen trabajo con sir Hugo.

Montague asintió.

—Desde luego. Un trabajo sensato, especulando solo lo justo para esa clase de cliente —advirtió que Phillip Foster tomaba nota mental de aquel comentario.

Continuaron estudiando las demás inversiones, más rentables cada año, revisando en todos y cada uno de los casos la inversión y los ingresos resultantes. Llegaron al año de la muerte de sir Hugo. A partir de entonces, las inversiones disminuían de forma drástica, pero era obvio que Runcorn había continuado asesorando de forma muy sabia a lady Halstead, que había ido sumando nuevas cantidades cada año a su cartera.

—Todo muy sólido —musitó Gibbons.

Continuaron cruzando datos y verificando todas las inversiones, los precios de compra y los beneficios obtenidos. Nada parecía fuera de lugar, todavía no habían sonado las alarmas.

Hasta que llegaron a 1833 y Gibbons leyó:
—Un paquete de veinte participaciones en la Grand Junction Railway.
Violet observó a Montague revisando sus hojas. Sir Hugo había hecho inversiones importantes en la compañía ferroviaria de Liverpool y Manchester en 1826 y había obtenido generosos beneficios desde que el ferrocarril se había inaugurado en 1830. No tenía nada de extraño que lady Halstead hubiera comprado participaciones en otra compañía.
Montague asintió con el lápiz sobre aquella entrada y leyó una cantidad.
—Es correcta —confirmó Phillip Foster.
—Y...
Montague buscó la lista de ingresos de Violet... y frunció el ceño.
Al pensar en ello, también ella lo frunció. Se inclinó hacia delante y leyó lo que había apuntado bajo las fuentes de ingresos que empezaban por la letra G.
—Yo pensaba que la Grand Junction Railway había abierto este mismo año —miró a Montague—. ¿Es posible que no hayan hecho ningún pago todavía?
Montague continuaba con la mirada clavada en la hoja.
—Claro que lo han hecho —alzó la cabeza y miró a Gibbons—. Y reportando generosos dividendos.
Gibbons asintió con los ojos abiertos como platos.
—En agosto, ¿verdad? Una cantidad inesperadamente grande.
Montague echó la silla hacia atrás y se levantó. Recuperó el archivador de Meredith que había colocado ese mismo día en la estantería, abrió el libro de contabilidad, rebuscó entre las páginas y al final, con el dedo sobre la entrada que resultaba relevante, asintió.
—Sí. La compañía pagó un generoso dividendo a finales de agosto, ocho semanas después de su apertura. Las personas con participaciones en la compañía recibieron una cantidad de dinero considerable.
Tanto Gibbons como Foster se irguieron en el asiento dispuestos a levantarse. Montague alzó la mano para detenerles.

—Antes de que nos emocionemos en exceso, deberíamos comprobar si, a pesar de lo meticuloso que parece haber sido, Runcorn olvidó colocar esta hoja entre los documentos que tenía que copiar para mí.

Volvió a dejar el archivo Meredith en la estantería y salió a la oficina. Gibbons y Foster le siguieron. Montague miró hacia atrás y vio a Violet levantada. La miró a los ojos a través de la oficina y le hizo un gesto con la cabeza para que se sumara a ellos. Al fin y al cabo, su ayuda había sido fundamental para llegar a ese punto.

Cuando llegó a la mesa que Slocum, Pringle y Slater habían ocupado y en cuya superficie habían extendido las hojas de aquel enorme archivo para ir añadiendo la documentación a las diferentes columnas, Montague se detuvo y dijo:

—Estamos buscando el extracto de un ingreso, de un dividendo que deberían haberle ingresado a lady Halstead, no sabemos en qué cuenta, en agosto de este año.

Slater, sentado al final de la mesa con tres pilas de documentos ante él, miró a Pringle, que estaba sentado en el otro extremo.

—Eso deberías tenerlo tú.

Pringle rebuscó entre los papeles.

—En agosto de este año... —extrajo con mucho cuidado un pequeño fajo de papeles del fondo de una de las pilas y se lo mostró a Montague—. Esto es lo que tenemos de agosto de este año.

—Aparte de lo que pueda haber quedado en medio de todo este desorden.

Slocum alargó la mano hacia el ya mucho más pequeño caos de papeles que había en medio de la mesa, un grupo que habría que volver a ordenar en función de las fechas. Tomó rápidamente un puñado y revisó las fechas. Pringle tomó otro y Slater le imitó.

Espoleados por la esperanza de haber encontrado algo por fin, Gibbons y Foster su sumaron a ellos.

Montague, mientras tanto, se apartó de todos con los documentos de agosto ya ordenados en la mano. Le hizo un gesto a Violet, que se mantenía apartada, para que se acercara a él y se retiró al escritorio de Foster. Con la ayuda de Violet, revisó toda la documentación… Y no encontró nada que indicara que los Halstead hubieran recibido ingreso alguno procedente de la Grand Junction Railway Company.

Al encontrarse con la mirada de Violet, reconoció la especulación creciente en sus ojos.

—¿Lo hemos encontrado? —preguntó.

Él apretó los labios con fuerza, pero no fue capaz de contener la emoción.

—Es posible.

Se volvieron y vieron cómo, uno tras otro, iban dejando los documentos en su lugar. El último en hacerlo fue Slater. Alzó la mirada, observó a los demás y sacudió la cabeza.

—Nada.

Todo el mundo se volvió hacia Montague.

Este regresó a la mesa y le devolvió a Pringle los documentos que había revisado con Violet.

—Aquí tampoco hay nada. Por lo que parece —miró a Gibbons— los Halstead no han recibido nada por sus participaciones en la Grand Junction Railway. El próximo paso será localizar el certificado con las participaciones —se volvió hacia Pringle—. ¿Sabe quién conservaba el certificado? ¿Era Runcorn o el propio sir Hugo?

Pringle parpadeó y se levantó.

—Un momento —regresó a su escritorio, abrió y un cajón y sacó una libretita negra—. Me llevé esto de la oficina del señor Runcorn porque sin ella… bueno, nadie podría saber lo que había allí.

La abrió y hojeó las páginas. Slocum se acercó muy serio a mirar por encima del hombro.

—Aquí están —dijo Pringle—. Los Halstead —deslizó el dedo por la hoja y se detuvo—. Dice que sir Hugo conserva los certificados.

Montague frunció el ceño.

—¿Y dice si los conserva en el banco o en casa?

—Sobre eso no dice nada —le informó Pringle.

—Podemos revisar otras entradas —sugirió Slocum.

Pringle revisó lentamente algunas páginas.

—Sí, la mayoría son notas del señor Runcorn, del mayor, pero de otros dice «guardados en el banco».

Montague asintió.

—Por lo tanto, podemos asumir que sir Hugo guardaba los certificados de sus participaciones en casa —miró a Violet—. ¿Tiene idea de dónde? ¿Había alguna caja fuerte en la casa?

Ella negó con la cabeza.

—No, no había ninguna caja fuerte, de eso estoy segura. Pero... —frunció el ceño—. ¿Qué aspecto tienen esos certificados?

Montague alzó un dedo, indicándole que esperara. Entró a grandes zancadas en su despacho. A través de la puerta abierta, ella le vio acercarse a una estantería, presionar en un determinado lugar y girar la estantería, revelando una enorme caja fuerte. La puerta tenía el tamaño de la puerta de una habitación. Montague giró el dial rápidamente, bajó el tirador y abrió la pesada puerta. Entró en aquel espacio a oscuras, pero reapareció casi de inmediato con un puñado de documentos en la mano.

Regresó a la oficina, se detuvo ante Violet y le mostró los certificados. Eran algo más grandes que los billetes de banco, estaban cubiertos de la misma intrincada letra y tenían un sello incorporado.

—Todo esto son certificados —los colocó en abanico para que pudiera apreciar los diferentes tipos—. Todos ellos constituyen una prueba de propiedad.

Violet alargó la mano y acarició los documentos.

—¡Sí, los reconozco! Sé dónde los guardaba lady Halstead —miró a Montague a los ojos—. Estaban guardados en un cajón con llave en la cómoda de su dormitorio.

Montague no pareció sorprendido. Miró a sus empleados.

—Necesitaremos testigos para hacer esto. Fred tiene que ir a una reunión. Pringle, debería venir. Y también Foster, si es que está libre.

Tanto Foster como Pringle estaban deseando asistir.

Violet corrió al despacho de Montague, agarró el abrigo y

se ató el sombrero al tiempo que Montague guardaba los certificados en la caja fuerte, la cerraba y ponía la estantería en su lugar. Después, se puso el abrigo, agarró el sombrero y sacó las llaves de la casa de Lowndes Street de un cajón del escritorio.

Un minuto después, Montague invitaba a Violet a salir de la oficina y bajaba con ella las escaleras de acceso a la calle. Foster y Pringle les siguieron de cerca.

La casa de Lowndes Street estaba tan fría y deprimente como la última vez que Violet había estado allí, pero ella apenas reparó en aquel lúgubre ambiente. Tras haber abierto la puerta principal, Montague esperó a que Pringle la cerrara tras ellos para comenzar a subir las escaleras.

Violet les condujo hasta el primer piso y al dormitorio de lady Halstead. Una vez allí, fue directa a la cómoda.

—La cerradura —le recordó Montague.

Ella le miró, tiró de un cajoncito que constituía la base del espejo que había sobre la cómoda, buscó en su interior y sacó una llavecita.

Montague parecía disgustado. Mientras ella metía la llave en la cerradura del segundo cajón de los tres que conformaban el primer nivel de aquella enorme cómoda, miró a Foster.

—Esa es la razón por la que no permito que mis clientes guarden sus certificados a no ser que dispongan de una caja fuerte.

Reprimiendo una sonrisa, consciente de la emoción que bullía por sus venas, Violet giró la llave, oyó el clic que indicaba que estaba abierta, tiró del pomo de madera y abrió el cajón.

Todo el mundo se amontonó para ver el interior.

Allí había tres rollos de certificados, cada uno de ellos atado con un lazo rojo y todos perfectamente ordenados, llenando la base del cajón.

—Bueno —dijo Montague, estudiando la prueba—, ya sabíamos que sir Hugo había comprado muchas participaciones.

Metió la mano en el interior, sacó los tres rollos y confirmó su espesor.

—Revisarlos nos llevará algún tiempo —miró a Violet—. Me llevaré esto de aquí. Es demasiado valioso como para conservarlo en una casa vacía. Cierre el cajón y vámonos.

Todos le obedecieron. Se dirigieron al comedor y, una vez allí, deshicieron los rollos y extendieron los certificados sobre la mesa. Pringle utilizó los saleros y algunas piezas de la cubertería a modo de pisapapeles.

Buscaron en el primer rollo, después en el segundo y revisaron el tercero.

Montague dejó caer el último certificado en la mesa.

—No hay ninguno de la Grand Junction Railway Company.

Al cabo de un momento, miró a Foster y a Pringle.

—Tenemos que enrollarlos de nuevo y llevarlos a la oficina. Pringle, quiero que Slocum y usted hagan un inventario oficial antes de que Slocum los guarde bajo llave. Foster, coteje el inventario con la lista que han elaborado. Si encuentran alguna discrepancia, envíenme un mensaje a Albemarle Street.

—Sí, señor —tanto Foster como Pringle comenzaron a reunir los certificados.

Montague se levantó y echó hacia atrás la silla de Violet.

Ella buscó sus ojos.

—¿Adónde vamos?

—A contárselo a Stokes y a los demás. Esto es demasiado importante como para que no lo sepan.

A las once en punto de la mañana siguiente, Montague salía de su oficina y tomaba un taxi en dirección a Albemarle Street.

Tras abandonar la casa de Lowndes Street la tarde anterior, Violet y él habían ido a Scotland Yard, pero Stokes y Barnaby estaban fuera. El sargento de Stokes había reconocido a Montague y le había dicho que Adair y Stokes estaban visitando diferentes establecimientos para comprobar las coartadas de Walter Camberly.

Al serles denegada la salida más apropiada para su creciente emoción, Montague y Violet habían decidido acercarse a Albemarle Street. Allí habían tenido que esperar a Penelope y a Griselda, que habían regresado horas antes de su salida para verificar las coartadas de las damas de las familias Halstead y Camberly, pero, tras su vuelta, habían salido a pasear con sus hijos por Grosvenor Square. En vez de salir a buscarlas, Violet había sugerido que tomaran un té. Montague, que se había dado cuenta de pronto de lo hambriento que estaba, había aceptado el ofrecimiento. Así que se habían sentado en un agradable salón mientras compartían la merienda y Montague había comenzado a pensar en voz alta en los siguientes pasos a dar.

Después habían llegado Penelope y Griselda. A falta de novedad alguna por su parte, se habían mostrado encantadas de oír el descubrimiento de Montague y Violet.

Consciente de la relevancia de aquella información, Penelope había mandado llamar a Stokes y a su marido, intentando atraerles con la noticia de que había tenido lugar un importante descubrimiento y debían regresar a Albemarle Street de inmediato para conocerlo en detalle.

Después, por supuesto, habían tenido que esperar con creciente impaciencia la llegada de Stokes y de Adair. Y cuando habían llegado...

Al final, se habían quedado todos a cenar. La conversación durante la cena había sido una suma de suposiciones, hipótesis y sugerencias sobre cómo proceder. Todos estaban de acuerdo en que el certificado era una pérdida importante y necesitaban descubrir en poder de quién estaba y quién había recibido aquel abundante dividendo con la mayor celeridad posible. Pero, llegados a ese punto, el grupo se había dividido en tres bandos. Stokes y Penelope pensaban que había que actuar de inmediato sin pensar en el revuelo que pudiera llegar a producirse. Montague y Barnaby, sin embargo, urgían a la precaución y la prudencia antes de dar los siguientes pasos mientras que Violet y Griselda se habían limitado a escuchar y a sopesar los méritos de los argumentos de ambos grupos. Al final, habían acordado que, con independencia de la prisa que tuvieran por identificar al asesino, que ya había cometido tres crímenes, antes de que volviera a actuar o, por el contrario, decidiera huir, era necesario ser cautelosos en un asunto como aquel.

En palabras de Barnaby:

—En el caso de que pudiera hacerse, si la policía se presentara exigiendo registrar y ver los libros de contabilidad, eso solo serviría para causar indignación y resistencia en muchos frentes que no son pertinentes para la investigación y no nos ayudaría en lo más mínimo.

Montague había asentido.

—Desde luego. Podría no parecerlo, pero, en casos como este, haciendo las preguntas de una en una podemos avanzar más rápido, sin necesidad de poner nervioso a nadie o alertar de nuestras indagaciones a nadie más que a nuestros discretos oficiales.

Aunque con renuencia, los demás se habían mostrado de acuerdo y habían dejado que fuera él el que preguntara sobre los certificados.

Mientras tanto, Stokes y Barnaby continuarían investigando las coartadas de Walter y el resto de los varones Halstead. Penelope, acompañada por Griselda, confirmaría las de Constance y Caroline Halstead y las de Cynthia Camberly, aunque solo fuera para asegurarse de que no habían pasado por alto alguna conexión.

Stokes había comentado sombrío:

—Después de lo ocurrido con Walter, no me sorprendería que descubriéramos alguna otra irregularidad en esa familia, algo que no tenga nada que ver con los asesinatos.

Aquel comentario había corroborado la necesidad de ser prudentes a la hora de preguntar por el certificado desaparecido. No querían poner a nadie sobre aviso. Además, no tenían ningún motivo para estar seguros de que aquel certificado perdido fuera la clave de los asesinatos.

Por supuesto, todos pensaban que lo era, pero la precaución y la discreción se habían convertido en sus consignas.

El taxi se tambaleó al doblar una esquina. Montague miró por la ventanilla y reconoció la familiar fachada de Carlton House pasando tras él. Después, el taxi se dirigió sin demora a Pall Mall.

Montague había pasado las últimas horas identificando la

firma que conservaba el registro de los accionistas de la Grand Railway Company. Por desgracia, tenía la sede en Manchester, así que había tenido que redactar un requerimiento formal y enviarlo con un correo. No esperaba recibir respuesta hasta, al menos, el día siguiente.

En aquel momento, tal y como había prometido, se dirigía a informar de sus progresos a Albemarle Street, donde estaba Violet, a la que habían asignado la labor de centralizar los contactos. Aunque ninguno había expresado su miedo, nadie quería que saliera sola de casa.

La cuestión era que el saber que era la única persona con vida, exceptuando al asesino, que conocía el lugar en el que lady Halstead guardaba sus certificados había multiplicado el miedo por su seguridad. Desde luego, había aumentado los temores de Montague y este había reconocido una reacción similar en los ojos de Stokes, Adair, Penelope y Griselda. Ninguno de ellos quería que Violet sufriera ningún daño. No querían que se expusiera de forma inconsciente ante el asesino. Si hubieran podido, la habrían encerrado para protegerla, pero eran demasiado inteligentes para hacer algo así. En cambio, le habían asignado una función que la obligaba a permanecer en casa de los Adair y Montague apostaría hasta su última guinea a que los empleados de la casa estaban advertidos de que debían vigilarla de cerca.

Por eso no le sorprendió que, tras bajar del taxi, pagar al cochero y subir los escalones que conducían a la casa, Mostyn, el mayordomo, le recibiera con una sonrisa de complicidad.

—La señorita Matcham está en el salón, señor —le indicó.

—Gracias, Mostyn —le tendió el sombrero y el bastón y se colocó los gemelos—. No es necesario que me acompañe, conozco el camino.

—Por supuesto, señor —Mostyn pareció vacilar un instante. Montague le dirigió una mirada interrogante.

—Estaba pensando, señor —le dijo Mostyn—, que, si así lo desea, podría acompañar a la señorita Matcham a dar un paseo por el parque. No quiero que se sienta encerrada y decida salir sola.

Montague arqueó las cejas.

—No, por supuesto —inclinó la cabeza—. Gracias por la sugerencia, Mostyn, creo que la aceptaré.

Mientras avanzaba por el pasillo hacia el salón, advirtió que, aunque el tiempo había empeorado, el sol todavía hacía esfuerzos por asomarse y no parecía inminente la amenaza de lluvia.

Violet estaba sentada en uno de los sofás, remendando algo. Al oír sus pasos, alzó la mirada. La expresión que cubrió su rostro, la luz de sus ojos, le hizo sentirse... especial. Violet dejó a un lado la costura y se levantó. Sonriendo, le tendió la mano.

—Señor Montague.

Montague cerró la mano alrededor de sus dedos y estudió su rostro.

—¿Hay novedades, señor?

Pero, en aquel momento, no eran las noticias ni la investigación las que ocupaban su mente. La miró durante varios segundos y dijo con voz queda:

—Me llamo Heathcote, aunque casi todo el mundo me llame Montague —la verdad era que ya no había nadie que le llamara Heathcote—. Me pregunto, Violet, si podrías acostumbrarte a llamarme Heathcote —la tuteó por fin.

Ella le sostuvo la mirada y, con aquella sencilla conexión, él tuvo la certeza de que también Violet sentía el vínculo, la silenciosa, pero firme, discreta y real conexión que se estaba forjando entre ellos. Después, ella inclinó la cabeza, expresando su conformidad.

—Será un honor poder llamarte Heathcote.

Al cabo de varios segundos, ella retiró la mano y le señaló una silla.

—Por favor, siéntate y cuéntame lo que ha pasado.

—En cuanto a eso, me preguntaba si no te apetecería salir a tomar aire. Podemos hablar mientras paseamos. Green Park no está lejos y la verdad es que tengo poco que contar —sonrió con cierta inseguridad y añadió—: Sería agradable disfrutar de algo más que unos cuantos minutos de tu tiempo tras haber venido hasta aquí.

Ella rio, haciendo aparecer sendos hoyuelos en sus mejillas.

—Desde luego. Me encantaría pasar unos minutos en tu compañía en algún lugar más agradable.

—En eso estamos de acuerdo —sonriendo con más confianza, le ofreció el brazo—. Vamos a pedirle a Mostyn que vaya a buscar tu abrigo y tu sombrero y saldremos a dar un paseo.

Cinco minutos después, agarrada del brazo de Montague, Violet paseaba por Albemarle Street y doblaba la esquina para llegar a la más transitada calle de Piccadilly. La intimidad generada por el esfuerzo mutuo del día anterior había profundizado y fortalecido el vínculo que había entre ellos, y no solo por parte de Violet, sino también por parte de Heathcote. Ella sentía una infantil y atolondrada inquietud al saberlo tan cerca, tan protector y tan fuerte a su lado. Montague transmitía una sensación de viril seguridad que encendía, seduciéndola y reconfortándola al mismo tiempo, su feminidad. En cuanto a las implicaciones del hecho de que le pidiera que le llamara por su nombre de pila, decidió no ahondar en ello mientras estuviera en un lugar público. Ya se lo permitiría más adelante, cuando estuviera sola.

Había demasiada gente paseando por aquella calle como para que pudieran hablar con seguridad sobre la investigación. Caminaron, en cambio, fijándose en los modernos carruajes que traqueteaban sobre los adoquines, algunos transportando damas, otros adornados con embellecimientos de diferentes tipos y todos ellos tirados por caballos de raza. Cruzaron Berkeley Street y pasaron por delante de la larga fachada de Devonshire House, después, en Clarges Street, esperaron a poder abrirse paso entre los carruajes para cruzar la calzada y acceder a Green Park.

En cuanto llegaron al estanque, giraron hacia la derecha. Al cabo de un rato, alcanzaron la fuente que señalaba el extremo oeste del estanque y desde allí fueron hacia los senderos menos transitados que había tras él. Los árboles que flanqueaban los paseos eran altos y viejos; las hojas ya habían cambiado de color y muchas habían caído, tejiendo una alfombra de oro y caoba bajo sus pies.

Tras mirar a su alrededor y confirmar que no había nadie que pudiera oírlos, Violet alzó la mirada hacia Montague.

—Entonces, mi apreciado Heathcote, ¿qué información tienes que darme?

Montague alzó la mirada hasta sus ojos y, por un instante, ambos se recrearon en aquel secreto entendimiento, pero después, él alzó la cabeza y le explicó obediente:

—Tal y como acordamos anoche, he localizado la firma que guarda el registro de esas acciones. Si hubiera sido una firma londinense, tendría más noticias que ofrecer, pero, lamentablemente, están asentados en Manchester, de modo que les he enviado un correo solicitando la información.

Violet arqueó las cejas.

—¿Qué había que solicitar exactamente? ¿Y qué probabilidades tenemos de que respondan con la información que necesitamos?

Él la miró.

—Buena pregunta. Normalmente, las peticiones para conocer quién está en posesión de un certificado en particular no tienen mucho recorrido. La firma suele responder que es información confidencial. Sin embargo, he intentado llamar su atención sobre el hecho de que sir Hugo Halstead fue el anterior propietario del certificado. Esa es la información que tendrán que verificar. Todos los certificados están numerados, de modo que pregunto por uno en particular. No son intercambiables, como los billetes.

Violet asintió para demostrar que le comprendía y él continuó:

—En mi carta explicaba que, como consecuencia del reciente fallecimiento de lady Halstead, estaba procediendo a revisar todos los aspectos financieros relacionados con su herencia antes de que la información le sea remitida a los tribunales, y por eso necesito aclarar y proporcionar alguna prueba sobre la transferencia de dichas acciones.

La miró a los ojos y sonrió.

—Ninguna firma que opere en el sector financiero permitirá que su nombre sea citado en un tribunal si no es necesario, y, desde luego, menos aún si se la relaciona con un asunto sin resolver. Preferirán que esto se aclare antes de que haya que aprobar el testamento. Guardo la esperanza de que respondan a mi pregunta con el nombre del actual propietario, pero, como tienen la sede en Manchester, no recibiré esa información hasta mañana por la mañana como muy pronto. Quizá incluso se demore hasta pasado mañana.

Continuaron paseando. Al cabo de varios minutos, ella preguntó:

—¿Y no podemos hacer nada para averiguar lo que ocurrió con ese certificado?

Montague negó con la cabeza.

—Es lo que expliqué anoche. Si comenzamos a hacer preguntas explícitas, intentando localizar al actual propietario, tendremos la seguridad casi absoluta de que esa persona se enterará de nuestras indagaciones antes de que hayamos averiguado su nombre. Si el actual propietario es el asesino, tenemos la total garantía de que escapará antes de que hayamos llegado a su puerta —la miró—. Si preguntamos, como estoy haciendo yo, respetando los límites del gremio, por decirlo de alguna manera, y teniendo en cuenta que en este sector todos somos muy discretos, entonces la firma de Manchester pensará que, para proteger al actual propietario de cualquier asunto relacionado con los tribunales, es preferible dar un nombre, asumiendo que lo único que yo pretendo es encontrar la prueba de una transferencia, todo ello de forma completamente abierta y legal, y que nadie volverá a oír a hablar nunca de ese asunto.

—¡Ah! Ya lo comprendo —al cabo de un momento, le miró a los ojos. A los suyos asomaba una evidente diversión—. Me aseguraré de repetírselo a Penelope, que seguro que va a sufrir un ataque de ansiedad cuando se entere del retraso.

Montague rio y cerró la mano sobre la de Violet, que descansaba en su brazo. En agradable y mutuo acuerdo, siguieron paseando bajo los árboles otoñales.

Pero, para cuando dieron media vuelta y se dirigieron de nuevo a Albemarle Street, además de lamentar el tener que prescindir pronto de la compañía de Montague, o Heathcote, por la mente de Violet comenzó a revolotear un pensamiento sombrío. Y, una vez asomó, fue creciendo e imponiéndose a cualquier otra posible consideración.

Esperó hasta que estuvieron de nuevo en el vestíbulo de la casa y Mostyn les dejó, proporcionándole cierta intimidad para poder despedirse de Heathcote. Violet le tendió las manos y le miró a los ojos mientras él envolvía sus manos en el calor y el confort de sus dedos.

—Acerca de esas indagaciones que estás haciendo... —se interrumpió y dijo con voz queda—. No soy capaz de olvidar que Runcorn murió asesinado y que, al parecer, el motivo de su muerte está relacionado con el robo de ese certificado —dejó que su preocupación, profunda y real, se reflejara en sus ojos y dijo—: Tendrás cuidado, ¿verdad?

Sintiendo que estaba presionado en exceso, se precipitó a añadir:

—Sé que no me corresponde a mí...

—Al contrario —le sostuvo la mirada y después alzó sus manos para besar con un cálido, pero casto, beso el dorso de sus dedos—. Si existe algún derecho a cuestionar algo, mi querida Violet, te lo cedo por completo a ti.

Los segundos siguientes fueron muy intensos. Se miraron buscando los ojos del otro, se sostuvieron la mirada, buscando y encontrando...

Montague vaciló un instante.

—Este no es el momento, ¿pero quizá cuando todo esto se solucione...?

Violet no vaciló en absoluto. Asintió y, por si acaso, dijo con firmeza:

—Sí, cuando todo esto se acabe, hablaremos.

Montague curvó los labios en una lenta sonrisa.

Ella se la devolvió. El corazón le dio un ligero vuelco cuando, tras soltarle las manos, él alzó un dedo y le acarició la mejilla.

Montague contuvo la respiración mientras bajaba la mano con cierta tensión.

—Ahora tengo que irme.

Violet asintió, incapaz de pronunciar palabra. Mientras Montague se ponía el sombrero, pasó por delante de él para abrirle la puerta.

Cuando cruzó el umbral, le dijo:

—Me aseguraré de transmitir la esencia de todo lo que me has contado a Barnaby, y también a Stokes si se pasa por aquí.

Cuando llegó a la acera, Montague se volvió hacia ella y le brindó una sonrisa.

—Y habrá que contárselo también a Penelope y a Griselda, si no, encontrarán la manera de sonsacártelo.

Violet soltó una carcajada. Tras dirigirle un alegre saludo, Montague se fue alejando a grandes zancadas.

Ella le observó marchar y cerró después la puerta con un suspiro de felicidad.

—Vaya, vaya. ¿Quién iba a pensar algo así de Walter?

Desde luego, él no. Siempre había imaginado que el hijo de Cynthia era un mero pelele, poco más que un muñeco de peluche: el esperado heredero que Wallace y ella necesitaban para reforzar su imagen pública, en la medida en la que un hijo podía mejorar su estatus.

—Jamás habría imaginado que Walter tuviera la suficiente fortaleza como para hacer algo tan sorprendente y ofensivamente delictivo. ¡Y tan despreciable! Y ahora... —no podía dejar de sonreír—. ¡Ah, cómo han caído los poderosos!

Él mismo percibía el jubiloso deleite de su voz, su eco llenando el silencio del vestidor con abierto y perverso regocijo. Se estaba regodeando en todo lo ocurrido.

—¡Y, alegría de las alegrías, sería el colmo de la perfección que acusaran a Walter de los asesinatos!

Sinceramente, no podía imaginar nada que pudiera proporcionarle un mayor placer.

Tuvieron que pasar varios minutos para que la euforia generada por aquella perspectiva remitiera lo suficiente como para que volviera a aflorar su constante y escondida obsesión. Pero lo hizo. Al fin y al cabo, todavía no estaba a salvo.

Y tenía que asegurar de forma definitiva su futuro.

Esbozó una mueca y comenzó a pensar en ello.

—Ahora que la policía se ha centrado en Walter, quizá haya llegado el momento de silenciar a la señorita Matcham —estudió su reflejo en el espejo de afeitar, inclinando la cabeza mientras pensaba en ello—. Aunque, por otra parte, a lo mejor es una señal de que debo contenerme durante algún tiempo más —entrecerró los ojos y musitó—: Pero sería imprudente esperar durante demasiado tiempo. Es preferible que la muerte de la señorita Matcham aparezca relacionada de alguna manera con todo lo ocurrido...

Al cabo de unos minutos, comenzó a aclararse su expresión.

—A lo mejor puede sufrir un accidente. Algo que sugiera que se suicidó por culpa de los remordimientos después de los asesinatos de su señora y de la criada. ¿Y si fuera la señorita Matcham la que tenía un amante? Y ese amante, confabulado con ella, mató a su señora, al asesor financiero y a la criada. Al final, el peso de esos crímenes termina resultando excesivo para su delicada sensibilidad y decide suicidarse, llevándose el nombre de su amante a la tumba —sonrió—. ¡Sí, encaja a la perfección!

Permaneció ante el espejo, observándose a sí mismo mientras analizaba la situación.

La señorita Matcham todavía tenía que recordar algo o, por lo menos, todavía le quedaban cosas por contar a la policía. En caso contrario, ya les habría tenido llamando a su puerta y haciendo preguntas incómodas. No tenía la menor idea de si había salido a la superficie el asunto del certificado robado, pero en el caso de que lo hubiera hecho... La criada le había sorprendido en la habitación de su señora, le había visto revisando los certificados: por eso había tenido que matarla.

Teniendo en cuenta lo unidas que estaban la señorita Matcham y la criada, no podía dejar de imaginar que la criada habría mencionado a su amiga que le había encontrado haciendo algo con los documentos de su señora que no acertaba a entender.

De ahí que, por su paz mental, también la señorita Matcham tuviera que abandonar la faz de la tierra.

Hasta que no lo hiciera, hasta que él no pudiera estar seguro de que no se cernía amenaza alguna sobre su cabeza, no podría relajarse lo suficiente como para disfrutar de los frutos de su ardua tarea.

De modo que la señorita Matcham tenía que morir. Quedaba por saber cuándo y cómo.

CAPÍTULO 16

Dos días después, Montague se presentó por la tarde en Albemarle Street. Tal y como esperaba en secreto, encontró a Violet sola, revisando la correspondencia de Penelope.

Cuando Montague se detuvo ante el escritorio de Penelope, Violet cerró la libreta de cuero en la que había estado tomando notas y le sonrió encantada.

—A Penelope le han pedido que llevara a Oliver a una merienda familiar en casa de su madre, lady Calverton, y Griselda ha aprovechado la oportunidad para ponerse al día con su tienda —revisó los montones de cartas amontonadas al azar sobre el escritorio de Penelope—. Yo pensaba darle un empujón a todo esto, pero no es una tarea fácil.

—Ven a dar un paseo —Montague le tendió la mano—. Podemos dar una vuelta por Berkeley Square mientras compartimos la información que tenemos.

A Violet se le iluminó la mirada.

—¡Una idea excelente!

Cinco minutos después, envuelta en la pelliza, con el sombrero firmemente atado y una bufanda alrededor del cuello para protegerse del viento helador, salían a la calle.

Cuando se acercaron a la plaza, miró a Montague, ¡a Heathcote, perdón!

—¿Has tenido alguna noticia, has sabido algo más sobre el certificado?

Estaba impaciente por avanzar, por llegar al final de aquella investigación para que pudieran ocuparse de asuntos más personales, y tenía la sensación de que él pensaba igual que ella.

Montague esbozó una mueca.

—La verdad es que no. En un principio, el registro confirmó que tenía razón al pensar que los Halstead ya no eran propietarios de esas participaciones, pero no aportaron más información. Fue necesario un nuevo intento más persuasivo, invocando la posibilidad de una denuncia formal por parte de Scotland Yard para convencer al registrador de que divulgara quién es el propietario actual de las participaciones —se interrumpió para abrir la puerta del parque que ocupaba el centro de Berkeley Square y esperó a que estuvieran caminando lado a lado, con la mano de Violet en su brazo, para continuar—. Confío en haberlo conseguido en esta ocasión. Esto es como ir desbrozando poco a poco el terreno. Espero que la próxima carta que reciba contenga la información que nos es crucial. Y, una vez dicho esto —la miró a los ojos—, tengo serias dudas de que el propietario actual sea el asesino.

—¿Crees que ha vendido las participaciones?

—No entiendo por qué iba a llevarse el certificado si no andaba detrás del dinero. Y, para convertir el certificado en dinero en efectivo, tiene que haberlo vendido.

Caminaron en silencio durante varios minutos, hasta que ella preguntó:

—¿Hay alguna manera de rastrear una venta de ese tipo?

—Por cortesía del registro de las participaciones, he podido confirmar que la posesión de las acciones por parte de los Halstead cesó once meses atrás, lo que significa que el nuevo propietario presentó el certificado y registró la transferencia de propiedad en ese momento. Pero podría haber comprado antes el certificado. No todo el mundo registra de inmediato ese tipo de cosas, y no se han pagado beneficios hasta muy recientemente. En las cuentas de los Halstead no hay nada que indique exactamente cuándo cambió de manos el certificado.

—En qué momento lo robaron.

—Exacto —vaciló un instante y dijo—: Lo que he hecho, lo único que se me ha ocurrido para avanzar en el caso mientras esperamos noticias de Manchester, es calcular por cuánto dinero pueden haber vendido las participaciones y ahora mismo me estoy dedicando a rastrear si tal suma fue depositada en las cuentas de los Halstead o los Camberly entre quince y nueve meses atrás.

—¿Crees que el asesino, o los asesinos, quienesquiera que sean, habrá depositado el dinero en alguna de sus cuentas?

Montague esbozó una mueca.

—Es poco probable, pero, teniendo en cuenta la arrogancia de la familia, sospecho que podrían no haber pensado que en las cuentas bancarias quedan registros que pueden ser investigados, por lo menos por determinadas personas si saben hacerlo de la forma adecuada.

—Y tú sabes cómo hacerlo.

Él asintió y la miró a los ojos.

—Pero no se lo cuentes a Stokes o, por lo menos, no insistas demasiado en ello. No le hará mucha gracia.

—¡Ah, ya entiendo!

Sonrió, mirando hacia delante y viendo, sin prestarles demasiada atención, a las numerosas niñeras y a los niños que tenían a su cargo con los que estaban compartiendo el parque.

Lo habían rodeado ya y estaban acercándose a la puerta por la que habían entrado cuando Montague dijo:

—Probablemente, deberías advertir a los demás de que, aunque continuaré investigando, no espero encontrar ese dinero en ninguna de las cuentas.

Ella estudió su rostro mientras Montague le sostenía la puerta para que pasara.

—¿Crees que habrán utilizado el dinero para algún otro fin?

Montague se reunió con ella en la acera y asintió.

—No se me ocurre ninguna otra razón para robar el certificado que no sea la necesidad de dinero. Y, si querían el dinero, debe de haber algún motivo que justifique esa necesidad, algo que hizo imprescindible hacerse con toda esa cantidad en metálico.

Violet volvió a posar la mano en su brazo disfrutando de aquella familiaridad de una forma que Montague esperaba y aceptaba encantado y después asintió.

—Tiene sentido.
Montague se volvió hacia ella y recorrió su rostro con la mirada.
—¿Y qué noticias tienes para mí? ¿Qué habéis averiguado vosotros?
Violet suspiró, inclinó la cabeza para acercarla a la suya y dijo:
—Por desgracia, los demás tenemos pocas novedades de las que informar. Stokes y Barnaby están convencidos de que las tres coartadas de Walter para las noches de los asesinatos son ciertas, de modo que ya ha quedado fuera de forma oficial de la lista de sospechosos. Y, aunque no están especialmente impresionados por el calibre de sus testigos, se inclinan a creer en dos de las coartadas de William para al menos dos de los asesinatos.
—De modo que, si los asesinatos resultaran ser producto de una conspiración y hubiera más de un asesino, William seguiría siendo un presunto culpable.
Ella asintió.
—Creo que esa es una opción que Stokes y Barnaby están considerando en este momento. Y, por lo que sé de ellos, no me costaría nada imaginarme a William y Maurice trabajando juntos, o incluso a William y a Hayden. Incluso a los tres. En cuanto a la parte femenina de la investigación, esta mañana, Penelope y yo hemos completado un más que discreto informe sobre las coartadas de las tres mujeres Halstead y Camberly. Todas parecen contrastadas, pero Penelope dice que, aun así, es posible que alguna de ellas haya llevado a cabo una función de apoyo. Sin embargo, no creemos que ninguna de las tres mujeres en cuestión estuviera presente en el escenario del crimen en el momento en el que tuvieron lugar los asesinatos.
Montague asimiló aquella información. Cuando estaban ya acercándose a la casa de Penelope y Barnaby, musitó:
—De modo que eso nos lleva de nuevo a los hombres de la familia: Mortimer, Maurice, William y Hayden. Los asesinatos fueron cometidos por alguno o algunos de ellos.
—Exacto —Violet subió los escalones de la entrada, posó la mano en el llamador y se volvió hacia él—: Todavía tenemos

que descubrir quién o quiénes están involucrados en los crímenes.

Montague asintió.

—Si hay más de uno o si están trabajando de forma organizada, o si el robo del certificado y los tres asesinatos pueden serles atribuidos al mismo hombre.

En ese momento, Mostyn abrió la puerta. Montague miró a Violet a los ojos, arqueó una ceja y la vio esbozar una sonrisa cómplice. Deleitándose por dentro por aquella instintiva conexión y sintiéndose extrañamente dulcificado, la siguió al interior.

A la mañana siguiente Barnaby y Stokes se pasaron por la oficina de Montague.

Tras sentarse en las sillas que tenía delante del escritorio, Stokes planteó la primera y más candente pregunta.

—¿Sabes ya quién es el propietario de esas participaciones?

Reclinándose en la silla que tenía tras la mesa, Montague esbozó mueca.

—No, pero, maldita sea, el registrador tendrá que ceder —estudió el rostro de Stokes—. O terminan diciéndomelo, o tendrás que dejarte caer por allí con una amenaza.

Stokes gruñó:

—Por su bien, espero no tener que llegar a eso —se interrumpió y dijo después—: Avísame en cuanto tengas alguna noticia. Este caso se está alargando demasiado y el jefe está empezando a impacientarse.

Montague se inclinó hacia delante.

—¿Y cómo va vuestra cacería?

—Variada —contestó Barnaby—. Violet me dijo que te había comentado nuestros progresos respecto a las coartadas de William. Hay dos que estamos dispuestos a aceptar, las relacionadas con el asesinato de lady Halstead y de Tilly. Encontramos a testigos entre los trabajadores de la taberna a los que William no conoce y a los que, por tanto, no puede haber sobornado. Nos confirmaron que estuvo allí durante esas dos noches y a unas horas en las que le habría resultado imposible llegar a Lowndes Street a tiempo de cometer los asesinatos.

—Pero —dijo Stokes con voz sombría— la coartada de William para la noche de la muerte de Runcorn se apoya demasiado en amigos de dudosa categoría como para que sea aceptable. Y ninguno de los otros, ni uno solo, tiene coartadas contrastables para ninguno de los tres asesinatos.

Stokes se inclinó hacia delante y procedió a explicar:

—Maurice Halstead dice que estuvo con una dama cuyo nombre se niega a proporcionarnos durante las dos primeras noches en cuestión. La tercera, cree que estuvo visitando algún antro infernal, pero se separó de sus amigos y no recuerda dónde le dejaron ni dónde ni con quién estuvo después.

—En otras palabras —intervino Barnaby secamente—, estaba tan borracho que no se acuerda ni de dónde estaba, ni de lo que hizo, ni, mucho menos, con quién.

—De modo que Maurice continúa siendo sospechoso de los tres asesinatos. Después tenemos a Mortimer Halstead. Su caso podría parecer más sencillo, pero no lo es. Mortimer acudió a dos cenas con su esposa durante dos de las noches, pero en ambas ocasiones su mujer regresó a casa sola en su carruaje, dejando a Mortimer en reuniones surgidas a partir de las conversaciones de la sobremesa y, por consiguiente, volvió a casa solo. La noche que Runcorn fue asesinado, Mortimer había asistido a una recepción que había comenzado temprano y a la que su esposa no asistió. Dice que llegó pronto a casa, pero los Halstead duermen en habitaciones separadas, de modo que la señora Halstead no puede confirmar a qué hora se acostó su marido aquella noche, ni ninguna otra, por cierto.

—Hayden Halstead —dijo Barnaby— parece tener una vida bastante más interesante de la que tanto él como sus padres pretendían hacernos creer. Declaró que cada una de aquellas tres noches estaba en casa, que se acostó y disfrutó del sueño de los inocentes durante toda la noche —Barnaby sacudió la cabeza.

—Me disfracé de hombre vulgar y estuve charlando en el pub con uno de los lacayos de los Halstead. Al parecer, todos los empleados de la familia saben que Hayden se retira a su habitación y después se escapa por las escaleras de atrás. Cuando le planteamos a Hayden lo que habíamos averiguado, se hundió y corrigió su declaración.

Stokes soltó un bufido burlón.

—Pero sus coartadas no fueron mejores que las de la primera vez. Estuvo de fiesta con unos amigos, no sabe dónde, y ni siquiera los amigos a los que localizamos después tenían mucha idea.

Barnaby gruñó.

—De hecho, sus amigos estaban tan despistados que nos resultó imposible tener la certeza de que Hayden hubiere estado con ellos. Aunque teniendo en cuenta las horas a las que se cometieron los asesinatos, tampoco podemos descartar que Hayden estuviera tan borracho que fuera incapaz de hacer algo así. Desde luego, sus amigos lo estaban.

Stokes sacudió la cabeza.

—Cualquiera pensaría que habiendo tres asesinatos que fueron cometidos en tres noches distintas sería fácil descartar por lo menos a alguien, pero no. Y lo peor de todo es que, al ser todos ellos familia, al estar todos relacionados, tenemos que contar también con la posibilidad de que sea una confabulación —Stokes se irguió, con la exasperación reflejada en el rostro—. Y, en el caso de que lo sea, no vamos a poder llegar muy lejos con las coartadas.

—Además, en cuanto comienzas a contemplar la posibilidad de una confabulación, y estoy totalmente de acuerdo en que debemos hacerlo, vuelve a aparecer Camberly en escena.

Al ver que Montague fruncía el ceño, Barnaby le explicó:

—Habíamos descartado a Camberly como sospechoso por haber deducido la implicación de alguno de los varones Halstead en el asesinato de Runcorn y porque pensábamos que nos estábamos enfrentando a un solo asesino. En el caso de que se trate de una conspiración, Camberly podría haber asesinado a lady Halstead o a Tilly.

—Tenemos las coartadas de Camberly —dijo Stokes—, pero todavía están pendientes de comprobación.

—En cualquier caso —replicó Barnaby—, sus coartadas son

mucho más consistentes o, por lo menos, más susceptibles de ser comprobadas. Dijo que estaba en sesiones que tenían lugar a altas horas de la noche o en reuniones con otros políticos y, normalmente, esas reuniones pueden durar hasta las cuatro de la madrugada. Sus coartadas podrían ser confirmadas, pero todavía no lo hemos hecho —miró a Montague—. Ese será el siguiente paso. ¿Tú has averiguado algo respecto a las finanzas de los Halstead y los Camberly?

Montague asintió.

—Esta mañana me han informado de que, en una meticulosa investigación de las cuentas bancarias de los Halstead y los Camberly, no aparece ninguna cantidad que pueda vincularse ni al pago ni a parte del pago de las acciones.

Stokes esbozó una mueca.

—Bueno, había pocas probabilidades de que apareciera.

Montague se encogió de hombros.

—Presumiblemente, quienquiera que robara el certificado, lo vendió y utilizó el dinero para el motivo que le llevó a robarlo.

Barnaby asintió.

—Él, uno de los varones de los Halstead, necesitaba el dinero de manera desesperada.

—Quizá —contestó Stokes—, ¿pero por qué asesinar no una, sino tres veces?

—E intentarlo por cuarta vez con Violet —recordó Montague.

Stokes inclinó la cabeza.

—Exacto, cuatro veces. ¿Por qué está tan dispuesto a asesinar una y otra vez...? ¿Qué es lo que quiere esconder? ¿Que robó el certificado de unas participaciones a su madre?

—No —Barnaby clavó sus ojos azules en el rostro de Stokes—. No solo pretende ocultar el robo, sino también proteger su reputación, su posición, algo que el robo por sí solo podría amenazar. Y yo me atrevería a decir que tampoco quiere que salga a la luz el motivo que le obligó a llevarlo a cabo.

Stokes analizó aquellas palabras y asintió.

—Sí, parece lo más probable. Hay algo más que un simple robo y es el motivo que le impulsó a robar.

—En cierto modo, ese motivo es tranquilizador —cuando Stokes inclinó la cabeza, arqueando una ceja con expresión incrédula, Barnaby sonrió—. Significa que es poco probable que nuestro asesino, y con eso me refiero a todos los sospechosos, a todos los actores de este drama, huya, o, mucho menos, que desaparezca. No, cuando el principal motivo para asesinar es asegurarse que puede seguir manteniendo su posición, evitar que algo la ponga en peligro.

Montague contestó:

—No estoy en desacuerdo, pero, si es ese el motivo, es menos probable que William sea el asesino.

—El asesino principal —admitió Barnaby—, pero eso no significa que, por cualquier razón, no haya ayudado a Maurice, o a Mortimer, o a Camberly, y haya matado a Runcorn.

Stokes gimió.

—Ya me está dando vueltas la cabeza por culpa de esta familia, con todas sus coartadas y su potencial conspiratorio —suspiró, se levantó y miró a Barnaby—. Lo cual supongo que significa que será mejor que tú y yo volvamos a revisarlas todas.

Con un suspiro similar, Barnaby descruzó las piernas y se levantó. Miró a Montague y después a Stokes.

—De un modo u otro, daremos con él, y, teniendo en cuenta que no va a salir huyendo, le atraparemos.

—Amén —Stokes se despidió de Montague y se dirigió hacia la puerta.

Barnaby le siguió con un asentimiento y una sonrisa.

Montague les observó marcharse, después, exhaló un suspiro, se acercó los papeles que había apartado y se puso a trabajar.

Ya no podía hacer nada más hasta que no tuviera noticias de Manchester. Con un poco de suerte, pronto sabría algo del registrador.

El mensajero llegó a las cuatro de aquella misma tarde.

Slocum, tras recibirle, casi echó a correr, en su prisa por ir a buscar a Montague.

Montague dejó a un lado el libro de contabilidad que estaba

examinando, tomó la carta, agarró el abrecartas, insertó la punta en el sobre y lo abrió.

Sacó la única hoja que contenía, la desdobló y examinó su contenido. Después, resopló y se reclinó en la silla con la mirada fija en el nombre que aparecía en aquella hoja.

—¿Y bien?

Montague alzó la mirada y vio a Gibbons, que acababa de hablar, detrás de Slocum, que se inclinaba sobre el escritorio de Montague. Foster estaba mirando por encima del hombro de Gibbons, con la expectación dibujada en el rostro, mientras el resto del personal de Montague & Son se había arremolinado en la puerta, esperando la noticia.

Montague apretó los labios y miró la carta.

—El registrador de la Grand Junction Railway Company verifica formalmente que el certificado de participación en cuestión, que previamente fue propiedad de Agatha Halstead, lady Halstead, ahora está registrado a nombre de... el conde de Corby.

Gibbons parpadeó.

—¡Dios mío!

—Eso mismo —Montague asintió en total sintonía con aquel sentimiento—. Y más aún, el registrador declara que el conde o, mejor dicho, su asesor, registró las participaciones hace once meses. Por lo tanto, en lo que al registro concierne, las participaciones pasaron de lady Halstead al conde de Corby y no hay ningún otro propietario registrado de por medio.

Montague dejó la carta encima del escritorio, se quedó mirándola durante varios segundos y dijo después:

—Slocum...

—Creo que el asesor del conde de Corby es el señor Millhouse, señor. Sus oficinas están justo en la esquina de Throgmorton Street.

—Excelente —Montague miró hacia la puerta—. ¿Reginald?

—¿Sí, señor?

El joven botones de la oficina entró dando botes en la habitación.

Disimulando una sonrisa, Montague le instó a acercarse.

—El señor Slater podrá llevar mi carta al señor Millhouse, pero, antes de escribirla, necesito enviar un mensaje al señor Stokes a Scotland Yard.

Se dispuso a escribir y alzó la mirada ante el repentino silencio que se hizo en despacho. Descubrió a Reginald tieso como un palo, con los ojos saliéndose de las órbitas y la boca abierta. Sonriendo, Foster posó la mano en su hombro.

—No hace falta que te quedes boquiabierto, Reggie. ¿Sabes ir a Scotland Yard?

Reginald parpadeó, después, le miró con una expresión cercana al pánico.

—No te preocupes —dijo Gibbons—. Está al principio de Whitehall. El señor Slocum te dará la dirección.

En cuanto Reginald salió de su estupor, Montague le tendió una nota doblada.

—No hace falta que esperes respuesta. En cuanto veas la carta en manos del sargento del mostrador de recepción de Scotland Yard puedes salir volando.

—Gracias, señor —Reginald sostuvo la nota como si fuera oro—. No le defraudaré.

Montague sonrió.

—Estoy seguro. Pero ahora date prisa. Tienes que llegar lo antes posible.

Reginald dio media vuelta y salió corriendo de la oficina, deteniéndose únicamente para agarrar el abrigo y conseguir la dirección que le proporcionó Slocum.

—¡Ah, el entusiasmo de la juventud!

Asintiendo con la cabeza y sin dejar de sonreír, Gibbons comenzó a caminar despacio, seguido por Foster. Slater y Pringle ya habían regresado a sus mesas.

Slocum entró en el despacho.

—Acabo de revisar mi agenda, señor. El señor Millhouse vive en el número seis de Throgmorton Street.

—Gracias, Slocum —Montague colocó una hoja limpia sobre el escritorio—. Dile a Slater que esto podría llevarme varios minutos.

—De acuerdo, señor.

De hecho, empleó media hora antes de darse por satisfecho con la formulación de su petición al señor Millhouse. Era unos años más joven que él y, aunque él era considerado como uno de los mejores asesores financieros de Londres, había un cierto grado de rivalidad profesional en aquella relación. Era importante acertar con la primera carta con la que iba a establecer comunicación. Sobre todo porque esperaba que fuera seguida de muchas otras. No iba a conseguir toda la información que quería con una única nota.

Si hubiera puesto por escrito todas las preguntas para las que Scotland Yard y él necesitaban respuesta, Millhouse se habría inhibido y su noble cliente se habría sentido menos inclinado incluso a colaborar.

Controlar la impaciencia no le resultó fácil, pero llevaba demasiado tiempo en aquel negocio y relacionándose con hombres vinculados a él como para no respetar las normas, aunque la mayor parte de ellas no estuvieran escritas. De hecho, se había labrado su reputación por su rígida observancia de esas normas.

De modo que aquella carta al señor Millhouse de Throgmorton Street era una obra maestra de respeto y encerraba una sutil invitación para que Millhouse se reuniera con él con el objetivo de desentrañar un pequeño misterio relativo a la transferencia del certificado.

Volvió a leer la carta, imaginando a Millhouse leyéndola y aventurando su reacción y dejó que asomara a sus labios una sonrisa.

—Hecho —con mucho cuidado, pasó el papel secante, dobló la carta, escribió la dirección y la selló—. ¡Slater!

Era evidente que Slater había estado esperando su llamada. Tenía ya el abrigo puesto cuando cruzó la puerta.

—¿Ya está?

Montague le tendió la carta.

—Intenta encontrarle antes de que se vaya a casa. Después, vete a casa tú también. No espero respuesta esta noche.

Montague miró el reloj y vio que eran casi las seis. Escuchó con atención y advirtió que los demás ya habían salido.

Como si pretendiera confirmárselo, Slocum apareció en el marco de la puerta.

—Me voy, señor.

—Muy bien, Slocum —Montague se levantó—. Creo que yo también me voy a ir.

Siguió a Slocum fuera de la oficina. Tras cerrar la puerta, se volvió y subió las escaleras de su apartamento, muy consciente de sus ganas de encontrar, al igual que el resto de sus empleados, aquel intangible al que llamaban «hogar» esperándole.

Pero Violet estaba en Albemarle Street y, aunque él deseaba, y mucho, compartir sus últimos descubrimientos con ella, sentarse a su lado, relajarse al calor de lo conseguido aquel día y aguardar a su lado los desafíos del día siguiente, eran ya las seis de la tarde. Para cuando llegara a Albemarle Street sería casi la hora de la cena y, además, aunque estaría encantado de compartir su último descubrimiento con los demás, no quería compartir la compañía de Violet.

No era eso lo que deseaba.

Al llegar a la puerta de su apartamento, entró y percibió de inmediato el olor de la carne asada y la repostería en el horno. Desde la cocina, llegó hasta él el habitual recibimiento de la señora Trewick.

—¡La cena está esperándole, señor! Si se sienta a la mesa, se la llevará Trewick.

Montague entró en el cuarto de estar y se detuvo. Miró alrededor de la habitación, aquella habitación vacía y carente de toda compañía, y se prometió a sí mismo que no iba a continuar así durante mucho tiempo.

Ya había esperado bastante y por fin había encontrado a Violet.

En cuanto identificaran quién era el asesino y lady Halstead, Runcorn y Tilly fueran vengados, le pediría que compartiera su vida con él.

La necesitaba allí. Ya había vivido solo durante demasiado tiempo.

La respuesta de Millhouse llegó a las once de la mañana siguiente. Tras leer con mucho detenimiento aquellas frases, Montague no pudo evitar una sonrisa cargada de cinismo. Habría jurado que Millhouse había tardado incluso más que él en dar forma a su respuesta.

Slocum estaba ya revoloteando por allí; Gibbons y Foster esperaban apoyados en el marco de la puerta.

Montague miró en su dirección y dijo:

—Después de varios preliminares, Millhouse dice que tiene entendido que el certificado pasó a manos del conde porque le fue ofrecido a modo de liquidación de una deuda de honor.

Gibbons hundió las manos en los bolsillos y dejó escapar un largo silbido.

—¡Menuda deuda!

—Desde luego —Montague leyó la carta por segunda vez y suspiró para sí—. Y, como cabría esperar, desconoce y, por lo tanto, no puede contestar a la pregunta sobre la identidad del caballero que entregó el certificado.

—Bueno —dijo Foster—, sabemos que se trataba de un caballero con el que el conde de Corby se dignaba a jugar.

Montague miró a Slocum con los ojos entrecerrados. Si no recordaba mal...

Slocum asintió.

—El conde es un gran jugador, señor, conocido porque está dispuesto a jugar con quien sea, siempre y cuando puedan pagarle.

Montague esbozó una mueca.

—Sí, eso es lo que tengo entendido yo también. De modo que el hecho de que este caballero le debiera miles de libras al conde no nos dice gran cosa sobre el caballero en cuestión.

Slocum soltó un bufido.

—Aparte de que es lo bastante estúpido como para sentarse con Corby con una baraja de cartas. La reputación de Corby como ganador no es ningún secreto.

—Eso es cierto —Montague pensó en ello e hizo una mueca—. Pero eso tampoco nos permite avanzar mucho más. Cualquiera de los Halstead, o de los Camberly, por cierto, podría haberse visto comprometido a jugar con Corby.

—¿Y ahora qué? —preguntó Gibbons.

—Ahora... —Montague clavó sin ver la mirada en el escritorio durante varios segundos. Después, con la barbilla firme, alargó la mano para coger una hoja limpia—. Ahora veremos lo persuasivo que puedo llegar a ser con un rival como Millhouse.

Montague tardó más de una hora en redactar la segunda carta dirigida a Millhouse. No esperaba una respuesta aquel día, pues estaba bastante claro que Millhouse, si se dignaba a investigar el asunto por petición de él, tendría que consultar con el conde.

De ahí que se sorprendiera cuando Slocum entró corriendo, literalmente, en su despacho blandiendo, también literalmente, un sobre.

—¡Una respuesta del señor Millhouse, señor! —Slocum dejó el sobre encima del escritorio mientras Montague alargaba la mano hacia el abrecartas.

El resto de los empleados se congregaron en la puerta. Todo el mundo se había contagiado del interés por aquella búsqueda.

Sacó la corta misiva del sobre y le echó un rápido vistazo.

—Halstead.

Estallaron gritos de alegría alrededor de la habitación.

Sin alzar la mirada, Montague advirtió:

—Todavía no hay que cantar victoria. Lo único que ha escrito el señor Millhouse es «señor Halstead», no sabe o, al menos, no dice, cuál de ellos.

Pero por el tono de la carta, Montague sabía que había conseguido despertar la curiosidad de Millhouse con las cartas anteriores y con las veladas advertencias de una posible investigación más exhaustiva por parte de Scotland Yard.

Montague dejó la carta a un lado y miró a Slocum.

—Hay que llamar a Reginald. Quiero que le envíe la respuesta a Millhouse inmediatamente.

La reunión que se había montado en la puerta se dispersó.

La siguiente nota de Montague fue sucinta y daba a entender de forma muy clara que consideraba a Millhouse como a un igual interesado también en llevar a cualquier delincuente que se adentrara en el mundo de las finanzas ante la justicia. Sobre todo a aquellos malhechores que trataban con sus clientes más importantes.

Secó la nota a toda velocidad y estaba ya doblándola cuando Slocum regresó con Reginald tras él.

Montague le dirigió al muchacho una sonrisa y este sonrió en respuesta. Le tendió la carta.

—¿Ya sabes adónde tienes que ir?

—Sí, señor. Me lo ha dicho Slocum.

—En ese caso, adelante. Y esta vez pregunta si va a haber respuesta. Si es así, espera a que la escriba para traerla —Millhouse apreciaría no tener que utilizar a su propio botones.

Montague observó a Slocum urgir a Reginald y asomarse a verle bajar las escaleras antes de cerrar la puerta y regresar a su escritorio.

Por un instante, se recreó en aquel momento, apreciando cuanto de bueno había en él. Como la satisfacción de saber que su pequeño grupo de investigadores iba por buen camino, de saber que era uno de los Halstead el que estaba detrás del robo del certificado y, por lo tanto, más que probablemente, detrás de los asesinatos. Saboreó el nacimiento de aquella emoción ya conocida; era como estar en medio de una cacería rastreando a su presa. Pero en todas las investigaciones en las que había estado comprometido hasta entonces, se había visto involucrado a través de otro, siempre había actuado en nombre de alguno de sus clientes. Sin embargo, en aquella ocasión, su implicación era tanto personal como profesional y aquello incrementaba la emoción e intensificaba la necesidad de encontrar respuestas y de asegurarse de que se hiciera justicia.

De ver triunfar a la justicia.

Y, de manera más inmediata, sentía el compromiso y el apoyo de sus empleados. Sus actos, su interés, dejaban claro que habían comprendido aquel compromiso con la justicia, que lo compartían y le respaldarían para ver culminada su tarea.

Su comprensión y su apoyo le reconfortaban.

A veces incluso le hacían sonreír, pero sabía lo afortunado que era al tener un equipo tan inteligente y entregado.

Dedicó un momento a apreciarles, a agradecer todo cuanto había recibido aquel día y a lo largo de su vida. A continuación, abrió el último archivo que estaba revisando y se dispuso a trabajar a conciencia.

Veinte minutos después, Reginald irrumpió en la oficina. Llevaba una carta en la mano que presentó con un gesto teatral ante Slocum.

Este comprobó la dirección, se levantó y le llevó la carta a Montague.

El resto de los empleados esperó, alargando el cuello para poder ver y escuchar.

Montague leyó la nota y gritó después para que pudieran oírle:

—Millhouse tendrá que preguntar directamente al conde, lo cual, advierte, tendrá que hacer con una buena dosis de delicadeza, pero dice que espera tener una respuesta mañana mismo. No puede decirme cuándo, pero no cree que pueda ser antes de las doce.

Con un asentimiento, Montague dejó la carta y sonrió a Reginald y a Slocum.

—No cabía esperar nada mejor. En realidad, ni Millhouse ni nadie tiene otra manera de obtener esa información que no sea el testimonio del propio conde y Millhouse conseguirá la respuesta con más facilidad y antes que cualquiera.

Los demás asimilaron la información. Montague miró hacia la puerta y, por sus expresiones, supo que tanto Gibbons como Foster estaban tomando nota. Tal y como les correspondía en su posición, estaban aprendiendo cómo moverse en aquel mundo.

Slocum y Reginald se retiraron a la oficina, dejando a Montague repitiéndose a sí mismo sus propias palabras.

Aunque se sentía como debía de sentirse un sabueso con ganas de atacar un hueso, si había alcanzado aquel prestigio en el gremio de los asesores fiscales en la gran City de Londres era, precisamente, porque sabía cuándo podía presionar y cuándo la presión podía llegar a ser contraproducente.

Además, si Millhouse no conseguía convencer al conde de que soltara el nombre que le pedían, Barnaby no dudaría en movilizar a su propio padre para que abordara al conde. Sería un encuentro conde a conde, pero les obligaría a dar al conde de Corby más explicaciones de las que sería prudente y no tenían la menor idea de qué relación podía tener con cualquiera de los Halstead que se moviera dentro de su órbita.

Dedicó varios minutos más a considerar si habría una manera más directa y más rápida de hacer aquel acercamiento, pero no se le ocurrió ninguna. Estuvo a punto de enviar una carta a Stokes, pero recordó entonces que, al igual que a los demás, le habían convocado a una cena en Albemarle Sreet aquella noche.

Sonriendo para sí, regresó a su trabajo, a sus libros y a sus cifras.

Daría la noticia del descubrimiento en persona.

CAPÍTULO 17

Stokes y Barnaby entraron en el salón, sumándose a Penelope, a Griselda, a Violet y a Montague, que había llegado unos minutos antes. Penelope recorrió entonces con mirada impaciente a todos los allí reunidos y preguntó:

—¿Ya ha identificado alguien al asesino?

Cuando Stokes puso una cara de disgusto y negación, Barnaby sacudió la cabeza y Montague contestó «todavía no», Penelope fijó la mirada en el rostro de Montague, pero de pronto, movió las manos con un gesto de rechazo y decretó:

—No vamos a hablar de asesinatos hasta después de la cena. Disfrutemos antes de la comida.

Nadie lo discutió. De hecho, los tres aceptaron la sugerencia y a aquellas palabras le siguió una agradable y alegre cena entre amigos.

Violet agradeció la propuesta de Penelope. Aunque había pasado la mayor parte del día ordenando la correspondencia de Penelope, los asesinatos habían estado rondándole constantemente por la cabeza y la pregunta sobre la identidad del asesino le había resultado tan molesta e insistente como un dolor de muelas. Penelope y Griselda habían dedicado el día a asuntos al margen de la investigación. Penelope había asistido a una reunión en la British Library y Griselda había ido a su tienda, pero también ellas le habían confesado que no habían conseguido quitarse los asesinatos de la cabeza.

Por silencioso acuerdo, nadie mencionó los asesinatos ni

nada relacionado con la investigación hasta que estuvieron en el salón, instalados en los que se habían convertido ya en sus asientos habituales: Penelope y Griselda en el sofá, Montague y Violet en otro sofá, frente a ellos, y Barnaby y Stokes en sendas butacas, flanqueando la chimenea, con las piernas estiradas y una copa de brandy en la mano.

—Entonces —dijo Penelope por fin—, ¿en qué momento estamos ahora de este esquivo asesino? ¿Tenemos alguna pista?

Stokes bajó el vaso y le informó:

—No hemos podido avanzar con las coartadas. Muchas de ellas no nos permiten demostrar si son verdaderas o falsas, de modo que no nos están llevando a ninguna parte.

—Pero esas coartadas —replicó Griselda—, o su comprobación, nos ha permitido confirmar que Walter no es el asesino, que William no mató ni a lady Halstead ni a Tilly y que ninguna de las tres mujeres estuvo involucrada de manera activa en los asesinatos.

—Por desgracia —contestó Stokes—, tratándose de esta familia, eso no nos lleva muy lejos. Al único que podemos descartar de forma definitiva como sospechoso es a Walter. Cualquiera de los otros, incluyendo las damas, podrían haber sido cómplices, y cualquiera de los restantes hombres de la familia, Camberly incluido, podría ser culpable de uno o más de un asesinato.

Penelope hizo una mueca.

—En general, uno asume que es algo emocionalmente muy complejo y, por lo tanto, casi improbable, que un hijo asesine a su madre, y la idea de varios hijos conspirando para acabar con su madre resulta todavía más disparatada. Sin embargo, en este caso, dada la falta de conexión emocional entre lady Halstead y sus hijos debido a las largas ausencias de la primera durante sus estancias en el extranjero, es posible que no existan las barreras naturales y habituales contra el matricidio.

—Más aún —intervino Griselda con voz delicada—, es posible que los hijos de lady Halstead, o, al menos, algunos ellos, guardaran resentimiento hacia su madre por haber antepuesto de tal manera a su marido y a su carrera.

Tanto Violet como Penelope asintieron. Los hombres integraron con seriedad aquel perspicaz análisis.

Al cabo de un momento, Barnaby se removió en su asiento.

—Por volver a algo más específico, en el caso de Runcorn, el asesino tiene que ser un varón, de modo que, con independencia de que haya o no una conspiración familiar, por lo menos sabemos que uno de los varones de la familia está involucrado —miró a Montague—. ¿Sabes algo más sobre quién vendió las participaciones a Corby?

Montague asintió.

—Según el asesor de Corby, el conde adquirió las participaciones como pago a una deuda de juego del señor Halstead.

—¡Dios mío! —Stokes se irguió en su asiento—. ¿Cuál de ellos?

Pero Montague había levantado la mano para detenerle.

—Millhouse es un asesor financiero. Lo único que sabía era que Corby había recibido las participaciones del señor Halstead. Aun así, ha aceptado preguntarle por ello al conde, pero no espera tener una respuesta antes de mañana a las doce y eso, sospecho, dependerá de cuándo pueda reunirse con Corby.

Stokes miró a Barnaby.

Antes de que pudiera expresar lo que tenía en mente, Montague continuó:

—En el caso de que el conde se niegue a identificar a algún caballero en concreto ante Millhouse, quizá haga falta un abordaje a un nivel más elevado. Por ejemplo, el padre de Adair, el conde de Cothelstone, de sobra conocido por ser uno de los pares que supervisan la Policía Metropolitana, podría hacernos el favor.

Montague curvó los labios con una sonrisa irónica.

—Sin embargo, la experiencia sugiere que Millhouse tendrá más suerte, y que será más rápido. Los nobles como Corby tienden a pensar que no deben divulgar los nombres de aquellos que han perdido en el juego a otros hombres de su posición, pero esa misma prohibición no la aplican a hombres de menor estatus, como Millhouse. Sobre todo cuando, como sospecho que hará Millhouse, este sugiera que el conde debería proporcionarle el nombre como manera de asegurarse de que ni el robo ni el posterior asesinato puedan asociarse de ninguna forma a su buen nombre.

Barnaby se echó a reír.

—Tus colegas y tú tenéis una muy fina percepción de las flaquezas de la nobleza —miró a Stokes—. Montague está en lo cierto. Millhouse tendrá más oportunidades de conseguir ese nombre que mi padre. Si mi padre le abordara, Corby exigiría conocer todos los detalles del caso antes de divulgar el nombre y, si estamos apostando por la discreción, contarle todo a Corby a cambio de un nombre no es la mejor forma de proceder. Sobre todo porque no podemos olvidar que, dejando de lado las hazañas de Walter, no tenemos ninguna prueba en contra de Camberly, que es un miembro del Parlamento, ni de Mortimer Halstead, funcionario de alto rango del Ministerio de Exteriores, y mucho menos de las damas.

—Desde luego —dijo Penelope—. Tenemos que proteger a los inocentes. Este caso no puede terminar bien para la familia, pero cuanto menos especulemos sobre el verdadero culpable, mejor.

Stokes miró a su alrededor y se recostó en la butaca.

—Muy bien —al cabo de un momento, miró a Barnaby y a Penelope arqueando una ceja—. Entonces, ¿dónde estamos en términos de identificar con exactitud cuál es la parte culpable?

Penelope contestó sin demora.

—De momento tenemos dos cosas claras, tanto el asesino de Runcorn como el hombre que le entregó a Corby el certificado de participación tiene que ser uno de los varones Halstead.

—Hemos descartado a Walter —recordó Violet—, pero si pensamos en quién es menos probable que lo haya hecho, dudo que William se mueva en los círculos de Corby y, la verdad sea dicha, nunca he oído que le guste el juego, por lo menos hasta ese punto. Es posible que no disponga de una gran cantidad de dinero, pero, teniendo en cuenta el nivel de vida por el que ha optado, no necesita mucho para ir tirando.

Stokes asintió.

—De todos los hombres de la familia, estoy de acuerdo en

que William es el que menos probabilidades tiene de haber participado en los crímenes.

—Eso nos deja a Mortimer, Hayden y Maurice como candidatos —dijo Montague.

—Y, en cuanto a eso… —Barnaby cambió de postura para poder mirarles mejor a la cara—, después de que Montague nos enviara el aviso de que era Corby el propietario de las participaciones y, sabiendo que es un gran jugador, he pasado el día deambulando por diferentes clubs de caballeros, por aquellos que sospechaba podía frecuentar Corby. Hablando con porteros y conserjes, he confirmado que el conde era socio y frecuente jugador de un gran número de establecimientos. He preguntado también si algún Halstead o algún Camberly eran miembros de esos clubs.

—¡Qué idea tan brillante! —Penelope le dirigió una sonrisa radiante a su esposo a la que siguió un gesto de impaciencia—. ¿Y…?

Barnaby le sonrió.

—Y, como estaba a punto de contar, uno de los clubs favoritos de Corby presume de tener a un Halstead entre sus miembros.

—¿Qué Halstead? —exigió saber Stokes.

Barnaby le miró a los ojos.

—El que cualquiera de nosotros habría imaginado: Maurice.

—No me sorprende —comentó Violet—. Maurice siempre ha sido un derrochador y un libertino. Es un presumido y, durante el tiempo que he pasado con la familia, todo el mundo sabía que era muy jugador.

Al cabo de unos segundos, Griselda dijo:

—¿Eso significa que es el asesino?

Stokes cambió el gesto.

—Por lo que he visto y he sabido de él, es un hombre retorcido y calculador. Podría estar detrás de los tres crímenes. Yo no lo descartaría.

—Sin embargo —dijo Barnaby, siguiendo los razonamientos de Stokes—, teniendo en cuenta todos los problemas de la familia y lo complejo del caso, tenemos que ser muy precavidos y evitar llegar a conclusiones basadas en nuestras opiniones en vez de apoyarnos exclusivamente en los hechos. En este caso, nuestro criterio puede hacernos descarriar. Los hechos, no.

—Pero —continuó Stokes— estamos avanzando. Estamos acercándonos —miró a Montague—. En el preciso instante en el que tengas noticias de Millhouse, quiero saber quién fue el Halstead que le entregó a Corby el certificado —soltó un bufido burlón—. Tratándose de esta familia, no podemos arriesgarnos a dar por sentado que el Halstead que le entregó el certificado a Corby sea el mismo que tenía deudas de juego con él.

Penelope frunció el ceño.

—Esa familia me produce dolor de cabeza. Estoy deseando llegar a la conclusión final.

—Desde luego.

Mostyn eligió aquel momento para llevar el té y todo el grupo desvió la atención hacia otros asuntos. Pero, una vez consumido el té, estando ya todos levantados y Stokes, Griselda y Montague dispuestos a marcharse, los progresos relativos al caso volvieron a ocupar sus mentes.

—Sé que no debería —dijo Stokes mirando a Barnaby—, pero vuelvo a pensar que estamos haciendo esto mucho más complicado de lo que es.

Recorrió sus rostros con la mirada.

—Hay muchas posibilidades de que cuando confirmemos que fue Maurice el que entregó a Corby el certificado de participación descubramos que fue él el que cometió los asesinatos —miró a Barnaby—. Antes has dicho que el asesino cometió esos crímenes porque quería protegerse y evitar que se descubriera algo sobre él. Ahora sabemos que ese algo era la deuda que había contraído con Corby y el robo del certificado para solventarla.

—Por todo lo que he oído a lo largo de todos estos años —dijo Violet— a Maurice apenas se le tolera en los márgenes de los círculos sociales a los que aspira a pertenecer —miró a los demás—. Si al final se descubre que se dedicó a jugar con Corby, que perdió, que robó a su madre para saldar la deuda y, más aún, que entregó a Corby un certificado robado... bueno, no sería bienvenido en ningún club de caballeros, ¿verdad?

—Exacto —contestó Stokes—. Tenemos un móvil y los medios y ahora necesitamos la prueba final. Un hombre, un Halstead. A pesar de todas las distracciones, no necesitamos nada más para explicar todos los crímenes.

Al cabo de un momento, Barnaby asintió:

—Estoy de acuerdo. Todavía queda la posibilidad de que se trate de una conspiración familiar, pero no hemos encontrado ninguna prueba de que esa nefanda conspiración se haya producido. Un hombre, un Halstead. Y Maurice Halstead parece ser nuestro hombre.

Se agruparon los seis en el vestíbulo, aquellos que se marchaban se pusieron los abrigos y se despidieron. Griselda había llevado a la pequeña Megan con ella cuando había llegado aquella tarde. Hettie, la niñera de Oliver, bajó a la niñita dormida y la dejó con delicadeza en los brazos de su madre.

—Ya está —Hettie retrocedió sonriendo—. Se ha portado muy bien. El señor Oliver y ella han estado jugando un rato y después se han apagado de golpe, como si de lámparas se tratara.

—Estupendo —colocó uno de los pliegues de la manta sobre la morena cabeza de Megan y le sonrió a Hettie—. Gracias por cuidarla, Hettie.

Hettie sonrió, inclinó la cabeza a modo de reverencia y volvió escaleras arriba.

Stokes, agarrando a Griselda del codo, inclinó la cabeza para ver cómo estaba su hija y, satisfecho al verla durmiendo tan profundamente, se enderezó y se volvió para estrecharle la mano a Barnaby e intercambiar un fugaz abrazo con Penelope. Barnaby le dio un beso a Megan y le apretó el hombro con cariño a Griselda.

—Que lleguéis bien a casa —les deseó Barnaby.

Le hizo un gesto a Mostyn y este abrió la puerta principal.

Stokes le estrechó la mano a Montague.

—En cuanto tengas alguna noticia, házmelo saber.

—Lo haré —le aseguró Montague.

Con una sonrisa y un saludo a Violet, Stokes se acercó a Griselda, que ya se había despedido de Penelope y de Violet rozando sus mejillas, la agarró del brazo y bajó con ella los escalones de la entrada hasta llegar al pequeño carruaje negro que estaba esperándoles en la acera.

Montague observó a Stokes, un hombre de gran envergadura y considerable altura, cerniéndose protector sobre su esposa y su hija y reconoció en sí mismo una necesidad visceral, un profundo anhelo. No eran celos, sino el reconocimiento de un vacío que sabía que necesitaba llenar. Podría ser uno de los asesores financieros más alabados de Londres, pero, si hacía un balance de su vida, sabía que valdría muy poco si no daba el empujón final para conseguir y abrazar todas aquellas cosas sin la que hasta aquel momento había vivido.

No había sido tanto una decisión como una cuestión de negligencia. Siempre tenía mucho trabajo que hacer.

Estaba a punto de volverse hacia Violet cuando Barnaby se interpuso en su camino.

Una ráfaga de viento helado atravesó la puerta y Mostyn la cerró rápidamente.

—Tengo que admitir —dijo Barnaby con un cierto desdén hacia sí mismo reflejado en el rostro— que cuando descubrimos el robo de unas participaciones no se me ocurrió pensar que podía ser motivo suficiente para asesinar a alguien. Pero, teniendo en cuenta cómo son los Halstead y sus aspiraciones sociales —miró a Violet, que se había acercado a Penelope—, la amenaza de ser identificado como un ladrón era muy peligrosa.

Montague asintió. Miró sus rostros.

—Ten por seguro que te avisaré en cuanto tenga la confirmación.

Con una sonrisa, Barnaby le estrechó la mano. Penelope le apretó el brazo y retrocedió, dejando que Montague se volviera por fin hacia Violet.

Montague vio que se había puesto un abrigado chal sobre los hombros. Violet le sonrió.

—Déjame acompañarte al jardín.

La sonrisa de Montague iluminó su rostro como la luz del sol.

—Gracias, me encantaría.
Tras un breve asentimiento dirigido a Barnaby y a Penelope, siguió a Violet al jardín y hacia la terraza lateral.
Una vez allí, ambos miraron hacia el cielo. Era una noche de octubre fría, pero despejada, con el olor a leña perfumando el aire y el negro terciopelo de la bóveda celeste sobre sus cabezas.
—Ya estamos cerca, ¿verdad? —preguntó Violet.
—Sí —le ofreció el brazo, colocó su mano en el hueco de su codo y, mientras la conducía hacia los escalones que bajaban al césped, añadió—: Después del descubrimiento de Barnaby, la información de Corby será la confirmación final, la prueba que necesitamos para condenar a Maurice Halstead.
Violet se estremeció.
—Han demostrado ser una progenie perversa. Me alegraré mucho cuando todo esto termine y pueda mirar hacia delante sin el fantasma de un asesino acechando entre las sombras, esperando a precipitarse, a abalanzarse sobre mí —le miró curvando los labios en una sonrisa—. Soy consciente de que tú, y también todos los demás, intentáis acompañarme cada vez que pongo un pie fuera de casa, cada vez que me alejo del cuidado y la compañía de Mostyn.
Él se encogió de hombros.
—Te apreciamos. Nosotros... —se interrumpió y bajó la voz—. No quiero perderte, ni siquiera quiero arriesgarme a perderte —la miró a los ojos—. No puedo perderte ahora que por fin te he encontrado.
La sonrisa de Violet se tornó misteriosa. Mientras se dirigían hacia la puerta del jardín que daba a Albemarle Street, susurró:
—Puedes tener la seguridad de que mis sentimientos son recíprocos —le miró a los ojos—. Yo tampoco quiero perderte ahora que te he encontrado.
Aminoraron el ritmo de sus pasos.
—Dime —le pidió Montague—, ¿qué esperas de la vida? Por cortesía de lady Halstead, pronto tendrás suficiente dinero para vivir cómodamente durante el resto de tus días.
Violet asintió con expresión seria mientras decía:
—De lo único de lo que estoy segura es de que no me

gustaría vivir sola —le miró— en el caso de que no me vea obligada a hacerlo, en el caso de que haya alguien que desee compartir su vida conmigo.

Montague se detuvo y la hizo volverse hacia él.

—Sabes que estaría encantado de compartir mi vida contigo que, por encima de todo esto, esa es la esperanza, la recompensa que para mí brilla con más fuerza.

—Y también para mí —la sinceridad resonaba en su tono y teñía su expresión. Se interrumpió, tomó aire y continuó—: Cuando todo esto termine...

—Está a punto de terminar.

Violet asintió y sintiéndose más confiada, más segura, afirmó:

—En cuanto nos liberemos de todo este enredo de los Halstead, tú y yo...

Deslizó la mano desde su codo a su palma. Ambos bajaron la mirada hacia sus manos mientras, empujados por una tácita necesidad, entrelazaban los dedos. Violet alzó la mirada con la esperanza brillando en sus ojos. Montague alzó sus manos unidas y le rozó los nudillos con un beso.

—Hablaremos, conversaremos y encontraremos la manera de vivir y envejecer juntos como mejor nos convenga a los dos. Ambos estamos solos, de modo que podremos hacer lo que queramos. Pero, que conste, mi querida Violet...

—¡No! —liberó sus dedos de la mano de Montague y los llevó a sus labios—. No lo digas —sonrió, quitándole toda dureza a sus palabras—. No lo digas, soy un poco supersticiosa. Decirlo es tentar al destino y, cerniéndose sobre nosotros la amenaza de gente de la calaña de Maurice Halstead... —dejó escapar un suspiro—. Mi querido Heathcote, preferiría no arriesgarme.

Montague rio con suavidad. En sus ojos resplandecía una felicidad que Violet distinguía incluso entre las sombras.

—Muy bien, esperaré a que todo esto haya terminado. Pero ni un minuto más.

—No, desde luego —asintió—. Y en este momento te doy permiso para hablar conmigo en el preciso instante en el que nos liberemos de este embrollo.

—Te haré ser fiel a tu palabra —no soltó su mano—. Pero antes me gustaría hacerte una pregunta por pura curiosidad, ¿te gusta trabajar para Penelope? ¿Quieres encaminar tus talentos en esa dirección?

Violet asintió.

—Para mi sorpresa, la verdad es que sí y, confía en mí, Penelope necesita toda la ayuda que pueda proporcionarle.

—Otro par de ojos inteligentes.

Ella sonrió.

—Algo así. Es posible que yo no sea capaz de traducir las misteriosas lenguas que ella traduce, pero sé organizar una agenda, y esa es una habilidad que Penelope desconoce. Estuvo a punto de perderse una importante conferencia que se había comprometido a dar hoy en la biblioteca. Había olvidado anotar la cita y, si yo no hubiera desenterrado la carta confirmando la fecha de entre los montones que tiene en el escritorio, se habría puesto a sí misma en una situación muy embarazosa. De modo que, sí, necesita mi ayuda de forma continuada.

—Um, pero quizá no a lo largo de toda su vida —arqueó una ceja con expresión esperanzada.

Violet inclinó la cabeza riendo con suavidad.

—No, por supuesto. Podría limitarme a venir aquí un par de días a la semana, con eso sería suficiente.

—Y, al fin y al cabo, la City no está tan lejos. En taxi está bastante cerca.

—¿Vives ahí, en la City? —preguntó Violet, inclinando la cabeza.

Montague vaciló un instante antes de contestar:

—Vivo en un apartamento, encima de la oficina. Es bastante espacioso y, gracias a esa cercanía, puedo llegar a casa muy pronto desde el trabajo cada día, pero...

Violet volvió a posar la mano en sus labios.

—No, no digas nada más. Tendrás que enseñarme ese apartamento y, a partir de ahí, ya veremos cómo vamos organizándolo todo —sonrió—. La verdad es que tampoco tengo ningún reparo en vivir en la City.

Él asintió.

—Estupendo. En ese caso, tendré la oportunidad de convencerte.

La expresión de Violet se tornó seria.

—No tendrás por qué hacerlo. Estés donde estés, allí donde elijas vivir, ese lugar contendrá el elemento más importante para mí, con el que quiero, y necesito, completar el resto de mi vida.

Una comprensión absoluta parecía vibrar y resplandecer entre ellos. Sus miradas eran transparentes, no había en ellas una sola pantalla, ningún velo que oscureciera la realidad.

Mirándose a los ojos, cada uno de ellos vio y supo las posibilidades que se le abrían, reconoció su potencial.

El momento lo exigía. Montague inclinó la cabeza y Violet se puso de puntillas. Las manos buscaron las manos, entrelazándose con firmeza, anclándose el uno al otro mientras sus labios se rozaban, se acariciaban y se fundían.

Sin moverse.

Fue un beso sencillo, simple, desnudo de todo aquello que no fueran sus sentimientos y de lo que cada uno de ellos pretendía transmitir con aquel beso. Una promesa, un compromiso.

Montague movió los labios sobre los suyos, buscando, anhelando. Violet liberó la mano de la de Montague y rodeó con los brazos su fuerte cuello, presionándose contra él y besándole en respuesta.

Con mucha delicadeza, él posó las manos en sus su costados, extendió las palmas y alcanzó con los dedos su espalda, sujetándola, reteniéndola, pero no por la fuerza.

Deleitándose en su entrega.

Y en la suya.

Al cabo de unos minutos, alzó la cabeza. Y sintió un ligero mareo, curiosamente placentero.

Con un calor que bombeaba en su pecho e iba extendiéndose por todo su cuerpo al reconocer el mismo placer en los ojos de Violet, vio reflejada en ellos su propia satisfacción.

—Será muy pronto —le aseguró él.

Ella asintió.

—Muy pronto —y comenzó a retroceder.

Montague la soltó con desgana.

Violet se sujetó el chal con fuerza sobre los hombros y se volvió hacia la puerta del jardín. Él avanzó junto a ella y esperó mientras corría el cerrojo y abría el sólido panel. Alzó la mirada hacia él, hacia su hombre, el hombre al que había estado esperando durante toda su vida y esbozó una tímida sonrisa.

—Buenas noches, Heathcote.

La sonrisa con la que Montague contestó tuvo un toque de posesividad.

—Buenas noches, mi Violet —inclinó la cabeza y cruzó la puerta—. Buenas noches.

Con un suspiro, Violet cerró la puerta, escuchó con atención y se dio cuenta de que Montague estaba esperando a que la cerrara. Así lo hizo. Unos segundos después de que el cerrojo volviera a su lugar, oyó sus pasos alejándose lentamente.

Sonriendo, sintiéndose inútil e incapaz a la hora de reflejar en su expresión el júbilo que bullía en su corazón, dio media vuelta y regresó hacia la terraza.

Mientras subía los escalones susurró para sí:

—Desde luego, ahora no sé cómo voy a poder dormir.

Con una sonrisa más ancha todavía, entró en la casa.

—¡Es adorable!

Con un suspiro feliz y satisfecho, Penelope se apartó de la ventana del dormitorio que daba al jardín.

Regresó a los brazos de Barnaby. Este se había acercado para mirar por encima de su hombro lo que ella estaba contemplando con tanta avidez. Había dirigido una mirada fugaz y había desviado después la mirada y la atención hacia su esposa. Buscó sus ojos oscuros y sonrió.

—Tú también eres adorable —vaciló un instante y le preguntó más serio—: ¿Te lo he dicho últimamente?

Penelope inclinó la cabeza para poder mirarle a la cara, a los ojos, y la sutil curva de sus labios se profundizó.

—Últimamente, no. A lo mejor deberías recordármelo —posó las manos en su pecho, las deslizó por sus hombros y se estrechó arteramente contra él—. Deberías recordarme eso y otros sentimientos asociados a esa adoración.

Barnaby curvó los labios con claras intenciones, inclinó la cabeza y acercó su sonrisa a la de Penelope.

Durante un breve instante, permaneció allí. Después, entreabrió los labios e inclinó la cabeza. Y aprovechó la flagrante invitación de su esposa para llenar, tomar, saborear y apoderase de su boca.

Ella le saboreó a su vez con aquel abierto y manifiesto placer que él había aprendido a atesorar. Aquella era una de las muchas alegrías de su matrimonio. Una conexión que había crecido entre ellos, se había ensanchado y profundizado y, para secreto alivio de Barnaby, incluso se había fortalecido después del nacimiento de Oliver.

Había una confianza entre ellos que hablaba de la experiencia compartida, de un grado de conocimiento íntimo del otro que jamás podría conseguir con nadie más. Porque él era suyo y ella era suya, y ambos vivían con aquella certeza anclada a sus corazones.

Aquel era el fundamento.

Una roca sólida y segura, inquebrantable e inmutable, que les garantizaba toda la fuerza que pudieran llegar a necesitar a lo largo de su vida.

En el aquí y el ahora les proporcionaba la comprensión, la habilidad e incluso los motivos para avanzar muy despacio.

Para asir cada momento y estirarlo, para expandirlo en su plenitud, para exprimir cada latido de aquel interludio y aprovechar hasta la última gota de placer.

Desde el primer roce de las manos de Barnaby sobre las curvas enfundadas en seda a la presión de las manos de Penelope deslizando la chaqueta de Barnaby por los hombros, a través de cada paso de aquella danza coreografiada que ambos conocían de memoria, ambos estuvieron inmersos en cada instante.

Cada tictac del reloj de la sensualidad generaba deleite.

Alimentaba el deseo.

Invocaba, provocaba y atizaba la pasión.

Despojar a Penelope de su vestido se había convertido en

un tentador, seductor e irresistible preludio. Últimamente desnudaba sus senos con especial placer. Desde que su hijo había abandonado el pecho, los senos de Penelope se habían suavizado, convirtiéndose en dos exuberantes y suntuosos montículos que podía de nuevo reclamar, con los que podía volver a deleitarse.

Penelope jadeó, se aferró a él y le retuvo contra ella, urgiéndole, no con palabras, pero sí con sus hechos, hablando con fluidez el lenguaje del amor que en aquel momento estaban disfrutando, pero, como siempre, se negaba a ceder su parte de las riendas.

Ella exigió y aprovechó su turno para desnudarle, para exponer su desnudez, regocijándose en ella y disfrutándola después.

Con sus manos pequeñas, con los labios, con su boca ardiente y su tentadora lengua.

Con todos y cada uno de los sentidos.

Al igual que él, exploraba, exigía, poseía y encendía hogueras bajo su piel.

Se puso después de rodillas para tomarlo con su boca y arrasó entonces con sus sentidos, entregándose de corazón a la tarea.

Cuando Barnaby ya no fue capaz de soportar durante un segundo más aquella sensual tortura, se apartó. Ella se levantó y se entregó por completo a sus brazos. Se detuvieron ambos, aprehendiendo aquel momento, absorbiendo la plenitud del inmenso y evocador instante en el que se encontraron sus cuerpos desnudos, deslizándose piel contra piel, la sedosa suavidad de Penelope acariciando sus más duros y ásperos miembros cubiertos de vello, mientras sus cuerpos se adaptaban y se acomodaban al del otro en aquel abrazo íntimo. Instintivamente, juntos, se embriagaron en aquella entrega sin restricciones y en el estallido del mutuo deseo.

Del mutuo placer.

Aquel era el objetivo mientras Barnaby inclinaba la cabeza, mientras ella se estiraba y sellaban sus labios en un beso de fogosa, anhelante e implacable necesidad.

Dejaron que las llamas arrasaran y continuaron besándose dejando crecer, fundirse y rugir el fuego de la pasión.

Interrumpiendo aquella conflagración, él alzó la cabeza y levantó a Penelope en brazos.

Con un desesperado jadeo, ella se aferró a sus hombros, cerró las manos en su nuca y echó para atrás la cascada de rizos, levantando las piernas para rodear con ellas sus caderas.

Agarrándole las caderas, Barnaby la hizo descender sobre él.

Se fundieron con un sensual suspiro.

En un momento de anhelante unión. De una aguda, libre e irrefrenable intimidad.

Con los ojos cerrados, saborearon aquel indescriptible deleite. Absorbiendo el creciente placer.

Después, dejaron que aquel deseo enloquecedor les arrastrara, les capturara, les azotara.

Y, en algún lugar, en medio de la pasión, del fuego, del calor, de la urgencia, naciendo de la sensual desesperación, comenzó a burbujear un gozo efervescente e imparable, insaciable.

Les inundó.

Disolviéndose en aquella marea de gozosa sensualidad, de incontenible necesidad de plenitud, surgió un placer, brillante y agudo, que les hermanaba y envolvía, añadiendo una nueva dimensión a su unión.

Y abrió sus sentidos a una nueva dimensión del placer.

Penelope se sentía a punto de estallar con aquellas sensaciones desbordantes y excesivas. Jamás habían sido tan fuertes, tan potentes, tan fastuosas y cautivadoras.

Apartando sus labios de los de Barnaby, echó la cabeza hacia atrás y, burbujeando con aquel turbulento delirio, enmarcó el rostro de su marido con las manos, buscó sus ojos entreabiertos con la mirada y jadeó:

—A la cama.

No tuvo que pedírselo dos veces. Con tres largas zancadas, Barnaby se plantó al lado de la cama y se inclinó abrazado a ella.

Tras un primer bote en la cama, se hundieron en la nube de su colchón de plumas. Penelope alargó los brazos hacia su marido, que la colocó entonces bajo él. Penelope se retorció, se arqueó y, en un glorioso jadeo, le hizo hundirse en ella mientras él, dejando escapar un gemido gutural, empujaba con fuerza.

Cabalgaron entonces en aquella carrera de irrefrenables y desinhibidas pasiones.

Cuando vislumbraron la cumbre del placer, corrieron desbocados hacia ella unidos en un inquebrantable acuerdo.

Se alzaron hasta aquel sensual precipicio y se lanzaron volando al vacío.

Esforzándose en alcanzar el sol de la sensualidad.

Aferrándose el uno al otro, con los dedos entrelazados, los cuerpos fundidos y los corazones latiendo al unísono, se acariciaron y dejaron que la implosión les llevara. Permitieron que el éxtasis les rompiera, les fragmentara y volviera después a conformarlos.

Así había ocurrido otras muchas veces, pero, aquella vez, en aquel instante infinito de unión abrasadora, de fusión física y emocional, cuando sus ojos se encontraron desde sus párpados entrecerrados, sosteniéndose la mirada, ambos vieron, supieron y sintieron la sutil suma que aquel júbilo les había aportado a ellos y a su unión.

Otra hebra en la cuerda de sentimientos que les unía.

Una nueva pieza con la que construir su amor.

Un apoyo adicional que les mantendría juntos durante los años que tenían por delante.

Con los ojos medio cerrados, agotada ya la pasión, sus miradas se fundieron durante un segundo más hasta que Penelope se permitió cerrar los ojos y sintió que una sonrisa, plena y abierta, curvaba sus labios.

Y sintió una sonrisa idéntica curvando los labios de su compañero mientras rozaba los suyos.

Se hundieron entonces en aquella gloria, en aquella dicha que les pertenecía.

Tiempo después, cambiaron de postura en medio de la cama revuelta, todavía abrazados. Barnaby apoyó la cabeza en la almohada y Penelope se recostó contra él, apoyando la cabeza en el hueco del hombro. Barnaby fijó la mirada en el techo en sombras y, sin que fuera aquella su intención, se descubrió pensando en todo lo que había sentido. En todo lo que había experimentado.

En todo lo que había significado aquel encuentro que se había asentado como una nueva capa de experiencia entre ellos.

Alzó la mano y acarició el pelo revuelto y sedoso de su esposa. Sabía que todavía no estaba dormida.

—Eres feliz, ¿verdad? —durante las últimas semanas, la había ido viendo más decidida, más segura y más satisfecha—. Estás contenta con la manera en la que están funcionando las cosas.

Había sido aquella felicidad la que había sentido durante su encuentro amoroso.

Penelope asintió sin levantar la cabeza.

—Es posible que todavía no hayamos atrapado al asesino, pero, a nivel personal, ya hemos cosechado un gran éxito. O por lo menos, eso creo —tras un segundo de silencio, alzó la cabeza, miró a su marido y buscó sus ojos—. He encontrado el equilibrio que estaba buscando, y no solo lo creo, lo sé. Me siento bien. Mis estudios, mis conferencias, las ayudas que presto con las traducciones, todo eso continúa siendo importante, sigue respondiendo a una parte de mí, de mi mente, y tú, y Oliver, y esta casa, y, aunque en menor medida, nuestras respectivas familias, todo eso siempre tendrá prioridad a la hora de invertir tiempo y energía. Pero continúo necesitando el elemento extra que me proporcionan nuestras investigaciones.

Se interrumpió con los ojos fijos en él. Al cabo de varios segundos de reflexión, declaró:

—No es solo el desafío intelectual de resolver un misterio, de ir descubriendo los hechos y ordenándolos como si fueran piezas de un rompecabezas hasta resolverlo. Eso también tiene que ver, es cierto, pero, últimamente, lo que más me atrae, mi mayor motivación, es conseguir que se haga justicia. Ayudando en las investigaciones cuando surge la oportunidad, puedo contribuir a que se haga justicia en el mundo y, por lo tanto, es algo que me veo en la obligación de hacer.

Curvó los labios en una sonrisa y añadió:

—Buscar y apoyar a la justicia. Esa es la razón por la que te dedicas a lo que te dedicas y por la que yo debería, y necesito, ayudarte siempre que esté en mi mano. Cada vez que el destino ponga la oportunidad ante mí, debo y necesito responder.

En silencio, Barnaby estudió todo cuanto podía ver, todo cuanto ella le permitía ver en sus ojos, todo lo que podía sentir a través de su mirada, lo que podía leer en su expresión, y susurró:

—Yo también lo veo, veo que has encontrado el equilibrio. Y eso es algo, una actitud a la que puedo, y lo haré encantado, adaptarme y que estoy dispuesto a apoyar.

La sonrisa de Penelope fue la mejor definición de una sonrisa radiante.

—¡Genial!

Se acurrucó en sus brazos y, apoyando la cabeza donde le gustaba, en el hueco de su hombro, cerró las manos sobre las de Barnaby mientras este la abrazaba. Suspiró hondo y se relajó:

—Ahora ya solo necesitamos que Corby nos confirme que Maurice Halstead es nuestro asesino para que todo termine bien.

CAPÍTULO 18

A la mañana siguiente, sentada ante un elegante escritorio en uno de los rincones del salón, Violet estaba escribiendo una carta que Penelope necesitaba enviar a un académico en Aberdeen cuando oyó en la distancia el timbre de la puerta. Sabiendo que Mostyn se haría cargo de quienquiera que hubiera llamado, continuó escribiendo con esmero.

Había tardado días, pero por fin había conseguido organizar por completo el enorme escritorio de Penelope. En el proceso, había descubierto algunas cartas que Penelope había olvidado contestar. Con la autorización de Penelope, no, mejor dicho, con el apoyo de Penelope, Violet había asumido la función de mantener la correspondencia con varios de los eruditos a los que debía contestar, presentándose a sí misma con la secretaria de la señora Adair.

Sonreía cada vez que pensaba en aquel título. En muchos sentidos, le gustaba más que el de dama de compañía.

La puerta se abrió y apareció Mostyn. Cuando Violet alzó la mirada, inclinó la cabeza hacia la puerta principal de la casa.

—Una de las señoras Halstead ha venido a verla, señorita. Le he dicho que no está la señora, pero insiste en que ha venido a verla a usted. La he dejado esperando en el salón.

Violet parpadeó y dejó la pluma. Penelope había ido a visitar a Portia, su hermana, y Griselda había decidido que arreglar los sombreros de la tienda era la mejor manera de pasar el tiempo mientras esperaban a que Corby confirmara la culpabilidad de Maurice.

¿Pero qué diantres podía estar haciendo Constance Halstead allí un día como aquel?

Se levantó y se alisó la falda.

—Gracias, Mostyn. Supongo que debo ir a ver lo que quiere.

Al advertir su falta de entusiasmo, Mostyn la siguió al vestíbulo principal.

—Si necesita algo, estaré aquí mismo, señorita.

Violet miró a Mostyn a los ojos, sonrió y le dio las gracias. Después, se detuvo ante el salón, tomó aire, alzó la cabeza y asintió cuando Mostyn alargó la mano hacia el picaporte. El mayordomo abrió la puerta y Violet entró en el salón con la cabeza erguida.

Desde su punto de vista, no les debía nada a los Halstead. Desde luego, ni un solo minuto de su tiempo y, la verdad fuera dicha, había aceptado más por curiosidad que por ganas de hablar con Constance Halstead.

Esta estaba sentada en la esquina de uno de los sofás de damasco. Llevaba todavía puesta su media capa, el sombrero y los guantes, y se aferraba con fuerza al retículo que tenía en el regazo. Al ver a Violet avanzando hacia ella, se levantó rápidamente.

Violet inclinó la cabeza.

—Señora Halstead.

Constance le devolvió el gesto con rígida urbanidad.

—Señorita Matcham.

Violet señaló el sofá.

—Por favor, tome asiento.

—En realidad, prefiero no hacerlo si no le importa —miró hacia el mobiliario, reparando en la moderna e innegable elegancia de la decoración—. Esto... no me llevará mucho tiempo.

Con repentina lucidez, Violet advirtió que Constance se sentía fuera de su elemento. Aunque los Adair no presumían de su dinero ni de sus orígenes aristocráticos, había algo intangible, indefinible, que señalaba su hogar como perteneciente al escalón más alto de la alta sociedad. Varios grados por encima de los círculos en los que se movían Constance y su familia.

La posición de Violet la situaba entre los Halstead y los Adair; podía moverse en ambos círculos, en los más altos y los más bajos, con razonable seguridad. Desde luego, sin la nerviosa inseguridad que en aquel momento afligía a Constance.

Diciéndose a sí misma que debería compadecerla, Violet también permaneció de pie.

—En ese caso, ¿qué la trae por aquí, señora Halstead?

Constance apretó los labios con una expresión que la devolvía a su irritable y siempre insatisfecho carácter.

—He venido a pedirle que vaya a revisar las pertenencias de lady Halstead. Ahora que la policía y el señor Montague por fin se han dignado a devolver a la familia las llaves de la casa, queremos asegurarnos de que todo es tratado como es debido. No queremos terminar desechando por equivocación algo que pueda ser importante —se interrumpió y endureció su expresión—. Ahora que Tilly no está…

Violet advirtió que lo decía como si Tilly hubiera abandonado su puesto, en vez de haber sido asesinada. Constance continuó:

—… usted es la que mejor conoce las pertenencias de lady Halstead —inclinó la barbilla con cierto aire desafiante—. Por eso solicito su ayuda para organizar sus cosas, para que así podamos decidir qué debemos hacer con ellas.

Violet no tenía ninguna gana de regresar a la casa de Lowndes Street.

—Me temo que ahora mismo estoy muy ocupada…

—Señorita Matcham —Constance se irguió e hizo un valiente intento por mirarla con altivez—, lady Halstead le proporcionó trabajo durante más de ocho años. Yo pensaba que la simple lealtad hacia ella la motivaría a asumir esta última tarea, su última obligación. Solo usted sabe dónde guardaba sus pertenencias, aquellas que le eran más queridas y deseaba dejar en herencia. Solo con su ayuda podremos estar seguros de que estamos tratando esos objetos tal y como ella desearía.

Violet contuvo la respiración, pero continuó sosteniéndole la mirada a Constance. Sosteniendo su cada vez más beligerante mirada.

Constance se había apresurado a evocar el sentimiento de culpa, pero su precipitación no podía haber hecho menos efectivo aquel intento. Lady Halstead se merecía que sus pertenencias fueran tratadas con respeto, pero también cierto grado de compasión y comprensión del que tanto sus hijos como sus esposas, era incuestionable, carecían. Y aunque tenía pocas dudas de que Constance estaba deseando salir del salón, abandonar la que para ella era una posición un tanto inquietante, también estaba claro que estaba decidida a llevarse a Violet con ella.

Suspirando para sí, y conociendo de antaño la terquedad de aquella mujer, Violet inclinó lentamente la cabeza.

—Puedo dedicarle a usted, o, mejor dicho, a lady Halstead, algunas horas. Pero tendré que estar de vuelta a la una en punto.

Constance dejó aquella observación de lado.

—Ya veremos hasta dónde hemos llegado hasta entonces —se volvió hacia la puerta—. Pero, ya que está presionada por el tiempo, le sugiero que no perdamos un minuto. Mi carruaje nos está esperando fuera.

Resignándose a pasar las siguientes dos horas con la fastidiosa compañía de Constance, Violet se volvió y la condujo hacia la puerta. La abrió y permitió que Constance la precediera y saliera al vestíbulo.

Cerró la puerta tras ella y miró a Mostyn a los ojos.

—Mostyn, voy a ir a Lowndes Street, a la casa de lady Halstead, para revisar las pertenencias de lady Halstead.

—Por supuesto, señorita —Mostyn miró a Constance y miró de nuevo a Violet—. Informaré a la señora Adair cuando regrese.

—Por favor, dígale que estaré aquí a la una —miró a Constance—. Puede esperarme aquí mientras voy a buscar la pelliza y el sombrero.

No era una pregunta, pero Constance contestó:

—Esperaré en mi carruaje —se volvió hacia la puerta y añadió—: No tarde mucho.

Violet elevó los ojos al cielo, se volvió y se dirigió a paso veloz hacia las escaleras.

Dos minutos después, cuando bajó las escaleras con el sombrero, los guantes y el bolso en una mano y la pelliza verde abrochada sobre el vestido verde claro, encontró a Mostyn esperando ante la puerta cerrada.

—¿Está segura de que esto es seguro, señorita? ¿De verdad quiere volver a esa casa con un miembro de esa familia?

Violet también había pensado en ello y le dio a Mostyn la respuesta que se había dado a sí misma.

—Hasta el momento, todo apunta a que el asesino es Maurice Halstead, solo estamos esperando la confirmación y, puede creerme, Constance desprecia a Maurice y voy a estar con ella todo el tiempo —se detuvo ante la puerta y le miró—. Y, por supuesto, lady Halstead se merece que sus pertenencias sean revisadas por una persona que la apreciaba, y no por su perversa descendencia.

Mostyn estudió su mirada durante unos segundos e inclinó la cabeza.

—Por supuesto, señorita —abrió la puerta y añadió—: Estaré pendiente de su vuelta.

Violet salió a aquella ventosa mañana de otoño, sujetándose el sombrero en la cabeza con una mano y levantándose las faldas mientras bajaba corriendo hasta el lugar en el que esperaba el carruaje de Constance Halstead.

El botones de Millhouse apareció en la oficina de Montague poco después de que las campanas de la City hubieran tocado las once.

Montague, que estaba trabajando en su escritorio, oyó la voz aguda del joven.

—Tengo una carta del señor Millhouse para el señor Montague.

Y tuvo que reprimirse para no levantarse de un salto y correr a la oficina.

A través de la puerta abierta del despacho, vio a Slocum recibiendo una sencilla misiva. Al advertir las miradas impacientes e inquisitivas que dirigían Gibbons y Foster en su dirección, y también los demás, tiró por la borda todos sus intentos de aparentar indiferencia, se levantó y coincidió con Slocum en el marco de la puerta.

Slocum le tendió la carta.

Todos en la oficina esperaron conteniendo la respiración mientras Montague rompía el sello, desdoblaba la carta y leía.

—¡Dios mío! —con la cabeza erguida, clavó la mirada en un punto indefinido de la habitación mientras recomponía aquel rompecabezas en su mente… después, apretó la barbilla con firmeza y asintió con decisión—. Sí —volvió a mirar la nota—, encaja. ¡Tenía que decírselo a Violet y a todos los demás!

Dobló la nota, se la guardó en el bolsillo y regresó a su despacho a por su sombrero, diciéndole a Slocum mientras lo hacía:

—Envíele una breve nota a Millhouse agradeciéndole su ayuda. Dígale que ha sido inestimable y que me pondré en contacto con él para darle explicaciones en cuanto me sea posible —al ver que el mensajero de Millhouse andaba merodeando por la puerta con los ojos abiertos como platos, añadió—, y dele al muchacho media corona.

—Sí, señor.

Slocum le siguió mientras Montague cruzaba a grandes zancadas la oficina para acercarse al perchero de la puerta.

—¿Quién era? —preguntó Gibbons—. No nos deje con este suspense.

Montague les dio el nombre mientras se ponía el abrigo y añadió:

—Ahora voy a Albemarle Street. Dependiendo de quién esté allí, es probable que me dirija después a Scotland Yard.

Dejando a sus empleados especulando sobre las consecuencias de aquella información, Montague salió, bajó corriendo las escaleras y, mientras se ponía el sombrero, se adentró en Bartholomew Lane en busca de un taxi.

Por fin habían atrapado al asesino.

Violet siguió a Constance Halstead por la penumbra del vestíbulo de la casa de Lowndes Street. Tal como había ocurrido cuando Violet había entrado en secreto con Penelope y Griselda y más tarde con Montague, la casa estaba a oscuras y todas las cortinas cerradas.

—¡Puf!

Constance dejó las llaves que había utilizado para abrir en la bandeja de la entrada y comenzó a desatarse el sombrero.

Violet advirtió entonces que eran sus llaves. Montague debía de habérselas hecho llegar a los Halstead. Decidiendo que prefería conservar la pelliza, el gorro, los guantes y el bolso con ella, para que así le resultara más fácil marcharse cuando llegara el momento, preguntó:

—¿Por dónde empezamos?

En realidad, no planeaba decirlo en voz alta, pero Constance le dirigió una mirada fugaz y miró después la hora en el reloj que llevaba prendido con un alfiler en el pecho.

—Yo diría que deberíamos empezar por el dormitorio de mi suegra.

Una fracción de segundo fue suficiente para que Violet verificara su profunda repulsión a subir al piso de arriba.

—En realidad —se volvió y caminó decidida hacia el cuarto de estar—, si quiere que aprovechemos el tiempo, deberíamos empezar por aquí.

Cruzó la habitación, caminó hasta las ventanas y se volvió.

—Aquí hay muchas más cosas guardadas de lady Halstead que en su dormitorio.

Constance apretó los labios. Parecía tener muchas ganas de protestar, pero no encontró un motivo convincente para hacerlo.

Violet desvió la mirada sonriendo para sí, agarró las cortinas y las abrió por completo, dejando que entrara suficiente luz por los cristales como para poder trabajar sin encender ninguna lámpara. Regresó al sofá, dejó el retículo y se desató las tiras del sombrero, pero lo conservó puesto. Se sentó y comenzó a quitarse los guantes. La casa estaba fría y húmeda, de modo que decidió no quitarse el abrigo.

—¿Por dónde empezamos? —le preguntó a Constance—. ¿Por la cómoda o por el escritorio?

Constance frunció el ceño y entró en la habitación.

—Por el escritorio, supongo.

Sacudiendo la cabeza ante el tono malhumorado de la otra mujer, Violet se volvió hacia el escritorio, lo abrió y comenzó a vaciar la primera fila de diminutos cajones.

Intentaba no prestar atención al eco de tantos y tantos recuerdos, de los momentos felices que Tilly y ella habían pasado con lady Halstead en aquella habitación cuando lady Halstead se sentía impulsada a enseñarles todos los pequeños recuerdos que conservaba de sus viajes, de aquellos extraños lugares que había visitado y de las exóticas aventuras que había vivido.

Lady Halstead había disfrutado de una vida plena, pero no se merecía acabarla como lo había hecho.

A manos de su hijo. Respirando su último aliento bajo la almohada que Maurice sostenía sobre su rostro.

El hielo acarició el corazón de Violet, pero Constance se reunió entonces con ella ante el escritorio y Violet respiró hondo y se concentró en la tarea que tenía por delante: cumplir con su último deber hacia su señora.

Montague saltó del taxi antes de que se detuviera, arrojó la corona que ya tenía preparada al cochero y, sombrero en mano, subió a grandes zancadas los escalones de la casa de los Adair y llamó al timbre.

Mostyn abrió la puerta y retrocedió al instante.

—¡Señor Montague! Señor.

Montague cruzó el umbral, ansioso por ver a Violet para darle la noticia y saber qué pensaba de ella.

—Buenos días, señor. ¿Están la señorita Matcham, el señor o la señora en casa?

—No, señor —cerró la puerta y le miró—. El señor Adair ha ido a Scotland Yard para reunirse con el inspector Stokes y la señora Adair ha ido a visitar a su hermana, la señora Cynster, pero la esperamos para el almuerzo.

Nada de ello le sorprendió a Montague, pero...

—¿Y la señorita Matcham?

Se suponía que Violet debía permanecer en casa o, en caso contrario, salir solo con personas de confianza.

—Ha venido a verla la señora Halstead para pedirle que fuera con ella a Lowndes Street para ayudarla a revisar los objetos de su antigua señora —Mostyn frunció el ceño—. Le he preguntado que si lo consideraba sensato y me ha contestado que la señora Halstead odiaba a Maurice Halstead, que era el asesino, de modo que estaría a salvo con ella.

Montague sintió que el frío inundaba su alma. Su instinto se revolvía presa de sentimientos que no reconocía. Estaba acostumbrado a tratar con la intuición, con iluminaciones nacidas de la experiencia o, sencillamente, a comprender algo a través del reconocimiento de determinados patrones. Pero el tipo de intuición con el que estaba familiarizado era siempre relativo a dinero y a inversiones. Y lo que estaba sintiendo tenía que ver con la vida y la muerte.

Y gritaba peligro.

De asesinato.

Soltó un juramento y se dirigió hacia la puerta.

—¿Señor? —Mostyn agarró instintivamente el picaporte.

Montague se detuvo. Tenía el semblante convertido en piedra y la mente atestada por un torrente de emociones, por una cascada de pensamientos y conjeturas. Tomó aire y se obligó a pensar. Violet no sobreviviría si él cometía un solo error.

—Avisa urgentemente a tu señor y al inspector Stokes. Pídeles que envíen agentes a la casa de Lowndes Street —tragó saliva y tuvo que obligarse a decir las siguientes palabras en voz alta—: Creo que el asesino ha convencido a la señorita Matcham de que fuera allí para acabar con ella —miró a Mostyn a los ojos—. Yo voy directamente hacia allí.

Mostyn le abrió la puerta.

—Les haré llegar el mensaje, señor.

Montague asintió mientras se plantaba el sombrero en la cabeza.

—Rece para que llegue a tiempo.

Y, tras aquella susurrada súplica, corrió escaleras abajo.

El taxista que le había llevado desde la City estaba a punto de ponerse en marcha otra vez.

Montague alzó la mano para detenerle.

—Lowndes Street, Belgravia, y a toda la velocidad que pueda —abrió la puerta y añadió—: Si me lleva hasta allí en un tiempo récord, le daré un soberano.

—Suba, señor, y agárrese bien el sombrero.

Montague se sentó atropelladamente en el asiento, agarró la puerta y la cerró mientras, fiel a su palabra, el taxista salía disparado por la calle.

Aferrándose a la agarradera, Montague ignoró el tumulto que se organizó cuando el taxista giró, zigzagueó y salió corriendo como un demonio en medio del tráfico de la mañana. No le importó ser el responsable de aquel alboroto. Lo único que le importaba, el objetivo en el que había volcado todo su ser, era llegar hasta Violet y mantenerla a salvo.

Se había arriesgado mucho al dar aquellas órdenes a Mostyn. Montague no sabía si su llamada a la acción estaba motivada por una falsa alarma, pero no podía correr ningún riesgo.

No, cuando lo que estaba en juego era la vida de Violet.

¿Qué eran su dignidad y su reputación comparado con eso?

Aferrado a la agarradera mientras el taxista giraba peligrosamente para adelantar a un carruaje y dirigirse después hacia Piccadilly, Montague pasó por un momento de absoluto estupor ante su propia conducta. Se miraba a sí mismo y veía a alguien que ni siquiera sabía que formaba parte de él, un alguien que acechaba bajo su reservada, conservadora y deliberadamente templada fachada.

Jamás se había considerado a sí mismo un hombre de acción, pero allí estaba, cruzando Mayfair a toda velocidad para rescatar a una dama.

Sintiéndose obligado a ello a sabiendas de que quizá terminara haciendo el más abyecto ridículo.

Pero no le importaba.

Lo único que le importaba era Violet.

Aquella idea y todo lo que implicaba resonaba en su cerebro.

Tomó entonces aire y se concentró muy serio en la casa de Lowndes Street y en lo que podría encontrarse cuando llegara allí.

Apenas llevaban media hora en la casa de lady Halstead y Violet ya había visto a Constance mirar su diminuto reloj por lo menos tres veces.

Habían terminado de vaciar el escritorio y habían organizado los objetos en diferentes pilas. En una rara muestra de consideración, Constance había señalado que suponía que sería mejor que Cynthia echara un vistazo a aquellos objetos antes de tirar nada. Por supuesto, no había tardado en arruinar su gesto haciendo un comentario insidioso sobre lo ocupada que debía de estar Cynthia a raíz de la espectacular caída de Walter.

Ignorando sus comentarios, Violet se acercó a la cómoda. Tenía mucho más espacio que el escritorio para guardar recuerdos personales. Tres cajones largos y profundos y tres más pequeños, para ser precisos.

Constance y ella revisaron a conciencia los cajones, de arriba abajo. Habían comenzado con el primero de los cajones más grandes y ya entonces Constance había vuelto a mirar el reloj.

Con las manos dentro del cajón, Violet se detuvo, intentando encontrar la manera de preguntar de manera educada qué era lo que estaba esperando y justo en ese momento la puerta de la calle se abrió. Ambas alzaron la mirada y se volvieron hacia la puerta del cuarto de estar.

Violet sorprendida, pero vio que Constance parecía enormemente aliviada.

—Gracias a Dios —Constance se acercó a la mesita auxiliar en la que había dejado el bolso.

Antes de que Violet pudiera preguntar qué estaba pasando allí, se abrió la puerta de la habitación y entró Mortimer Halstead. Él también estaba mirando el reloj.

—¡Menudas horas! —la exasperación de Constance era evidente—. Te dije que me estaban esperando para almorzar a las doce en casa de la señora Denning, ¡y está más allá de Twickenham!

Mortimer guardó el reloj en el bolsillo del chaleco y alzó la mirada hacia el rostro de su esposa.

—Es cierto. Perdóname, pero me he retrasado por culpa de un accidente en Hyde Park Corner. Hay un atasco terrible.

Violet recordó algo de pronto. La expresión distante, impasible y sutilmente desdeñosa de Mortimer, muy habitual en él, era la que lady Halstead describía como «de funcionario neutral». Una expresión con la que no mostraba nada de lo que le estaba pasando por la cabeza.

Acostumbrada a la conducta indiferente de su marido, Constance refunfuñó:

—En ese caso, es una suerte que yo vaya en la dirección contraria, porque si no el día habría sido un desastre —miró hacia la mesa que había delante del sofá, sobre la que Violet y ella habían ido organizando las cartas y los recuerdos—. La señorita Matcham y yo hemos empezado aquí, pero dice que cuenta con un tiempo limitado, así que dejaré que seas tú el que decida qué es lo más importante —se estiró el abrigo y, con el bolso en la mano, le dirigió a Violet una fría inclinación de cabeza—. Señorita Matcham.

Violet no se molestó en contestar, pero tampoco Constance esperaba respuesta. Estaba ya pasando por delante de Mortimer de camino al vestíbulo principal.

Un segundo después, la puerta de la calle se abrió y se cerró, dejando a Violet a solas con Mortimer Halstead.

Todo fue muy rápido, y, distraída por aquel inesperado recuerdo, Violet no tuvo posibilidad de considerar la situación... El asesino era Maurice, no Mortimer, se dijo. Pero aun así, este último nunca le había gustado. Si hubiera tenido que elegir qué hijo de los Halstead le gustaba menos, le habría elegido a él y, en aquel momento, tenía un mal presentimiento.

No quería quedarse a solas con Mortimer Halstead.

Aunque no fuera él el asesino.

Mortimer, con el ceño ligeramente fruncido, fijó la mirada en las pertenencias de su madre. Comenzó a avanzar, se detuvo ante el sofá y examinó varios montones. Suspiró entonces.

—Supongo que esto ya es un principio, pero...

Llegó hasta ellos el sonido de un carruaje traqueteando en la calle. La señora Halstead había conseguido marcharse.

Violet hizo una mueca para sí. ¿Debería haber protestado por lo inapropiado de quedarse a solas con el marido de Constance? ¿Podría haberlo hecho? ¿Le habría hecho algún caso Constance?

No. Constance la habría mirado como si fuera un insecto

despreciable, como si fuera imposible que su marido se fijara en ella. Le habría contestado que no fuera ridícula. No le habría servido de ninguna ayuda.

En cuanto a Mortimer… observándole, Violet comprendió que, por inocente que pudiera ser, lo único que a él le interesaba era que se pusiera a hacer su trabajo, y cuanto antes, mejor.

Por lo tanto, no la sorprendió cuando la miró con un punto de mal genio y aseveró:

—Aunque me atrevería a decir que ha hecho un trabajo perfecto, mi madre guardaba los objetos más valiosos, sus más significativas posesiones, en su dormitorio. Yo solo puedo ausentarme de la oficina durante una hora, lo cual, tengo entendido, se ajusta también a su horario, de modo que, ¿podría sugerirle, señorita Matcham, que continuemos con esta tarea en el piso de arriba?

Violet vaciló.

Mortimer dirigió una mirada fugaz a los objetos que ya habían ordenado.

—En realidad, los únicos que me preocupan son los artículos de cierta importancia, no baratijas y recuerdos. De modo que, en vez de seguir molestándonos con este tipo de cosas, podríamos por lo menos localizar y reunir todo lo que está guardado en el piso de arriba. Será mucho más rápido —la miró—. ¿No le parece?

Violet no podía estar en desacuerdo y ella tenía tantas ganas de poner fin a aquella tarea, de marcharse para siempre de aquella casa, como, aparentemente, el propio Mortimer. De modo que, apretando los labios, porque aquello continuaba sin gustarle nada, asintió.

—Como usted diga.

Miró las cartas que conservaba todavía en la mano y desvió la mirada hacia las diferentes pilas que había en la mesa. Eligió la que le parecía más apropiada para dejarlas y se volvió después hacia Mortimer.

Él retrocedió un paso y, con un gesto un tanto pomposo, le hizo un gesto para invitarla a abandonar el cuarto de estar.

Reprimiendo el impulso de dirigirse hacia la puerta de la

calle, Violet encabezó la subida por las escaleras. Mientras se levantaba las faldas para comenzar a subir se dio cuenta de que se había dejado el retículo, el sombrero y los guantes en el cuarto de estar, pero decidió que estaban seguros allí. En menos de una hora, estaría fuera de aquella casa.

Pero, a medio camino, tuvo una premonición, poderosa y definitiva, que le provocó un escalofrío en la nuca y tensó sus pulmones.

Mortimer... Era muy extraño que se hubiera quedado tras ella, que hubiera decidido seguirla en vez de antecederla. Él siempre la había tratado como a una criada de alto nivel y, por lo tanto, ella debería seguirle, no ser él el que la siguiera.

Hasta ese momento.

Sus aturdidos sentidos se concentraron bruscamente en el hombre que caminaba tras ella.

La estaba siguiendo a dos peldaños de distancia.

Sus sentidos se aguzaron entonces bruscamente y registraron una alteración en sus pasos, no solo en el ritmo, sino también en su fuerza. Los pasos del pretencioso y consentido, pero, en realidad, insignificante burócrata del Ministerio de Exteriores se convirtieron en el eco de una seria, deliberada e intencionada amenaza.

Violet posó una mano en su cintura, alzó la barbilla y respiró hondo disimuladamente.

E intentó enfriar la cabeza.

Intentó pensar a través de lo que en aquel momento le gritaba la intuición. Y supo, sí, lo supo a pesar de que hasta entonces todo había indicado lo contrario, que tenía al asesino pisándole los talones.

Violet había disminuido el ritmo de sus pasos, pero se obligó a seguir subiendo con toda la firmeza de la que fue capaz.

¿Cómo salir de aquella situación? ¿Cómo escapar de Mortimer?

¿Cómo?

Llegó al final de la escalera y, moviéndose como una autómata, avanzó por la galería. La desesperación la paralizaba y se obligó a poner el cerebro en acción. Mortimer no era un hombre muy alto, pero era más alto que ella y bastante más pesado. Y era incuestionable que era más fuerte. Mientras caminaba con paso firme hacia la habitación de lady Halstead y, con toda probabilidad, hacia su propia muerte, recordó frenética todo lo que había en el dormitorio de su antigua señora, buscando algo, cualquier cosa, que pudiera darle alguna oportunidad.

Se detuvo delante de la puerta del dormitorio, volvió a tomar aire, abrió la puerta, entró y la dejó abierta. Se interrumpió, fingiendo estar considerando por dónde empezar, pero ya había tomado una decisión.

Reprimiéndose para no demostrar ningún miedo y, sobre todo, para ocultar sus sospechas, rodeó la cama y se dirigió hacia la mesilla que había apoyada en la pared, entre la cama y la chimenea.

—Sé que lady Halstead guardaba la correspondencia más reciente y de mayor importancia en esta mesilla. Y también otros objetos de valor.

Se obligó a apretar los labios. No podía divagar. Penelope no regresaría a Albemarle Street hasta después del mediodía. No recibiría el mensaje de Violet a tiempo de extrañarse y decidir salir a buscarla. No llegaría antes de que Mortimer la hubiera matado.

No tenía la más ligera duda de que era eso lo que pretendía. La había seguido hasta el dormitorio y todos sus movimientos, su conducta, eran muy diferentes a su habitual liviandad. Fijaba su oscura mirada sobre ella con gravedad. Su expresión era intensa. Y parecía haber descendido sobre él la calma de un depredador mientras ella, vigilándole por el rabillo del ojo, sacaba el primer cajón de la mesilla y comenzaba a vaciar su contenido.

Violet dejó las cartas, las notas, los lazos y las horquillas encima de la cama y fingió mantener la mirada fija en ellas mientras iba revisando cada uno de los objetos. Pero, por debajo de sus párpados entrecerrados, desviaba la mirada una y otra vez hacia Mortimer. Él no se movía.

No decía nada en absoluto.

Se limitaba a observarla.

Iban pasando los minutos.

Una vez revisado el primer grupo de objetos, Violet tomó aire y se volvió de nuevo hacia el cajón. Estaba buscando en su interior, sacando un nuevo puñado de recuerdos de lady Halstead, cuando advirtió un movimiento por el rabillo del ojo. Se concentró y vio que Mortimer se había colocado en el otro lado de la cama.

Ella se enderezó y se volvió para mirarle mientras él, con los ojos clavados en ella, levantaba una de las almohadas de la cama. Su expresión era firme: ya había tomado una decisión.

Con paso lento y decidido, comenzó a rodear la cama sin dejar de mirarla.

Violet reconoció la muerte en sus oscuros ojos, en su mirada fija y seria.

—¿Es así como la mató? ¿A su madre? ¿Con esa almohada...? —farfulló.

Él parpadeó mientras aminoraba el ritmo de sus pasos.

—Sí —vaciló un instante y añadió en un tono coloquial—: Fue sorprendentemente fácil.

Rodeó la esquina de la cama. Violet retrocedió un paso y se volvió para decir:

—¿Y a Runcorn? ¿También le mató a él?

Mortimer se detuvo, giró la almohada para poder sujetarla transversalmente y frunció el ceño.

—Por supuesto. En cuanto esa vieja bruja le ordenó que se encargara de organizar sus asuntos, supe que, antes o después, terminaría descubriendo que habían desaparecido las participaciones.

—Pero Tilly —mantenía la mirada fija en la de Mortimer. Si este seguía mirándola a los ojos, no se daría cuenta de lo que había tras ella. Cruzó las manos ante ella, retorciéndose los dedos y esperando estar proyectando una adecuada imagen de desamparo—. ¿Por qué mató a Tilly? Ella no suponía ninguna amenaza para usted.

—¡Ah, en eso se equivoca! Tilly me sorprendió cuando estaba revisando los certificados de mi madre, buscando alguno que pudiera servir a mis necesidades. Cuando surgiera la pregunta por el certificado desaparecido, algo que habría ocurrido en algún momento, Tilly se habría acordado, y yo no podía permitirlo.

Mortimer recorrió el rostro de Violet con la mirada y entrecerró los ojos. Ella contuvo la respiración y rezó para que no hubiera adivinado su plan.

Casi suspiró de alivio cuando él le preguntó:

—¿Tilly no se lo dijo? ¿No mencionó que me había visto rebuscando entre los papeles de mi madre?

Violet se obligó a negar con la cabeza.

—No, nunca lo mencionó.

Mortimer la miró durante largo rato, después, enarcó las cejas.

—Qué lástima que tenga que morir sin ninguna razón en especial.

Violet abrió los ojos como platos e intentó decir algo para disuadirle, pero él habló primero. Bajando el registro de su voz, dijo:

—Y, sin embargo, tiene que morir.

—¿Pero cómo va a explicarlo? —barbotó Violet.

Ni ella misma sabía por qué estaba tan desesperada por hacerle hablar. Sabía que nadie iba a acudir en su ayuda. Pero, cuanto más tiempo pudiera estar hablando con él, más retrasaría el trágico momento de tener que luchar por su vida.

—Su esposa sabe que estaba aquí con usted. ¿Cómo va a explicarle mi muerte?

La sonrisa que curvó los labios de Mortimer le heló la sangre.

—Muy sencillo. Ahora debería estar en una reunión en el Ministerio de Exteriores. Le diré que, de pronto, recordé esa reunión y, sabiendo que no tenía ningún motivo para desconfiar de usted, la dejé ordenando los objetos de mi madre durante el resto del tiempo que podía dedicarnos.

Violet retrocedió otro paso, sacudiendo la cabeza.

—Pero eso no explica mi muerte.

Mortimer miró fugazmente la ventana y el fondo de la habitación y se volvió hacia ella. Su sonrisa se tornó más fría.

—Tampoco eso podría ser más fácil. Pensarán que estaba

abrumada por la culpa, porque, por supuesto, fue usted la que, con la complicidad de su amante, robó el certificado y, cuando surgió la amenaza de que el robo saliera a la luz, permitió que él asesinara a la anciana dama, a Runcorn y a Tilly. Pero, al volver a remover las cosas de mi madre, aquí, en la habitación en la que la vio morir a manos de su amante, se sintió ahogada por el sentimiento de culpa —miró la almohada que tenía entre las manos y ensanchó la sonrisa—. Ahogada, literalmente. Y, después, por supuesto, hizo lo que haría cualquier respetable dama. Se tiró por la ventana. Los adoquines de la calle se asegurarán de que no se sepa que estaba inconsciente y de que se no se conserve ninguna huella de que se resistió antes de caer.

¡Qué canalla!

Violet le miró a los ojos y sacudió la cabeza.

—No funcionará. Hay muchas personas que me conocen demasiado bien. Y, de hecho, ahora mismo le están preguntando al conde de Corby cómo consiguió el certificado. En cuanto él le identifique, irán a por usted.

Mortimer parpadeó. Por un instante, el funcionario engreído y obsesionado por su estatus, por su posición social y profesional, afloró a la superficie, pero, casi de inmediato, volvió a ocultarse tras el más oscuro, temible y, seguramente, más auténtico rostro de un asesino.

—¡Montague! —se interrumpió y se encogió de hombros—. Me desharé después de él.

¿Qué?

—¡No! —ella no pretendía señalar a Heathcote—. Lo que quiero decir es, ¿por qué añadir otro asesinato a su lista?

Mortimer volvió a encogerse de hombros.

—¿Por qué no? Hasta el momento me ha resultado muy fácil ir deshaciéndome de todos de uno en uno —flexionó los dedos sobre la almohada—. Y, aunque nuestra conversación está siendo muy instructiva, me temo que mi reunión no puede esperar mucho más.

Alzó la almohada y fue a por Violet.

Violet dio media vuelta. Agarró el atizador que había en

la chimenea, se volvió con él y fue directa a por la cabeza de Mortimer.

Este advirtió el peligro justo a tiempo de amortiguar el golpe con la almohada.

Las plumas salieron volando. Mortimer soltó una maldición. Desesperada, Violet echó tiró el atizador hacia atrás y volvió atacar con él.

Tras tirar la almohada a un lado, Mortimer agarró el atizador con las dos manos, sujetándolo por el mango y tiró de él.

Violet se aferró a él, negándose a soltarlo, consciente de que moriría si lo hacía.

Mortimer blasfemó y volvió a tirar.

Cerrando los dedos alrededor del mango, Violet se agarró con fuerza a él y cambió de postura para no perder el equilibrio cuando Mortimer intentó arrebatarle el arma.

Él se detuvo, obviamente pensando en la mejor manera de quitársela. Pero, antes de que pudiera hacerlo, Violet le dio una patada en la rodilla.

Se oyó el retumbar de un trueno.

Maldiciendo, Mortimer se tambaleó, pero no soltó el atizador. Recuperó el equilibrio, se plantó sobre sus pies, cuadró los hombros y contorsionó las facciones con un sombrío gruñido mientras se tensaba para, de una vez por todas, arrebatarle el atizador.

El suelo tembló. Por el rabillo del ojo, Violet percibió que algo se movía al otro lado de la puerta. Oyó una maldición, y no era de Mortimer.

Concentrado por completo en ella, Mortimer no registró la intrusión. Apretó la barbilla, tiró violentamente del atizador y lo liberó de las manos de Violet.

Al instante, lo blandió sobre su cabeza con la clara intención de golpearla.

Con un rugido, Montague cruzó la habitación, golpeó a Mortimer en el hombro, empujándole y apartándole de Violet.

Mortimer y él acabaron en el suelo, peleando bajo la ventana.

Lanzando todo tipo de maldiciones, Mortimer luchaba por liberarse.

Montague no necesitaba hacerlo. Con la mandíbula apretada, impulsado por una potente mezcla de miedo y furia, dotado de una fuerza que ni siquiera sabía que poseía, agarró a Mortimer por las solapas y, tras retorcerle los brazos, golpeó la espalda y la cabeza de su oponente contra el suelo.

Se inclinó hacia Mortimer, se sentó a horcajadas sobre él, plantó una mano en su pecho y le retuvo en el suelo mientras se preparaba para levantarse y comprobar si Violet estaba bien.

Y fue el grito de Violet el que le salvó.

—¡Cuidado!

Giró justo a tiempo de ver el atizador dirigiéndose hacia su cabeza.

Agarró la barra de hierro con la mano izquierda y evitó el golpe. Apretó los dientes, echó la barra hacia atrás, levantó el puño derecho y golpeó la mandíbula de Mortimer.

Algo crujió. Sintiendo incluso el palpitar de su mano, Montague advirtió con un fogonazo de satisfacción salvaje que no eran sus huesos los que se habían roto.

Mortimer gimió y se desplomó con los ojos cerrados.

Montague retiró el atizador de la laxa mano de Mortimer y, muy despacio, vigilando para asegurarse de que Mortimer estaba de verdad inconsciente, se irguió y se levantó.

Se volvió hacia Violet, que corrió a sus brazos.

Él los cerró a su alrededor, sintiendo los brazos de Violet aferrándose a él con fuerza.

Montague dejó el atizador sobre la cama y la abrazó todavía más fuerte, apoyando la mejilla contra su pelo.

—Ha sido aterrador —le confesó—. Durante todo el camino desde Albemarle Street, solo podía pensar en ti, en el daño que podía hacerte. En que podía matarte. El carruaje no iba lo bastante rápido, así que he tenido que bajarme y salir corriendo... Pensaba que no iba a llegar a tiempo.

Montague advirtió la emoción que teñía sus palabras, oyó la inherente vulnerabilidad que expresaban, pero no le importó. Violet estaba en sus brazos, segura y a salvo, y eso era lo único que importaba.

Ella se tensó en sus brazos y se apartó lo suficiente como

para poder inclinarse hacia atrás y mirarle a la cara. Le miró a los ojos y su rostro, su sonrisa, fue todo lo que un caballero podía esperar. Radiante, jubilosa, Violet le sostenía la mirada con el amor brillando en sus ojos.

—Pero has llegado a tiempo y me has salvado —estudió sus ojos y suavizó la sonrisa—. En realidad, has hecho mucho más que eso. Me has transmitido tu fuerza y así he podido aguantar hasta que has aparecido.

Montague arqueó las cejas.

—¿De verdad?

Ella asintió.

—Cuando ha llegado el terrible momento en el que he tenido que enfrentarme a la posibilidad de morir… he descubierto que quería vivir… mucho. Quería vivir, estaba decidida a vivir por ti. Me has transmitido tu fuerza aunque no estuvieras aquí. Me has dado la voluntad y, por lo tanto, los medios para luchar, para resistir, aunque no sabía que alguien iba a acudir en mi ayuda. Pero has llegado tú.

Montague entrelazó los dedos con los suyos, se los llevó a los labios y le besó los nudillos.

—Has luchado, has aguantado, yo he llegado y he podido atrapar a nuestro asesino. Ahora podemos mirar hacia el futuro.

Violet y él habían acordado que hablarían cuando todo aquello hubiera terminado. Absorta en su mirada, sintió que había llegado ese momento. Llegaba hasta ellos ruido procedente de las escaleras, pero ninguno de ellos prestó atención a la que iba a ser una inminente interrupción. Heathcote recorrió el rosto de Violet con una mirada de pura adoración y, casi vacilante, inclinó la cabeza.

Violet se irguió y, bullendo de júbilo, le ofreció sus labios.

Él la besó y ella le besó en un intercambio indescriptiblemente dulce con el que reconocían que los dos estaban allí, unidos, habiendo superado el peligro, vivos, indemnes, preparados y dispuestos a seguir hacia delante de la mano.

Se habían encontrado el uno al otro, se habían salvado el uno al otro y valoraban, querían y deseaban al otro por encima de todo lo demás. Eso era lo que decía aquel sencillo beso.

Al cabo de un rato, Montague alzó la cabeza y le hizo posar a Violet los pies en el suelo.

Todavía presos de la sonrisa del otro, con los brazos entrelazados, se volvieron hacia la puerta y descubrieron a Stokes y a Barnaby esperando, ambos intentando disimular una sonrisa.

Envolviendo a Violet en su brazo, sin intentar siquiera disimular su orgullo, Montague señaló a Mortimer.

—He… —miró a Violet a los ojos y se corrigió—, hemos atrapado a nuestro asesino, señores.

Recuperando su habitual seriedad, Stokes avanzó hacia delante y bajó la mirada hacia Mortimer, que estaba empezando a retorcerse y a gemir.

—¿No era Maurice?

—No. Millhouse me envió una nota esta mañana —miró a Barnaby a través de la habitación—. Era cierto que Maurice pertenecía al mismo club que Corby, pero no hace falta ser miembro para jugar en el club, y mucho menos para perder con Corby.

Barnaby asintió, después, rodeó la cama para reunirse con ellos y dejó pasar a los dos enormes agentes que habían estado esperando a un lado de la puerta por petición de Stokes. Este continuaba mirando a un Mortimer semiinconsciente.

Dirigiéndole a Violet una sonrisa, Barnaby dijo:

—Y sospecho que sé por qué lo hizo, por qué alguien como Mortimer se sentó a jugar con un jugador con tan mala reputación como Corby. Acabo de estar hablando con mi padre y me ha comentado que Corby era uno de los pares que pertenecía a la junta de nombramiento del Ministerio de Exteriores a la que Mortimer tenía que presentarse dentro de una semana para conseguir el ascenso.

Montague miró a Mortimer, que seguía tumbado en el suelo a los pies de Stokes.

—¿Y entonces qué? ¿Qué pretendía, perder o ganar?

—A los ojos de Mortimer, sospecho que cualquiera de las dos cosas habría servido —musitó Barnaby. Al cabo de un momento continuó—: Todo esto, de principio a fin, tenía que ver con la necesidad de complacer a Corby para asegurar el ascenso de Mortimer.

Se hizo un silencio. Violet se estremeció.

—Casi me cuesta creer que alguien pueda tener tanta sangre fría y ser tan interesado.

Al percibir un movimiento en la puerta, se volvieron todos hacia allí y vieron a Penelope en el umbral. Esta analizó los elementos de la escena con una sola mirada, se volvió hacia ellos y arrugó la nariz.

—¡Maldita sea! Llego tarde —avanzó hacia ellos, señalando a su alrededor—. Es evidente que ya está todo solucionado y, por desgracia para mí, parece que lo tenéis todo controlado.

Barnaby soltó una carcajada. Le tendió la mano, ella la tomó y Barnaby entrelazó los dedos con los suyos para acercarla a él.

Penelope, se aferró a su brazo, pero su brillante y oscura mirada no dejó que la distrajeran, se desvió hacia el rostro de Violet y se posó después en Montague.

Esbozó entonces una sonrisa radiante y miró a su marido a los ojos.

—¡Y también está claro que todo ha salido a las mil maravillas!

Barnaby rio con suavidad. Violet y Montague compartieron una sonrisa. Y Penelope continuó mirándoles radiante y satisfecha.

Como era de esperar, cuando recuperó la consciencia, Mortimer no compartió la alegría de Penelope.

—¡Esto es una tontería! —bajó las escaleras con las manos esposadas y le empujaron para obligarle a sentarse en una silla mientras él refunfuñaba y resoplaba—. ¡Soy miembro del Ministerio de Exteriores! En este mismo momento, el Ministro en persona está presidiendo una reunión a la que se supone que debería asistir, y, en cambio…

Con las manos esposadas, señaló a Violet y a Montague, que, al igual que Penelope y Barnaby, habían seguido a Stokes y a sus hombres a la habitación con la única intención de ver lo que ocurría.

—Y, en cambio —casi escupió—, se me han echado encima

estos dos porque les he encontrado en el piso de arriba, revolviendo los papeles de mi madre. Sin duda alguna, intentando robar algo o, quizá, intentando esconder algo.

Stokes, que se había detenido en la cabecera de la mesa, miró a Mortimer con cierta curiosidad.

Como no decía nada, Mortimer se retorció, crispando sus facciones.

—¡Quíteme estas esposas! ¡Yo no he hecho nada malo! —señaló a Montague y a Violet con la cabeza—. ¡Han sido estos dos!

Stokes continuó observándole en silencio y después, en un tono ecuánime, preguntó:

—¿Cuántas mentiras está dispuesto a inventar?

Cuando Mortimer le fulminó con la mirada, Stokes le dirigió una sonrisa lobuna.

—No le conviene, Mortimer. Tenemos el testimonio de Corby que, unido a todo lo demás, a todas las pruebas que hemos ido acumulando, será más que suficiente para colgarle.

Mortimer continuaba beligerante y reacio a reconocer la verdad. Desvió la mirada del rostro de Stokes, pero miraba a un lado y a otro como si estuviera buscando la manera de excusarse, de convencerles de que no había cometido aquellos crímenes.

Stokes arqueó las cejas.

—¿No tiene nada más que decir?

Como Mortimer no respondió, ni siquiera con una mirada, se dirigió a sus agentes.

—Llévenselo a Scotland Yard. Díganle al secretario que se le imputan los asesinatos de lady Halstead, el señor Andrew Runcorn y la señorita Tilly Westcott. También el intento de asesinato de la señorita Violet Matcham y el robo de un certificado de participaciones de lady Halstead.

Miró a Mortimer, que había hundido los hombros y clavaba los ojos en el suelo, lanzando miradas furtivas a uno y otro lado.

—Yo me pasaré por allí para finalizar los cargos. Hasta entonces, métanle en una celda y déjenle allí hasta que el jefe diga lo que quiere hacer con él.

Ambos agentes se cuadraron ante Stokes.

—Sí señor.

Con expresión decidida, se acercaron a Mortimer.

Los demás permanecieron en un segundo plano mientras observaban cómo le levantaban y le sacaban de la casa de su madre.

Avanzaron todos tras ellos. Se detuvieron en el vestíbulo principal y, a través de la puerta abierta, siguieron observando a Mortimer mientras bajaba al camino de la entrada y cruzaba la puerta del jardín.

Cuando perdieron de vista a los agentes y a su detenido, Stokes se volvió hacia Violet, Montague y Barnaby y sonrió:

—Le tenemos. Ahora tendré que ir a formalizar los cargos, pero después —miró a su esposa y a sus amigos— creo que se impone una celebración, y por varios motivos.

CAPÍTULO 19

Todo el mundo estuvo de acuerdo con la sugerencia de Stokes y se hicieron planes para organizar una cena de celebración en Albemarle Street esa misma noche. Stokes y Barnaby regresaron a Scotland Yard para poner el broche final al caso, mientras Montague se llevaba a Violet y a Penelope a disfrutar de una comida, las acompañaba después a Albemarle Street y, desde allí, se dirigía a la City para comunicar la noticia a sus empleados.

Los intrépidos investigadores volvieron a reunirse en el salón de Penelope a las seis de la tarde. Oliver y Megan estuvieron presentes. Les colocaron en unas alfombras en el suelo para entretener y distraer a sus orgullosos padres mientras Penelope y Griselda exigían y recibían, gracias a Violet y a Montague, un informe completo de todo lo que había pasado a lo largo del día.

Al igual que Penelope, Griselda estaba decepcionada por no haber sido testigo de la espectacular culminación de su investigación. Aunque Penelope había conseguido recomponer casi todo lo ocurrido a partir de los comentarios que habían ido dejando caer los demás, deseaba oír la secuencia de los acontecimientos debidamente relatada por las dos personas que los habían vivido en primera persona. Las dos amigas se sentaron juntas en el sofá e interrogaron a Violet y a Montague, sonsacándoles hasta el último detalle de su emocionante, aterrador y, al final, maravilloso y exitoso día.

Sentados en el otro sofá, incapaces de dejar de sonreír, Montague y Violet soportaron aquel inquisitivo interrogatorio con indulgente alegría.

Cuando llegaron al final del emocionante relato, Griselda frunció el ceño.

—¿Creéis que la señora Halstead es… cómplice de Mortimer? ¿Estaba al tanto de las actividades de su marido? ¿Creéis que le apoyaba?

Stokes alzó la mirada de los bloques que estaba apilando para Megan.

—No creo. Sufrió un fuerte impacto cuando le informamos de que su marido estaba detenido, y no parecía estar fingiendo.

—De hecho, estuvo a punto de desmayarse cuando se dio cuenta del papel que había jugado de manera inconsciente, como ella misma reconoció, en la repugnante estrategia de Mortimer para persuadir a Violet de que fuera a la casa de Lowndes Street —Barnaby alzó la mirada un instante de la disputa que estaba manteniendo con Oliver por un sonajero—. Estoy de acuerdo con Stokes. Estaba horrorizada, y no parecía estar fingiendo.

—Y hay que reconocer que, en cuanto asimiló lo que había pasado, en lo primero en lo que pensó fue en sus hijos, en cómo podía afectar a su futuro la desgracia de su padre —Stokes sonrió cuando, dando un golpecito con su manita, Megan derribó la torre que él había construido, haciéndola caer sobre la alfombra.

Rebotando sobre su regordete trasero y con los ojos brillantes, la niña rio y palmoteó. Después, gateó hasta uno de los bloques y lo agarró.

Stokes miró a los demás.

—Y, por si todavía hubiera quedado alguna duda sobre la identidad del asesino, al registrar el vestidor de Mortimer hemos descubierto una llave de la puerta lateral de Lowndes Street. Al parecer, se hizo hace años, de modo que Mortimer ha estado contemplando la posibilidad de robar a su madre al menos durante todo ese tiempo.

—Yo hoy me he fijado en que las llaves que él, o, mejor dicho, la señora Halstead ha utilizado para entrar en la casa eran las que yo tenía —señaló Violet.

Stokes asintió.

—Exacto. Y no hemos encontrado ninguna otra llave de la casa, salvo la de la puerta lateral. La tenía bien escondida para poder entrar y salir de la casa. Pero, para terminar de rematarlo todo —la sonrisa de Stokes resplandecía de satisfacción— el cordón que utilizó para estrangular a Runcorn era el de una de las cortinas de su vestidor.

Barnaby soltó un bufido burlón.

—Aunque cueste creerlo, organizó una serie de reuniones simultáneas en el Ministerio de Exteriores para que así un grupo pensara que estaba en la otra reunión y viceversa. Después, les dijo a sus empleados que había sido convocado por algún embajador y que tenía que estar fuera durante una hora.

Stokes dejó escapar una risa sombría.

—Ha estado tan ocupado organizándolo todo que no podrá alegar locura transitoria.

—¿Le ahorcarán? —preguntó Violet. Cuando Stokes la miró, ella le aclaró—: No suelo estar tan sedienta de sangre, pero este hombre ha acabado con tres vidas.

Stokes se limitó a asentir. Después, la miró a los ojos.

—Le colgarán.

—Casi me da miedo preguntarlo —preguntó Penelope—, ¿pero cómo han reaccionado el resto de los hijos de lady Halstead al conocer la noticia?

—A toda velocidad —respondió Barnaby con marcado cinismo—. Como era de prever, se han mostrado horrorizados y han roto toda clase de vínculo con él. Han puesto distancia a la mayor velocidad posible.

Penelope fingió estremecerse.

—¡Qué hijos tan terribles! Son la antítesis de lo que debería ser una familia.

Barnaby arqueó las cejas.

—La verdad es que no me sorprendería que este incidente sirviera para unirlos. Maurice y William estaban muy impactados y Cynthia parecía conmovida. Y estando ella y los Camberly ya tan afectados por el impacto de la desgracia de Walter… Bueno —al cabo de un momento, se encogió de hombros—, tengo la impresión de que el impacto de lo ocurrido en esta ocasión podría haberles removido lo suficiente como para ayudarles a madurar. Lo suficiente como para hacerles darse cuenta de que para sobrevivir necesitan aunar esfuerzos y dejar de tirar cada uno para un lado.

Al cabo de unos segundos de silencio, Griselda dijo:

—Espero que así sea, por el bien de sus hijos.

Los gorjeos y el sonido de unos bloques al aterrizar en el suelo desviaron la atención de todo el mundo. Durante los siguientes minutos, se dedicaron a contemplar las proezas de un par de bebés rodando y jugando en la alfombra.

Montague observó a Violet que, riendo suavemente y con una expresión de aliento iluminando su rostro, se inclinaba para tomar las manitas de Megan y ayudaba a la pequeña, que había gateado hasta sus pies y estaba sujetándose con las manitas a su falda, a incorporarse por completo sobre sus pies diminutos.

Megan se balanceó hacia delante y hacia atrás y, con uno de sus característicos y alegres gorjeos, se dejó caer de nuevo, sacudiendo las manos y palmoteando después encantada.

Tumbado boca abajo, Oliver la observaba con los ojos rebosantes de asombro y curiosidad.

Sonriendo, Violet se recostó en el sofá. Sintió sobre ella la mirada de Heathcote, se volvió y le descubrió mirándola con una expresión arrebatada y curiosa muy parecida a la de Oliver.

Tardó solo un instante en darse cuenta de lo que estaba pensando, imaginando. Se sonrojó, pero no desvió la mirada. Al contrario, siguiendo el curso de sus pensamientos, le sostuvo la mirada y, sin dejar de sonreír, alargó la mano y presionó con delicadeza la suya.

El mensaje, y estaba segura de que él lo había comprendido, era sencillo. Tenían muchas cosas de las que hablar, y por fin podían hacerlo.

Mostyn eligió aquel momento para entrar y anunciar que la cena estaba servida. Hettie y Gloria le siguieron de cerca para llevarse a los niños que tenían a su cargo y a acostarles.

Los seis leales investigadores se levantaron, cada uno agarrado a su pareja, y se dirigieron al salón para disfrutar de aquella cena de celebración.

La cocinera de Penelope había sido informada de la noticia y había respondido como correspondía; el banquete era delicioso y festivo. La conversación derivó hacia temas más generales que abarcaron desde la política y la policía hasta los progresos de las siete jóvenes a las que habían rescatado o las últimas novedades relacionadas con sus familias y sus hijos.

Y hablaron del futuro, de un futuro cimentado sobre todo aquello que ya poseían.

Cuando llegaron al postre, Barnaby hizo tintinear su copa con una cucharilla.

Al oírle, los demás se volvieron hacia él.

—Quiero hacer un brindis y una sugerencia —explicó, alzando su copa de vino—. Primero el brindis.

Alzó la copa unos centímetros más y recorrió con la mirada los rostros de sus amigos mientras estos le imitaban.

—Por nosotros, por los seis. Juntos hemos conseguido llevar a un triple asesino ante la justicia y hemos vengado la muerte de tres inocentes, así que, ¡por nosotros!

—¡Por nosotros! —todo el mundo repitió la fórmula y bebieron.

—Y ahora —dijo Barnaby, bajando su copa— quiero hacer una sugerencia —miró a Montague, que estaba sentado a su derecha—. A lo largo de estos últimos años durante los que he sido asesor de Scotland Yard, Stokes y yo nos hemos enfrentado a casos relacionados, al menos en parte, con asuntos financieros. En algunos, hemos contado con ayuda, mientras que, en otros, hemos conseguidos salir del paso nosotros solos. Sin embargo, cada vez es más frecuente que los casos en los que Stokes requiere ayuda sean también casos vinculados a... —hizo un gesto.

—¿Instrumentos financieros de una u otra clase? —terminó Montague por él.

Barnaby inclinó la cabeza.

—Exacto. Los delitos cometidos en las esferas más altas de la alta sociedad normalmente están relacionados con el dinero y, en esos círculos, es raro que el dinero se esconda debajo de la cama.

—O en una caja encima de un armario —añadió Stokes con ironía. Cuando los demás se echaron a reír, miró a Montague a los ojos—. Lo que creo que está intentando decirte mi amigo y colega es que nosotros, tanto él como yo, nos sentiríamos muy honrados si estuvieras dispuesto a sumarte a nuestro equipo para resolver cualquier caso de ese tipo que pudiera surgirnos.

Montague desvió la mirada de Stokes a Barnaby. Miró después a Violet, que estaba sentada frente a él, y asintió. Volvió a mirar a Barnaby e inclinó la cabeza con un gesto más formal.

—Soy yo el que se sentiría honrado de poder sumarme a la labor de unos caballeros como vosotros.

—En la búsqueda de la justicia —Violet alzó la copa—. ¡Por nuestros tres campeones de la justicia!

Penelope y Griselda levantaron al instante sus copas.

—¡Eso es! ¡Por nuestros campeones!

Barnaby bajó la mirada y sonrió.

—Ocurre que esta es solo la mitad de mi sugerencia. La otra mitad —miró a Violet, que estaba sentada a la derecha de Penelope—, era alabar la contribución de Violet a la investigación, sobre todo a la hora de analizar las personalidades de las personas relacionadas con el caso. Y quisiera preguntarle, si se me permite, si pretende continuar siendo la secretaria de Penelope.

Violet parpadeó y miró a Penelope.

Esta alargó la mano hacia la de Violet.

—¡Ay, por favor, di que sí! —la expresión de Penelope contenía un punto de incipiente desesperación—. Solo Dios sabe todo lo que habría podido llegar a olvidarme estos días sin ella. Así que confío en que continúes haciéndote cargo de esas cosas, y lo necesito.

Violet sonrió, posó la otra mano sobre la de Penelope y se la apretó ligeramente.

—En ese caso, por supuesto que continuaré en el puesto. Estaré encantada de trabajar contigo.

—¡Excelente! —Penelope sonrió radiante y miró a su marido a través de la mesa—. ¿Por qué querías saberlo?

—Porque —dijo Barnaby— quería sugerir que, para apoyar tu reincorporación y la de Griselda a la investigación activa, la particular experiencia de Violet podría aportar una nueva dimensión a nuestro equipo.

—¡Por supuesto! —Griselda le dirigió a Barnaby una mirada cargada de aprobación—. ¡Qué inteligente por tu parte, querido Barnaby! —se inclinó hacia delante para dirigirse a Penelope y a Violet—. Estoy de acuerdo, Violet. Si te unes a nosotras, tendremos una base excelente para comprender a todas las víctimas y los delincuentes con los que nos encontremos —hizo un gesto con la mano—. Penelope lo sabe todo sobre los aristócratas y yo sobre la clase media y la clase trabajadora, pero ni ella ni yo tenemos mucha información sobre las capas sociales intermedias entre ambas esferas.

—La alta burguesía —Penelope asintió con entusiasmo—, claro que sí —miró a Violet a los ojos—. Vuelve a decir que sí, Violet. Agradeceríamos sinceramente poder contar con tu aportación en nuestras investigaciones.

La sonrisa de Violet se hizo más intensa. Miró a Barnaby, a Griselda y a Penelope.

—Siendo tu secretaria, tampoco me imaginaba estando todo el día sentada en el salón, escribiendo cartas. Daba por sentado que me sumaría a vosotras. De hecho, no estoy segura de que pudierais mantenerme al margen aunque quisierais.

—¡Maravilloso!

Penelope sonrió radiante alrededor de la mesa, encontrándose con la mirada azul de Barnaby y permitiéndose mostrar su admiración por su sugerencia. Incorporar a Violet a su equipo era la mejor manera de ayudarlas a mantener aquel equilibrio que todavía estaban intentando ajustar, buscando la mejor manera de colocar cada cosa en su lugar para así poder abordar el futuro con confianza.

Se reclinó en su asiento y rodeó la mesa con la mirada mientras Violet y Griselda comenzaban a hablar de sombreros y Stokes, Barnaby y Montague intercambiaban opiniones sobre los últimos escándalos de la política. Sintiendo una satisfacción y una felicidad desbordantes, alzó su copa. Aquello llamó la atención de todos sus amigos, que se volvieron hacia ella con expresión interrogante al tiempo que alargaban las manos hacia sus respectivas copas.

—Yo también quiero hacer un brindis —alzó su copa—. ¡Por nuestro equipo de investigación! ¡Por nuestro brillante futuro!

—¡Por nuestro futuro! —repitieron los demás con fuerza y sinceridad.

Penelope miró a Barnaby a los ojos, inclinó su copa hacia él y bebió.

Abandonaron la mesa para dirigirse al salón, donde estuvieron hablando durante algún tiempo. A pesar de sus diferencias sociales, soportaban cargas similares y compartían las mismas aspiraciones, los mismos sueños, no solo para ellos y para sus familias, sino para toda la sociedad.

Al cabo de un rato, Stokes alzó la cabeza y escuchó con atención.

—Por fin está lloviendo.

Las nubes habían ido acumulándose a lo largo de la tarde y, a juzgar por el tintineo de los cristales y el gorgoteo de los desagües, por fin habían decidido descargar su contenido sobre la ciudad. Stokes miró a Griselda y sonrió, reflejando en su mirada su cariño... y mucho más.

—Será mejor que nos vayamos antes de que empeore el tráfico, amor mío.

Griselda miró hacia el reloj de la chimenea.

—¡Dios mío, sí! ¡Mira qué hora es!

Diez minutos después, Violet estaba junto a Heathcote, Penelope y Barnaby frente a la puerta principal, riendo, despidiendo a Stokes y a Griselda con la mano y haciéndoles sugerencias amables mientras ellos, con Megan bien abrigada y abrazada a Griselda y Hettie siguiéndolas de cerca, eran escoltados por Mostyn y dos lacayos. Estos últimos les acompañaron sosteniendo enormes paraguas hasta su carruaje, que estaba esperando en la acera. La lluvia caía con fuerza, las gotas resplandecían en el haz de luz de las farolas y repiqueteaban en el suelo.

Montague respiró hondo.

—Mañana la City estará por fin limpia.

Una repentina ráfaga de lluvia les obligó a retroceder al interior del vestíbulo.

Cerrando la puerta casi del todo, Barnaby se volvió hacia Montague.

—He enviado a uno de los criados a Piccadilly a buscar un taxi. No puedes salir con esta lluvia y terminar pillando un resfriado.

—O terminar ahogándote —Penelope agarró a Montague del brazo, se puso de puntillas y le plantó un beso en la mejilla—. Gracias por salvar a mi secretaria. Lleva muy poco tiempo conmigo, pero no sé qué haría sin ella.

—Mejor dicho —la corrigió Barnaby—, lo sabes, y es eso lo que hace que estés tan decidida a mantenerla —sonrió y tomó las manos de Violet entre las suyas—. Si me permites —se inclinó y le dio un beso en la mejilla.

La soltó después, tomó la mano de su esposa y retrocedió mientras inclinaba la cabeza hacia Violet y Montague.

—Buenas noches a los dos.

—Buenas noches —permitiendo que Barnaby la arrastrara hacia las escaleras, Penelope le envió un beso a Violet—. Mañana nos pondremos al tanto de todo, querida Violet.

Violet les observó desaparecer por las escaleras. Cuando se volvió hacia Montague, los dos lacayos estaban cruzando la puerta principal para adentrarse en el vestíbulo.

Uno de ellos inclinó la cabeza mirando a Montague.

—El señor Mostyn dice que el taxi llegará en solo unos minutos.

—Gracias.

Montague esperó a que hubieran cruzado las puertas abatibles que había al final del vestíbulo, se volvió hacia Violet, le tomó las manos, manos que ella le ofreció presta, y contempló su rostro.

Aquel rostro que adoraba.

Ella alzó la mirada hacia él. Las mismas esperanzas y expectativas que henchían el pecho de Montague brillaban en los adorables ojos de Violet.

Sonrió con delicadeza, le levantó la mano y rozó sus dedos con los labios.

—Tenemos muchas cosas de las que hablar —buscó sus ojos—. Muchas cosas que decidir.

Respiró hondo y puso cara de ligero disgusto al oír que el tamborileo de la lluvia se hacía más fuerte, como si pretendiera recordarle que tenía que marcharse. Suspiró.

—Por desgracia, está claro que estos no son ni el momento ni el lugar adecuados para ello —vaciló un instante—. Si estás de acuerdo, me gustaría venir a verte mañana. Hay algo que me gustaría traerte. Que quiero enseñarte.

La sonrisa de Violet fue todo delicada comprensión.

—Por supuesto. Aquí estaré, esperándote. ¿A qué hora vendrás?

Montague profundizó su sonrisa.

—Te contestaría que lo antes posible, ¿pero qué te parece a las diez? Por lo menos, parece una hora más civilizada.

La sonrisa de Violet dio paso a una suave carcajada.

—Querido Heathcote, a las diez me parece perfecto —le sostuvo la mirada y dijo con voz serena—: Estaría dispuesta a esperarte toda una eternidad, pero preferiría no tener que hacerlo. He estado esperándote durante toda mi vida, y ahora que por fin te tengo aquí...

Él asintió y le dio un beso más apasionado en la otra mano.

—Es cierto, ahora estamos aquí y los dos queremos mirar hacia el futuro.

En medio de un golpe de viento y una ráfaga de lluvia, Mostyn se volvió hacia la puerta.

—Ha llegado su carruaje, señor.

—Gracias, Mostyn.

Le soltó las manos y tomó su sombrero de un perchero cercano. Con los ojos todavía fijos en ella, inclinó la cabeza y se obligó a dirigirse hacia la puerta. Se puso el sombrero y salió a grandes zancadas hacia la noche y la lluvia.

Solo, pero no por mucho tiempo.

Una vez se desplomó en el oscuro interior del taxi, Montague sintió satisfechas todas sus expectativas, y se descubrió sonriendo.

Griselda dejó a Megan en la cuna y después se enderezó, bajó la mirada hacia su querubín dormido y sonrió.

De pie, al lado de su esposa, Stokes inclino la cabeza, la miró y, mientras saboreaba la cualidad maternal de aquella sonrisa, sintió que algo se asentaba y se relajaba también en su interior. Al cabo de un momento de vacilación, decidió arriesgarse y preguntó:

—¿Estás satisfecha con todo esto, verdad?

Con una ligera sorpresa en el rostro, Griselda le miró, estudió a su marido y curvó de nuevo sus labios con una sonrisa tranquilizadora y serena.

—¿Te refieres a lo de ser madre, sombrerera, llevar esta casa, ser la amiga de Penelope, y ahora también de Violet, ser investigadora y al esfuerzo que hago para armonizar todas esas facetas? —posó la mano en el brazo de su marido, conduciéndole desde el cuarto de la niña hasta su dormitorio.

Él asintió.

—Sí... a eso. A todo eso.

Griselda buscó su mano, la entrelazó con la suya y le hizo entrar en el dormitorio. Se detuvo para cerrar la puerta y se entregó a sus brazos.

—Sí —le miró a los ojos—. Estoy satisfecha. No es fácil y, probablemente, nunca lo será, pero la recompensa merece la pena.

Él inclinó la cabeza, buscando sus ojos. Una coqueta sonrisa iluminó el semblante de Griselda.

—No te has dado cuenta, pero me he dejado algo.

—¿Ah, sí? —a él le había parecido una lista bastante completa. Posó la mano en su cintura mientras recordaba sus palabras, pero no fue capaz de identificarlo—. ¿El qué?

La risa tórrida de Griselda le caló hasta los huesos mientras ella, estirándose, le rodeaba el cuello con los brazos y sonreía con la indulgencia típica de una esposa.

—He omitido lo mejor de todo, aquello que hace que lo demás merezca la pena. Y no lo he omitido porque valga menos que lo demás, sino porque es más, porque es el cimiento que sustenta todas las otras facetas de mi vida.

Algo tembló dentro de él mientras leía la verdad en sus ojos, pero necesitaba oírselo a ella. Necesitaba oír aquellas palabras saliendo de sus labios.

—¿Y ese algo es?

La sonrisa de Griselda se tornó radiante.

—Ser tu esposa.

Le hizo bajar la cabeza, acercó sus labios a los suyos y le besó. Stokes tensó los brazos a su alrededor, acercándola a él.

Y decidió que, al final, todo estaba y todo seguiría estando muy bien.

Tras ir a comprobar cómo se encontraba Oliver y retirarse después a su habitación, Penelope y Barnaby pasaron la hora siguiente celebrando lo ocurrido a su propia e íntima manera.

Agotada, con el pecho todavía elevándose y bajando de forma acusada mientras recuperaba el ritmo normal de la respiración y el pelo en un enmarañado desorden, Penelope permanecía tumbada de espaldas, con la mirada fija en los rayos de luna que iluminaban de vez en cuando el techo. Barnaby estaba a su lado, exhausto y tumbado boca abajo con el rostro medio enterrado en la almohada y el brazo apoyado en su cintura.

Su respiración era más agitada incluso que la de su esposa, y no era sorprendente, teniendo en cuenta su reciente actividad.

La lluvia por fin había cesado, pero la sensación de que en la calle todo estaba limpio y renovado permanecía. La llegada de un nuevo día encerraba infinitas promesas.

Penelope exhaló un suspiro que exudaba felicidad.

—Me alegro mucho de no haber desaprovechado esta oportunidad, de habernos enfrentado al desafío en vez de dejarlo pasar. Hemos conseguido encontrar la manera de llegar hasta aquí, de ayudarme a encontrar el equilibrio. Y, si lo hemos hecho una vez, podremos volver a hacerlo, pase lo que pase. Iremos adaptándonos, buscando nuevos caminos, y seguiremos adelante. Juntos.

Y en eso, sentía, debía conceder el mérito a quien se lo merecía.

—No soy capaz de expresar con palabras lo orgullosa que estoy de ti, y de Stokes. Los dos habéis superado el desafío con creces. Habéis asimilado los cambios y os habéis adaptado a ellos cuando ha sido necesario.

Barnaby se movió en la cama y soltó un bufido burlón que quedó amortiguado por la almohada. Alzó ligeramente la cabeza y dijo:

—Si a estas alturas todavía no sabes que sería capaz de alterar las revoluciones de la luna sobre la tierra para hacer que seas feliz, que te sientas todo lo comprometida, entusiasmada y dispuesta a enfrentar desafíos que necesitas sentirte, es que necesitas cambiar de gafas.

Penelope soltó una carcajada. Se volvió hacia Barnaby, acarició su costado desnudo y, cuando él se tumbó de espaldas y estiró el brazo, se acurrucó contra él, apoyando la cabeza allí donde más le gustaba, en el hueco de su hombro. Relajándose mientras la envolvía con el brazo, le besó el pecho.

—Sí, lo sé, pero, para ser justa, debería admitir que no tienes, ni tendrás, que tomarte la molestia de interferir en los cuerpos celestes. Me basta con que estés a mi lado como lo has estado en esta ocasión. Solo necesitas ser tú.

Barnaby alzó la mano que su mujer había posado en su pecho y le besó la palma antes de posarla de nuevo su corazón.

—Eso sé cómo hacerlo —susurró.

Al cabo de un segundo, ella contestó.

—Yo te amo.

Con los ojos cerrados, Barnaby pensó que podría vivir con ello.

Eternamente.

A la mañana siguiente, Montague llegó a Albemarle Street a las diez en punto. Dejó al taxi esperando y, nervioso, subió los escalones de la puerta principal. Estaba alzando la mano hacia el llamador cuando la puerta se abrió.

Mostyn le dirigió una sonrisa.
—Estaba pendiente de su llegada.
El mayordomo retrocedió y apareció Violet.
Miró a Montague a los ojos y le hizo un gesto a Mostyn sin apartar los ojos de los de Montague.
—Gracias, Mostyn. No sé a qué hora volveremos.
Ante la luz de su sonrisa y la luminosidad de sus palabras, Montague se sintió como un héroe victorioso. Le ofreció el brazo y la alabó:
—Estás adorable —para él, estaba radiante.
Ella profundizó la sonrisa.
—Gracias. Tengo que admitir que he dormido muy bien.
Guiándola escalera bajo, Montague contestó en un tono más seco:
—No tener la amenaza de un asesino sobre tu cabeza debe de haber supuesto un gran alivio.
Violet le dirigió una mirada fugaz. Después, sonriendo, permitió que la ayudara a subir al carruaje. Él la siguió, cerró la puerta y se sentó a su lado. Cuando el vehículo se puso en movimiento, ella tomó su mano y entrelazó los dedos con los suyos.
—Si quieres saber la verdad, no ha sido el alivio de saber que habían atrapado al asesino lo que me ha ayudado a dormir. Ha sido la felicidad, pura y simple, de saber lo que iba a ofrecerme el día —volvió la cabeza y le miró a los ojos—. Me sentía como una niña esperando la mañana de Navidad.
Sus palabras le reconfortaron. Le presionó ligeramente los dedos y dijo con voz queda:
—Espero que lo que vamos a ver esté a la altura de tus expectativas.
Ella le apretó la mano, devolviéndole la presión.
—Confía en mí, lo hará —al cabo de un momento, le preguntó—: Dime, ¿tú naciste en Londres?
Mientras rodaban por la ciudad, él le habló de su pasado, de lo unido que había estado a sus padres a pesar de que habían tenido que esperar durante años a que él naciera, de la evolución de su negocio desde los servicios más conservadores que

ofrecía su padre hasta las actividades más variadas que en aquel momento llevaba a cabo.

—Yo era el hijo en Montague & Son. Como siempre me fascinaron el dinero y los números, comencé a trabajar con mi padre a los quince años. Con el tiempo, mi padre fue retirándose del negocio y fue pasándome de forma gradual sus clientes —miró a Violet—. Para cuando murió, yo ya era, de hecho, el director. Llevaba años siéndolo —se encogió de hombros y miró hacia delante—. Algunos podrían decir que me resultó fácil alcanzar mi posición, que es algo que me vino dado y, en cierto modo, es cierto.

Violet sacudió la cabeza sonriendo.

—No, es posible que te dieran la oportunidad, pero lo que hiciste con ella, eso fue cosa tuya —le miró a los ojos—. Lo que eres ahora, tanto a nivel profesional como humano, te lo debes a ti.

Le pareció verle sonrojarse, pero Montague desvió la mirada.

—¿Y tú? —le preguntó, y volvió a mirarla—. ¿Eres londinense o…?

—No. Nací en Caversham, justo al norte de Reading. Mi padre era el vicario de Voodborough y allí estuvo viviendo hasta su muerte. Mi madre había muerto unos años antes, así que me encontré sola —el carruaje dobló una esquina y ella miró a Montague durante un instante a los ojos—. Tuve la suerte de encontrar trabajo con lady Ogilvie en Bath y, cuando ella murió, vine a Londres para ocupar el puesto de dama de compañía de lady Halstead. Era conocida de lady Ogilvie.

Miró hacia delante, pero Montague mantuvo la mirada fija en su rostro.

—Eras feliz con lady Halstead.

Era una aseveración, no una pregunta, pero, tras un instante de silencio, ella contestó:

—No, «feliz» no es la palabra. Ahora que sé lo que significa, sé que no he sido feliz en mucho tiempo —curvó los labios y le miró—. Pero estaba contenta, satisfecha con lo que tenía. No puedo quejarme de lo que he vivido durante todos estos años. Al igual que tú, podría decir que todo me resultó muy fácil.

Él le devolvió su propia consideración.

—Pero, en realidad, la vida es lo que somos capaces de hacer con las oportunidades que aparecen en el camino.

El carruaje aminoró la marcha y ambos se asomaron a la ventanilla. Apareció ante ellos la familiar fachada que incluía la estrecha puerta que conducía a la oficina de Heathcote. El cochero obligó a detenerse a los caballos.

Violet parpadeó con extrañeza. Miró a su alrededor mientras Heathcote la ayudaba a bajar.

Montague pagó al taxista y después, agarrando a Violet del codo, la condujo a través de la estrecha acera hacia la puerta pintada de verde con una ventanilla con las palabras *Montague & Son. Asesores Fiscales* en letras doradas. Montague metió la mano en el bolsillo y sacó las llaves. Mientras buscaba la llave que encajaba en la cerradura, advirtió que Violet miraba con curiosidad a su alrededor.

—Es viernes —le explicó él, señalando con la cabeza el bullicio habitual de la zona—. En esta parte de la ciudad, eso significa actividad extra porque todo el mundo anda con prisas para completar las transacciones financieras de la semana. Aunque la mayor parte de los bancos abren los sábados, los principales bancos de divisas están cerrados.

—¡Ah! —asintió y se volvió hacia él—. La verdad es que en las otras ocasiones en las que he venido no he prestado mucha atención. Estaba demasiado pendiente de los acontecimientos —se volvió hacia la puerta mientras él la abría del todo y se fijó entonces en el pequeño cartel de *Cerrado* que había en la parte inferior de la ventana—. Como tú mismo has dicho, es viernes, pero parece que tu oficina no está ni abierta ni ocupada —arqueó una ceja y entró.

Él la siguió, cerró la puerta y volvió a echar la llave antes de mirarla.

—Para celebrar el éxito que hemos tenido en la investigación, les di a mis empleados el día libre. El cielo sabe que se lo han ganado. Todos han contribuido de una u otra forma.

Ella le sonrió, se volvió y comenzó a subir las escaleras.

—Es un gesto muy amable.

—Quizá —respondió él mientras la seguía—, pero también lo necesitaba.

Cuando ella se volvió intrigada, le aclaró:

—Ya te dije ayer que quería enseñarte algo.

Al llegar al primer piso, Violet se detuvo ante la puerta de la oficina y le dirigió una mirada interrogante. Él se unió a ella, sacudió la cabeza y le hizo un gesto para que continuara hasta el segundo piso.

—Mi apartamento está un piso más arriba.

La expresión de Violet se aclaró al recordar lo que le había dicho el día anterior. Miró fascinada en su dirección y siguió avanzando con entusiasmo.

—Mis padres tenían una casa al norte de Finsbury Square. Cuando murieron, vendí su casa y compré este edificio, no solo la oficina, sino el bloque entero. Me pareció una inversión sensata. Alquilo el espacio que no ocupan ni la oficina —miró hacia delante— ni el piso de arriba.

Se reunió con ella en el descansillo que había ante la puerta de su casa, seleccionó la llave y la metió en la cerradura. Posó la mano en el llamador de bronce y miró a Violet a los ojos.

—Es aquí donde vivo, donde he vivido desde hace diez años.

Abrió la puerta y observó a Violet mientras esta miraba el pequeño vestíbulo. Cuando ella entró, Montague la siguió y cerró la gruesa puerta de madera tras él.

Violet tomó nota de la sencillez, la sobriedad y la alta calidad de los acabados y no tardó en reconocer la profunda solidez de Heathcote Montague reflejada en su casa. Le miró y preguntó:

—¿Vives aquí solo?

—Con una pareja, la señora Trewick, que se ocupa de la casa y de la cocina, y Trewick, que se encarga de las obligaciones de un sirviente en general. Viven en habitaciones separadas al lado de la cocina.

Tras cruzar el arco de lo que parecía ser un espacioso cuarto de estar, Violet asintió. Se interrumpió para fijarse en el mobiliario y orientarse. Después preguntó:

—¿Están en casa…? Me refiero a los Trewick.

Heathcote dejó su sombrero en el perchero y la miró con cierta inseguridad.

—Eh… no. También les he dado el día libre.

Violet dejó que todo lo que sentía en su interior se volcara en su sonrisa. Encantada, se volvió hacia él y le miró a los ojos.

—Estupendo.

Asomó un leve alivio al rostro de Montague mientras se acercaba a ella.

—Tenía la esperanza de que no te pareciera demasiado...

Violet avanzó hacia sus brazos y posó la mano en sus labios para interrumpirle.

—No es demasiado nada —atrapó su mirada, buscando en la profundidades de sus ojos castaños—. Necesitamos tiempo para hablar, para decidir... lo único que has hecho es asegurarte de que tengamos la intimidad que necesitamos para hacerlo. Y por eso... —mientras apartaba la mano, bajó la mirada hacia sus labios— solo puedo alegrarme.

Era un acto atrevido, quizá, pero consideraba que ya habían traspasado los límites de las convenciones sociales. Las barreras de la corrección ya no podían aplicarse. Allí, en aquel momento, solo estaban ellos, un hombre y una mujer, un caballero y una dama. En la intimidad de aquel espacio, solo quedaba lo que había entre ellos.

Y, al parecer, Montague estaba de acuerdo. Porque apenas tuvo oportunidad de empezar a besarle cuando él ya estaba devolviéndole el beso.

Cerró los brazos a su alrededor y la atrajo hacia él sin vacilar, con decisión. El calor, la seguridad, el reconfortante refugio de sus músculos y sus huesos y, más aún, su propia reacción, le indicaron dónde estaba. Para ella, aquel hombre representaba la seguridad, la confianza, era un puerto seguro en medio de cualquier tormenta, y mucho más. Con él podría ser la mujer que quería ser.

Era una oportunidad.

E iba a aprovecharla. Se presionó contra él sin vacilar, hundiéndose en su abrazo. Deslizó los brazos por sus hombros, cerró las manos alrededor de su cuello y le atrajo hacia ella. Cuando Montague tomo sus labios, ella los entreabrió y, con valentía, sin ninguna culpa, le invitó a hundirse en su boca.

Y se regodeó en su aceptación.

Jamás había tenido un contacto como aquel con un hombre.

La habían besado antes, pero no de aquella manera, no convirtiendo aquel intercambio en un diálogo, en una comunicación que iba de un lado a otro, silenciosa y, al mismo tiempo, muy descriptiva y profundamente evocadora.

Cargada de significado.

De promesas y compromiso.

Estaban los dos en aquel beso, ella entregándose a él y él entregándose a ella. Y, más allá del beso, les esperaba todo lo que podrían ser, todo aquello que podían llegar a crear y compartir.

Aquel intercambio modelaba su visión de futuro, lo consagraba en sus mentes.

Era una declaración sin fisuras.

Ambos lo querían.

Lo anhelaban.

Lo deseaban.

Un calor que Violet jamás había experimentado, un calor intenso y delicioso, comenzó a extenderse por su piel. Fue como una ola insalvable que, a pesar de no haber conocido nunca, reconoció al instante. Rica y potente, la seducía, la llamaba, y Violet contestó. Y también él.

Con delicadeza y una renuncia que era un eco de la suya, Montague retrocedió e interrumpió el beso.

La miró a los ojos. Ella le miró a los suyos y vio al hombre al que amaba.

Montague posó una mano en su cabeza y recorrió su rostro con la mirada, sus ojos y sus labios, maravillado. Después, volvió a clavar la mirada en sus ojos.

—Yo soy un hombre sencillo, Violet. No soy capaz de decirte palabras bonitas. Lo único que sé es que te necesito para que mi vida sea completa. Que quiero que seas mi esposa y removeré cielo y tierra para poder conquistarte.

A los labios de Violet asomó una sonrisa en respuesta. Le miró a los ojos mientras sonreía.

—No quiero el cielo, ni siquiera la tierra. Solo te quiero a ti y, sí, quiero convertirme en tu esposa. Lo deseo más que ninguna otra cosa en la vida.

—¿Entonces te casarás conmigo?

—Sí —hasta ella percibió la alegría que encerraba aquella palabra—. Me casaré contigo y no hay nada, absolutamente nada, que pueda hacerme más feliz que el que te conviertas en mi marido.

Montague tomó su mano y se la llevó a los labios.

—Te juro que jamás te arrepentirás de aceptar mi propuesta.

—Sé que no me arrepentiré, porque te amo.

Sintió el temblor que atravesaba a Montague, como si aquellas sencillas palabras hubieran abierto un cerrojo dentro de él.

Fue como si le hubieran abierto unos grilletes, como si las palabras de Violet hubieran liberado algo durante mucho tiempo reprimido, algo que Montague hubiera guardado dentro de sí mismo durante tanto tiempo que lo había olvidado. O quizá ni siquiera se había dado cuenta de que estaba allí. Su compromiso con el trabajo había sido absoluto y muy demandante. Pero en aquel momento... se sentía libre, libre para amar, libre para admitir lo que sentía.

—«Amor» —buscó los ojos de Violet y vio la emoción que brillaba en ellos— es una palabra demasiado simple para describir lo que siento por ti. Admiración, adoración, veneración... todo eso y mucho más.

Ella liberó la mano de la de Montague y posó la palma en su mejilla.

—No necesitas decir nada más. Solo tienes que ser tú y continuar queriéndome como yo te quiero.

—Pero... es tanto lo que quiero —curvó los labios en una sonrisa irónica—. El asesor que hay dentro de mí no morirá nunca. Mi corazón me parece demasiado pequeño cuando lo comparo con otras cosas.

Ella se echó a reír.

—De eso nada. Tienes el corazón de un león.

—Pero quiero... —al parecer, no podía reprimirse y dejar de declarar que lo quería todo, todo lo que sabía que su alma anhelaba. Ansiaba—... te quiero a ti, a mi lado, y una familia, si tenemos la suerte de poder contar con ella —al ver su mirada, se precipitó a explicar—: Ya tengo un negocio, un estatus, una posición social, dinero, muchos conocidos e incluso amigos. Tengo todo cuanto define una vida de éxito, pero, sin una esposa y, más aún sin una familia, todo eso significa muy poco —le sostuvo la mirada—. Sé que ninguno de nosotros estamos en la primavera de la vida, pero, aun así... —se interrumpió un instante tras el que se obligó a decir, a preguntar—: Si estuvieras dispuesta...

La sonrisa que floreció en rostro de Violet traslucía júbilo. En sus ojos brillaba la misma desbordante emoción.

—Tú mismo lo dijiste en otra ocasión. Estamos solos tanto tú y como yo, podemos ser cuanto deseemos: amantes, esposos, padres. Si así lo decidimos, podremos tenerlo todo.

Mientras él tomaba aire, ella se estiró y, justo antes de rozar sus labios, declaró.

—Y vamos a decidirlo.

Entonces le besó, afirmando con aquel beso su acuerdo, reafirmando su compromiso apasionadamente con aquella caricia.

Sin ser consciente de lo que hacía, Montague cerró los brazos a su alrededor y le ofreció lo mismo a cambio.

Y dejó que aquel momento le arrastrara, y le arrastrara a ella, hasta donde quisiera.

Alzó después la cabeza, dejando que su cálido aliento separara sus labios, miró hacia la puerta que tenía a su izquierda y arqueó una ceja. Violet profundizó su sonrisa y susurró contra sus labios:

—Sí.

No necesitó decir nada mal.

No a él, el hombre que la miraba con pasión y con un amor sólido, sincero e inquebrantable.

Jamás podría cuestionar la corrección de lo que iba a hacer. Tuvo la certeza de estar dejándose llevar por el destino mientras él la llevaba hasta el dormitorio y cerraba la puerta.

Y lo que siguió fue un reflejo de ambos, de lo que eran, dos personas honestas, francas y sinceras que no conocían otra manera de ser. Se entregaron el uno al otro y a un placer que estalló arrastrándolos a los dos.

En la suavidad de las sábanas, bajo la tenue luz de una larga tarde de otoño, se encontraron y se descubrieron. Descubrieron una visión más amplia de aquello que podían llegar a ser, de todo aquello a lo que podían aspirar.

La pasión, la alegría, el fuego, el deseo y el cataclismo culminante del éxtasis. Encontraron todo aquello en una larga tarde que fueron moldeando y haciendo suya.

Y cuando, al final, Violet descansaba entre sus brazos, una Violet desenfrenada, con su melena brillante cayendo como una sedosa cascada sobre el pecho y los brazos de Montague, este sonrió. Tumbado boca arriba, con los ojos cerrados, recordó algo que había pensado en otro momento.

—Antes de conocerte y de conocer todo esto —hizo un gesto leve, señalando su unión—, jamás me consideré a mí mismo un hombre de acción. Pero, gracias a ti, y a todo lo que ha pasado, he descubierto que cuando hace falta...

—Eres mucho más que capaz de estar a la altura —respondió ella con una suave risa.

Montague sintió la curva de sus labios contra su pecho.

—Lo creas o no, no era eso lo que pensaba decir.

—Por eso lo he dicho yo, porque sabía que no lo harías —cambió de postura, alzó la cabeza y le miró a los ojos. Sonrió—. A mí no me sorprende. Supe verte, reconocí tu potencial desde el principio. Eres el hombre que he estado esperando durante toda mi vida, y ahora que te he encontrado y te tengo... —se estiró para besarle— no pienso dejar que te vayas.

Cuando Violet volvió a acomodarse contra él, en el hueco de su costado, un espacio que parecía diseñado para ella, Montague tensó los brazos a su alrededor.

—Me parece perfecto, porque lo eres todo para mí.

Ella se relajó contra él y sonrió feliz. Posó después la mano en el corazón de Montague y lo palmeó con suavidad.

—Mi Heathcote.

Montague sonrió. Durante las últimas horas, Violet había dicho su nombre muchas veces: lo había jadeado, lo había gemido, lo había suspirado.

Apoyando la mejilla contra su pelo, cerró los ojos.

Oírla llamarle por su nombre se había convertido ya en el más valioso dividendo.

www.ingramcontent.com/pod-product-compliance
Lightning Source LLC
LaVergne TN
LVHW091614070526
838199LV00044B/794